El jinete del dragón

A LA
ORILLA
DEL VIENTO

El jinete del dragón

CORNELIA FUNKE

ilustrado por la autora

traducido del alemán por

MARGARITA SANTOS CUESTA

FONDO
DE CULTURA
ECONÓMICA

Primera edición en alemán,   1997
Primera edición FCE-Siruela,   2008
Segunda edición,   2017

Funke, Cornelia
    El jinete del dragón / Cornelia Funke ; trad. de Margarita Santos
Cuesta. – 2ª ed. – México : FCE, 2017
    528 p. : ilus. ; 19 × 15 cm – (Colec. A la Orilla del Viento)
    Título original: Drachenreiter
    ISBN: 978-607-16-5372-7

    1. Literatura infantil I. Santos Cuesta, Margarita, tr. II. Ser. III. t.

LC PZ7   Dewey 808.068 F685j

Distribución en América Latina y Estados Unidos

© 1997, Cecilie Dressler Verlag, Hamburgo, para la primera edición alemana
© Cornelia Funke

Título original: *Drachenreiter*

D. R. © 2017, Fondo de Cultura Económica
Carretera Picacho Ajusco, 227; 14738 Ciudad de México
www.fondodeculturaeconomica.com
Comentarios: librosparaninos@fondodeculturaeconomica.com
Tel.: (55)5449-1871

Colección dirigida por Socorro Venegas
Edición: Susana Figueroa León
Formación: Neri Sarai Ugalde Guzmán
Traducción: Margarita Santos Cuesta

ISBN 978-607-16-5372-7

Impreso en México • *Printed in Mexico*

Índice

Para Uwe Weitendorf

Malas noticias

 La calma reinaba en el Valle de los Dragones. La niebla se extendía desde el mar cercano y permanecía luego suspendida entre los montes. Los pájaros piaban vacilantes en la húmeda bruma y el sol se ocultaba tras las nubes.

De repente una rata se deslizó con rapidez colina abajo. Tropezó, rodó sobre las rocas cubiertas de musgo y consiguió sostenerse de nuevo sobre sus patas.

—¿Acaso no lo dije? —maldecía entre dientes—. ¿Acaso no les dije?

Olisqueó levantando la puntiaguda nariz, aguzó el oído y siguió corriendo hacia un grupo de abetos torcidos que se alzaban a los pies del monte más alto.

—Antes de la llegada del invierno —murmuró—. Lo olí antes de la llegada del invierno. Pero no, ellos no querían creerlo. Aquí se sienten seguros. ¡Seguros! ¡Bah!

Estaba oscuro bajo los abetos, tan oscuro que apenas se distinguía la hendidura abierta a un lado del monte. La niebla se perdía en su interior como en un abismo.

—No saben nada —refunfuñó la rata—. Ése es el problema. No saben nada sobre el mundo. Nada, absolutamente nada.

Con cuidado miró una vez más a su alrededor, y luego desapareció en la grieta del monte. Detrás se ocultaba una cueva de grandes dimensiones. La rata se escabulló hacia el interior, pero no llegó muy lejos. Alguien la agarró por la cola y la levantó en el aire.

—¡Hola, Rata! ¿Qué haces tú por aquí?

Rata intentó morder los peludos dedos que la sujetaban, pero lo único que consiguió atrapar entre los dientes fueron un par de pelos de duende. Los escupió furiosa.

—¡Piel de Azufre! —bufó—. ¡Suéltame ahora mismo, come hongos cabeza hueca! No tengo tiempo para bromas de duendes.

—¿No tienes tiempo? —Piel de Azufre colocó a Rata sobre la palma de una de sus patas. Era una joven duende, pequeña como un niño humano, con la piel jaspeada y con claros ojos de gato—. ¿Y por qué, Rata? ¿Qué es eso tan importante que planeas? ¿Necesitas un dragón que te proteja de gatos hambrientos?

—¡No tiene nada que ver con gatos! —gritó enojada Rata. No le gustaban los duendes, sin embargo, todos los dragones adoraban a esos rostros peludos. Escuchaban sus extrañas cancioncillas cuando no podían dormir y, si estaban tristes, nadie podía consolarlos mejor que un duende desvergonzado y bueno para nada.

—Si tanto quieres saberlo, tengo malas noticias, muy malas —dijo Rata con su voz gangosa—. Pero sólo le informaré a Lung, desde luego que a ti no.

—¿Malas noticias? Ay, no, por las setas amargas. ¿Qué noticias? —Piel de Azufre se rascó la barriga.

—¡Bájame ahora mismo! —gruñó Rata.

—Está bien —Piel de Azufre suspiró y dejó que Rata saltara al piso de roca—. Pero aún duerme.

—¡Entonces lo despertaré! —bufó Rata, y echó a correr hacia las profundidades de la cueva, allí donde ardía un fuego azul y donde el estómago de la montaña escupía oscuridad y bruma. Detrás de las llamas dormía el dragón hecho un ovillo, con la cabeza apoyada sobre sus patas, su cola larga y cubierta de púas descansaba enrollada en torno al cálido fuego. Las llamas hacían brillar las escamas de su piel y arrojaban su sombra sobre la pared de la cueva. Rata se deslizó hasta el dragón, se subió a una de sus patas y le tiró de la oreja.

—¡Lung! —gritó—. Lung, despierta. ¡Ya se acercan!

El dragón somnoliento levantó la cabeza y abrió los ojos.

—Ah, Rata, eres tú —murmuró. Su voz era un poco ronca—. ¿Ya se puso el sol?

—No, ¡pero tienes que levantarte de todos modos! ¡Tienes que despertar a los demás! —Rata saltó de la pata de Lung y empezó a corretear nerviosa de un lado a otro—. Yo les advertí, pero ustedes no quisieron escucharme.

—¿De qué está hablando? —El dragón miró con ojos interrogantes a Piel de Azufre, que se había sentado frente al fuego y mordisqueaba una raíz.

—¡Ni idea! —respondió Piel de Azufre con la boca llena—. Sólo dice disparates desde que llegó. Claro, no hay mucho espacio para la razón en una cabeza tan pequeña.

—¿Ah no? —Rata jadeó furiosa—. Eres... eres...

—¡No le hagas caso, Rata! —Lung se levantó, estiró el largo cuello y se sacudió—. Está de mal humor porque la niebla le mojó la piel.

—¡Tonterías! —Rata lanzó una mirada de veneno a Piel de Azufre—. Los duendes siempre están de mal humor. Desde que salió el sol me puse en camino para advertirles. ¿Y cómo me lo agradecen? —El pelaje gris se le erizó de rabia—. ¡Todavía tengo que soportar las bobadas de esta cosa peluda!

—¿Pero advertirnos qué? —Piel de Azufre arrojó lo que quedaba de su raíz contra la pared de la cueva—. ¡Amanitas malolientes! ¡O dejas ya de hacerte la interesante o te hago un nudo en la cola!

—¡Piel de Azufre! —Lung dio un zarpazo de enfado contra la hoguera. Chispas azules salieron volando y alcanzaron la piel de la duende. Allí se disolvieron como motas de polvo de estrellas.

—¡Está bien, está bien! —rezongó ésta—. Pero esta rata volvería loco a cualquiera con sus rodeos interminables.

—¿No me digas? ¡Entonces escúchame bien! —Rata se estiró hasta alcanzar su máxima altura, se apostó firme sobre sus patas y mostró los dientes.

—¡Vieeenen los humaaanos! —bufó con una voz tan alta, que el sonido retumbó en la cueva—. ¡Vienen los humanos! ¿Sabes qué significa eso, duende revuelvehojas y come hongos cubierta de greñas? ¡Llegarán hasta aquí!

De pronto se hizo un silencio sepulcral.

Piel de Azufre y Lung parecían petrificados. Sólo Rata seguía temblando de rabia. Los pelos de su bigote vibraban y su cola golpeaba una y otra vez el piso de la cueva.

Lung fue el primero en recuperarse de la parálisis.

—¿Los humanos? —preguntó, dobló el cuello y le ofreció la zarpa a Rata. Ésta se subió con expresión ofendida. El dragón la sostuvo frente a sus ojos—. ¿Estás segura?

—Totalmente —respondió la rata.

Lung bajó la cabeza.

—Tenía que ocurrir —susurró—. Ya están en todas partes. Creo que cada vez son más.

Piel de Azufre seguía sin mover un músculo, aturdida. De pronto se levantó de un salto y escupió en dirección al fuego:

—¡Imposible! —exclamó—. Aquí no hay nada que les agrade. ¡Nada en absoluto!

—¡Bah! —Rata se inclinó tanto hacia atrás que a punto estuvo de caerse de la zarpa del dragón—. No digas estupideces. Tú misma estuviste donde los humanos. No hay nada que no les agrade. No hay nada que no quieran tener. ¿O ya lo olvidaste?

—¡Está bien, está bien! —gruñó Piel de Azufre—. Tienes razón. Son avariciosos. Lo quieren todo para ellos.

—¡Sí, así es! —confirmó Rata con un asentimiento de cabeza—. ¡Y yo les digo que están en camino!

Las llamas del fuego temblaron. Fueron consumiéndose hasta que la oscuridad se las tragó como un animal negro. Sólo había una cosa capaz de apagar tan rápido el fuego de Lung: la tristeza. El dragón sopló sin esfuerzo sobre el piso de roca y las llamas volvieron a aparecer.

—Son noticias realmente malas, Rata —dijo el dragón. Dejó que el animal saltara sobre su hombro y avanzó lentamente hacia la salida de la cueva—. Vamos, Piel de Azufre. Debemos despertar a los demás.

—¡Gran alegría vamos a darles! —gruñó Piel de Azufre, se alisó la piel y salió de la cueva tras los pasos de Lung, adentrándose en la bruma.

Asamblea bajo la lluvia

 Barba de Pizarra era el dragón más anciano del valle. Había vivido más cosas de las que su memoria podía recordar. Sus escamas dejaron de brillar hacía tiempo, pero aún podía escupir fuego y los más jóvenes recurrían a él cuando necesitaban consejos. Lung despertó a Barba de Pizarra cuando ya todos los demás dragones se apretujaban frente a su cueva. El sol ya se había puesto y sobre el valle pendía la noche negra y sin estrellas. No paraba de llover.

Al salir de su cueva, el viejo dragón levantó malhumorado la vista al cielo. Le dolían los huesos por la humedad, y el frío le entumecía las articulaciones. Los otros dragones retrocedieron unos pasos ante él en señal de respeto. Barba de Pizarra miró a su alrededor. No faltaba nadie, pero Piel de Azufre era el único duende que había acudido. Pesadamente y arrastrando la cola, el anciano avanzó a través de la hierba mojada hasta alcanzar una roca que sobresalía como la cabeza musgosa de un gigante. Entre jadeos se subió a ella y paseó la mirada por todos los presentes. Los otros dragones levantaban los ojos hacia él como niños asustados. Algunos eran muy jóvenes aún y sólo conocían aquel valle; otros habían llegado con él desde muy, muy lejos y todavía recordaban que el mundo no siempre había pertenecido a los humanos. Todos olían la desgracia y esperaban que él la ahuyentara. Sin embargo, él era viejo y estaba cansado.

—Ven aquí, Rata —dijo con voz ronca—. Cuéntanos lo que viste y oíste.

Rata saltó a la roca con agilidad, subió por la cola de Barba de Pizarra y se sentó sobre su espalda. Era tal el silencio bajo el cielo oscuro que no se oía más que el rumor de la lluvia y el susurro de los zorros que cazaban durante la noche.

Rata carraspeó:

—¡Vienen los humanos! —exclamó—. Despertaron a sus máquinas, les dieron de comer y las pusieron en marcha. A sólo dos días de viaje ya están abriéndose camino fácilmente a través de los montes. Las hadas los entretendrán durante un tiempo, pero en algún momento llegarán hasta aquí, puesto que su objetivo es este valle.

Los dragones dejaron escapar un hondo suspiro, levantaron las cabezas y se apretujaron aún más en torno a la roca sobre la que se encontraba Barba de Pizarra.

Lung se mantenía a cierta distancia de los demás. Piel de Azufre estaba sentada sobre el lomo del dragón y mordisqueaba un hongo seco.

—Genial, Rata… —murmuró la pequeña duende—. ¿No era posible decir eso con un poco más de tacto?

—¿Qué significa eso? —preguntó uno de los dragones elevando la voz—. ¿Qué buscan aquí? ¿Acaso no lo tienen todo allá donde ellos viven?

—Ellos nunca tienen todo lo que quieren —respondió Rata.

—¡Nos esconderemos hasta que se vayan, como siempre hicimos cuando algún humano se perdía por aquí! —propuso otro dragón—. Están tan ciegos que sólo ven lo que quieren ver. Volverán a confundirnos con rocas o con árboles marchitos.

Sin embargo, Rata sacudió la cabeza.

—¡Ya hace tiempo que se los advertí! —chilló con voz estridente—. Les dije cientos de veces que los humanos estaban forjando planes, pero los grandes no hacen caso a los pequeños, ¿no es así? —enfadada miró a su alrededor—. Ustedes se esconden de los humanos, pero no les interesa lo que ellos hacen. Los de mi especie no son tan tontos. Nosotros nos metemos en sus casas. Los escuchamos. Y por eso sabemos lo que planean hacer con este valle —Rata carraspeó y se limpió los pelos grises del bigote.

—Otra vez haciéndose la interesante —le susurró al oído Piel de Azufre a Lung, pero éste no le prestó atención.

—¿Y qué es lo que planean? —preguntó cansado Barba de Pizarra—. Dínoslo de una vez, Rata.

La rata se retorció nerviosa los bigotes. Dar malas noticias no era algo que disfrutara.

—Quieren… inundar su valle —respondió vacilante—. Pronto no habrá aquí más que agua. Sus cuevas quedarán desbordadas y de esos árboles de allá —señaló la oscuridad con una pata— no quedarán ni las puntas sobresaliendo del agua.

Los dragones la miraron enmudecidos.

—¡Eso es imposible! —exclamó al fin uno de ellos—. Nadie puede hacer eso. Ni siquiera nosotros, aunque seamos más grandes y fuertes que ellos.

—¿Imposible? —Rata se rio burlona—. ¿Más grandes, más fuertes? Ustedes no entienden nada. Diles tú, Piel de Azufre. Diles cómo son los humanos. Tal vez a ti te crean —ofendida, frunció la puntiaguda nariz.

Los dragones se volvieron hacia Lung y Piel de Azufre.

—Rata tiene razón —dijo la duende—. No tienen ni idea —escupió a la tierra y se sacó un trozo de musgo que se le había quedado enganchado entre los dientes—. Los humanos ya no van de acá para allá metidos en armaduras como antes, cuando

los perseguían a ustedes, pero no por eso dejaron de ser peligrosos. Son lo más peligroso que hay en el mundo.

—¡Tonterías! —exclamó un dragón grande y gordo. Volteó despectivo y le dio la espalda a Piel de Azufre—. Que vengan esos bípedos. Puede que las ratas y los duendes tengan razones para temerles, pero nosotros somos dragones. ¿Qué van a hacernos?

—¿Que qué van a hacerles? —Piel de Azufre lanzó a lo lejos su hongo mordisqueado y se levantó. Ahora estaba enojada y con duendes enojados no se juega—. ¡Tú no saliste nunca de este

valle, cabeza hueca! —exclamó—. Seguro que piensas que los humanos duermen encima de hojas, como tú. Piensas que no pueden hacer más daño que una mosca porque apenas viven unos pocos años más que ellas. Piensas que lo único que les interesa es comer y dormir. Pero no son así. ¡Oh, no! —Piel de Azufre casi se quedaba sin aire—. Las cosas que pasan a veces por el cielo y que tú, idiota, llamas pájaros ruidosos, son aviones construidos por los humanos. Pueden hablar los unos con los otros sin ni siquiera estar en las mismas tierras. Pueden hacer imágenes que se mueven y hablan, fabricar recipientes de hielo que nunca se derrite, iluminar sus casas por las noches como si hubieran atrapado al sol, pueden, pueden... —Piel de Azufre sacudió la cabeza—. Pueden hacer cosas maravillosas... y abominables. Si desean sepultar este valle bajo el agua, lo harán. Tienen que irse de aquí, les guste o no.

Los dragones la miraban con los ojos abiertos. También aquel que le había dado la espalda hacía un momento. Algunos levantaron la vista hacia los montes, como si esperaran que las máquinas coronaran las cumbres negras en cualquier instante.

—¡Maldita sea! —murmuró Piel de Azufre—. El tipo me enojó tanto que tiré ese hongo tan rico. Y era una seta de los caballeros. No es fácil encontrar algo tan sabroso —enfadada se bajó del lomo de Lung y empezó a rebuscar entre la hierba húmeda.

—¡Ya la oyeron! —dijo Barba de Pizarra—. Tenemos que irnos.

Vacilantes, con las patas pesadas por el miedo, los dragones se volvieron de nuevo hacia él.

—Para algunos de ustedes —continuó hablando el anciano dragón— es la primera vez, pero muchos de nosotros ya tuvimos que huir de los humanos varias veces. Cierto que en esta ocasión nos resultará especialmente difícil encontrar un lugar que aún no les pertenezca a ellos —añadió, y hundió triste la cabeza—. Su número aumenta, al parecer, con cada luna.

—Sí, están por todas partes —dijo el que se burló hacía un rato de las palabras de Piel de Azufre—. Sólo cuando vuelas sobre el mar es posible no ver sus luces en las profundidades de las aguas.

—¡Entonces debemos intentar vivir con ellos de una vez! —exclamó otro.

Sin embargo, Barba de Pizarra negó con la cabeza.

—No —dijo—. No se puede vivir con los humanos.

—Bueno, sí que se puede —Rata se pasó las patas sobre el pelaje mojado por la lluvia—. Los perros y los gatos lo hacen, ratones, pájaros... incluso nosotras las ratas. Pero ustedes... —dejó vagar la mirada por los dragones— ustedes son demasiado grandes, demasiado inteligentes, demasiado... —se encogió de hombros— ¡demasiado diferentes! Ustedes los aterrorizarían. Y cuando algo les da miedo a los humanos, entonces...

—Entonces... —lo interrumpió el anciano dragón con voz cansada— lo destruyen. Ya estuvieron a punto de exterminarnos hace varios cientos de años —levantó la pesada cabeza y miró a los dragones más jóvenes, uno por uno—. Yo esperaba que dejaran al menos este valle para nosotros. Qué estúpido fui.

—¿Pero entonces adónde iremos? —preguntó desesperado uno de los dragones—. Éste es nuestro hogar.

Barba de Pizarra no respondió. Subió la vista al cielo nocturno en el que las estrellas seguían ocultas tras las nubes, y suspiró. Luego dijo con voz ronca:

—Vuelvan a la Linde del Cielo. No se puede huir eternamente. Yo me ocultaré en mi cueva, pero ustedes son más fuertes, pueden conseguirlo.

Los más jóvenes lo miraron sorprendidos, pero los otros alzaron las cabezas y clavaron con nostalgia la mirada en el este.

—La Linde del Cielo —Barba de Pizarra cerró los ojos—. Los montes son tan altos que alcanzan a tocar las nubes. Cuevas de piedra lunar se ocultan entre sus pendientes y en su regazo se extiende un valle cubierto de flores azules. Cuando ustedes eran niños les contamos historias sobre ese lugar. Tal vez ustedes pensaron que eran cuentos, pero algunos de nosotros lo vimos en verdad —abrió los ojos de nuevo—. Yo nací allí, hace tanto tiempo que una eternidad me separa de mis recuerdos de aquel lugar. Era más joven que la mayoría de ustedes ahora el día que emprendí el vuelo y me fui de allí atraído por el extenso cielo. Volé en dirección al oeste, cada vez más y más lejos. Desde entonces nunca me atreví a volar de nuevo a plena luz del día. Debía esconderme de los humanos que me tomaban por un pájaro del demonio. Intenté regresar, pero no encontré el camino de vuelta —el anciano dragón miró a los más jóvenes—. ¡Busquen la Linde del Cielo! Regresen a sus cumbres protectoras, tal vez entonces no tengan que huir nunca más de los humanos. Aún no han llegado —señaló con la cabeza los oscuros montes que los rodeaban—, pero lo harán. Lo siento desde hace tiempo. ¡Echen a volar! ¡Huyan! ¡Pronto!

De nuevo se hizo un absoluto silencio. La lluvia caía del cielo fina como el polvo.

Temblando de frío, Piel de Azufre encogió la cabeza entre los hombros.

—Estupendo, muy agradecidos —le susurró a Lung—. La Linde del Cielo, genial. Suena demasiado bonito para ser verdad. Será un sueño del viejo y nada más.

Lung no dijo nada, se limitó a mirar pensativo a Barba de Pizarra. De repente dio un paso al frente.

—¡Eh! —exclamó Piel de Azufre asustada—. ¿Qué pretendes? No hagas ninguna tontería.

Lung no la escuchó:

—¡Tienes razón, Barba de Pizarra! —dijo—. Estoy cansado de esconderme y volar sólo en torno a este valle —se volvió hacia los demás—. Busquemos la Linde del Cielo. Partamos hoy mismo. Es luna creciente. No hay mejor noche para nosotros.

Los otros retrocedieron unos pasos, alejándose de él como si se hubiera vuelto loco. Pero Barba de Pizarra sonrió, por primera vez esa noche.

—Tú todavía eres bastante joven —constató.

—Soy lo bastante mayor —respondió Lung y levantó la cabeza un poco más. No era mucho más pequeño que el anciano dragón. Sólo sus cuernos eran más cortos y sus escamas brillaban a la luz de la luna.

—¡Espera, espera un momento! —Piel de Azufre subió a toda prisa por el cuello de Lung—. ¿Pero qué locura es ésta? Has volado algo más allá de estas colinas diez veces por mucho. No… no… —extendió los brazos y señaló los montes que los rodeaban— no tienes ni idea de lo que nos espera detrás. ¡No puedes echar a volar sin más y atravesar el mundo de los humanos sólo para buscar un lugar que quizá ni siquiera exista!

—Calla, Piel de Azufre —dijo Lung enojado.

—¡No, no lo haré! —bufó la pequeña duende—. Mira a los otros. ¿Tienen aspecto de querer ponerse en camino? No. Así que será mejor que lo olvides. ¡Si realmente vienen los humanos, ya encontraré otra cueva adecuada para nosotros!

—¡Hazle caso! —dijo uno de los demás dragones, y se acercó a Lung—. La Linde del Cielo sólo existe en los sueños de Barba de Pizarra. El mundo les pertenece a los humanos. Si nos escondemos, nos dejarán en paz. Y si de verdad llegan hasta aquí, los expulsaremos.

Entonces Rata se echó a reír a carcajadas sonoras y estridentes:

—¿Tú crees que se puede expulsar al mar si hay una inundación? Pues con los humanos pasa lo mismo —le explicó.

El dragón no le contestó.

—¡Vamos! —les dijo a los demás.

Luego volteó y regresó a su cueva a través de la cortina de lluvia. Uno por uno, los dragones lo siguieron, hasta que sólo quedaron Lung y el anciano. Lentamente, Barba de Pizarra descendió de la roca y miró a Lung.

—Puedo entender que no tomen la Linde del Cielo más que por un sueño —dijo—. Algunos días hasta yo lo hago.

Lung sacudió la cabeza:

—Yo la encontraré —aseguró, y miró a su alrededor—. Incluso aunque Rata se equivocara y los humanos permanecieran donde están… Tiene que haber un lugar en el que no estemos obligados a escondernos. Y cuando lo encuentre, regresaré por ustedes. Saldré esta misma noche.

El anciano dragón asintió con la cabeza.

—Ven a mi cueva antes de partir —le ordenó—. Te contaré todo lo que sé. Aunque no sea mucho. Pero ahora debo protegerme de esta lluvia, o de lo contrario mañana mis viejos huesos no me responderán.

A paso lento y con dificultad, el dragón regresó a su cueva. Lung se quedó solo con Piel de Azufre y Rata. La duende seguía sentada en su lomo y mostraba una expresión furiosa en la cara.

—¡Idiota! —masculló en voz baja—. ¿De verdad tienes que hacerte el héroe y buscar algo que no existe? Tsk…

—¿Qué murmuras tú ahí arriba? —preguntó Lung y volteó a mirarla.

Entonces Piel de Azufre estalló:

—¿Y quién te despertará cuando se ponga el sol? —gritó—. ¿Quién te protegerá de los humanos, te cantará una canción de cuna para dormir y te rascará detrás de las orejas?

—Sí, me pregunto quién lo hará —se burló Rata. Continuaba sobre la roca desde la que había hablado Barba de Pizarra.

—¡Pues yo, por supuesto! —gruñó Piel de Azufre—. ¡No me queda otro remedio, por los hongos de Satanás!

—¡Ah, no, ni hablar! —Lung volteó con tanta fuerza que Piel de Azufre estuvo a punto de resbalar y caer del lomo mojado de lluvia—. Tú no puedes venir.

—¿Y eso por qué? —Piel de Azufre se cruzó ofendida de brazos.

—Porque es peligroso.

—Me da igual.

—Pero tú odias volar. ¡Te dan náuseas!

—Me acostumbraré.

—¡Extrañarás esto!

—¿Por qué? ¿Crees que voy a quedarme aquí esperando hasta que los peces me mordisqueen las patas? No, voy contigo.

Lung suspiró.

—Está bien —murmuró—. Vendrás conmigo. Pero no se te ocurra protestar en algún momento porque no te dejé aquí.

—Seguro que lo hará —dijo Rata. Soltó una risita y bajó de un salto a la hierba mojada—. Los duendes sólo son felices cuando tienen algo de que quejarse. Pero ahora vayamos a ver al viejo dragón. Si quieres partir esta noche, no te queda mucho tiempo. Desde luego, no como para perderlo con discusiones con esta come hongos cabeza hueca.

Consejos y advertencias

 Cuando llegaron, Barba de Pizarra estaba recostado a la entrada de su cueva escuchando el rumor de la lluvia.

—¿No cambiaste de opinión? —preguntó cuando Lung se acostó a su lado sobre el suelo de roca.

El joven dragón negó con la cabeza.

—Pero no iré solo. Piel de Azufre me acompañará.

—Quién iba a decirlo —el anciano dragón observó a Piel de Azufre—. Bien. Puede que te sea de ayuda. Ella conoce a los humanos, es inteligente y los duendes son más desconfiados que nosotros. Eso no te vendrá mal en este viaje. Sólo su enorme apetito podría llegar a ser un problema, pero ya se acostumbrará a sentir algo de hambre.

Piel de Azufre dirigió una mirada intranquila a su estómago.

—Escúchenme —volvió a hablar Barba de Pizarra—. No recuerdo muchas cosas. Las imágenes cada vez se confunden más, pero hay una cosa de la que estoy seguro: tienen que volar a la cordillera montañosa más alta del mundo. Se encuentra muy lejos en dirección al este. Allí está la Linde del Cielo. Busquen una cadena de montañas cubiertas de nieve que se cierran como un anillo de piedra en torno a un valle. Sus flores son... —Barba de Pizarra cerró los ojos—. El aroma flota en el aire frío de la noche con tanta intensidad que hasta se saborea —dejó escapar un suspiro—. Ay. Mis recuerdos son vagos y están envueltos en una nebulosa. Pero es un lugar maravilloso —dejó caer la cabeza sobre las patas, cerró los ojos y empezó a respirar con mayor dificultad—. Hay otra cosa —murmuró—. El ojo de la luna. No recuerdo.

—¿El ojo de la luna? —Piel de Azufre se inclinó sobre él—. ¿Y eso qué es?

Sin embargo, Barba de Pizarra se limitó a sacudir la cabeza medio dormido.

—No recuerdo —resolló—. Tengan cuidado —su voz se volvió tan suave que ya apenas lo entendían—, tengan cuidado del Dorado —luego comenzó a roncar.

Lung se incorporó pensativo.

—¿Qué quería decir con eso? —preguntó inquieta Piel de Azufre—. Vamos, despertémoslo otra vez.

Sin embargo, Lung sacudió la cabeza:

—Déjalo dormir. Creo que no puede decirnos más de lo que ya oímos.

Salieron de la cueva en silencio. Lung alzó la mirada hacia el cielo. La luna se veía por primera vez aquella noche.

—Bueno, menos mal —comentó Piel de Azufre al tiempo

que levantaba una pata—. Por lo menos dejó de llover —de pronto se dio un golpe en la frente—. ¡Pedos de lobo y champiñones anisados! —se deslizó rápidamente del lomo de Lung—. Tengo que juntar provisiones. Quién sabe en qué tierras sin nombre y sin setas acabaremos. Ahora mismo vuelvo. Pero... —agitó un dedo peludo y amenazador frente al hocico de Lung— pobre de ti si se te ocurre irte sin mí.

Luego desapareció en la oscuridad.

—No es mucho precisamente lo que sabes sobre el objetivo de tu búsqueda, Lung —comentó preocupada Rata—. No tienes experiencia en encontrar el camino siguiendo las estrellas, y Piel de Azufre está casi siempre demasiado ocupada con sus setas como para distinguir el sur del norte y la luna de la estrella vespertina —se acarició los bigotes y miró al dragón—. Créeme, necesitan ayuda. Tengo un primo que dibuja mapas, mapas muy especiales. Tal vez no sepa dónde está la Linde del Cielo, pero seguro que puede decirte dónde se encuentra la cadena montañosa más alta del mundo. Ve a verlo. No es que la visita esté totalmente libre de peligros, porque... —Rata frunció el ceño— vive en una gran ciudad. Pero creo que deberías asumir el riesgo. Si te pones en camino de inmediato, llegarías en dos noches.

—¿Ciudad? —Piel de Azufre apareció de entre la niebla como un espíritu.

—Ay, maldita sea, ¿acaso quieres matarme de un susto? —gruñó Rata—. Sí, mi primo vive en una ciudad de humanos. Dejan el mar a sus espaldas y continúan seguido tierra adentro en dirección al este. Será fácil verla. Es una ciudad enorme, cien veces más grande que este valle, llena de puentes y torres. Mi primo vive allí en un viejo almacén junto al río.

—¿Se parece a ti? —preguntó Piel de Azufre, y se metió unas cuantas hojas en la boca. A la espalda llevaba una mochila a punto de estallar, un objeto que había conseguido durante una excursión al mundo de los humanos—. Claro, ustedes las ratas son todas iguales: grises, grises, grises.

—¡Pues es un color muy práctico! —bufó Rata—. Al contrario que tus estúpidas manchas. Pero mi primo es blanco, blanco como la nieve, y lo lamenta profundamente.

—Dejen de discutir —dijo Lung, y levantó la mirada hacia el cielo. La luna estaba ya muy alta. Si quería partir esa misma noche, empezaba a hacerse tarde—. Súbete a mi lomo, Piel de Azufre —dijo—. ¿O quieres que nos llevemos también a Rata para tener a alguien con quien discutir?

—¡No, gracias! —Rata retrocedió unos pasos horrorizada—. No hay ninguna necesidad. Me basta con conocer ese mundo a través de las historias. Es mucho más seguro.

—Además, yo no discuto nunca —refunfuñó Piel de Azufre con la boca llena, y se subió al lomo del dragón—. Lo que pasa es que esta nariz puntiaguda es muy sensible.

Lung extendió las alas. Piel de Azufre se apresuró a aferrarse a una de las grandes púas del dragón.

—Cuídate, Rata —dijo Lung, bajó el cuello y le dio al pequeño animal un golpe cariñoso con el hocico—. Ahora no podré protegerte de los gatos salvajes durante un buen tiempo —luego dio un paso hacia atrás, se impulsó contra la tierra mojada y se elevó en el aire sacudiendo las poderosas alas.

—¡Ay, no! —gimió Piel de Azufre, y se sujetó con tanta fuerza que los peludos dedos empezaron a dolerle.

Lung fue elevándose poco a poco en el cielo nocturno. El viento silbaba frío en torno a las orejas puntiagudas de la duende.

—Nunca me acostumbraré —murmuró—. A menos de que me crezcan plumas en algún momento —miró con cuidado hacia abajo—. Ni uno —masculló—, no salió ni uno a despedirse, aunque sólo fuera sacando la cabeza de la cueva. Probablemente no volverán a salir hasta que el agua les llegue hasta la barbilla. ¡Oye, Lung! —llamó al dragón—. Allá adelante, detrás de las colinas, conozco un sitio de lo más agradable. ¿Por qué no nos mudamos allí mejor?

Lung no le respondió.

Y las colinas negras quedaron atrás, separándolo del valle en el que había nacido.

La gran ciudad
y el pequeño humano

 —¡Hongos pegajosos! —refunfuñó Piel de Azufre—. Como no encontremos algo pronto, nos atraparán y nos encerrarán en el zoológico.

—¿Zoológico? ¿Qué es eso? —preguntó Lung, y sacó el hocico del agua.

Tenía una hora que habían aterrizado en la gran ciudad, en el rincón más oscuro que pudieron encontrar, alejado de las calles llenas de luz y ruido, incluso ahora, por la noche. Desde entonces nadaban de un canal de aguas residuales a otro, buscando un escondite para ocultarse durante el día. Sin embargo, por mucho que Piel de Azufre aguzara su vista de lince y mantuviera su fina nariz levantada contra el viento, no encontraban nada que fuera lo bastante grande para resguardar a un dragón y que no oliera a humano. Allí todo olía a humano, hasta el agua y la basura que flotaba en el oscuro líquido.

—¿Qué no sabes lo que es un zoológico? ¡Ya te lo explicaré más tarde! —gruñó Piel de Azufre—. Aunque pensándolo bien, probablemente preferirían disecarnos. Maldita sea, tardaré horas en quitarte de las escamas estas aguas pestilentes.

Lung nadaba como una serpiente plateada a través del canal lleno de inmundicias, pasando por debajo de puentes y junto a viviendas de muros grises. Nerviosa, Piel de Azufre levantaba la mirada hacia el cielo una y otra vez, pero por fortuna el sol traicionero no se dejaba ver aún.

—¡Allí! —exclamó de pronto la duende, y señaló un edificio alto de ladrillo. El agua del canal formaba pequeñas olas contra los muros sin ventanas—. ¿Ves ese agujero? Con un poco de esfuerzo a lo mejor pasas por él. Acércate, quiero olisquearlo.

Con cuidado, el dragón se dejó llevar hacia el muro. A pocos centímetros sobre la superficie del agua se abría un orificio empleado antiguamente para la carga y descarga de productos. La puerta de madera con la que se cerraba en el pasado colgaba ahora podrida de los goznes. Piel de Azufre se bajó de un salto del lomo de Lung, se aferró a la desgastada superficie del muro y metió la cabeza en la apertura para olfatear el interior.

—Parece que no hay peligro —susurró—. Ahí dentro no ha habido humanos desde hace años. Sólo hay arañas y excrementos de ratones. Vamos.

Desapareció en la oscuridad como un rayo. Lung salió del agua, se sacudió y, con gran esfuerzo, hizo pasar su cuerpo de escamas a través del agujero. Curioso, contempló el interior de aquella casa de humanos. Nunca antes había estado dentro de un edificio. No le gustó. Delante de los muros cubiertos de humedad se amontonaban grandes cajas de madera y de cartón podrido. Piel de Azufre olisqueó todo con interés, pero no detectó nada comestible.

Cansado, Lung se dejó caer desde el orificio hasta el suelo y levantó la mirada al cielo. Era la primera vez que volaba durante tanto tiempo. Le dolían las alas, y la ciudad rebosaba de ruidos y olores inquietantes. El dragón dejó escapar un suspiro.

—¿Qué te pasa? —Piel de Azufre se sentó entre las patas de Lung—. Vaya, mira quién siente nostalgia ahora —abrió su mochila, sacó un puñado de hongos y se los sostuvo al dragón bajo la nariz—. Toma, huele esto. Ahuyentará la peste que llega de ahí afuera. A nuestra amiga Rata de seguro le habría gustado el olor que reina por aquí. Pero tenemos que abandonar este lugar en cuanto podamos —intentó consolar a Lung acariciándole las sucias escamas—. Ahora duerme. Yo me acostaré un poco también y luego iré a buscar al primo de Rata.

Lung asintió con la cabeza. Se le cerraban los ojos. Oyó cómo Piel de Azufre tarareaba una canción, y casi se sintió como si estuviera de nuevo en su cueva. Su cuerpo cansado se relajó. El sueño empezó a apoderarse de él con suavidad… De pronto Piel de Azufre se incorporó de un salto.

—¡Ahí hay algo! —susurró.

Lung levantó la cabeza y miró a su alrededor.

—¿Dónde? —preguntó.

—¡Detrás de las cajas! —gruñó Piel de Azufre—. Tú te quedas aquí —se deslizó hacia un montón de cajas que se elevaban hasta el techo. Lung estiró las orejas. Ahora también lo oía él: un rumor, pasos que se deslizaban. El dragón se levantó—. ¡Sal de ahí! —gritó Piel de Azufre—. Seas lo que seas, sal de tu escondite.

Durante un instante reinó el silencio. Un silencio absoluto. Excepto los ruidos de la gran ciudad, que llegaban desde el exterior.

—¡Sal de ahí! —bufó Piel de Azufre de nuevo—. ¿O prefieres que yo vaya a buscarte?

Otra vez se oyó un rumor. Entonces un niño humano apareció reptando de entre las cajas. Piel de Azufre retrocedió asustada. Cuando el niño se levantó, resultó ser bastante más alto que ella. Miraba a la duende con cara de asombro. Después vio al dragón.

A pesar del agua de los canales, las escamas de Lung seguían brillando como si fueran de plata, y en aquella pequeña habitación parecía gigantesco. Dobló el cuello sorprendido y observó al niño desde lo alto.

Lung nunca había visto a un humano de cerca. Se los había imaginado diferentes después de escuchar las historias de Rata y de Piel de Azufre. Totalmente diferentes.

—¡No huele como un humano! —gruñó Piel de Azufre. Ya estaba recuperada del susto y miraba al niño con hostilidad, aunque a una distancia prudente—. Apesta a ratones —añadió—. Por eso no distinguí su olor. Claro.

El niño no la escuchaba. Alzó una mano sin pelo y señaló a Lung.

—¡Un dragón! —susurró—. Un dragón de verdad.

Sonrió inseguro a Lung.

Éste estiró con cuidado su largo cuello hacia él. Lo olisqueó. Piel de Azufre tenía razón. El niño olía a excremento de ratón, pero había algo más. Un olor desconocido que también flotaba afuera en el aire: olor a humano.

—Claro que es un dragón —dijo Piel de Azufre enojada—. ¿Y tú qué eres?

El niño se volvió sorprendido hacia ella:

—Vaya —dijo—. Tú tampoco tienes mal aspecto. ¿Eres un marciano?

Piel de Azufre se pasó orgullosa una pata por su pelaje sedoso:

—Soy un duende. ¿O es que no lo ves?

—¿Un qué?

—¡Un duende! —repitió impaciente Piel de Azufre—. Típico. Ustedes los humanos a duras penas alcanzan a saber qué es un gato, pero aparte de eso se acabó.

—Pareces una ardilla gigante —dijo el niño, y sonrió divertido.

—¡Muy gracioso! —bufó Piel de Azufre—. ¿Y qué estás haciendo tú aquí? Un medio humano como tú no suele andar solo de acá para allá.

La sonrisa desapareció de la cara del chico, como si Piel de Azufre se la hubiera borrado con un trapo.

—Tampoco una cosa como tú suele andar por este lugar —replicó—. Y si tanto te interesa, vivo aquí.

—¿Aquí? —Piel de Azufre miró burlona a su alrededor.

—Sí, aquí —el chico la miró con hostilidad—. Al menos por ahora. Pero si quieren... —dirigió una mirada al dragón—. Si quieren, pueden quedarse un tiempo.

—Gracias —respondió Lung—. Es muy amable de tu parte. ¿Cómo te llamas?

El niño se retiró con timidez los cabellos de la frente.

—Me llamo Ben. ¿Y ustedes?

—Ella —el dragón golpeó con suavidad el hocico contra la barriga del duende—, es Piel de Azufre. Y yo me llamo Lung.

—Lung. Qué nombre tan bonito —Ben estiró la mano y acarició el cuello del dragón. Con cuidado, como si temiera que Lung desapareciera al tocarlo.

Piel de Azufre le dirigió al chico una mirada de desconfianza. Corrió al orificio en la pared y miró afuera:

—Ya va siendo hora de buscar a esa rata —dijo—. Pequeño humano, ¿sabes dónde están los almacenes del puerto?

Ben afirmó con la cabeza:

—A menos de diez minutos a pie. Pero ¿cómo pretendes llegar hasta allí sin que te disequen y te pongan en un museo?

—Eso es asunto mío —gruñó Piel de Azufre.

Lung metió preocupado la cabeza entre los dos.

—¿Quieres decir que es peligroso para ella? —le preguntó al chico.

—Desde luego—respondió Ben con un gesto de cabeza—. Con el aspecto que tiene no avanzaría ni diez metros. Apuesto lo que quieras. La primera abuela que la viera llamaría a la policía.

—¿La policía? —repitió Lung confundido—. ¿Y qué tipo de criatura es ésa?

—Yo sé lo que es la policía —rezongó Piel de Azufre—. ¡Pero tengo que ir a esos almacenes! ¡Punto! —se sentó sobre sus patas traseras y ya quería dejarse deslizar hasta las sucias aguas del canal cuando Ben la sujetó por el brazo.

—Yo te llevaré hasta allí —dijo—. Te pondremos algo de mi ropa y luego te introduciré en los almacenes de alguna forma. Vivo aquí desde hace tiempo y conozco todos los rincones.

—¿Harías eso por nosotros? —preguntó Lung—. ¿Cómo te lo agradeceremos?

Ben se puso rojo.

—Ay, no es nada. De verdad —murmuró.

Piel de Azufre parecía menos entusiasmada.

—Prendas de humano —gruñó—. Puaj, níscalos peludos, apestaré a humano durante semanas.

Pero se las puso.

La rata de barco

—¿Cuál de los almacenes es el que buscan? —preguntó Ben—. Si no sabes el número, nos puede llevar mucho tiempo.

Se encontraban sobre uno de los estrechos puentes. A ambos lados del canal se alineaban uno detrás de otro los almacenes, edificios extraños y alargados de piedra roja, ventanas altas y frontones terminados en punta. El puerto de la gran ciudad no estaba lejos. Desde allí llegaba hasta ellos un viento frío que casi le arrancaba la capucha de las puntiagudas orejas a Piel de Azufre. Numerosos humanos pasaban apresurados a su lado, pero ninguno de ellos se sorprendía de ver aquella pequeña figura agarrada al barandal del puente junto a Ben. Las mangas del suéter eran demasiado largas y le cubrían las patas. Los pantalones de mezclilla, con los extremos doblados, le ocultaban las patas traseras y su cara de gato quedaba escondida entre las sombras de la capucha.

—Rata dijo que era el último almacén frente al río —gruñó Piel de Azufre—. Su primo vive en el sótano.

—¿Rata? No será una rata auténtica, ¿verdad? —Ben miró confundido a Piel de Azufre.

—Pues claro que es auténtica. ¿Qué piensas? No te quedes ahí mirándome como idiota, es cierto que se te da de maravilla, pero tenemos cosas más importantes que hacer.

Con un gesto de impaciencia, tiró de Ben y lo obligó a seguirla. Detrás del puente, una estrecha calle avanzaba junto a la orilla. Mientras caminaban a toda prisa por la acera, Piel de Azufre volteaba nerviosa a cada rato. El ruido de los coches y de las máquinas le provocaba dolor en los oídos. Ella ya había estado en ciudades pequeñas, había robado fruta de algún jardín, curioseado en sótanos y molestado a más de un perro. Sin embargo, ahí no había jardines ni arbustos en los que esconderse de repente. Ahí todo era de piedra.

Sintió un gran alivio cuando Ben la condujo al interior de un callejón que se abría entre los dos últimos almacenes y conducía de regreso al canal. Los muros rojos mostraban varias puertas. Dos estaban cerradas, pero cuando Ben empujó la tercera, ésta se abrió con un suave chirrido.

Se deslizaron rápidamente al interior. Ante ellos apareció una escalera sin iluminar. Sólo a través de una ventana pequeña y cubierta de polvo caía algo de luz. Una serie de peldaños conducía hacia arriba; otra, hacia abajo.

Ben lanzó una mirada desconfiada a los escalones que bajaban al sótano.

—Bueno, ahí abajo habrá ratas, desde luego —susurró—. La

43

pregunta es si estará entre ellas la que buscan ustedes. ¿Cómo la reconoceremos? ¿Lleva puesta una corbata o algo así?

Piel de Azufre no contestó. Se retiró la capucha y echó a correr. Ben la siguió. Era tal la oscuridad que reinaba al pie de la escalera que el niño tuvo que sacar una linterna del bolsillo de su chamarra. Estaban en un sótano abovedado, y de nuevo tenían varias puertas ante sí.

—¡Tsk! —Piel de Azufre contempló la linterna y sacudió la cabeza con desprecio—. Ustedes los humanos necesitan sus maquinitas para todo, ¿no? Hasta para mirar.

—Esto no es una máquina —Ben deslizó la luz de la linterna por todas las puertas—. ¿Qué estamos buscando en realidad? ¿Una ratonera?

—Bobadas —Piel de Azufre estiró las orejas y olfateó el aire. De ese modo fue de una puerta a otra—. Es aquí —se detuvo delante de una puerta café que estaba entreabierta. Piel de Azufre la empujó con suavidad hasta que pudo pasar por ella. Ben la imitó.

—¡Pero qué es esto! —murmuró.

La habitación de paredes altas y sin ventanas a la que entraron estaba abarrotada de trastos hasta el techo. Entre los estantes repletos de archiveros polvorientos se levantaban montones de sillas viejas, mesas apiladas unas encima de otras, armarios sin puertas, montañas de papeles y cajones vacíos.

Piel de Azufre alzó la nariz y olfateó a su alrededor. Luego se echó a correr decidida en una dirección. Mientras la seguía,

Ben se golpeó una y otra vez las espinillas en la oscuridad. Pasado un rato olvidó donde estaba la puerta por la que habían entrado. Cuanto más se adentraban en aquella confusión de cachivaches, ésta se volvía aún más irreal. De repente, una estantería les bloqueó el paso.

—Bueno, pues eso fue todo —dijo Ben al mismo tiempo que llevaba la luz de su linterna de un lado a otro, sin embargo, Piel de Azufre se agachó, gateó entre dos estantes y desapareció.

—¡Eh, espera! —Ben metió la cabeza en el agujero por el que ella se había deslizado. Descubrió un pequeño despacho. Pequeño como el de una rata. Estaba debajo de una silla, a apenas un metro de distancia de él. El escritorio era un libro acostado sobre dos latas de sardinas en aceite. Una taza de café colocada boca abajo funcionaba como silla. Por todas partes había archiveros repletos de pequeños documentos: eran cajas de cerillos vacías. Todo estaba iluminado por una lámpara corriente de escritorio que se alzaba como un foco junto a la silla. Sólo el usuario de todo aquello brillaba por su ausencia.

—Tú me esperas mientras —susurró Piel de Azufre a Ben—. No creo que el primo de Rata se alegre mucho de ver a un humano por aquí.

—¡Ni hablar! —Ben se arrastró a través del agujero y se puso de pie al otro lado—. Si no se asusta al verte a ti, tampoco lo hará conmigo. Además, vive en una casa de humanos. Dudo mucho que yo sea el primero con el que ella se encuentre.

—Él —corrigió entre dientes Piel de Azufre—. Es él. No lo olvides.

Miró a su alrededor con ojos inquisitivos. Aparte del pequeño rincón de trabajo bajo la silla allí había también un escritorio de humanos, un armario de gigantescos cajones y un viejo e impresionante globo terráqueo que colgaba algo torcido de su eje.

—¿Hola? —llamó Piel de Azufre—. ¿Hay alguien ahí? Maldita sea, ¿cómo era que se llamaba este tipo? Giselberto... no, Galbarto..., tampoco... ¿Gilberto Colagrís o algo así?

De repente se oyó un crujido sobre el escritorio. Ben y Piel de Azufre levantaron la mirada. Una rata blanca de gran tamaño los observaba subida a la pantalla polvorienta de la lámpara.

—¿Qué quieren ustedes? —preguntó con voz estridente.

—Tu prima me envía, Gilberto —dijo Piel de Azufre.

—¿Cuál de ellas? —preguntó desconfiada la rata blanca—. Tengo cientos de primas.

—¿Cuál? —Piel de Azufre se rascó la cabeza—. Vaya, nosotros siempre la llamamos Rata, pero... espera, sí, ahora me acuerdo. Se llama Rosa. ¡Eso es!

—¿Vienes de parte de Rosa? —Gilberto Colagrís extendió una minúscula escalera de cuerda desde lo alto de la lámpara y bajó a toda prisa por ella, para dejarse caer al fin sobre el gran escritorio—. Eso ya es otra cosa —se acarició los bigotes, que eran blancos como la nieve, al igual que su pelaje—. ¿Qué puedo hacer por ustedes?

—Busco un lugar —respondió Piel de Azufre—. No, en realidad, es una cordillera montañosa.

—¡Ah! —la rata blanca asintió satisfecha—. Entonces llegaste al lugar adecuado. Conozco todas las cordilleras que existen en este planeta, grandes, pequeñas, medianas. Lo sé todo sobre ellas. Al fin y al cabo, mis informantes proceden de todas partes del mundo.

—¿Tus informantes? —preguntó Ben.

—¡Ajá! Ratas de barco, gaviotas y todo lo que viaje de un lado para otro. Además, tengo una familia de extensas ramificaciones —Gilberto Colagrís corrió hasta una especie de caja grande y negra que se alzaba sobre el escritorio, levantó la tapadera y presionó un botón que había a un lado.

—¡Es una computadora de verdad! —dijo Ben asombrado.

—Por supuesto —la rata oprimió un par de teclas y observó la pantalla con el ceño fruncido—. Portátil, todo incluido. La hice instalar para poner un poco de orden en mis documentos. Pero —suspiró y tecleó de nuevo aquí y allá— no me da más que problemas. Bueno, ¿de qué cordillera se trata?

—Sí, en fin… —Piel de Azufre se rascó la barriga. Bajo las prendas de humano le picaba terriblemente la piel—. Se supone que es la más alta. La cordillera más alta del mundo. Y en algún lugar en el centro se extiende una cadena de montes que se llama la Linde del Cielo. ¿Oíste hablar alguna vez de ella?

—Ah, así que de eso se trata. La Linde del Cielo, vaya, vaya —Colagrís miró a la duende con curiosidad—. El valle sobre las nubes, hogar de los dragones. Nada fácil —volteó y martilleó laborioso sobre el teclado—. En realidad, ese lugar no existe —dijo—. Pero se oyen rumores de vez en cuando. ¿Y por qué se interesan ustedes por eso? ¡Una duende y un niño humano! Dicen que hasta los dragones olvidaron hace tiempo dónde se encuentra la Linde del Cielo.

Ben abrió la boca, pero Piel de Azufre no lo dejó hablar.

—El humano no tiene nada que ver con esto —explicó—. Soy yo quien viaja con un dragón en busca de la Linde del Cielo.

—¿Un dragón? —Gilberto Colagrís miró asombrado a Piel de Azufre—. ¿Y dónde lo escondiste?

—En una fábrica abandonada —dijo Ben antes de que Piel de Azufre pudiera abrir la boca—. No lejos de aquí. Está seguro, hace años que nadie entra por allí.

—¡Ajá! —Gilberto meció pensativo la cabeza blanca.

—¿Qué pasa ahora? —preguntó Piel de Azufre con impaciencia—. ¿Sabes dónde está la Linde del Cielo, o no? ¿Nos puedes decir cómo llegar hasta allí de un modo más o menos seguro?

—No tan rápido, no tan rápido —respondió la rata, y se retorció los pelos de los bigotes—. Nadie sabe dónde está la Linde del Cielo. Sobre ese lugar sólo corren algunos rumores vagos, nada más. Sin embargo, la cordillera más alta del mundo es, sin duda, el Himalaya. Claro que... en verdad es complicado encontrar una ruta segura hasta allí para un dragón. Los dragones... —se rio entre dientes— los dragones no pasan precisamente desapercibidos, si ustedes me entienden. Y sus cuernos y garras son muy codiciados. Por no hablar de que si un humano acabara con un dragón saldría por televisión durante semanas. Lo admito, a mí mismo me encantaría contemplar a tu amigo, pero... —sacudió la cabeza y se volvió de nuevo a su computadora— nunca me alejo del puerto. Es demasiado arriesgado con todos los gatos que merodean por ahí. Y qué decir de todo lo demás —puso los ojos en blanco—, es de no creer: perros, humanos que pisotean todo, ¡matarratas! No, gracias.

—¿Pero no viajaste ya por todo el mundo? —preguntó sorprendida Piel de Azufre—. Rosa nos contó que eres una rata de barco.

Gilberto se atusó avergonzado los bigotes.

—Sí, sí... lo soy. Aprendí el oficio con mi abuelo. Pero en cuanto zarpa un bote, por pequeño que sea, me mareo. En mi primer viaje salté del barco cuando aún estábamos en el puerto. Regresé nadando a la orilla y jamás volví a pisar una de esas latas de sardinas bamboleantes. ¡Bueno, a lo que íbamos! —se inclinó tanto hacia adelante que su puntiagudo hocico golpeó contra la pantalla de la computadora—. ¿Qué tenemos aquí? El Himalaya: morada de la nieve, como también lo llaman. El techo del mundo, sí. Los espera un largo viaje, amigos. Síganme.

Colgado de una cuerda que atravesaba toda la habitación desde el escritorio, Gilberto Colagrís avanzó hasta llegar al globo terráqueo. Se acomodó en lo alto del pesado eje de madera e impulsó la esfera con las patas traseras. La tierra giró entre chirridos hasta que Gilberto la paró con una pata.

—Bien —murmuró—. ¿Dónde estaba?

Ben y Piel de Azufre lo observaban con curiosidad.

—¿Ven esa banderita blanca? —preguntó la rata—. Más o menos ahí estamos ahora mismo nosotros, pero el Himalaya... —Gilberto se colgó sobre el eje y dio un golpecito sobre el otro lado del globo— el Himalaya se encuentra aquí. La Linde del

Cielo está en algún lugar de la parte oeste, eso es lo que cuentan al menos las viejas historias. Por desgracia, nadie sabe mucho más, como ya les dije. Además, la región de la que estamos hablando es de una extensión inimaginable y extremadamente inaccesible. Por la noche hace un frío horrendo, y durante el día... —sonrió burlón a Piel de Azufre— durante el día sudarás bastante en ese pelaje tuyo.

—Está lejísimos —murmuró Ben.

—¡Ah, sí, desde luego! —Colagrís se inclinó y dibujó una línea imaginaria sobre el globo—. Así debería ser su viaje, según lo veo yo: primero avanzar un buen trecho en dirección al sur, luego al este —se rascó detrás de una oreja—. Sí. Sí, desde luego. Creo que esta ruta por el sur es la mejor. Allá arriba en el norte los humanos están otra vez en guerra. Además, oí algunas historias de lo más desagradables sobre un gigante —Gilberto se agachó tan cerca del globo que se dio un golpe contra la nariz—. Allí, ¿ven? En los montes Tian Shan es donde hace de las suyas, por lo visto. No, no, en verdad —Colagrís sacudió la cabeza—. Mejor que tomen la ruta por el sur. Cierto que el sol les quemará la piel de vez en cuando, pero en esta época del año apenas lloverá. Por lo que he oído, la lluvia... —rio entre dientes— la lluvia deprime a los dragones, ¿verdad?

—Sí, casi siempre —contestó Piel de Azufre—. Pero en el lugar de donde venimos no hay más remedio que acostumbrarse a ella.

—Cierto, cierto, lo olvidé. Vienen del lavadero de Europa.

Bueno, ¡sigamos! —Gilberto volvió a darle un pequeño empujón al globo terráqueo—. ¿Dónde estábamos? Ah, sí, aquí. Hasta este punto —lo señaló con una pata en el mapa— yo puedo ofrecerles información de primera clase. Entonces habrían recorrido la mayor parte del trayecto, pero la región más allá de este lugar... —Gilberto suspiró y negó con la cabeza—: silencio sepulcral, cero, nada, tabla rasa, enigma. Ni siquiera un grupo turístico de ratones de un templo budista que conocí hace un año en el puerto supo decirme nada de interés sobre el lugar. Y me temo que allí es donde se encuentra el lugar que ustedes buscan... si es que en verdad existe. Pienso encargarle a una pariente mía que mida esa región próximamente, pero hasta entonces... —se encogió de hombros en un gesto de disculpa—. Si de verdad consiguen llegar hasta allí, tendrán que preguntar por más señas a alguien. No tengo ni idea de qué o quién vive en ese lugar, pero apuesto... —se atusó los pelos blancos del bigote— apuesto a que allí hay ratas. Estamos por todas partes.

—Eso me deja mucho más tranquila —murmuró Piel de Azufre y observó el globo con expresión sombría—. Parece que nos espera una vuelta al mundo.

—¡Bueno, Nueva Zelanda está aún más lejos! —replicó Gilberto, y regresó al escritorio colgado de la cuerda—. Pero lo admito: es un largo viaje, incluso para un dragón. Largo y peligroso. ¿Por qué quieren hacerlo? Por lo que me cuenta Rosa, los dragones no viven nada mal allá arriba, en el norte, ¿no es cierto? —Piel de Azufre miró a Ben y luego a la rata con un gesto de advertencia.

—¡Ah, entiendo! —Gilberto Colagrís levantó las patas—. No quieres decir nada delante del humano. Claro. También nosotras las ratas hemos tenido malas experiencias con ellos —Gilberto guiñó un ojo a Ben, que estaba allí parado con expresión compungida sin saber hacia qué lado mirar—. Esto no es nada personal contra ti —Colagrís volvió corriendo a la computadora y empezó a teclear de nuevo—. Entonces, destino: Himalaya; viajeros: 1 dragón, 1 duende. Solicito información sobre: la ruta más segura, puntos peligrosos, lugares por los que no deben pasar ni de broma, mejor época del año para viajar. ¡*Enter*!

La rata retrocedió un paso satisfecha. La computadora zumbó como un abejorro en un rincón sin salida, la pantalla parpadeó y se puso negra.

—¡Ay, no! —Gilberto Colagrís saltó sobre las teclas y brincó por todos lados como un loco, pero en la pantalla no ocurrió nada.

Ben y Piel de Azufre intercambiaron miradas de preocupación. Gilberto regresó de un salto al escritorio soltando una maldición y cerró la tapa de la computadora de un golpe.

—¿Acaso no lo dije? Nada más que problemas. Y sólo porque entró en contacto con un poco de agua salada. ¿Ustedes se estropean al momento por tocar agua salada? —saltó furioso del escritorio a la silla bajo la que se encontraba la pequeña oficina, se deslizó por una de las patas del mueble y empezó a rebuscar en sus ficheros de cajas de cerillos.

Ben y Piel de Azufre se acostaron en el suelo y lo observaron.

—¿Entones no podrás ayudarnos?

—Sí, claro —Colagrís extrajo del fichero una tarjeta del tamaño de una uña y la arrojó sobre el escritorio—. Si ese maldito aparato no quiere ayudarnos, tendré que hacerlo del modo tradicional. ¿Puede alguno de ustedes dos gigantes abrir el tercer cajón del armario?

Ben asintió con la cabeza.

Cuando abrió el cajón cayeron sobre él infinidad de mapas, pequeños y grandes, viejos y nuevos. Gilberto Colagrís tardó un poco en encontrar el que buscaba. Tenía un aspecto extraño, muy diferente al de los mapas que Ben conocía. Parecía más bien un pequeño libro doblado innumerables veces, con unas finas cintas blancas que se balanceaban entre las páginas.

—¿Un mapa? —preguntó Piel de Azufre decepcionada cuando Gilberto extendió lleno de orgullo aquel peculiar objeto ante ellos—. ¿Eso es todo lo que nos ofreces?

—¿Y qué esperabas? —ofendido, Gilberto Colagrís apoyó las patas sobre las caderas.

Piel de Azufre no supo qué responder. Con los labios firmemente cerrados observó el mapa que se abría a sus pies.

—Fíjense —la rata pasó con cuidado la pata sobre mares y montañas—. Aquí está representada la mitad de la tierra. Y sólo hay unas pocas manchas blancas de donde no conseguí información. Como les dije, por desgracia la mayor parte de ellas se encuentran justo en el lugar que les interesa. ¿Ven estas cintas? —guiñó un ojo a los dos y tiró de una de ellas. Al momento el mapa se abrió en un punto y apareció otro mapa.

—¡Fantástico! —se entusiasmó Ben.

Sin embargo, Piel de Azufre torció el gesto:

—¿Y qué se supone que es eso?

—Eso —Gilberto se retorció orgulloso los bigotes— es mi invento. De este modo pueden estudiar cualquier punto del mapa en una versión aumentada. Práctico, ¿verdad? —volvió a cerrar el mapa satisfecho y se tiró de una oreja—. ¿Qué más? Ah, sí. Un momento —Gilberto tomó una bandeja que descansaba sobre su escritorio. En ella había seis dedales llenos de tinta de colores. Junto a ellos yacía una pluma de punta afilada—. Les escribiré qué significa cada uno de los colores —explicó Gilberto con expresión grave—. Seguro que ya saben lo más habitual: verde para tierra llana, café para montes, azul para el agua, etc., etc. Eso lo sabe todo el mundo, pero mis mapas dan algo más de información. Con el color oro, por ejemplo... —sumergió la pluma en el brillante color— dibujo la ruta que les recomiendo que hagan por aire. Con el rojo —limpió con esmero la pluma en la pata de la silla y la sumergió en el dedal rojo—sombreo las regiones que deberán evitar, allí donde los humanos están luchando entre sí actualmente. Amarillo significa que me contaron historias extrañas sobre esos lugares. Allí se extiende la desgracia como baba de caracol, ¿entienden?

Bueno, y el gris. Gris significa: un buen lugar para descansar —Gilberto limpió la pluma sobre su pelaje y miró a sus dos clientes con expresión interrogante—. ¿Todo claro?

—Sí, sí —gruñó Piel de Azufre—. Todo claro.

—¡Perfecto! —Gilberto se llevó la mano al bolsillo de su saco, extrajo un tampón de tinta y un minúsculo matasellos y lo estampó con fuerza sobre la esquina inferior del mapa—. ¡Sí! —dijo, contempló el sello de cerca y movió orgulloso la cabeza—. Se reconoce bien —pasó una manga por encima, dobló el mapa con cuidado y dirigió una mirada expectante a Piel de Azufre—. Ya podemos hablar del pago.

—¿El pago? —repitió Piel de Azufre desconcertada—. Rosa no dijo nada de eso.

Al momento, Gilberto puso una pata sobre el mapa.

—Ah, ¿no? Típico de ella, pero mis servicios se pagan. El modo de pago lo dejo a decisión del cliente.

—Pero yo... yo... no tengo nada —tartamudeó Piel de Azufre—. Sólo un par de setas y raíces.

—Bah, puedes quedártelas —replicó Gilberto cortante—. Si eso es todo lo que tienes, no tenemos nada más que hablar.

Piel de Azufre frunció los labios y se levantó de un salto. Gilberto Colagrís apenas le llegaba a las rodillas.

—¡No me importaría nada dejarte encerrado en uno de tus cajones! —bufó la duende, y se inclinó sobre él—. ¿Desde cuándo se paga por un pequeño favor de amistad? ¿Sabes una cosa? Si quisiera, podría arrancarte el mapa de debajo de tu gordo trasero, pero ya no me interesa en absoluto. Llegaremos sin tu ayuda a ese Hamiliya o como se llame. Vamos a...

—Un momento —la interrumpió Ben. Apartó a Piel de Azufre y se arrodilló frente a la rata—. Claro que te pagaremos —dijo—. Seguro que fue un trabajo duro hacer ese mapa.

—¡Desde luego! —chilló Gilberto ofendido. Le temblaba la nariz y, de los nervios, su cola larga y blanca se enroscó en un nudo.

Ben metió la mano en el bolsillo de su pantalón, sacó dos tiras de chicle, un bolígrafo, dos cintas de goma y una moneda de cinco marcos, y lo dejó todo sobre el piso frente a la rata.

—¿Qué quieres? —preguntó.

Gilberto Colagrís se pasó la lengua por los dientes.

—No es una decisión fácil —dijo, y lo examinó todo con gran atención. Al fin señaló las tiras de chicle.

Ben se las entregó:

—Bien. Danos el mapa.

Gilberto retiró la pata trasera del mapa y Ben lo metió en la mochila de Piel de Azufre.

—Si me das también el bolígrafo —añadió la rata blanca—, les revelaré algo que quizá sea importante para ustedes.

Ben se lo dio y recogió el resto de las cosas.

—Dispara —le dijo a Gilberto.

Éste adelantó un poco la cabeza:

—Ustedes no son los únicos que buscan la Linde del Cielo —susurró.

—¿Qué? —preguntó Piel de Azufre aturdida.

—Desde hace años aparecen de vez en cuando unos cuervos por aquí —continuó Gilberto—. Unos cuervos muy raros, si quieren saber mi opinión. Preguntan por la Linde del Cielo, pero sobre todo se interesan por los dragones que se esconden allí, según se rumora. Por supuesto que no les dije nada sobre los dragones que conoce mi querida prima Rosa.

—¿Seguro de que no les dijiste? —preguntó Piel de Azufre con desconfianza.

Gilberto se estiró ofendido tan alto como podía.

—Claro que no. ¿Por quién me tomas? —frunció la nariz—. Me ofrecieron mucho oro, oro y piedras lindas, pero a mí no me gustan esos tipos negros.

—¿Cuervos? —preguntó Ben—. ¿Pero por qué cuervos? ¿Qué tienen ellos que ver con dragones?

—Ah, la información no es para sí mismos —Gilberto Colagrís volvió a bajar la voz—. Vienen por encargo de alguien, pero aún no he descubierto de quién. Sea quien sea, ese dragón amigo suyo haría bien en protegerse.

Piel de Azufre movió pensativa la cabeza.

—El Dorado —murmuró.

Gilberto y Ben la miraron con curiosidad.

—¿Qué dijiste? —preguntó el chico.

—Ah, nada —volteó pensativa y se dirigió hacia el hueco en la estantería.

—Que te vaya bien, Gilberto —dijo Ben, y la siguió.

—¡Saluden a Rosa de mi parte si es que alguna vez regresan a casa! —gritó la rata a sus espaldas—. Díganle que venga a visitarme. Muy cerca de donde viven hay un *ferrry* en el que no utilizan matarratas.

—Ah, ¿sí? —Piel de Azufre volvió a mirarla una vez más—. ¿Y qué me darás por decirle eso? —luego desapareció entre los estantes sin esperar la respuesta de Gilberto.

Fuego de dragón

 —¡Vaya pérdida de tiempo! —bufó Piel de Azufre cuando ya estaban en la calle—. Vinimos a esta apestosa ciudad sólo por esa rata engreída y ¿qué nos da? ¡Pucheruelos malolientes! Un mapa. ¡Un papel lleno de garabatos! Yo podría encontrar esa Linde del Cielo sin él, sólo con mi olfato —parodió la voz de Gilberto—: "Ya podemos hablar del pago". Estúpida bola de sebo, pude haberlo atado de la cola a su globo terráqueo.

—Ay, tranquilízate —Ben le subió la capucha hasta cubrirle las orejas y echó a andar tirando de ella—. El mapa no está mal. ¡Hay cosas que no se pueden oler!

—Bah, tú no entiendes nada de eso —murmuró Piel de Azufre mientras lo seguía malhumorada y a regañadientes—. Ustedes los humanos sólo emplean su nariz para esconderla en pañuelos de papel.

Durante un rato caminaron en silencio uno al lado del otro.

—¿Cuándo quieren partir de nuevo? —preguntó Ben al fin.

—Tan pronto como se haga de noche —respondió Piel de Azufre, y casi chocó con un hombre gordo que dejaba que su perro salchicha olisqueara el bordillo de la acera. El perro levantó sorprendido el hocico al percibir el olor a duende y empezó a tirar de la correa entre gruñidos. Ben agarró a Piel de Azufre y la condujo al otro lado de la calle.

—Vamos —dijo—. Aquí hay menos gente. Ya casi llegamos.

—¡Piedra, piedra y nada más que piedra! —Piel de Azufre levantó nerviosa la mirada hacia lo alto de los edificios—. Los crujidos de mi estómago son peores que el ruido de las máquinas para viajar. Qué ganas tengo de irme de aquí.

—Debe ser fantástico partir en un viaje como ése —dijo Ben.

Piel de Azufre frunció el ceño:

—Yo preferiría mil veces haberme quedado en mi cueva.

—¡Pero ir al Himalaya! —Ben empezó a caminar más rápido, de tan emocionado que estaba—. ¡Y vuelas sobre un dragón! ¡Cielos! —sacudió la cabeza—. Yo explotaría de felicidad. ¡Vaya aventura!

Piel de Azufre observó al chico al tiempo que meneaba la cabeza:

—Tonterías. ¿De qué aventura estás hablando? Yo sólo veo frío y hambre, miedo y peligro. Créeme, estábamos de maravilla en casa. Sí, tal vez llovía demasiado, ¿y qué? ¿Sabes una cosa? Es por culpa de ustedes los humanos que hacemos este absurdo viaje. Porque no dejan a nadie en paz. ¡Porque tenemos que encontrar un lugar donde ustedes nunca puedan meter sus narices sin pelo! ¿Pero a quién le estoy contando esto? Eres uno de ellos. Huimos de los humanos y yo aquí de paseo con uno. Como para volverse loco, ¿no?

Ben no contestó. En su lugar, empujó a Piel de Azufre a la oscura entrada de un edificio.

—¡Eh, eh! ¿Qué estás haciendo? —Piel de Azufre miró furiosa al chico—. ¿Te enfadaste? Tenemos que pasar al otro lado de la calle. La fábrica está allá.

—Sí, exacto. ¿No ves lo que ocurre allí adelante? —susurró Ben.

Piel de Azufre miró por encima del hombro del chico:

—¡Humanos! —masculló—. Humanos por todas partes. Y también tienen máquinas —soltó un gemido—. Hablando del rey de Roma…

—Tú te quedas aquí —la interrumpió Ben—. Yo me acercaré a ellos para descubrir qué es lo que pasa.

—¿Cómo? —Piel de Azufre sacudió enérgicamente la cabeza—. ¿Qué te hace pensar eso? Tengo que avisar a Lung. ¡Ahora mismo! —y antes de que Ben pudiera detenerla, ya estaba en la calle. Sorteó los coches y sus bocinazos y se subió al muro de poca altura que rodeaba el patio de la fábrica. Ben corrió tras ella entre maldiciones.

Por suerte, era tal el caos que reinaba en el patio que nadie se fijó en ellos. Junto a una enorme excavadora dos hombres cuchicheaban entre sí. Ben vio cómo Piel de Azufre se escondía detrás de la enorme pala para escuchar lo que decían. Se deslizó hasta allí y se agachó junto a ella.

—¡No entiendo lo que dicen! —le dijo Piel de Azufre—. Los oigo, pero no conozco las palabras. ¿No hablan todo el tiempo de dinamitar? ¿Qué significa eso?

—¡Nada bueno! —le susurró Ben como respuesta—. ¡Vamos! —la levantó del suelo y corrió con ella hacia el edificio de la fábrica—. Tenemos que ir a buscar a Lung. Tiene que salir de ahí como sea. Ahora mismo.

—¡Eh! ¡Qué hacen aquí ustedes dos! —gritó alguien a sus espaldas.

Como un rayo desaparecieron en la oscuridad protectora del enorme edificio. Mientras bajaban por las escaleras oyeron unos pasos que los seguían. Eran pesados.

—¡Entraron ahí! —exclamó alguien—. ¡Dos niños!

—Maldita sea, ¿cómo pudo pasar eso? —maldijo otro.

Ben y Piel de Azufre siguieron corriendo a través del sótano vacío y medio desmoronado de la fábrica. Por los largos pasillos resonaba el eco traicionero de sus pisadas. Pero ¿qué podían hacer? Tenían que avisar al dragón antes de que alguien lo descubriera.

—¿Y si llegamos demasiado tarde? —dijo Piel de Azufre entre jadeos. La capucha se le resbaló dejando al descubierto sus puntiagudas orejas. Se apresuró a cubrirlas de nuevo—. ¿Y si ya lo atraparon? ¿Y si ya lo disecaron? —soltó un sollozo.

—¿Pero qué dices? —Ben la tomó de la pata y continuaron

su carrera uno al lado del otro. Los pasos a sus espaldas se acercaban cada vez más. A Piel de Azufre le temblaban las piernas, pero ya no faltaba mucho para llegar al escondite de Lung. De repente Ben se detuvo. Intentó recuperar el aliento—. ¡Ay, no! ¿Por qué no me di cuenta hasta ahora? Tenemos que despistarlos. Sigue tú, dile a Lung que se esconda en el canal. Tienen que nadar lo más lejos puedan de la fábrica. Todo esto volará en pedazos de un momento a otro.

—¿Y tú? —jadeó Piel de Azufre—. ¿Qué pasará contigo?

—Ya me las arreglaré —respondió Ben—. ¡Vamos, corre! ¡Avisa a Lung!

Piel de Azufre vaciló un segundo, luego volteó y siguió corriendo. Los pasos estaban ya muy cerca. Dobló la esquina, entró a la habitación en la que habían encontrado a Ben. El dragón dormía frente al agujero en la pared.

—¡Lung! —Piel de Azufre saltó entre sus patas y lo zarandeó—. ¡Despierta, tenemos que irnos! ¡Ahora mismo!

El dragón levantó la cabeza medio dormido:

—¿Qué ocurre? ¿Dónde está ese joven humano?

—¡Te lo explico luego! —masculló Piel de Azufre—. Deprisa, sal por la rendija, volvamos al canal.

Pero Lung alzó las orejas. Se levantó y caminó despacio hasta el pasillo por el que había llegado Piel de Azufre. Oyó voces de humanos, dos profundas de hombre y la de Ben.

—¿Qué demonios estás buscando tú aquí? —preguntó uno de los hombres con rudeza.

—Por el aspecto que tiene es un fugitivo —comentó el otro.

—¡Tonterías! —se defendió Ben—. ¡Suéltenme! ¡Yo no hice nada, de verdad!

Preocupado, el dragón estiró el cuello aún más.

—Pero el chico tal vez necesite ayuda —Lung avanzó un paso más. Las voces de hombre se volvieron más agresivas y la de Ben, más temerosa—. Tiene miedo —añadió.

—¡Es un humano! —masculló Piel de Azufre—. Y esos tipos también son humanos. No van a comérselo. Y tampoco lo disecarán, cosa que sí harán con nosotros si nos atrapan. ¡Así que salgamos de una vez!

Sin embargo, Lung no se movió. Su cola daba golpes contra el suelo.

—¡Eh, cuidado, quiere escapar! —gruñó uno de los hombres.

—¡Yo lo atraparé! —gritó el otro.

Se oyeron pisadas, pasos que se alejaban. Lung avanzó un poco más.

—¡Lo tengo! —bramó un hombre.

—¡Ay! —gritó Ben—. ¡Suéltame! ¡Suéltame, maldito!

Entonces Lung echó a correr de un salto. Como un gato, atravesó disparado los sótanos de la fábrica. Piel de Azufre corrió tras él sin dejar de soltar maldiciones. Las voces de los humanos se acercaban cada vez más hasta que, de súbito, el dragón vio a dos hombres. Le daban la espalda. Uno de ellos tenía agarrado a Ben, que no dejaba de patalear.

Lung dejó escapar un suave gruñido. Profundo y amenazador. Los hombres voltearon sobresaltados... y dejaron a Ben caer al suelo como un costal de papas. Éste se incorporó como pudo y corrió asustado hacia Lung.

—¡Pero si tú tienes que huir! —exclamó—. Yo...

—Súbete —lo interrumpió el dragón sin dejar de vigilar a los dos hombres. Con piernas temblorosas, Ben se trepó al lomo de Lung.

—¡Váyanse! —amenazó el dragón—. ¡El chico está conmigo! —su profunda voz resonó por el oscuro sótano.

Los hombres chocaron el uno con el otro del susto.

—¡Estoy soñando! —tartamudeó uno—. Eso es un dragón.

Ambos seguían sin mover un músculo. Entonces, Lung abrió las fauces, gruñó... y escupió una bocanada de fuego azul, que lamió los sucios muros, el techo negro, el piso de piedra y llenó la habitación de llamas. Los hombres retrocedieron horrorizados. Luego huyeron entre gritos, como si el mismo demonio les siguiera los talones.

—¿Qué pasa? ¿Qué ocurrió aquí? —Piel de Azufre llegó corriendo con la lengua de fuera.

—¡Al canal, rápido! —exclamó Ben—. Si ésos regresan, traerán a veinte hombres más con ellos.

—¡Súbete, Piel de Azufre! —ordenó Lung. Escuchó preocupado las pisadas que se perdían a lo lejos. Cuando Piel de Azufre estuvo por fin sentada sobre su lomo, el dragón dio la vuelta y regresó a grandes saltos a su escondite.

Por el hueco del muro aún entraba la luz del sol. Con cuidado, Lung sacó el hocico por el agujero.

—¡Hay demasiada luz! —se escandalizó Piel de Azufre—. Es imposible. ¿Qué vamos a hacer?

—Vamos —Ben tiró de ella haciéndola bajar del lomo de Lung—. Él tendrá que nadar solo. Así podrá sumergirse en el agua y no lo descubrirán. Nosotros tomaremos mi barco.

—¿Qué? —desconfiada, Piel de Azufre retrocedió unos pasos alejándose del joven y se abrazó a las escamas de Lung—. ¿Tenemos que separarnos otra vez? ¿Y cómo nos encontraremos de nuevo?

—¡Hay un puente! —Ben volteó a mirar al dragón—. Lo verás con toda seguridad si nadas por el lado izquierdo del canal. Escóndete debajo hasta que nosotros lleguemos.

Lung miró al chico con ojos pensativos. Después, accedió con un gesto de cabeza.

—Ben tiene razón, Piel de Azufre —dijo—. Tengan cuidado.

Luego se abrió paso por el hueco del muro, se sumergió en las profundidades de las sucias aguas y desapareció.

Piel de Azufre lo siguió nerviosa con la mirada.

—¿Dónde está tu barco? —le preguntó a Ben sin voltear a mirarlo.

—Aquí —Ben se acercó a las cajas de cartón amontonadas y tiró de ellas. Un barco de madera pintado de rojo apareció a la vista.

—¿A eso llamas tú un barco? —bufó Piel de Azufre estupefacta—. Es apenas más grande que un champiñón.

—Si no te gusta —respondió Ben—, también puedes nadar.

—¡Bah! —Piel de Azufre aguzó el oído. De lejos llegaban voces alteradas.

Ben se deslizó detrás del montón de cajas, el mismo rincón donde se había escondido cuando lo conocieron, y salió con una voluminosa mochila.

—¿Entonces qué? ¿Vienes? —preguntó, y empujó el bote hacia el agujero del muro.

—Nos vamos a ahogar —gimió Piel de Azufre al tiempo que miraba con repugnancia el mugriento canal.

Luego ayudó al chico a introducir el barco en el agua.

Esperando la oscuridad

Nadie descubrió a Lung durante su huida a través del canal. Dos barcos se cruzaron con él, pero avanzaban por el agua levantando un ruido tan ensordecedor que Lung los oyó desde lejos y se sumergió a tiempo hasta el fondo del canal, donde se acumulaba la basura envuelta en lodo. Tan pronto como desaparecía la oscura sombra de la embarcación, el dragón salía a la superficie de nuevo y se dejaba llevar por las aguas. Entre chillidos, las gaviotas daban vueltas por encima de su cabeza, hasta que Lung las ahuyentó con un suave gruñido. Por fin, tras unos sauces de gran tamaño que hundían sus ramas en el canal, apareció un puente.

Se curvaba ancho y compacto sobre el río. Desde lo alto llegaba el rumor de los motores. Sin embargo, la sombra bajo el puente era negra como el lodo en el fondo del canal y ofrecía protección contra miradas curiosas. Lung levantó la cabeza del agua y miró a su alrededor. No se veía ningún humano por allí cerca, ni dentro del agua ni en la orilla. El dragón salió del canal, se sacudió las aguas residuales de las escamas y se ocultó entre los matorrales de zarzas que crecían a la sombra del puente.

Se limpió las escamas con la lengua y esperó.

Pronto se quedó medio sordo por el ruido que corría sobre su cabeza, pero lo peor de todo era la preocupación que lo roía por Piel de Azufre y por el chico. Con un suspiro, apoyó la cabeza sobre las patas y miró hacia el agua. Nubes grises se reflejaban sobre ella. Se sintió solo. Era una sensación desconocida para él. No había estado solo a menudo, y mucho menos en un lugar tan desconocido y gris. ¿Y si Piel de Azufre no regresaba? El dragón alzó la cabeza y pasó la mirada a lo largo del canal.

¿Dónde demonios estaban?

Qué extraño. Lung dejó caer de nuevo la cabeza sobre sus patas. También extrañaba al chico. ¿Serían muchos humanos como él? Lung pensó en los dos hombres que habían atrapado a Ben y la punta de su cola tembló de cólera.

Entonces divisó el barco.

Avanzaba hacia él meciéndose en el canal como una cáscara de nuez. El dragón se apresuró a sacar su largo cuello de las sombras y expulsó sobre el agua una lluvia de chispas azules.

Cuando lo descubrió, Piel de Azufre rompió a brincar con tanta emoción que el bote comenzó a balancearse peligrosamente de un lado a otro, sin embargo, Ben lo condujo con seguridad hasta la orilla. Piel de Azufre desembarcó de un salto y corrió hasta Lung.

—¡Eeeh! —gritó—. ¡Aquí estás! —se colgó de su cuello y le dio un mordisco cariñoso en el hocico. Suspirando, se dejó caer sobre la hierba junto a él—. ¡No te puedes imaginar las náuseas que tengo! —gimió—. ¡Cómo se mueve esa cosa! Me siento como si me hubiera comido un níscalo peludo.

Ben ató el bote a un árbol y se acercó a ellos con timidez.

—Gracias —le dijo al dragón—. Gracias por ahuyentar a esos hombres.

Lung dobló el cuello y le dio al chico un suave empujón con el hocico.

—¿Y qué vas a hacer ahora? —le preguntó—. Ya no puedes regresar, ¿verdad?

—No —dando un suspiro, Ben se sentó sobre su mochila—. La fábrica desaparecerá pronto. Quieren hacerla volar por los aires.

—¡Bah, ya encontrarás un nuevo escondite! —Piel de Azufre olisqueó a su alrededor y arrancó un par de hojas de las zarzas—. ¿Sabes qué? Vete a vivir con el primo de Rata, allí hay sitio suficiente.

—¡El primo de Rata! —exclamó Lung—. Con la huida lo olvidé totalmente. ¿Qué les dijo? ¿Sabe dónde debemos buscar?

—Sí, sí, ¡más o menos! —Piel de Azufre se metió las hojas en la boca y arrancó un puñado más—. Pero para lo que dijo podríamos haberlo descubierto nosotros mismos. Una cosa está clara: nos espera un largo viaje. ¿Estás seguro de que no quieres considerarlo una vez más?

Lung se limitó a sacudir la cabeza.

—No voy a regresar, Piel de Azufre. ¿Qué dijo la rata?

—Nos dio un mapa —dijo Ben—. Ahí está todo escrito. Cómo deben volar, de qué deben protegerse... todo eso. Está muy bien.

El dragón volteó lleno de curiosidad hacia Piel de Azufre:

—¿Un mapa? ¿Qué tipo de mapa?

—Pues eso, un mapa —Piel de Azufre lo sacó de su mochila—. Aquí lo tienes —lo extendió frente a Lung.

—¿Qué significa esto? —el dragón contempló desconcertado el caos de líneas y manchas—. ¿Sabes leerlo?

—Claro —dijo Piel de Azufre con un gesto de importancia—. Mi abuelo dibujaba este tipo de cosas todo el tiempo. Para encontrar los lugares donde escondía su provisión de setas.

El dragón asintió.

—Bien —ladeó la cabeza y miró al cielo—. ¿En qué dirección tengo que volar primero? ¿Hacia el este?

—Eh... ¿hacia el este? Espera... —Piel de Azufre se rascó la piel detrás las orejas y se inclinó sobre el mapa. Con sus peludos dedos siguió las líneas doradas que Gilberto había dibujado—. No, creo que en dirección al sur. "Primero sur y luego este", sí, exacto, eso dijo él —confirmó con la cabeza—. Estoy segura.

—Piel de Azufre —dijo Lung—, ¿estás segura de que entiendes estos garabatos?

—¡Por supuesto! —ésta puso cara de ofendida—. ¡Ay, malditas prendas humanas! —enfadada se sacó el suéter de Ben por encima de la cabeza y se quitó los pantalones—. No puedo pensar con estas cosas puestas.

El dragón la observó pensativo. Luego estiró el cuello y levantó la mirada hacia el cielo.

—El sol se está poniendo —dijo—. Partiremos enseguida.

—¡Por fin! —Piel de Azufre dobló el mapa y lo guardó en su mochila—. Ya iba siendo hora de dejar esta ciudad. No es un lugar muy adecuado para un dragón y un duende.

Ben tomó un par de piedras del suelo y las arrojó a las oscuras aguas del canal.

—No volverán a pasar por aquí, ¿verdad?

—¿Para qué? —Piel de Azufre metió en la mochila unas cuantas hojas más de las zarzas—. Yo desde luego no tengo ni pizca de ganas de volver a ver a esa arrogante rata blanca.

Ben hizo un gesto afirmativo con la cabeza.

—Bueno, entonces les deseo mucha suerte —dijo, y arrojó otra piedra al agua—. Espero que encuentren esa Linde del Cielo.

Lung observó al joven.

Ben le devolvió la mirada.

—Te gustaría venir con nosotros, ¿no es cierto? —preguntó Lung.

Ben se mordió el labio.

—Claro —murmuró sin saber hacia dónde mirar.

Piel de Azufre levantó la cabeza y aguzó el oído intranquila:

—¿Qué? —preguntó—. ¿Venir con nosotros? ¿De qué están hablando ustedes dos?

Lung no le prestó atención. Seguía con los ojos puestos en Ben.

—Será un viaje peligroso —dijo el dragón—. Muy largo y muy peligroso. Quizá no regreses nunca. ¿No te extrañará nadie aquí?

Ben negó con la cabeza:

—Estoy solo. Siempre he estado solo —su corazón comenzó a latir a mayor velocidad. Miró al dragón con ojos incrédulos—. Tú... ¿tú de verdad me llevarías con ustedes?

—Si quieres —respondió Lung—. Pero piénsalo bien. Piel de Azufre está casi siempre de mal humor, ya sabes.

Ben sintió que las piernas se le volvían de goma.

—Lo sé —dijo, y sonrió de oreja a oreja. La cabeza le daba vueltas de pura felicidad.

—¡Eh, eh, un momento! —Piel de Azufre se interpuso entre los dos—. ¿De qué están hablando? No puede venir con nosotros.

—¿Por qué no? —bromeando, Lung le golpeó suavemente la peluda barriga con el hocico—. Nos ayudó mucho. ¿Acaso no necesitamos cualquier ayuda que nos ofrezcan?

—¿Ayuda? —Piel de Azufre se enfureció tanto que estuvo a punto de perder el equilibrio—. ¡Es un humano! ¡Un humano! De acuerdo, la mitad de uno, pero humano al fin y al cabo. ¡Es por culpa de los humanos que no estamos ahora en nuestra cueva tan tranquilos! ¡Sólo por ellos nos vemos en esta búsqueda absurda! ¿Y ahora quieres que uno de ellos nos acompañe?

—Eso es lo que quiero —Lung se levantó, se sacudió y bajó el cuello de modo que la duende tuviera que mirarlo a los ojos—. Nos ayudó, Piel de Azufre. Es un amigo. Por eso me da igual si es un humano, un duende o una rata. Además —alzó la mirada hacia Ben, que seguía allí parado sin apenas atreverse a respirar—, además, él tampoco tiene un hogar, igual que nosotros. ¿No es así? —miró al joven con ojos interrogantes.

—Nunca he tenido un hogar —murmuró Ben, y dirigió los ojos a Piel de Azufre.

Ésta se mordió el labio. Clavó las garras de sus patas en la orilla fangosa del canal.

—Está bien, está bien —gruñó al fin—. Yo ya no digo nada más. Pero él se sienta detrás de mí. Que quede claro.

Lung la empujó con tanta fuerza que ésta se cayó de espaldas sobre la hierba sucia.

—Se sienta detrás de ti —dijo el dragón—. Y viene con nosotros.

Perdidos

 La luna colgaba ya sobre los tejados de la ciudad y un par de estrellas perdidas brillaban en el cielo cuando Lung emergió de debajo del puente. En un instante, Piel de Azufre se subió a su lomo. Ben tuvo que hacer algunos esfuerzos más. La duende observó burlona cómo éste a duras penas conseguía trepar colgado de la cola del dragón. Cuando por fin estuvo sentado en lo alto parecía tan orgulloso como si acabara de subir a la cumbre más alta del planeta. Piel de Azufre lo ayudó a quitarse la mochila, la enganchó a la suya y colgó ambas detrás de ella sobre el lomo de Lung como si fueran alforjas.

—Agárrate fuerte a las púas del lomo —le explicó—. Y sujétate con esta correa también a las púas, o te caerás con la primera ráfaga de viento.

Ben asintió con la cabeza. Lung volteó el cuello y los miró con ojos interrogantes.

—¿Preparados?

—¡Preparados! —respondió Piel de Azufre—. Nos vamos. ¡Rumbo al sur!

—¿Al sur? —preguntó Lung.

—Sí, y luego hacia el este. Cuando yo te diga.

Entonces el dragón extendió las relucientes alas y se elevó del suelo. Ben contuvo la respiración y se aferró a las púas de Lung. El dragón subía cada vez más y más alto. Dejaron tras de sí los ruidos de la ciudad. La noche los envolvió en la oscuridad y el silencio. Pronto el mundo de los humanos no fue más que un destello en las profundidades.

—¿Y? ¿Qué te parece? —le preguntó Piel de Azufre a Ben cuando ya llevaban largo rato en el aire—. ¿Te mareas?

—¿Marearme? —Ben miró hacia abajo. Las calles zigzagueaban a través de la oscuridad como rastros brillantes de caracoles—. ¡Es maravilloso! Es… ay, no puedo describir cómo es.

—Al principio yo siempre me mareo —dijo Piel de Azufre—. Y lo único que me ayuda es comer. Busca en mi mochila y dame una seta. Una de las negras y pequeñas.

Ben obedeció. Luego volvió a mirar hacia abajo. El viento le bramaba en los oídos.

—¡Genial! —dijo Piel de Azufre con la boca llena—. Tenemos el viento a favor. Así llegaremos a los montes antes del amanecer. ¡Lung!

El dragón volteó la cabeza.

—¡Hacia el este! —le gritó Piel de Azufre—. Cambia el rumbo en dirección al este.

—¿Ya? —Ben miró por encima del hombro de Piel de Azufre. Ésta tenía el mapa de la rata sobre el regazo y seguía la línea dorada con el dedo—. ¡Pero todavía no hemos llegado hasta ahí! —le dijo—. Es imposible.

Se metió la mano en el bolsillo y sacó una pequeña brújula. La linterna, su navaja y la brújula eran sus tesoros.

—¡Tenemos que continuar hacia el sur, Piel de Azufre! —gritó—. Aún es pronto para cambiar el rumbo.

—¡Tonterías! —la duende se dio unos golpecitos satisfechos en la barriga y se reclinó sobre las púas de Lung—. Toma, míralo tú mismo, chico listo.

Le dio el mapa a Ben. Éste apenas conseguía sujetarlo debido a la fuerza con que el papel se sacudía por el viento. Preocupado, observó las líneas que la Rata había dibujado.

—¡Tenemos que seguir en dirección sur! —exclamó—. ¡Si cambiamos hacia el este ahora, acabaremos en medio de una zona amarilla!

—Bueno, ¿y qué? —Piel de Azufre cerró los ojos—. Mucho mejor. Es el color que Gilberto nos recomendó para descansar.

—¡No! —contestó Ben—. Ése es el gris. Nos recomendó zonas de color gris. El amarillo significaba peligro. Mira —Ben encendió la linterna e iluminó lo que Gilberto había escrito en la parte inferior del mapa—. Aquí lo puso: "amarillo = peligro, desgracia".

Piel de Azufre volteó enojada:

—¡Lo que me temía! —bufó—. Ustedes los humanos siempre piensan que lo saben todo. Es insoportable. Volamos en la dirección correcta, justo la que necesitamos. Me lo dice mi nariz, ¿de acuerdo?

Ben sintió que Lung disminuía la velocidad.

—¿Qué ocurre? —les preguntó—. ¿Por qué están discutiendo?

—Ah, nada —murmuró Ben, dobló el mapa y lo metió en la mochila de Piel de Azufre. Luego miró preocupado a través de la noche.

Poco a poco se fue haciendo de día, y en la luz gris del amanecer Ben vio montes por primera vez en su vida. Emergían oscuros de la niebla, arqueando sus cabezas de roca contra el cielo. El sol comenzaba a abrirse paso entre las cumbres, expulsaba la luz crepuscular y pintaba de mil colores la piedra gris de las montañas. Lung descendió, voló en círculo mientras buscaba entre las escarpadas pendientes y se dirigió después a una mancha verde rodeada de escuálidos abetos que se hallaba al límite de la arboleda. Como un pájaro gigantesco, el dragón se deslizó hasta allí, sacudió las alas con fuerza un par de veces hasta estar casi erguido sobre el aire y finalmente aterrizó con suavidad entre los árboles.

Con el cuerpo entumecido, Ben y Piel de Azufre se bajaron del lomo de Lung y miraron a su alrededor. Por encima de sus cabezas, el monte se elevaba hacia el cielo. El dragón bostezó y buscó con la mirada un lugar protegido entre las rocas. Mientras tanto, sus jinetes se acercaban cautelosos a la linde del claro.

Abajo, junto a las verdes pendientes, Ben descubrió unas vacas del tamaño de escarabajos y se mareó. Retrocedió un paso sobresaltado.

—¿Qué pasa? —se burló Piel de Azufre, y se acercó tanto al precipicio que los peludos dedos de sus pies sobresalían al abismo—. ¿No te gustan los montes?

—Ya me acostumbraré —respondió Ben—. Tú también te acostumbraste a volar, ¿no?

Se giró para mirar a Lung. Éste había encontrado un escondite. A la sombra de un saliente rocoso lo vio hecho un ovillo, el hocico sobre las patas y la cola rodeando su cuerpo.

—Los dragones se cansan muchísimo cuando vuelan —le susurró Piel de Azufre a Ben—. Si no pueden dormir después, entristecen. Tanto, que es imposible hacer nada con ellos. Y si además llueve… —puso los ojos en blanco—. La infinidad de cosas que podría contarte… pero, por suerte —alzó la mirada al cielo—, parece que no va a llover, ¿o acaso me quieres llevar la contraria otra vez?

Ben sacudió la cabeza y miró a su alrededor.

—Por como lo observas todo, nunca habías estado en un monte, ¿cierto? —preguntó Piel de Azufre.

—Estuve una vez en un monte de basura, para bajar en trineo —contestó Ben—. Pero no era más alto que ese abeto de allá.

Se sentó sobre su mochila, en la hierba cubierta de rocío. Se sintió terriblemente pequeño entre las altas cumbres… pequeño como un escarabajo. Aun así, no se cansaba de mirar las lomas y las montañas que se dibujaban el horizonte. En lo alto de una cima, lejos, muy lejos de ellos, Ben descubrió las ruinas de un castillo. Se alzaba negro hacia el cielo del amanecer y, aunque apenas era más grande que una caja de cerillos, tenía un aspecto amenazador.

—Mira —Ben le dio un codazo a Piel de Azufre—. ¿Ves aquel castillo?

La duende bostezó:

—¿Dónde? Ah, aquel de allá —volvió a bostezar—. ¿Qué pasa con él? De donde Lung y yo venimos hay muchos de esos. Son antiguas casas de humanos. Tú lo deberías saber —abrió su mochila y se metió en la boca un puñado de las hojas que había recogido bajo el puente—. ¡Bueno! —arrojó su mochila a la hierba—. Uno de nosotros puede echarse a dormir, el otro tiene que montar guardia. ¿Lo dejamos a la suerte?

—No, no —Ben sacudió la cabeza—. Acuéstate tú. Yo no podría dormir de todos modos.

—Como quieras —Piel de Azufre se dirigió pesadamente hacia donde dormía Lung—. Pero no te caigas de algún sitio, ¡eh! —le advirtió por encima del hombro. Luego se enroscó junto al dragón y se quedó dormida al instante.

Ben sacó de su mochila una cuchara y una lata de ravioles, la abrió con un cuchillo y se sentó en la hierba a una prudente distancia del precipicio. Mientras se comía a cucharadas la pasta fría, paseó la mirada por el entorno. Montar la guardia. Dirigió los ojos al castillo. En el cielo, unos puntos minúsculos lo sobrevolaban. Ben pensó en los cuervos de los que les habló Gilberto Colagrís. "¡Ay, bah!", pensó. "Ahora ya veo fantasmas."

El sol siguió elevándose en lo alto. Ahuyentó la niebla de los valles e hizo que Ben sintiera sueño. Así que se levantó de un salto y se puso a caminar de un lado a otro. Cuando Piel de Azufre empezó a roncar, Ben se acercó a ella, rebuscó en su mochila y sacó el mapa de Gilberto Colagrís.

Con cuidado lo desdobló y sacó la brújula de su bolsillo. Luego tiró de una de las cintas y estudió con más atención los montes en los que debían de encontrarse. Preocupado leyó las notas de la rata.

—Ahí está —murmuró—. Lo sabía. Aterrizamos en medio de una de esas malditas manchas amarillas. Demasiado al este. Esto empieza bien.

De pronto, oyó un rumor de hojas a sus espaldas.

Ben levantó la cabeza. Ahí. Otra vez. Clarísimo. Se dio la vuelta. Piel de Azufre y Lung seguían durmiendo. Sólo la punta de la cola del dragón temblaba en sueños. Nervioso, Ben miró a su alrededor. ¿Habría serpientes en los montes? Las serpientes eran prácticamente lo único que Ben temía de verdad.

"Bah, no será nada, tal vez un conejo", pensó. Dobló el mapa, lo volvió a meter en la mochila de Piel de Azufre y… no pudo creer lo que vieron sus ojos.

De detrás de una enorme piedra cubierta de musgo, a apenas un paso de él, salió con timidez un hombre pequeño y gordo. No era mucho mayor que un pollo, y llevaba un gigantesco sombrero que era tan gris como las rocas que los rodeaban. En la mano sostenía una azada de piedra.

—No, éste no es —dijo el pequeño, mientras contemplaba a Ben de los pies a la cabeza.

—¿Por qué no, Barba de Yeso? —otros tres tipos gordos aparecieron de detrás de la piedra. Observaban a Ben como si fuera un extraño animal que se hubiera perdido en su monte.

—Porque con uno así no nos picaría la cabeza, por eso —respondió Barba de Yeso—. Es un humano, ¿no lo ven? Sólo que uno pequeño.

El enano lanzó una mirada preocupada a su alrededor. Alzó los ojos incluso al cielo. Luego caminó con paso decidido hacia Ben, que seguía agachado sin poder salir de su asombro. Barba de Yeso se detuvo justo frente a él, con las pequeñas ma-

nos aferradas a la azada, como si ésta pudiera protegerlo del gigante humano. Los otros tres permanecieron detrás de la piedra y observaban a su intrépido líder aguantando la respiración.

—Eh, humano —gruñó Barba de Yeso, y le dio un golpe a Ben en la rodilla—. ¿Con quién llegaste?

—¿Qu...qu...qué? —tartamudeó Ben.

El gordo volteó a ver a sus amigos y se tocó la frente.

—¡No es muy inteligente! —les gritó—. Pero lo intentaré otra vez —de nuevo se volteó hacia Ben—. ¿Con-quién-llegaste? —preguntó—. ¿Con un elfo? ¿Un hada? ¿Un duende? ¿Un fuego fatuo?

Sin quererlo, Ben lanzó un vistazo al lugar donde dormían Lung y Piel de Azufre.

—¡Ajáaa! —Barba de Yeso dio un paso a un lado, se puso de puntillas y tomó aliento con reverencia. Sus ojos se volvieron redondos como platos. Se quitó su enorme sombrero, se rascó la calva y volvió a ponerse el sombrero.

—¡Eh, Galena, Barba de Grava, Piedra Renal! —gritó—. Salgan de detrás de esa piedra de una vez —y añadió con devoción—: No se lo van a creer. ¡Es un dragón! Un dragón plateado.

Avanzó hacia Lung despacio y de puntillas. Nerviosos, sus amigos lo siguieron a trompicones.

—¡Eh, esperen! —Ben por fin recuperó el habla. Se levantó de un salto y se colocó entre Lung y los hombrecillos. Eran poco más grandes que botellas de limonada, pero a pesar de eso levantaron sus martillos y azadas y lo miraron furiosos.

—¡Quítate de en medio, humano! —gruñó Barba de Yeso—. Sólo queremos mirarlo.

—¡Piel de Azufre! —llamó Ben por encima del hombro—. Piel de Azufre, despierta, esto está lleno de extraños tipos minúsculos.

—¿Extraños tipos minúsculos? —Barba de Yeso dio un paso hacia Ben—. ¿No te referirás a nosotros, verdad? Hermanos, ¿oyeron eso?

—¿Qué es todo ese ruido? —gruñó Piel de Azufre y salió bostezando de detrás del dragón, que seguía dormido.

—¡Un duende de los bosques! —se horrorizó Galena.

—¡Enanos de las piedras! —exclamó Piel de Azufre—. Vaya, vaya. En ningún lugar está una segura con ellos.

De un salto se plantó entre los hombrecillos, agarró a Galena por el cuello y lo levantó en el aire. Del susto, el enano dejó caer el martillo y sacudió sus piernas torcidas en el aire. Sus amigos se abalanzaron de inmediato contra Piel de Azufre, pero ésta se defendió de ellos con la pata libre.

—Vamos, vamos, no se enfaden —dijo, les quitó los martillos y las azadas y los arrojó lejos por encima del hombro—. ¿No saben que jamás se debe despertar a un dragón? ¿Eh? ¿Y si él se los hubiera comido para desayunar? ¡Tan jugosos y crujientes que parecen ustedes!

—¡Bah, estúpida palabrería de duendes! —gruñó Barba de

Yeso. Lanzó una mirada rabiosa a Piel de Azufre, pero retrocedió por si acaso un par de saltos de enano.

—¡Los dragones no comen nada que respire! —gritó el enano más gordo, y se escondió detrás de una piedra—. Sólo se alimentan de la luz de la luna. Toda su fuerza procede de la luna. Ni siquiera pueden volar si ésta no brilla.

—Vaya, son ustedes muy listos, ¿eh? —Piel de Azufre devolvió a Galena a la hierba e hizo una reverencia ante los otros—. Entonces díganme: ¿Cómo supieron que estábamos aquí? ¿Acaso tuvimos la torpeza de aterrizar en la puerta de su casa?

Los cuatro la miraron atemorizados. Barba de Yeso le dio un empujón al más pequeño:

—Vamos, Piedra Renal —refunfuñó—. Ahora te toca a ti.

Piedra Renal se acercó inseguro, jugueteó con el ala de su sombrero y miró nervioso a los dos gigantes que tenía ante él.

—No, nosotros vivimos bastante más arriba —dijo al fin con voz temblorosa—. Pero esta mañana nos picó la cabeza. Sólo nos pica así de fuerte cuando estamos cerca del castillo.

—¿Y eso qué significa? —preguntó Piel de Azufre con impaciencia.

—Sólo nos pica cuando hay otras criaturas fantásticas cerca —respondió Piedra Renal—. Con humanos y animales no nos pica nunca.

—¡Por suerte! —suspiró Galena.

Piel de Azufre miró a los cuatro con ojos incrédulos.

—Acabas de decir algo sobre un castillo —Ben se arrodilló

frente a Piedra Renal y clavó en él una mirada interrogante—. ¿Te refieres acaso a aquel de allá?

—¡Nosotros no sabemos nada! —chilló el enano más gordo desde detrás de su piedra.

—¡Cierra la boca, Barba de Grava! —gruñó Barba de Yeso.

Piedra Renal miró a Ben como un conejo asustado y se escabulló hasta donde estaban los otros. Sin embargo, Barba de Yeso avanzó un paso hacia el joven humano.

—Ése es justo el castillo al que nos referimos —murmuró—. El picor se vuelve prácticamente insoportable. Por eso hace años que no ponemos un pie por allí. Y eso que el monte sobre el que se encuentra huele tanto a oro que casi se nos cae el sombrero de la cabeza.

Ben y Piel de Azufre dirigieron una mirada hacia las ruinas.

—¿Quién vive allí entonces? —preguntó Ben preocupado.

—¡No lo sabemos! —susurró Piedra Renal.

—¡No, no tenemos ni idea! —murmuró Barba de Grava clavando una mirada sombría en Ben y Piel de Azufre.

—Y tampoco nos interesa saberlo —bramó Barba de Yeso—. Allá pasan cosas oscuras. No queremos tener nada que ver con eso, ¿verdad, hermanos?

Los cuatro volvieron a negar con la cabeza y se acercaron aún más los unos a los otros.

—Parece que deberíamos continuar nuestro viaje lo más pronto posible —dijo Piel de Azufre.

—¡Te lo dije: debemos evitar el color amarillo! —Ben miró

intranquilo a Lung, pero éste seguía durmiendo tan tranquilo. Sólo su cabeza estaba volteada hacia el otro lado—. No volamos lo suficiente hacia el sur, pero tú no quisiste creerme.

—¡Está bien, está bien! —Piel de Azufre se mordía pensativa las garras—. Ahora ya es demasiado tarde. Hasta la puesta de sol no podemos salir de aquí. Y Lung tiene que dormir todo el día, de otro modo esta noche estará demasiado cansado para volar. Bien —dio una palmada con las patas—. Ahora tengo tiempo para reponer provisiones. ¿Qué me dicen, chicos? —se inclinó hacia los enanos de las piedras—: ¿Saben dónde crecen por aquí algunas bayas o raíces sabrosas?

Los cuatro cuchichearon entre sí. Al fin, Barba de Yeso se adelantó con una expresión de importancia, carraspeó y dijo:

—Te mostraremos un lugar, duende, pero sólo si el dragón olfatea entre las rocas para nosotros.

Piel de Azufre los contempló sorprendida:

—¿De qué les servirá eso?

Entonces fue Barba de Grava quien dio un paso hacia ella:

—Los dragones encuentran tesoros por el olor —murmuró—. Todo el mundo lo sabe.

—¿Ah, sí? —Piel de Azufre sonrió burlona—. ¿Quién les contó eso?

—Lo dicen todas las historias —respondió Barba de Yeso—. Las historias sobre los tiempos en los que aún existían dragones.

—Aquí había muchos, muchísimos —añadió Piedra Renal—.

Pero —se encogió de hombros con tristeza— todos desaparecieron hace tiempo —añadió, y dirigió a Lung una mirada de admiración.

—Mi abuelo —contó Galena —, mi abuelo materno incluso cabalgó encima de uno. ¡Éste encontró oro y plata, cuarzo y turmalina, cristal de roca, mineral de plomo amarillo, malaquita! —el enano entornó emocionado los ojos.

—Está bien —Piel de Azufre se encogió de hombros—. Se lo pediré al dragón cuando despierte. Pero sólo si ustedes me muestran un par de auténticos manjares.

—De acuerdo, ven con nosotros.

Los enanos de las piedras condujeron a Piel de Azufre allí donde el monte descendía empinado hacia el valle. Bajaron por las rocas con gran habilidad.

Piel de Azufre retrocedió asustada ante la pendiente.

—¿Qué? ¿Por ahí abajo? —preguntó—. Ni se les ocurra. Me gusta escalar aquí y allá por montañas que son redondas y suaves como jorobas de gato, ¿pero esto? Ni hablar. ¿Qué tal si bajan ustedes solos hasta allá? Yo los espero aquí y les aviso cuando el dragón se despierte. ¿De acuerdo?

—Como quieras —respondió Galena, y desapareció en las profundidades—. Pero nos llamas.

—Palabra de honor —Piel de Azufre siguió con la mirada a los hombrecillos al tiempo que sacudía la cabeza. Bajaban por la escarpada pared de roca ágiles como moscas—. Espero que sepan lo que nos gusta a los duendes —murmuró.

Luego tomó el turno de vigilancia.

Desafortunadamente, no notó que Barba de Grava, el enano más gordo de los cuatro, se separaba de los demás y desaparecía con disimulo bajo las ramas de un abeto.

Sarpullido el Dorado

Los enanos tenían razón.

El castillo en cuyas cercanías había aterrizado Lung era un lugar oscuro, y mucho más peligroso para un dragón que para un par de enanos de las piedras. Su inquilino sentía tan poco interés por los enanos como por las moscas o las arañas, pero llevaba más de ciento cincuenta años esperando a un dragón.

Hacía tiempo que la lluvia había devorado los muros del castillo. Las torres estaban derruidas, los cardos y las zarzas cubrían las escalinatas. Sin embargo, nada de eso molestaba a su inquilino. Su coraza era insensible a la lluvia, al viento y al frío. Vivía en las profundidades de los húmedos sótanos abovedados: Sarpullido el Dorado. Extrañaba los buenos tiempos en los que el tejado del castillo aún no tenía agujeros y él salía de caza. A la caza del único botín que le divertía perseguir: un dragón.

La coraza de Sarpullido seguía brillando como oro puro. Sus garras estaban tan afiladas como esquirlas de cristal, al igual que sus dientes, y poseía más fuerza que cualquier otra criatura. Sin embargo, se aburría. El aburrimiento lo devoraba. Lo volvía salvaje y rabioso, arisco como un perro encadenado y le agriaba tanto el carácter que hacía tiempo que se había comido a la mayoría de sus sirvientes.

Sólo quedaba uno, un ser diminuto y escuálido llamado Pata de Mosca. Un día sí y otro también pulía la coraza de Sarpullido, les quitaba el polvo a las púas de su lomo, le limpiaba los brillantes dientes y le afilaba las garras. Un día sí y otro también, desde el amanecer hasta el anochecer. Mientras tanto, el dragón dorado yacía en su castillo desmoronado, esperando que uno de sus incontables espías le trajera por fin las noticias que llevaba esperando desde tiempo inmemorial. Noticias de los últimos dragones, para al fin poder salir de caza otra vez.

Esa mañana en la que Lung dormía entre las rocas a tan sólo algunos montes de distancia, habían llegado ya dos espías al castillo: uno de los cuervos que Sarpullido enviaba a investigar al norte, y un fuego fatuo del sur, sin embargo, no tenían nada

qué informar. Nada en absoluto. Únicamente tonterías sobre un par de troles por aquí, algunas hadas por allá, sobre una serpiente marina, un pájaro gigante… nada sobre dragones. Así que Sarpullido se los comió para desayunar, a pesar de que sabía que las plumas del cuervo le darían un terrible dolor de barriga.

Estaba de un humor de mil demonios cuando Pata de Mosca, armado de trapos y cepillos, hizo una reverencia ante él. El minúsculo hombrecillo se subió al cuerpo gigantesco de Sarpullido para pulir la coraza de escamas que cubría a su señor de la cabeza a la punta de la cola.

—¡Ten cuidado, homúnculo cabeza hueca! —bufó Sarpullido—. ¡Ayyy! No me pises la barriga, ¿me oyes? ¿Por qué no impediste que me comiera a ese maldito pájaro negro?

—No me habría hecho caso, mi señor —respondió Pata de Mosca. De una botella verde vertió en el cubo de agua un poco del abrillantador que los enanos de las piedras producían en exclusiva para su amo. Sólo aquel producto dejaba las escamas tan relucientes que Sarpullido veía su reflejo sobre ellas.

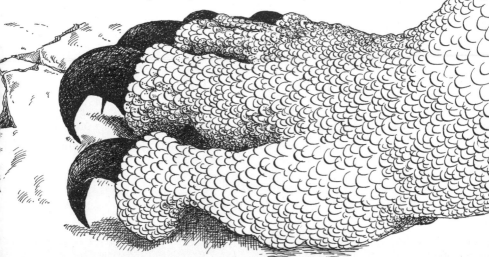

—¡Cierto!

Pata de Mosca mojó el trapo en el agua y se puso a trabajar. No había limpiado más de tres escamas cuando su señor se volvió hacia un lado entre gemidos. El cubo de Pata de Mosca se volcó y aterrizó en el piso.

—¡Déjalo! —bramó Sarpullido—. ¡Hoy no me limpies las escamas! Sólo consigues que me duela todavía más la barriga. ¡Afílame las garras, vamos! —con un soplido helador se quitó del lomo a Pata de Mosca. Éste rodó cabeza abajo por las baldosas resquebrajadas del castillo. Se incorporó sin decir palabra, extrajo una lima de su cinturón y comenzó a afilar las negras garras de Sarpullido.

Éste lo observaba malhumorado.

—¡Vamos, cuéntame algo! —gruñó—. Cuéntame algo sobre mis antiguas hazañas.

—Oh, no, ¡otra vez no! —murmuró Pata de Mosca.

—¿Qué acabas de decir? —bufó Sarpullido.

—Nada, nada —se apresuró a contestar Pata de Mosca—. Ahora mismo empiezo, señor. Un momento. ¿Cómo era? Ah, sí —el hombrecillo carraspeó—: En una fría noche sin luna del año 1423…

—¡1424! —bramó Sarpullido—. ¿Cuántas veces te lo tengo que decir, cerebro de escarabajo? —furioso, intentó golpear al homúnculo, pero Pata de Mosca se escabulló con agilidad.

—En una fría noche sin luna del año 1424 —volvió a comenzar—, el gran alquimista Petrosius de Bilsenkraut creó la maravilla más grande que el mundo viera jamás, el ser más poderoso, el…

—El ser más poderoso y más peligroso —lo interrumpió Sarpullido—. Esfuérzate un poco, ¿quieres? O te arrancaré de un mordisco esas patitas de araña que tienes. Sigue.

—…el ser más poderoso y más peligroso —repitió obediente Pata de Mosca— que posara nunca sus garras sobre la tierra. A partir de una criatura cuyo nombre nadie conoce, lo creó de fuego y agua, oro y hierro, de roca y del rocío que el rosal atrapa sobre sus hojas. Luego lo despertó a la vida con la fuerza de un relámpago y llamó a su obra Sarpullido —Pata de Mosca bostezó—. Ay, lo siento.

—Sigue, sigue —gruñó Sarpullido, y cerró los ojos rojos.

—Sigo, sigo. ¡A su servicio! —Pata de Mosca se metió la lima bajo el brazo y caminó hasta la otra pata—. Esa misma noche —continuó— creó Petrosius doce homúnculos, unos hombrecillos de los cuales el último está aquí presente limándole las garras. Los otros…

—Sáltate eso —bufó Sarpullido.

—¿Quiere que narre cómo usted, mi señor, devoró a Petrosius, nuestro creador, en una honorable venganza?

—No, no, no me interesa. Cuéntame mejor algo sobre mi gran cacería, limpiacorazas.

Pata de Mosca suspiró:

—Poco tiempo después de su nacimiento, el magnífico, invencible y por siempre deslumbrante Sarpullido el Dorado emprendió la tarea de limpiar de la faz de la Tierra a todos los demás dragones…

—¿Limpiar? —Sarpullido abrió un ojo—. ¿Limpiar? ¿Qué palabra es esa?

—Ah, ¿acaso utilicé hasta ahora otra palabra, señor? —Pata de Mosca se frotó la puntiaguda nariz—. Se me escapó. Ay, ahora se me rompió la lima.

—Ve por una nueva —rezongó Sarpullido—. Pero date prisa o visitarás a tus once hermanos en mi estómago.

—No, gracias —susurró Pata de Mosca, y bajó al piso de un salto. Y en el momento en que se disponía a echar a correr vio a un cuervo de gran tamaño bajando a pequeños brincos la escalinata de piedra que conducía a los sótanos ocultos del castillo. El pájaro no sorprendía a Pata de Mosca. Aquellas criaturas emplumadas eran los espías más eficaces y leales de Sarpullido, aun a pesar de que éste devoraba a alguno de ellos de vez en cuando. Sin embargo, sobre la espalda del cuervo iba sentado un enano de las piedras. Pocas veces se atrevían ésos a pasarse por allí. Ni siquiera traían ellos mismos el abrillantador, sino que iba siempre un cuervo a recogerlo.

El enano se sujetaba el sombrero mientras el cuervo bajaba los escalones. Estaba tan nervioso que tenía la cara roja. Al pie de la escalinata se apresuró a bajarse del pájaro negro, dio algunos pasos hacia Sarpullido y se arrojó al suelo cuan largo era.

—¿Qué quieres? —preguntó malhumorado el señor de Pata de Mosca.

—¡Vi a uno! —soltó el enano sin levantar el rostro del suelo—. Vi a uno, su dorada majestad.

—¿A un qué? —Sarpullido se rascó aburrido la barbilla.

Pata de Mosca se acercó al enano y se inclinó sobre él:

—Deberías ir al grano —le gruñó—, en lugar de aplastar contra el suelo esa nariz gorda que tienes. Precisamente hoy mi señor está de un humor terrible.

El enano se incorporó con esfuerzo, levantó inquieto la mirada hacia Sarpullido y señaló con un tembloroso dedo la pared que éste tenía a sus espaldas.

—A uno como ése —dijo sin aliento—. Vi a uno como ése.

Sarpullido volteó. En la pared colgaba un tapiz, tejido por humanos hacía muchos cientos de años. Los colores estaban desteñidos, pero la imagen que mostraba se reconocía incluso en la oscuridad: un dragón plateado perseguido por unos hombres a caballo.

Sarpullido se enderezó. Sus ojos rojos se clavaron en el enano.

—¿Viste a un dragón plateado? —preguntó. Su voz retumbó a través de la antigua bóveda—. ¿Dónde?

—En nuestro monte —tartamudeó el enano, que a duras penas se mantenía en pie—. Aterrizó allí esta mañana. Con un duende y un humano. Vine aquí enseguida montado en uno de sus cuervos, para informarle. ¿Me dará ahora una de sus escamas? ¿Una de sus escamas doradas?

—¡Silencio! —gruñó Sarpullido—. Tengo que pensar.

—¡Pero nos lo prometió! —exclamó el enano.

Pata de Mosca tiró de él.

—¡Cierra la boca, cabeza hueca! —masculló—. ¿O acaso perdiste la cabeza bajo tu enorme sombrero? Puedes estar contento de que no te devore. Súbete al cuervo y desaparece de aquí. Lo más probable es que hayas visto a un lagarto más grande de lo normal.

—¡No, no! —gritó el enano—. ¡Es un dragón! Sus escamas brillan como si fueran de luz de luna, y es grande, muy grande.

Sarpullido contemplaba inmóvil la alfombra. Luego se giró.

—¡Pobre de ti! —dijo con voz tenebrosa—. Pobre de ti si te equivocas. Te aplastaré como a una cucaracha si me das esperanzas vanas.

El enano de las piedras encogió la cabeza.

—Limpiacorazas, ven aquí —gruñó Sarpullido.

Pata de Mosca se estremeció.

—¡La lima, la lima, mi señor! —exclamó—. Voy ahora mismo por ella. Volando.

—¡Olvídate de la lima! —bufó Sarpullido—. Tengo un trabajo más importante para ti. Ve en el cuervo hasta el monte del que vino este idiota, y averigua qué vio exactamente. Si es verdad que allí hay un dragón, me dices por qué está solo, de dónde llegó y qué planean el humano y el duende que están con él. Quiero saberlo todo, ¿me oyes? Todo.

Pata de Mosca aceptó la orden con un gesto de cabeza y corrió hasta el cuervo, que esperaba paciente al pie de la escalinata.

Aturdido, el enano lo siguió con la mirada.

—¿Y yo? —preguntó—. ¿Cómo regreso yo?

Sarpullido sonrió. Una sonrisa repugnante.

—Tú tendrás la suerte de afilarme las garras mientras Pata de Mosca no está. Podrás pulirme la coraza y quitarles el polvo a mis púas, lavarme los dientes y arrancarme las cochinillas que salen entre las escamas. ¡Serás mi nuevo limpiacorazas! Ése es mi agradecimiento por tus buenas noticias.

El enano de las piedras lo miró espantado.

Sarpullido se lamió el hocico y gruñó satisfecho.

—Me daré prisa, señor —dijo Pata de Mosca al tiempo que se sentaba sobre el cuervo—. Regresaré pronto.

—Nada de regresar —respondió Sarpullido malhumorado—. Me informarás por el agua, ¿entiendes? Eso será más rápido que volar de aquí para allá.

—¿Por el agua? —Pata de Mosca torció la cara—. ¡Pero puede pasar mucho tiempo hasta que encuentre algo de agua en ese monte, señor!

—Pregúntale al enano dónde hay agua, cerebro de escarabajo —bufó Sarpullido, y se giró. Despacio, con pasos pesados caminó hasta el tapiz en el que, tejido con miles de hilos, brillaba el dragón plateado. Sarpullido se colocó muy cerca frente a él—. Tal vez hayan regresado realmente —murmuró—. Después de tantos y tan largos años. Aaah, sabía que no podrían esconderse de mí para siempre. De los humanos quizá, pero de mí, no.

El espía

Pata de Mosca miró intranquilo hacia atrás cuando el cuervo se despegó de los muros derruidos del castillo y se elevó hacia el cielo. Hasta entonces, el homúnculo sólo había salido del castillo cuando las ansias de caza de Sarpullido lo empujaban a los valles donde éste engullía vacas y ovejas. Sarpullido viajaba por vías subterráneas. Nadaba por los ríos que corrían bajo tierra, y si alguna vez salía a la superficie, era sólo de noche, protegido por la oscuridad. Ahora, el sol colgaba deslumbrante y cálido en lo alto del cielo. Y Pata de Mosca no tenía nada más que a un cuervo por compañía.

—¿Falta mucho todavía? —preguntó, e intentó no mirar hacia abajo.

—¡Es aquel monte! —graznó el cuervo por respuesta—. El de la punta quebrada —voló disparado como una flecha hacia él.

—¿Es necesario que vueles tan rápido? —Pata de Mosca clavó sus finos dedos en las plumas del cuervo—. El viento me va a arrancar las orejas de la cabeza.

—Pensé que teníamos prisa —contestó el cuervo sin disminuir la velocidad—. No pesas ni la mitad de lo que pesaba el enano, y eso que mides casi lo mismo que él. ¿De qué estás hecho? ¿De aire?

—Bingo —Pata de Mosca se resbalaba incómodo de un lado a otro—. De aire y de algunos otros ingredientes delicados. Pero la receta se perdió —se esforzaba por mirar hacia adelante—. ¡Allá! ¡Allá brilla algo entre la hierba! —exclamó de repente—. ¡Salamandras sagradas! —abrió los ojos como platos—. El tonto del enano tenía razón. Es un dragón.

El cuervo voló en círculo sobre el lugar en el que Lung dormía hecho un ovillo entre las rocas. Ben y Piel de Azufre estaban inclinados sobre el mapa unos metros más allá. Tres enanos de las piedras los acompañaban.

—¡Aterricemos sobre aquella roca saliente! —murmuró Pata de Mosca al cuervo—. Justo sobre sus cabezas. Así podremos oír mejor lo que dicen.

Cuando el pájaro aterrizó sobre la roca, Piel de Azufre miró hacia arriba con desconfianza.

—¡Desaparece! —dijo Pata de Mosca al cuervo—. Escóndete en aquel abeto hasta que te haga una señal. A mí no me ve, pero parece que tú la pones nerviosa.

El cuervo levantó el vuelo y desapareció entre las oscuras ramas del árbol. Pata de Mosca se acercó con cuidado hasta el borde de la roca.

—¡Está bien, está bien, lo admito! —decía en aquel momento la duende—. Nos desviamos un poco de nuestro camino, pero no pasa nada. De todos modos, esta noche llegaremos hasta el mar.

—Sí, la pregunta es a cuál, Piel de Azufre —le respondió el humano.

—¿Sabes qué, don sabelotodo? —bufó el duende—. Hoy decides tú la ruta. Así al menos yo no tendré que aguantar tus quejas si nos perdemos otra vez.

—¿Pero adónde quieren ir? —preguntó uno de los enanos. Pata de Mosca alzó las orejas en punta.

—Estamos buscando la Linde del Cielo —respondió Ben.

Piel de Azufre le dio un empujón tan fuerte que éste casi perdió el equilibrio.

—¿Quién te dijo que se lo contaras al primer enano que vieras, eh?

El chico frunció los labios.

Pata de Mosca se acercó un poco más. La Linde del Cielo. ¿Qué sería eso?

—¡Está despertando! —gritó de pronto uno de los enanos—. Miren, está despertando.

Pata de Mosca giró la cabeza... y allí estaba: el dragón plateado.

Era mucho más pequeño que Sarpullido. Y sus ojos no eran rojos, sino dorados. El dragón estiró su hermoso cuerpo, bostezó y miró asombrado a los tres hombrecillos que se escondían detrás del joven humano.

—¡Vaya, enanos! —dijo con una voz áspera como la lengua de un gato—. Enanos de las piedras.

El chico se echó a reír:

—Sí, están ansiosos por conocerte —dijo, y obligó a los enanos a salir de su escondite—. Éste de aquí es Barba de Yeso, ése es Piedra Renal y éste Galena, y... —miró confundido a su alrededor—. ¿Dónde está el cuarto? No sé cómo se llama.

—¡Barba de Grava! —dijo Barba de Yeso mirando al dragón con reverencia—. No sé dónde está. Barba de Grava es un poco extraño.

Arriba, sobre la roca saliente, Pata de Mosca apenas podía aguantar la risa:

—Barba de Grava es un idiota —susurró—. Y ahora es el limpiacorazas de Sarpullido.

Una piedrecita se soltó cuando el homúnculo se asomó un poco más sobre el borde de la roca. El estúpido guijarro le cayó a la duende justo encima de la cabeza. Ésta miró hacia arriba con desconfianza, pero Pata de Mosca se ocultó enseguida.

—Estos enanos piensan que puedes encontrar tesoros por el olor, Lung —dijo el humano—. Quieren que rastrees su monte.

—¿Tesoros? —el dragón negó con la cabeza—. ¿Qué tipo de tesoros? ¿Se refieren a oro y plata?

Los enanos asintieron. Miraban expectantes al dragón. Lung caminó hasta un flanco del monte y olfateó las rocas con la nariz levantada. Los enanos de las piedras se arremolinaron nerviosos en torno a sus patas.

—Huele bien —dijo el dragón—. Es un olor distinto al de las montañas de donde yo vengo, pero me gusta. Sí, de verdad, pero ni con la mejor voluntad sabría decirles a qué huele.

Los enanos se miraron decepcionados.

—¿Hay más dragones en el lugar de donde procedes? —preguntó Piedra Renal con curiosidad.

—Eso también me interesaría a mí —susurró Pata de Mosca en su puesto de observación.

—Claro —respondió el dragón—. Y espero que también los haya en el lugar al que me dirijo.

—¡Bien, suficiente! —exclamó la duende. Justo ahora que empezaba a ponerse interesante. Pata de Mosca sintió deseos de escupirle en la cabeza. Ésta se interpuso de un salto entre el dragón y los enanos y los alejó a empujones—. Ya oyeron lo que les dijo Lung. No sabe si en este monte hay tesoros escondidos. Así que agarren sus martillos y sus azadas y descúbranlo ustedes mismos. Lung tiene que descansar. Nos espera un largo viaje.

Se acabó. Piel de Azufre se encargó de que en las horas que siguieron Pata de Mosca no descubriera nada interesante. Los enanos le contaron a Lung historias sobre los viejos tiempos, cuando sus abuelos aún viajaban montados en dragones, y luego Barba de Yeso le dio al dragón una conferencia interminable sobre el cuarzo y los minerales de plata.

Insoportable. Entre bostezo y bostezo, Pata de Mosca estuvo a punto de caerse de su puesto de observación.

Cuando el sol ya colgaba bajo sobre los montes, salió de su escondrijo, le hizo señas al cuervo para que lo siguiera y subió con grandes esfuerzos por la roca hasta el manantial que Barba de Grava le había descrito. Fue fácil de encontrar. El agua brotaba a borbotones de una grieta en el monte y se acumulaba en una roca con forma de cuenco. A su alrededor, los enanos habían colocado piedras semipreciosas. El cuervo se posó allí entre graznidos y comenzó a picotear los escarabajos que correteaban entre las piedras. Pata de Mosca se subió a la roca más grande y escupió en el agua clara.

La superficie, lisa hasta ese momento, se erizó. El agua se oscureció y en el cuenco apareció la cara de Sarpullido. Subido a su lomo, Barba de Grava quitaba el polvo que le cubría las púas con un pincel de gran tamaño.

—¡Por fin! —gruñó Sarpullido a Pata de Mosca—. ¿Dónde te habías metido? Estuve a punto de tragarme a este enano por la impaciencia.

—Ah, no lo haga, señor —contestó Pata de Mosca—. Tenía razón. Aquí aterrizó un dragón. Plateado como la luz de la luna y mucho más pequeño que usted, señor, pero es evidente que se trata de un dragón.

Sarpullido contempló incrédulo al homúnculo.

—¡Un dragón! —bramó—. Un dragón plateado. Hice que los buscaran por todo el mundo, hasta en los rincones más inmundos. Y ahora uno aterriza casi frente a mi puerta —se lamió los dientes y sonrió.

—¿Lo ve? —exclamó Barba de Grava desde el lomo. De los nervios casi se le cayó el pincel—. ¡Yo lo encontré para usted, señor, yo! ¿Me dará ahora la escama? ¿Tal vez dos?

—¡Cierra la boca! —lo increpó Sarpullido—. ¡O te enseño el oro que tengo entre los dientes! ¡Sigue limpiando!

Asustado, Barba de Grava se resbaló y agarró de nuevo el pincel. Sarpullido volteó a ver a su antiguo limpiacorazas.

—Cuéntame, ¿qué sabes sobre ellos? ¿Hay más de los suyos en el lugar de donde viene?

—Sí —contestó Pata de Mosca.

Los ojos de Sarpullido se iluminaron.

—¡Aaaah! —suspiró—. ¡Por fin! Por fin empieza la cacería de nuevo —enseñó los dientes—. ¿Dónde están?

Pata de Mosca se frotó la puntiaguda nariz y miró nervioso la imagen de su amo.

—Eh, es que… no lo sé, señor —encogió la cabeza entre los hombros.

—¿Que no lo sabes? —Sarpullido pegó tal bramido que Barba de Grava se cayó de su lomo cabeza abajo—. ¿Que no lo sabes? ¿Y qué hiciste todo el tiempo, pata de araña bueno para nada?

—¡No fue culpa mía! ¡Esa duende tiene la culpa! —gimió Pata de Mosca—. Cuida que el dragón no cuente nada sobre su lugar de origen. ¡Pero sé qué está buscando, mi señor! —se inclinó nervioso sobre el agua oscura—. Busca la Linde del Cielo.

Sarpullido se enderezó.

Se quedó inmóvil unos instantes. Clavó sus ojos rojos en Pata de Mosca, pero miraba a través de él. Barba de Grava estiró su sombrero y volvió a subir por la cola de púas sin dejar de soltar maldiciones.

El homúnculo carraspeó:

—¿Conoce ese lugar, señor? —preguntó en voz baja.

Sarpullido seguía mirando a través de él.

—Nadie lo conoce —gruñó al fin—. Excepto aquellos que se esconden en él. Se ocultan allí desde que se me escaparon hace más de cien años. Busqué ese lugar hasta que me sangraron las zarpas. Nunca encontré a esos dragones y la gran cacería llegó a su fin.

—¡Pero puede cazar a éste! —chilló Barba de Grava desde el lomo del monstruo—. A éste que fue tan tonto como para aterrizar delante de sus narices.

—¡Bah! —lleno de desprecio, Sarpullido dio un manotazo a una rata que se deslizó en aquel momento a su lado—. ¿Y luego? Sería una diversión muy breve. Además, así nunca descubriría de dónde llegó. Nunca descubriría dónde están los otros. No, tengo una idea mejor, mucho mejor. ¡Pata de Mosca!

El homúnculo se estremeció asustado:

—¿Sí, señor?

—Lo seguirás —gruñó Sarpullido—. Lo seguirás hasta que nos lleve al lugar donde se encuentran los demás. Los que busca, o a los que dejó atrás.

—¿Yo? —Pata de Mosca se golpeó el escuálido pecho—. ¿Pero por qué yo, señor? ¿No viene usted conmigo?

Sarpullido soltó un bufido.

—No tengo ganas de que me sangren otra vez las patas. Tú me informarás todas las noches. Todas las noches, ¿me oyes? Y si encuentra la Linde del Cielo, entonces yo me uniré a ti.

—¿Pero cómo lo hará, señor? —preguntó Pata de Mosca.

—Tengo más poderes de los que tú piensas. Y ahora desaparece. A trabajar —la imagen de Sarpullido comenzó a desaparecer.

—¡Espere! ¡Espere, señor! —exclamó el homúnculo, pero el agua se volvía cada vez más y más clara, hasta que Pata de Mosca sólo tuvo su propio reflejo ante sí—. ¡Oh, no! —susurró—. Oh, no, no, no —luego volteó con un profundo suspiro y empezó a buscar al cuervo.

La tormenta

Los enanos de las piedras llevaban largo tiempo durmiendo en sus cuevas cuando Lung comenzó a prepararse para partir. Esta vez, Ben se sentó primero sobre su lomo, con la brújula en la mano. Había estudiado el mapa de la rata durante horas, grabado cada detalle en la memoria, los montes que sobrevolarían, los ríos que seguirían, las ciudades que evitarían. Debían volar en dirección sur, durante varios cientos de kilómetros. Su próximo objetivo era el mar Mediterráneo. Con un poco de suerte aterrizarían junto a sus orillas antes del amanecer.

Con un par de fuertes sacudidas de las alas, el dragón se elevó en el aire. El cielo sobre las montañas no mostraba ni una nube. La luna colgaba brillante y creciente entre miles de estrellas y sólo una suave brisa soplaba en su contra. El mundo estaba en calma, tanto que Ben oía a Piel de Azufre masticar a sus espaldas. Las alas de Lung susurraban a través del aire frío.

—Piel de Azufre —susurró—. Voltea y mira. ¿Ves algo?

Piel de Azufre bajó la seta que estaba mordisqueando en aquel momento y miró por encima del hombro.

—No hay razón para inquietarse —dijo.

—¡Pero podría ser un cuervo! —murmuró Ben—. De los que nos advirtió la rata, ¿recuerdas? ¿No va algo sentado encima del pájaro?

—¡Exacto! —Piel de Azufre se concentró de nuevo en su seta—. Precisamente por eso no tienes que preocuparte de nada. Es un elfo. A los elfos les encanta volar por ahí a la luz de la luna. Sólo un cuervo sin un jinete de ese tipo sería sospechoso. Y ni siquiera ésos pueden seguir durante mucho tiempo el vuelo de un dragón, a menos que tengan poderes mágicos.

—¿Un elfo? —Ben volvió a mirar hacia atrás, pero el pájaro y su jinete habían desaparecido como si se los hubiera tragado la noche.

—Ya no están —murmuró Ben.

—Claro que ya no están. Probablemente estarían de camino a uno de esos estúpidos bailes de elfos. ¡Hm! —Piel de Azufre se limpió los labios y tiró al abismo el resto amargo de la seta—. Estos lactarios negruzcos son un auténtico manjar.

En las horas que siguieron Ben lanzó una mirada por encima del hombro varias veces, pero no volvió a ver a la figura sobre el cuervo. Lung volaba más rápido que el viento en dirección sur. Ben le preguntaba una y otra vez a Piel de Azufre qué veían sus ojos de duende sobre la tierra. En la oscuridad él sólo reconocía ríos y lagos, porque la luz de la luna se reflejaba en sus aguas. De ese modo, juntos condujeron al dragón, como la rata les había recomendado, evitando ciudades y otros puntos peligrosos.

Cuando empezó a amanecer, encontraron un lugar de descanso cerca de las costas griegas, en un olivar. Pasaron el día durmiendo entre cigarras cantoras y emprendieron de nuevo el viaje cuando salió la luna. Lung se dirigió al sureste, hacia la costa siria. La noche era templada y un viento cálido del sur acariciaba las aguas del mar. Sin embargo, la tormenta cayó sobre ellas antes del amanecer.

El viento, que soplaba todo el tiempo en su contra, se volvió más y más fuerte. Lung intentó evitarlo. Se elevaba para dejarse caer de nuevo, pero el viento estaba por todas partes. El dragón avanzaba cada vez con mayor dificultad. Las nubes se amontonaban sobre ellos como cordilleras del cielo. Retumbaban los truenos. Los relámpagos iluminaban el cielo aún oscuro.

—¡Nos estamos alejando de la ruta, Lung! —exclamó Ben—. ¡El viento nos empuja hacia el sur!

—¡No puedo avanzar en su contra! —respondió el dragón. Se enfrentaba con todas sus fuerzas al enemigo invisible, pero el viento lo arrastraba, le aullaba en los oídos y lo aplastaba contra las olas que espumaban rabiosas.

Ben y Piel de Azufre se aferraban desesperados a las púas de Lung. Por suerte, también Piel de Azufre se había atado a ellas. Sin aquellas correas, los dos habrían resbalado del lomo de Lung para precipitarse al vacío. La lluvia los azotaba desde los montes de nubes. Las púas del dragón estuvieron pronto tan mojadas que sus manos dejaron de encontrar sujeción y Piel de Azufre se abrazó a la espalda de Ben. Bajo ellos el mar echaba espuma con furia. Excepto por algunas islas que aparecían entre las olas, no había tierra a la vista.

—¡Creo que nos dirigimos a la costa egipcia! —gritó Ben. Piel de Azufre se abrazó a él con más fuerza aún.

—¿Costa? —gritó—. Una costa está bien, sea cual sea. Mientras no aterricemos en esa sopa de ahí abajo…

Salió el sol, pero no era más que una pálida luz detrás de las nubes oscuras. Lung seguía luchando. La tormenta lo aplastaba una y otra vez hacia las olas, a tan poca altura que el agua salpicaba la cara de Ben y la de Piel de Azufre.

—¿No dice ese mapa tuyo tan listo algo sobre el tiempo? —le gritó Piel de Azufre a Ben.

El joven tenía el pelo empapado. Le dolían los oídos por el bramido de la tormenta. Vio que las alas de Lung se volvían cada vez más pesadas.

—La costa… —gritó— la costa hacia la que nos empuja la tormenta… —se quitó el agua de los ojos—. Está llena de puntos amarillos. ¡Repleta!

Bajo ellos un barco bailaba sobre las enfurecidas aguas como si fuera un corcho. Luego una tira de costa apareció de repente entre el vaho de las olas.

—¡Allí! —gritó Ben—. Allí adelante hay tierra, Lung. ¿Conseguirás llegar?

Con sus últimas fuerzas, el dragón se enfrentó al viento y comenzó a acercarse despacio, muy despacio hacia la orilla salvadora.

A sus pies, el mar azotaba los bajos acantilados. Las palmeras se doblaban bajo el viento.

—¡Lo conseguiremos! —gritó Piel de Azufre, y hundió sus pequeñas garras en el suéter de Ben—. ¡Lo conseguiremos!

Entre los jirones de nubes, Ben vio cómo el sol se elevaba en el cielo. Cada vez había más luz. La tormenta se debilitaba, como si se dispusiera a acostarse ahora que amanecía.

Con un último par de aleteos, el dragón dejo el mar a sus espaldas, perdió altura y aterrizó extenuado sobre una arena fina y suave. Ben y Piel de Azufre desataron las correas mojadas y se dejaron caer del lomo de Lung. Éste apoyó la cabeza sobre la arena y cerró los ojos.

—¡Lung! —susurró Piel de Azufre—. Lung, levántate. Tenemos que encontrar un escondite. Aquí pronto habrá tanta luz como en una colina de hadas.

A su lado, Ben miraba preocupado a su alrededor. A corta distancia de donde se encontraban, varias palmeras bordeaban el cauce seco de un río. Las hojas susurraban al viento. Detrás de ellas el terreno se elevaba. Entre colinas cubiertas de arena se divisaban a la luz del amanecer columnas derruidas, restos de muros y un gran campamento de tiendas de campaña.

No había duda, allí había humanos.

—¡Rápido, Lung! —insistió Piel de Azufre mientras el dragón se levantaba agotado—. Allá, donde están las palmeras.

Avanzaron por la arena, atravesaron el cauce seco del río y subieron por la pendiente rocosa sobre la que crecían las palmeras. Éstas ocultaban a Lung lo suficiente como para protegerlo de miradas curiosas, al menos por el momento, pero no era el mejor escondite para pasar todo el día.

—Tal vez encontremos algo mejor detrás de las colinas —dijo Ben—. Una cueva o un rincón oscuro entre las ruinas —sacó del bolsillo el mapa de la rata, pero el papel estaba tan mojado que no podía desdoblarlo—. ¡Maldita sea! —murmuró—. Tenemos que dejarlo secar al sol, o de lo contrario ya podemos despedirnos de él.

—¿Y qué hacemos con los humanos? —preguntó Piel de Azufre—. Eso de allá está repleto de ellos —nerviosa ojeaba entre las palmeras el campamento a lo lejos—. Porque son humanos, ¿no? Nunca vi que tantos de ellos vivieran juntos en casas de tela.

—Creo que eso es un campamento de arqueólogos —dijo Ben—. Una vez vi algo así en una película. Tenía el mismo aspecto.

—¿Arqueoloqué? —preguntó Piel de Azufre—. ¿Son una especie de humanos más peligrosos de lo normal?

Ben se echó a reír.

—No. Desentierran templos antiguos y jarrones y cosas así.

—¿Para qué? —preguntó Piel de Azufre. Se rascó la nariz—. Todo eso ya estará roto, seguramente. ¿Por qué lo desentierran?

Ben se encogió de hombros.

—Por curiosidad. Para ver cómo vivían los humanos antes, ¿entiendes?

—Ajá —dijo Piel de Azufre—. ¿Y qué hacen luego? ¿Reparan las casas y los jarrones y todo eso?

—¡Nooo! —Ben sacudió la cabeza—. A veces vuelven a pegar los fragmentos de objetos rotos, pero la mayoría de las cosas las dejan como están.

La duende miró incrédula las columnas derruidas. El sol se levantaba cada vez más alto, y los humanos parecían ponerse a trabajar. Un bostezo de Lung sobresaltó a Piel de Azufre, distrayéndola de sus pensamientos. El dragón se estiró y alargó cansado el cuello.

—Me voy a acostar debajo de estos extraños árboles —murmuró somnoliento—. Seguro que el rumor de sus hojas me contará historias maravillosas.

Con un suspiró se dejó caer, pero Piel de Azufre tiró de él y lo obligó a levantarse.

—No, no, Lung, ¡aquí no estás lo bastante seguro! —le dijo—. Encontraremos algo mejor, estoy convencida. Aquel lugar donde se alzan las colinas no está mal, Ben tiene razón. Sólo tenemos que encontrar un sitio que esté lo bastante lejos del campamento de los humanos.

Empujó al dragón entre las palmeras. De repente, Ben la agarró por un brazo.

—¡Eh, espera! —señaló hacia la playa—. Mira.

Sus huellas avanzaban nítidas sobre la arena mojada, atravesaban el cauce seco del río y subían por el declive.

—¡Oh, no! ¿Dónde tengo la cabeza? —se maldijo Piel de Azufre. Subió veloz por el tronco de una palmera y arrancó una de las largas hojas—. ¡Yo me ocuparé de las huellas! —le dijo desde lo alto a Ben—. Tú busca un buen escondite para Lung. Ya los encontraré. ¡Vamos, desaparezcan!

El dragón volteó a regañadientes. Piel de Azufre bajó de un salto al cauce del río y borró sus huellas con la hoja de la palmera.

—Vamos —le dijo Ben a Lung, y se colgó al hombro las dos mochilas.

Sin embargo, el dragón no se movió.

—¿No deberíamos esperarte? —le gritó preocupado a Piel de Azufre—. ¿Qué pasa si los humanos se acercan hasta aquí?

—¿Qué puede pasar? ¡Si se les oye desde lejos! —respondió Piel de Azufre—. Vamos, lárguense.

Lung suspiró.

—De acuerdo. Pero apresúrate.

—Palabra de duende —Piel de Azufre echó un vistazo de satisfacción a su alrededor. Las huellas en el declive y sobre el río seco habían desaparecido—. Si encuentran setas por el camino, piensen en mí.

—Prometido —dijo Ben, y echó a correr detrás del dragón.

Encontraron un escondite para Lung entre las estribaciones rocosas de las colinas: medio oculta detrás de unas zarzas y a una distancia prudencial del campamento de los humanos, descubrieron una gruta. En la roca en torno a la entrada alguien había labrado unas muecas espantosas y de un lado unos caracteres extraños cubrían la piedra. El conjunto tenía un aspecto bastante siniestro.

Aun así, en torno a la cueva la hierba crecía alta y espinosa y no había ningún sendero abierto a través de la maleza. Todo indicaba que aquel lugar no le interesaba a los arqueólogos. Eso era justo lo que quería Ben.

—Voy a ver si viene Piel de Azufre —dijo mientras Lung se acomodaba en la gruta—. Dejo aquí las mochilas.

—Hasta luego —murmuró Lung, ya medio dormido. Ben desdobló el mapa de la rata tanto como pudo y lo aseguró con piedrecitas sobre una roca, para que se secara al sol. Luego echó a correr tan rápido como pudo de regreso al lugar donde habían dejado a Piel de Azufre. De camino limpió las huellas de Lung. Sus huellas de humano no despertarían sospechas, pero aun así pisó, siempre que era posible, sobre piedras y restos de muros que sobresalían por todas partes entre la arena. El sol aún no estaba muy alto en el cielo, pero a pesar de eso sus rayos ya calentaban con intensidad. Sudando y sin aliento llegó al cauce seco del río. Allí debajo de las palmeras hacía menos calor. Ben buscó a Piel de Azufre con la mirada.

No estaba por ninguna parte. El chico bajó la pendiente de

un salto, atravesó el cauce del río y corrió al lugar en la playa donde había aterrizado Lung. Allí tampoco encontró a Piel de Azufre. Las huellas del dragón seguían intactas. Sus grandes patas se hundían en la arena y también se reconocía con claridad el rastro de su cola. ¿Por qué no las había borrado Piel de Azufre?

Ben miró preocupado a su alrededor. ¿Dónde estaba?

En el campamento de tiendas pululaba el movimiento. Coches salían y llegaban. Entre las ruinas varios hombres trabajaban sobre la arena caliente.

Ben fue hasta el lugar donde las huellas de Lung aparecían como de la nada. Hasta allí Piel de Azufre había limpiado el rastro. Ben se agachó sobre la arena. Estaba revuelta, como por varios pies. Las huellas de Piel de Azufre apenas se reconocían entre todas las botas de humanos que habían pisoteado aquel sitio. Ben se incorporó con el corazón acelerado. Un poco más allá se distinguían las huellas de un coche. Las huellas de las botas llegaban hasta allí. Las de Piel de Azufre, en cambio, no volvían a aparecer.

—Se la llevaron —murmuró Ben—. Estos inhumanos se la llevaron sin más.

El rastro de los neumáticos conducía hasta el campamento de tiendas.

Ben echó a correr hacia allí.

Prisionera

 Apenas se veía un alma entre las grandes tiendas de campaña cuando Ben entró a hurtadillas en el campamento. La mayoría de los humanos ya estaban padeciendo el calor de las ruinas, donde limpiaban la arena de los antiquísimos muros mientras soñaban con desenterrar antiguas cámaras funerarias en las que durmieran momias. Ben se deslizó ansioso entre las tiendas hasta el lugar donde se encontraba acordonado el yacimiento arqueológico. Qué emocionante debía ser bajar por una de las escalinatas semi derruidas desde cuyos escalones los arqueólogos rascaban la arena del desierto.

Un rumor agitado de voces distrajo a Ben de sus sueños. Se deslizó entre las tiendas con cautela siguiendo aquel ruido hasta que de pronto llegó a una plaza. Hombres vestidos con largas togas que ondeaban al viento y algunos con salacot se arremolinaban en torno a algo que se levantaba en el centro de la plaza, a la sombra de una gran palmera de dátiles. Algunos gesticulaban con los brazos, otros parecían haberse quedado sin habla. Ben se abrió camino entre el tumulto hasta que vio la razón de aquel bullicio. Bajo la palmera había varias jaulas amontonadas, grandes y pequeñas. Algunas contenían gallinas, y una de ellas, un mono con cara infeliz. En la más grande se acurrucaba Piel de Azufre. Daba la espalda a los humanos que la rodeaban, pero Ben la reconoció de inmediato.

Los hombres hablaban entre sí en diferentes idiomas, inglés, francés, Ben comprendió algunos fragmentos sueltos.

—En mi opinión, se trata de la mutación de un mono —dijo un hombre de nariz gorda y barbilla hundida—. No hay lugar a dudas.

—Bueno, yo sí tengo dudas al respecto, profesor Schwertling —lo contradijo un hombre más alto y delgado que se encontraba justo al lado de Ben.

El profesor Schwertling soltó un gemido de exasperación y miró al cielo con ojos acusadores:

—Oh, vamos. No me venga otra vez con sus criaturas fantásticas, Wiesengrund.

El profesor Wiesengrund se limitó a sonreír.

—Querido colega, lo que ustedes atraparon —dijo con voz suave—, es un duende. Un duende jaspeado de los bosques, para ser exactos. Lo cual es sorprendente, ya que esta especie se encuentra mayoritariamente en el norte de Escocia.

Ben lo miró asombrado. ¿Cómo podía saber eso? Al parecer, Piel de Azufre también oyó la conversación, puesto que sus orejas se pusieron en punta. El profesor Schwertling, sin embargo, sacudió la cabeza en un gesto de burla.

—¿Cómo puede usted hacer el ridículo de ese modo, Wiesengrund? —preguntó—. Usted también es científico. Profesor de arqueología, doctor en historia, en lenguas antiguas y en no sé qué más. Y aun así no deja usted de soltar esas barbaridades.

—Oh, a mi parecer son los demás los que hacen el ridículo —respondió el profesor Wiesengrund—. Un mono, por favor… ¿Acaso usted no ha visto nunca un mono?

Piel de Azufre se volvió a los dos hombres con expresión malhumorada.

—¡Amanitas malolientes! —bufó—. ¡Caloceras viscosas!

El profesor Schwertling retrocedió espantado.

—¡Por todos los cielos! ¿Qué tipo de ruidos extraños son ésos?

—Está maldiciéndolo a usted, ¿no lo oye? —el profesor Wiesengrund sonrió—. Lo está calificando con nombres de hongos. ¡Sabe mucho de ellos! Los hay malolientes, viscosos, fétidos… Probablemente todas las especies que provocan repugnancia, justo lo que seguramente le provocamos nosotros a esta criatura. Atrapar y encerrar a otros seres es un monstruoso atrevimiento de los humanos.

El profesor Schwertling se limitó a sacudir la cabeza mostrando su desaprobación y avanzó la barriga un poco más hacia la jaula.

Ben intentó hacer una señal disimulada a Piel de Azufre, pero ésta estaba demasiado ocupada soltando maldiciones y sacudiendo los barrotes de la jaula. Entre todos aquellos humanos de gran tamaño no notó la presencia de Ben.

—¿Y qué tipo de criatura es ésta, querido colega? —preguntó el profesor Schwertling señalando la jaula que se encontraba junto a la de Piel de Azufre.

Ben no podía creer lo que veían sus ojos. Allí dentro estaba sentado un hombre pequeño, la cara enterrada entre las manos, cabellos despeinados de color zanahoria y huesudos brazos y piernas. Llevaba unos extraños pantalones ajustados a las rodillas, un saco estrecho de grandes solapas y minúsculas botas puntiagudas.

—Bueno, según su opinión, es probablemente una nueva mutación —comentó el profesor Wiesengrund.

Su obeso colega negó con la cabeza.

—No, no, pensamos que se trata de una máquina muy pequeña y complicada. Estamos investigando quién la perdió en el campamento. La encontramos esta mañana tirada en el suelo entre las tiendas, bastante mojada. Un cuervo tiraba de sus prendas. Aún no sabemos cómo se desmonta, por eso la hemos metido en la jaula.

El profesor Wiesengrund respondió con un asentimiento de cabeza. Contempló pensativo al hombrecillo. Tampoco Ben podía retirar la mirada de aquella extraña criatura. Piel de Azufre era la única que no parecía interesarse por ella. Volvía a darles la espalda a los humanos.

—En un punto tiene usted razón, Schwertling —dijo el pro-

fesor Wiesengrund, y se acercó un poco más al minúsculo prisionero—. Efectivamente, al contrario que ese duende, ésta no es
una criatura de la naturaleza. No, es artificial. Eso sí, no se trata
de una máquina, como usted cree, sino de un ser de carne y hueso, creado por un humano. Los alquimistas de la Edad Media se
daban mucha maña para crear seres de este tipo. Si, no hay lugar
a dudas —dio un paso hacia atrás—. Es un auténtico homúnculo.

Ben vio que el hombrecillo horrorizado levantaba la cabeza.

Sus ojos eran rojos, su cara blanca como la nieve, y la nariz larga y afilada.

Sin embargo, el profesor Schwertling se echó a reír. Las carcajadas eran tan sonoras que las gallinas empezaron a aletear en sus jaulas y el mono chilló asustado.

—¡Wiesengrund, es usted único! —exclamó—. ¡Un homúnculo! ¿Sabe qué? Me encantaría oír la teoría disparatada que tendrá usted para las extrañas huellas que encontramos en la playa. Venga conmigo. Les echaremos un vistazo los dos juntos. ¿De acuerdo?

—Bueno, en realidad yo quería regresar a la cueva del basilisco que he descubierto —el profesor Wiesengrund echó un último vistazo a los prisioneros—. Encontré allí un par de jeroglíficos de gran interés, pero puede esperar unos minutos. ¿Qué opina usted, Schwertling: liberará a estas dos criaturas cuando yo le aclare la naturaleza de esas huellas?

El profesor Schwertling rompió a reír de nuevo.

—¡Usted y sus bromas! ¿Desde cuándo se libera lo que uno atrapa?

—Sí, ¿desde cuándo? —murmuró el profesor Wiesengrund.

Luego se volteó con un suspiro y echó a andar junto con su gordo colega, al que sobrepasaba más de una cabeza. Ben los siguió con la mirada. Si aquel Wiesengrund sabía que Piel de Azufre era un duende, probablemente reconocería también las huellas de dragón. Ya iba siendo hora de regresar al lugar donde Lung dormía.

Ben miró preocupado a su alrededor. En torno a las jaulas había varias personas aún. Se agachó sobre el polvo junto a la gran palmera y esperó. Pasó un largo rato hasta que todos regresaron a su trabajo. Cuando el lugar se encontró por fin vacío de gente, Ben se incorporó de un salto y corrió a la jaula de Piel de Azufre. Volvió a echar un vistazo de precaución a su alrededor. Sólo un gato escuálido se deslizó a su lado. El hombrecillo tenía de nuevo la cara enterrada entre las manos.

—¡Piel de Azufre! —murmuró Ben—. Piel de Azufre, soy yo.

La duende volteó sobresaltada.

—¡Vaya, por fin! —bufó—. Ya pensaba que no vendrías hasta que estas asquerosas oronjas fétidas me disecaran.

—Está bien, está bien, tranquilízate —murmuró Ben, y comenzó a estudiar el candado de la jaula—. Ya llevo aquí un buen rato, pero ¿qué podía hacer mientras toda esta gente estuviera por aquí preguntándose si eres un mono o no?

—Uno me reconoció —masculló Piel de Azufre a través de los barrotes—. ¡Eso no me gusta nada!

—¿De verdad eres de Escocia? —preguntó Ben.

—Eso no es asunto tuyo —Piel de Azufre le lanzó una mirada de preocupación—. ¿Qué pasa? ¿Conseguirás abrirlo?

Ben se encogió de hombros:

—No lo sé. No parece muy fácil —sacó su navaja del bolsillo del pantalón e introdujo la punta en el candado.

—¡Apresúrate! —susurró Piel de Azufre, y miró inquieta a su alrededor. Entre las tiendas no se veía a nadie.

—Están todos en la playa mirando el rastro que no borraste de las pisadas de Lung —murmuró Ben—. Ay, maldita sea, esta cosa no puede abrirse.

—¡Disculpe! —dijo de repente alguien con voz vacilante—. Si me libera a mí también, yo podría ayudarlos.

Ben y Piel de Azufre voltearon sorprendidos.

El homúnculo les sonreía tras los barrotes de su jaula.

—El candado de mi prisión se abre con facilidad, por lo que pude ver —continuó diciendo el hombrecillo—. Parece que lo consideraron suficiente ante mi pequeño tamaño.

Ben echó un vistazo al candado y asintió.

—Es cierto —dijo—. Ése no tiene ninguna dificultad.

Sacó su navaja y ya se disponía a intentar abrirlo cuando Piel de Azufre lo agarró de la manga a través de los barrotes.

—Eh, espera, no tan rápido —objetó—. No tenemos ni idea de quién es ese tipo.

—Ay, tonterías —Ben sacudió divertido la cabeza. Con un solo gesto forzó el candado, abrió la puerta de la jaula y sacó al hombrecillo.

—¡Mil gracias! —dijo éste haciendo una reverencia frente al chico—. Sosténgame frente al candado, ¿de acuerdo? Veré qué puedo hacer por este duende tan malhumorado.

Piel de Azufre le dirigió una mirada iracunda.

—¿Cómo te llamas? —preguntó Ben con curiosidad.

—Pata de Mosca —respondió el hombrecillo. Metió los finos dedos en el candado y cerró los ojos.

—¡Pata de Mosca! —gruñó Piel de Azufre—. Pues sí que le va bien.

—¡Ruego silencio! —dijo Pata de Mosca sin abrir los ojos—. Ya sé que ustedes los duendes parlotean sin cesar, pero éste no es el momento adecuado.

Piel de Azufre frunció los labios. Ben echó un vistazo a su alrededor. Oyó voces. Aún se encontraban lejos, pero se acercaban.

—¡Vamos, Pata de Mosca! —le instó al homúnculo—. Ya viene alguien.

—Enseguida está —respondió Pata de Mosca. El candado se abrió. Con una sonrisa de satisfacción, el hombrecillo sacó los dedos. Ben lo levantó con rapidez y se lo colocó sobre el hombro. Luego abrió la puerta de la jaula de Piel de Azufre. Ésta saltó al suelo polvoriento soltando maldiciones.

—Pata de Mosca —Ben acercó al homúnculo hasta la jaula donde estaba el mono—. ¿Puedes abrir también su candado?

—Si usted lo desea —dijo el homúnculo, y se puso a la tarea.

—¿Qué están haciendo ahí? —masculló Piel de Azufre—. ¿Se volvieron ustedes locos? Tenemos que irnos de aquí.

El mono chilló nervioso y se acurrucó en el rincón más alejado de su jaula.

—Pero no podemos dejar al mono encerrado —dijo Ben.

¡Clac! Ben abrió la puerta de la jaula y el mono se alejó con un par de saltos apresurados.

—¡Ven de una vez! —protestó Piel de Azufre.

Sin embargo, Ben se detuvo a abrir también las jaulas de las gallinas. Por suerte, ésas no tenían candados sino tan sólo cerrojos. Sentado sobre su hombro, Pata de Mosca lo observaba asombrado. Las voces se acercaban cada vez más y más.

—¡Estaré listo en un segundo! —gritó Ben y abrió la última jaula. Una gallina estiró desconcertada el cuello hacia él.

—¿Cómo salimos de aquí? —gritó Piel de Azufre—. Rápido, dime, ¿qué dirección tenemos que tomar?

Ben miró a ambos lados confundido.

—Maldita sea, ¡olvidé por dónde llegué! —gimió—. Estas tiendas son todas iguales.

—¡Llegarán dentro de nada! —Piel de Azufre se agarró a la manga de Ben—. ¿Dónde está la salida?

Ben se mordió el labio.

—Es igual —decidió—. Las voces vienen de esa dirección, así que tomaremos la contraria.

Agarró a Piel de Azufre por una pata y echó a correr tirando de ella. Apenas desaparecieron entre las tiendas, comenzaron los gritos a sus espaldas.

Ben corrió hacia la derecha, luego hacia la izquierda, pero por todas partes se encontraban con humanos. Éstos intentaban atraparlos, les obstaculizaban el camino. Fue sólo gracias al homúnculo que, a pesar de todo, consiguieron escapar. Pata de Mosca trepó hábil como un escarabajo hasta la cabeza de Ben, se aferró allí arriba como un capitán de barco en medio de una marejada y los dirigió a la salida mediante estridentes órdenes.

Sólo cuando estuvieron a una distancia segura del campamento disminuyeron la velocidad y se ocultaron entre las zarzas. Un par de lagartos huyeron asustados cuando Piel de Azufre y Ben se dejaron caer sin aliento sobre la tierra. Pata de Mosca se bajó de la cabeza de Ben y se sentó satisfecho junto al joven sobre la arena.

—Estoy impresionado —les dijo—. Qué rápido corren ustedes, yo no habría aguantado su ritmo. Claro que lo compenso con mi agilidad de pensamiento. No se puede tener todo.

Piel de Azufre se incorporó respirando con dificultad y miró al hombrecillo.

—A humilde no te gana nadie, ¿verdad? —preguntó.

Pata de Mosca se limitó a encogerse de hombros.

—No le hagas caso —dijo Ben mientras escudriñaba entre las ramas—. No lo dice con maldad —no se veía a ningún humano. Ben no podía creerlo: habían conseguido librarse de sus perseguidores. Al menos por el momento. Aliviado, se dejó caer de nuevo sobre la arena—. Podemos descansar aquí un ratito —propuso—. Y luego buscamos el camino de regreso a la cueva donde duerme Lung. Si se despierta y nota que todavía no estamos allí, probablemente saldrá a buscarnos.

—¿Lung? —Pata de Mosca se sacudió la arena del saco—. ¿Quién es ése? ¿Un amigo de ustedes?

—No es asunto tuyo, enano —bufó Piel de Azufre al tiempo que se levantaba—. Gracias por tu ayuda, una pata lava a la otra y todo eso que se dice, pero aquí se separan nuestros caminos.

Vamos —tiró de Ben para que se levantara—. Ya descansamos suficiente.

Pata de Mosca bajó la cabeza dando un suspiro.

—Sí, sí, ¡váyanse! —susurró—. Los entiendo perfectamente, pero ahora me devorarán los buitres, seguro que lo harán.

Ben lo miró desconcertado.

—¿Pero de dónde vienes? —le preguntó—. ¿No tienes un hogar? Tienes que vivir en algún sitio... Quiero decir, antes de que te atraparan.

Pata de Mosca asintió triste con la cabeza.

—Sí, claro, pero no quiero volver. Pertenecía a un humano que me obligaba a limpiar su oro un día sí y otro también, pararme de cabeza y contarle historias hasta que me humeaba el cerebro. Por eso me escapé, pero siempre tengo mala suerte. Acababa de liberarme de mi señor cuando un cuervo me agarró y me llevó con él. Anoche en medio de la tormenta me desprendí de sus garras y, ¿dónde caigo? Justo encima del campamento de los humanos del que acabamos de huir. Mala suerte, siempre tengo mala suerte.

—Una historia fascinante —dijo Piel de Azufre—. Bueno, nos vamos —tiró del brazo de Ben, pero éste no se movió.

—¡No podemos dejarlo aquí! —dijo—. Tan solo.

—Sí, claro que podemos —murmuró Piel de Azufre como respuesta—, porque no me creo ni una sola palabra de esa historia suya tan emotiva. Hay algo que no me convence en este hombrecillo. ¿No te parece raro que aparezca aquí al mismo tiempo que nosotros? Además, tiene demasiado que ver con cuervos para mi gusto.

—Pero tú misma dijiste que los cuervos sólo son sospechosos cuando van solos —le dijo Ben en un susurro.

Pata de Mosca fingió no percibir los murmullos, pero fue acercándose a ellos poco a poco.

—¡Olvida lo que te dije! —le replicó Piel de Azufre entre dientes—. A menudo no digo más que estupideces.

—Sí, ahora, por ejemplo —dijo Ben—. Nos ayudó, parece que lo olvidaste. Y por eso le debemos una —Ben extendió la mano hacia el homúnculo—. Ven —le dijo—. Te llevaremos con nosotros parte del camino. Encontraremos un lugar que te guste. ¿De acuerdo?

Pata de Mosca se incorporó de un salto y le hizo una reverencia que llegó hasta el suelo.

—Tiene usted un gran corazón, su señoría —dijo—. Acepto su oferta con infinito agradecimiento.

—¡Ay, no! —gimió Piel de Azufre. Se volteó furiosa. De camino a la gruta no dijo ni una palabra.

Pata de Mosca se sentó sobre el hombro de Ben y balanceó contento las piernas.

El basilisco

Lung no estaba preocupado. Dormía profundamente. Afuera el sol brillaba cada vez con mayor intensidad, pero en la gruta la temperatura se mantenía baja, y el dragón soñaba con los montes, con enanos de las piedras que subían por su cola y con el sucio canal que fluía a través de la gran ciudad de los humanos.

De repente levantó la cabeza. Algo lo había sobresaltado. Una peste atroz se le metió en la nariz, lo envolvió como la corriente de aguas residuales con la que acababa de soñar. Las hojas de los matorrales frente a la entrada de la cueva colgaban sin fuerza.

El dragón se enderezó intranquilo y aguzó el oído.

Por una grieta en el rincón más oscuro de la cueva llegaba un siseo. Reconoció el rumor de unas plumas y el ruido de unas garras arañando el suelo rocoso. De pronto, de la oscuridad surgió la criatura más horrenda que Lung había visto jamás.

Parecía un gallo gigantesco, de plumaje amarillo y grandes

alas cubiertas de espinas. Los ojos del monstruo estaban inyectados en sangre y como paralizados, y sobre la espantosa cabeza lucía una corona de pálidas púas. Su cola se ensortijaba como el cuerpo de una serpiente y terminaba en una garra que se abría y cerraba intentando atrapar a una víctima invisible.

Despacio, el monstruo avanzó hacia Lung con torpeza.

El dragón apenas podía respirar. El hedor lo mareaba. Retrocedió, pero su cola quedó atrapada entre las zarzas que ocultaban la entrada de la gruta.

—¡Aaah, túuu me despertaste! —graznó aquel bicho repugnante—. ¡Un dragón! ¡Un gusano escupefuego! Ese olor dulzón que expulsas se coló en mi sueño más oscuro y lo destruyó. ¿Qué buscas en mi cueva?

Lung se sacudió la cola de las zarzas y dio un paso hacia el monstruo. La peste que lo rodeaba seguía dificultándole la respiración, pero la fealdad de la extraña criatura ya no lo aterrorizaba.

—No sabía que fuera tu cueva —respondió—. Te pido disculpas, pero, si me lo permites, me quedaré aquí hasta que oscurezca. No sé en qué otro lugar podría esconderme de los humanos.

—¿De los humanos? —siseó el engendro. Abrió el torcido pico y se echó a reír—. ¿Te metes en mi cueva para huir de los humanos? Eso tiene gracia. Muchísima gracia.

Lung miró al espantoso gallo con curiosidad.

—¿Quién eres? —preguntó—. Nunca oí hablar de un ser como tú.

Con un estridente graznido, el gallo extendió sus alas cubiertas de espinas. Arañas y escarabajos cayeron muertos de entre sus plumas.

—¿Acaso no conoces mi nombre? —gritó—. ¿No conoces mi nombre, gusano escupefuego? Soy la mayor pesadilla de este mundo, y tú me despertaste de mi sueño. Tú eres la luz, pero yo soy la oscuridad más negra y te engulliré. Nosotros no podemos convivir en un mismo lugar. Como tampoco pueden el día y la noche.

Lung se quedó allí clavado, como si hubiera echado raíces. Intentó moverse. Pensó en emplear su fuego para obligar al monstruoso gallo a regresar al rincón del que había emergido, pero fue incapaz de moverse. Los ojos de la criatura empezaron a soltar destellos. Las púas sobre su cabeza temblaban.

—¡Mírame, gusano escupefuego! —susurró el gallo amarillo—. Mírame-fijamente-a-los-ojos.

Lung intentó dar media vuelta, pero los ojos rojos se lo impidieron. Le llenaban la cabeza de una niebla negra. Todo lo que sabía se hundía en la espesura.

De repente, un dolor agudo lo liberó de la parálisis. Alguien le había pisado la cola, con todas sus fuerzas. Lung volteó y vio a un humano a la entrada de la cueva, un humano extremadamente delgado en pantalones cortos. Entre las manos sostenía un espejo, redondo y grande. Lo sostenía alto sobre su cabeza.

Lung oyó cómo el gallo sacudía las alas a sus espaldas.

—¡Hazte a un lado, dragón! —gritó el hombre—. ¡Rápido! ¡Hazte a un lado y no lo mires a los ojos si valoras en algo tu vida!

—¡No, mírame a mí, gusano escupefuego! —gritó el gallo, y golpeó su cola de serpiente contra las rocas—. ¡Mírame a mí!

Sin embargo, Lung miró al humano, se retiró a un lado, y el monstruo clavó la mirada en su propio reflejo.

Soltó un alarido tan terrorífico que Lung lo recordó durante varios días. Luego sacudió las alas hasta que todo el suelo de la cueva quedó cubierto con sus plumas de venenoso color amarillo, se hinchó tanto que las púas de su cabeza rozaron el techo de la gruta y explotó en mil pedazos.

Lung miró incrédulo el lugar donde el monstruo acababa de desaparecer.

A su lado, el hombre bajó agotado el espejo.

—¡Cielos, estuvo cerca! —suspiró y apoyó el espejo contra la pared de la cueva.

Lung continuó paralizado sin poder retirar los ojos de los restos del monstruo. No quedaba nada de la criatura excepto algunas plumas y un polvo apestoso. El hombre carraspeó y se acercó al dragón con cautela.

—Me presento —hizo una pequeña reverencia—. Soy Barnabas Wiesengrund, profesor de arqueología, especializado en Apariciones fantásticas de cualquier tipo. Es un honor para mí conocerte.

Lung saludó aturdido con un gesto de cabeza.

—¿Sería demasiado pedirte —continuó hablando Barnabas

Wiesengrund—, que escupieras algo de tu fuego sobre los restos de esta criatura monstruosa? Sólo así impediremos que la cueva quede contaminada durante cientos de años. Además, también nos libraríamos de este olor repugnante —explicó tapándose la nariz.

Lung seguía mirando al humano sin salir de su asombro, pero hizo lo que le pedía. Cuando su fuego azul rozó los restos del monstruo, éstos se convirtieron en un fino polvo plateado que llenó la gruta entera con sus destellos.

—¡Aaah! —exclamó el profesor—. ¿No es maravilloso? Esto nos demuestra una vez más que hasta lo más espantoso puede convertirse en algo bello, ¿no es cierto?

Lung asintió con la cabeza.

—¿Qué era eso? —preguntó.

—Eso —Barnabas Wiesengrund se sentó sobre una roca y se acarició la frente— era un basilisco, amigo mío. Era una criatura fantástica, al igual que tú, pero una que procedía del lado oscuro.

—¿Un basilisco? —el dragón negó con la cabeza—. Nunca oí hablar de un ser como ése.

—Por fortuna, estos monstruos son muy, muy escasos —explicó el profesor—. Normalmente son capaces de matar con el tono de su voz, o con una única mirada de sus horrendos ojos. Cualquier ser mortal en tu lugar estaría ahora muerto, pero ni siquiera un basilisco puede acabar con un dragón con tanta facilidad.

—Pero tú lo destruiste —dijo Lung—, sólo con tu espejo.

—Ah, sí, en efecto —Barnabas Wiesengrund se pasó la mano por sus erizados cabellos grises y sonrió con timidez—. Pero no fue nada del otro mundo, ¿sabes? Ningún basilisco sobrevive la visión de su propio reflejo. Es cierto que hasta ahora nunca había tenido la oportunidad de probarlo en la práctica, pero es lo que afirman todos los libros. Y en algunas ocasiones se puede confiar en ellos.

El dragón lo miró pensativo.

—Creo que me salvaste la vida, ¿no es así? —dijo—. ¿Cómo podré agradecértelo?

—¡No hay de qué! —el profesor le sonrió—. Fue un honor para mí. Un honor extraordinario incluso, créeme —lleno de admiración, contempló al dragón—. Ni en mis mejores sueños esperé conocer jamás a un dragón durante mi corta vida de humano, ¿sabes? Hoy es un día muy, muy feliz para mí —el profesor se frotó la nariz emocionado.

—Sabes muchas cosas sobre las criaturas que ustedes los humanos llaman fantásticas, ¿no es cierto? —Lung dobló el cuello hacia Barnabas Wiesengrund con curiosidad—. La mayoría de los humanos ni siquiera saben que existimos.

—Llevo más de treinta años investigando en ese campo —contestó el profesor—. A los diez años tuve la suerte de encontrarme con un hada del bosque que había quedado atrapada en nuestro jardín, en una red antipájaros para árboles frutales. Evidentemente, desde entonces nadie podrá convencerme de que

137

las hadas sólo existen en los cuentos. Aquel día me pregunté por qué no habrían de existir también todas las demás criaturas fantásticas. Y así convertí su búsqueda en mi profesión: todos los seres de los que hablan las historias ancestrales. He conversado con enanos sobre piedras poco corrientes, con troles sobre el sabor de la corteza del árbol, con hadas sobre la vida eterna y con una salamandra de fuego sobre la magia. Desde luego, tú eres el primer dragón con el que me encuentro. Estaba bastante seguro de que los tuyos se habían extinguido.

—¿Y qué te condujo a este lugar? —preguntó Lung.

—La búsqueda del caballo alado: el pegaso —respondió el profesor—. Pero en su lugar encontré esta gruta. En torno a la entrada hay jeroglíficos labrados en la roca que advierten claramente de la presencia de un basilisco. Tienes que saber que ya los antiguos egipcios sabían de la existencia de estos monstruos. Creían que surgían del huevo venenoso de un ibis sagrado. También existe la teoría de que un basilisco nace cada vez que un gallo de cinco años pone un huevo. Por suerte, esto no ocurre a menudo. En fin, por esa razón yo escondí este espejo frente a la cueva. Pero, a decir verdad, hasta ahora no me atreví a entrar en la gruta.

Lung recordó los ojos rojos del basilisco y comprendió perfectamente el miedo del profesor.

—Tú lo despertaste —dijo Barnabas Wiesengrund—. ¿Lo sabes?

—¿Yo? —Lung sacudió incrédulo la cabeza—. Eso dijo también él, pero yo sólo estaba aquí dormido. ¿Cómo iba a despertarlo?

—Por tu presencia —explicó el profesor—. En mis investigaciones descubrí algo muy interesante: las criaturas fantásticas se atraen entre sí, sienten su presencia. A algunas les pica la cabeza, a otras les escuecen las escamas. ¿Nunca notaste algo así?

Lung negó con la cabeza.

—Las escamas me escuecen a menudo —contestó—. Pero nunca me pregunté por qué.

El profesor meció pensativo la cabeza.

—Supongo que el basilisco te olió.

—Dijo que destruí sus sueños oscuros —murmuró Lung. Se estremeció. Aún sentía náuseas por la peste que había extendido aquel engendro.

El profesor Wiesengrund carraspeó.

—Hay otra cosa que querría pedirte —dijo—. ¿Podría acariciar un momento tus escamas? ¿Sabes? Nosotros los humanos somos incapaces de aceptar por completo que algo existe hasta que no lo hemos tocado.

Lung estiró su largo cuello hacia el profesor.

Barnabas Wiesengrund acarició con veneración las escamas del dragón.

—¡Qué maravilla! —susurró—. Una auténtica maravilla. Ah, por cierto, siento mucho lo de tu cola, eh… haberla pisado. Es que no se me ocurría otro modo para que retiraras la mirada de la del basilisco.

Lung sonrió y balanceó la cola de un lado a otro.

—No fue nada. Un poco de saliva de duende de Piel de Azufre y... —el dragón se calló y miró a su alrededor—. Aún no han vuelto —regresó preocupado al interior de la cueva—. ¿Dónde se metieron?

A sus espaldas el profesor carraspeó:

—¿Perdiste a tu duende?

Lung se volvió hacia él asombrado:

—Sí.

Barnabas Wiesengrund suspiró.

—Lo que me temía. En el campamento arqueológico atraparon a un duende de los bosques.

Lung golpeó la cola contra el suelo con tanta fuerza que el profesor casi perdió el equilibrio.

—¿Piel de Azufre? —gritó—. ¿La atraparon? —estaba tan furioso que la cabeza le daba vueltas. Enseñó los dientes—. ¿Dónde está? Tengo que ayudarla.

—No, tú no —se apresuró a contestar Barnabas Wiesengrund—. Es demasiado peligroso para ti. Yo la liberaré. Hace tiempo que quiero abrir esas jaulas de todos modos —decidido se metió el espejo bajo el brazo y se dirigió a la salida de la cueva—. Regresaré pronto —dijo—. Con tu amigo Piel de Azufre.

—Piel de Azufre ya está aquí —se oyó una voz desde las zarzas frente a la cueva, y de entre los matorrales secos emergió Piel de Azufre. La siguió Ben con Pata de Mosca sentado al hombro. Parecían algo debilitados y tenían el cuerpo cubierto de arañazos de espinas, polvo y sudor. Lung se acercó hasta ellos, miró a Pata de Mosca sorprendido y olisqueó preocupado a Ben y a Piel de Azufre.

—¿Te atraparon? —preguntó a la duende.

—Sí, sí, pero Ben me liberó. Junto con el hombrecillo ése —Piel de Azufre examinó al profesor con desconfianza desde las polvorientas botas hasta la cabeza—. ¿Por todos los rebozuelos atrompetados, qué hace este humano aquí?

—Que yo sepa, la criatura que viene contigo también es un humano —comentó Barnabas Wiesengrund con una sonrisa divertida.

—Éste no cuenta —bufó Piel de Azufre, y puso las patas en la cintura—. Es un amigo, pero, ¿quién eres tú? Piensa bien la respuesta, porque ahora mismo estoy de muy mal humor para vérmelas con humanos. De un humor tan malo como el dolor de estómago y de muelas al mismo tiempo. ¿Entendido?

Barnabas Wiesengrund sonrió.

—Entendido —contestó—. Me llamo...

—¡Un momento! —lo interrumpió Piel de Azufre. Avanzó un paso hacia el profesor con recelo—. ¿No te vi donde estaban las jaulas?

—¡Piel de Azufre, ya basta! —se interpuso Lung—. Me salvó la vida.

Piel de Azufre se quedó sin habla. Incrédula miró a Lung con expresión seria, luego a Barnabas Wiesengrund.

—¿Él? —preguntó—. ¿Y cómo lo hizo?

En ese momento, Pata de Mosca se inclinó hacia adelante desde el hombro de Ben, olisqueó el aire con su nariz puntiaguda y horrorizado levantó la cabeza.

—¡Aquí estuvo un basilisco! —susurró espantado—. ¡Ay, por todos los cielos!

Todos vieron sorprendidos al hombrecillo.

—¿Quién es ése? —preguntó Lung.

—¡Ah, ése! —Piel de Azufre hizo un gesto de desprecio con la mano—. Es un himuncoloso o algo así. Lo encontramos en el campamento de los humanos y ahora se pega a Ben como una lapa.

Desde el hombro de Ben, Pata de Mosca le sacó la lengua.

—Se trata de un homúnculo, mi querido duende —dijo Barnabas Wiesengrund. Se acercó a Ben y apretó con cuidado la mano de Pata de Mosca—. Encantado de conocerlo. Este día está realmente lleno de notabilísimas sorpresas.

El hombrecillo sonrió halagado.

—Me llamo Pata de Mosca —dijo, y se inclinó ante el profesor, sin embargo, cuando Lung se asomó por encima del hombro de Wiesengrund para mirar al homúnculo, éste agachó avergonzado la cabeza.

—¿Qué ocurrió aquí? —preguntó Piel de Azufre con impaciencia—. ¿Qué fue lo que dijo el homúnculo? ¿Un basiliqué?

—¡Chss! —Pata de Mosca se puso un dedo sobre los labios—. ¡Un ba-si-lis-co! —murmuró—. No deberías pronunciar su nombre en voz tan alta, cabeza peluda.

Piel de Azufre se rascó la nariz.

—Ah, y ¿por qué no?

—Un basilisco —susurró Pata de Mosca— es la peor pesadilla de este mundo, el horror negro que vigila en pozos y grietas hasta que alguien lo despierta. Es capaz de matar a un duende como tú con un solo graznido.

Ben miró intranquilo a su alrededor.

—¿Y esa cosa estuvo aquí? —preguntó.

—Sí, esa cosa estuvo aquí —suspiró el profesor Wiesengrund—. Y por suerte yo llegué a tiempo para ayudar a tu amigo el dragón, pero ahora ya es hora de que me vaya al campamento, antes de que envíen una patrulla en mi búsqueda. Ah, sí, ¿cuándo quieren partir de nuevo? —preguntó cuando ya se encontraba a la entrada de la cueva—. ¿O quieren quedarse aquí?

—¿Quedarnos? Sólo nos faltaba eso —respondió Piel de Azufre—. No, seguiremos nuestro vuelo tan pronto como se ponga el sol.

—Entonces vendré por aquí otra vez antes de que llegue la noche, si no les molesta —respondió el profesor—. Seguro que necesitan algunas provisiones. Además, me gustaría hacerles algunas preguntas.

—Nos alegraremos de su visita —dijo Lung, y, con el hocico, le dio un empujón a Piel de Azufre por la espalda.

—Sí, nos alegraremos, claro —murmuró ella—. Pero, ¿puedo contar ahora mi aventura de una vez? ¿O es que no le interesa a nadie el hecho de que estuvieran a punto de disecarme?

Lo que sabe Barnabas Wiesengrund

El cielo se teñía ya de rojo cuando Barnabas Wiesengrund regresó a la cueva, cargado con un cesto de gran tamaño en una mano y una cazuela abollada en la otra.

—Se me ocurrió prepararles algo de comer —dijo—. Como despedida. No cocino tan bien como mi esposa, pero me ha enseñado algunas cosas. Es una pena que no esté aquí para conocerlos. Los duendes de los bosques son uno de sus campos de especialización.

—¿Está usted casado? —preguntó Ben con curiosidad—. ¿También tiene hijos?

—Sí, sí —respondió el profesor—. Una hija: Guinever. Creo que tiene más o menos tu edad. Ahora tiene que ir a la escuela, por eso no me pudo acompañar esta vez, pero la mayoría de los viajes de investigación los hacemos los tres juntos. Mi querido dragón —echó un puñado de hojas secas sobre el suelo de la cueva—: ¿Serías tan amable de proporcionarnos un poco de tu fuego azul?

Lung arrojó una suave llamarada azul sobre las hojas. El profesor colocó un par de piedras sobre el fuego y puso encima su olla.

—He preparado una sopa —dijo—. Una sopa de garbanzos con menta fresca, como se come en esta región. Pensé que un duende, un niño y un pequeño homúnculo no se opondrán a una comida caliente antes de emprender su viaje. Al dragón le basta con la luz de la luna, ¿o estoy mal informado?

—No —Lung sacudió la cabeza, apoyó el hocico sobre las patas y clavó la mirada en las llamas—. La luz de la luna es todo lo que necesitamos. Nuestra fuerza aumenta con la luna, pero también mengua con ella. En noches de luna nueva a veces no tengo ni fuerzas para salir de mi cueva.

—Bueno, espero que eso no sea un problema durante su viaje —dijo el profesor y removió el contenido de la olla.

Piel de Azufre se agachó junto al fuego y olisqueó emocionada.

—Si la sopa no está lista pronto —murmuró mientas se oían los rugidos de su estómago—, voy a morder alguna de esas zarzas frente a la cueva, lo tengo claro.

—No te lo recomendaría —contestó Barnabas Wiesengrund—. En algunos cactus viven hombrecillos de la arena y no suelen estar de humor para bromas. Además… —tomó una cucharada de sopa y la probó— la comida está casi lista. Creo que te gustará. Gracias a mi esposa sé muy bien lo que les gusta comer a los duendes —volteó a ver Ben—. ¿Y tú no tienes familia? Aparte de Piel de Azufre y Lung, quiero decir.

Ben negó con la cabeza.

—No —murmuró.

El profesor lo miró pensativo unos segundos.

—Bueno, hay peores cosas que la compañía de un dragón y de una duende —dijo al fin—. ¿No es verdad? —metió la mano en su cesto y sacó tres cuencos, tres cucharas y una cucharita minúscula para Pata de Mosca—. Sin embargo, si alguna vez tienes ganas de pasar un rato con otros humanos, yo… eh… —el profesor se frotó la nariz con timidez— ni siquiera sé cómo te llamas.

El chico sonrió:

—Ben —respondió—. Me llamo Ben.

—Sí, bueno, Ben… —el profesor llenó un cuenco de sopa y se lo dio a Piel de Azufre, que ya se relamía los labios con impaciencia—. Si alguna vez extrañas algo de compañía humana, ven a visitarnos a mi familia y a mí —metió la mano en el bolsillo de su pantalón, sacó una tarjeta de presentación doblada y algo polvorienta y se la ofreció a Ben—. Toma, aquí está nuestra dirección. Podríamos tener conversaciones interesantes sobre duendes y dragones. Tal vez tus amigos incluso se animen a acompañarte. Seguro que te llevarías bien con mi hija. Es una experta en hadas, sabe aún más que yo.

—Gracias —tartamudeó Ben—. De verdad, es muy amable de su parte.

—¿Muy amable? ¿Por qué? —el profesor le entregó un cuenco de sopa caliente—. ¿Qué tiene esto de amable? —le dio a

Pata de Mosca la cucharita—. ¿Podrías comer del cuenco de Ben? Sólo tenía tres, lo siento.

El homúnculo accedió con un gesto de cabeza y se sentó sobre el brazo de Ben. Barnabas Wiesengrund se volvió a dirigir al niño.

—¿Qué tiene de amable mi invitación? Sería amable de tu parte que vinieras. Eres un muchacho agradable y, además, alguien que tendrá muchas cosas interesantes que contar después de este viaje, seguro. En realidad, es incluso bastante egoísta de mi parte invitarte, ahora que lo pienso.

—Te lo llevaremos en cuanto volvamos —dijo Piel de Azufre con la boca llena—. Así nos libraremos de él por un rato. ¡Pucheruelos y setas de chopo, qué buena está esta sopa!

—¿Sí? ¿Te gusta? —el profesor sonrió halagado—. Bueno, si lo dice una duende, algo de verdad habrá. Esperen, tienen que espolvorearla con unas pocas hojas de menta fresca. ¡Aquí tienen, tomen!

—¡Menta! ¡Hm! —Piel de Azufre puso los ojos en blanco—. Deberíamos llevarte como cocinero, Barnabas.

—¡Ya me gustaría a mí! —suspiró el profesor—. Por desgracia me marean las grandes alturas, por no hablar de volar. Además, pronto me encontraré con mi familia. Vamos a tomar un barco para buscar al pegaso, el caballo alado. De todas formas, gracias por su oferta —hizo una pequeña reverencia. Luego se sirvió a sí mismo un plato de la deliciosa sopa.

—Lung nos dijo que usted cree que él atrajo a ese basilisco —dijo Ben—. ¿Es eso cierto?

—Me temo que sí —el profesor Wiesengrund llenó el plato de Ben una vez más y le ofreció un pedazo de pan—. Estoy firmemente convencido de que las criaturas fantásticas se atraen entre sí. En mi opinión, Lung nunca ha notado esto porque él siempre tuvo seres fantásticos a su alrededor, a ti, por ejemplo, querida Piel de Azufre, pero a la mayoría de su especie les debería picar la piel en cuanto están cerca de otras criaturas, y así la curiosidad atraerá a muchos adonde quiera que estén ustedes.

—¡Pues vaya panorama nos espera! —murmuró Piel de Azufre. Clavó una mirada lóbrega en la olla humeante—. Los duendes de las piedras todavía pasan, pero lo que oí sobre este basilinosecuantos… —sacudió preocupada la cabeza—. ¿Qué será lo siguiente?

—Bueno… —las gafas de Barnabas Wiesengrund estaban completamente empañadas por el vapor del plato. Se las quitó de su gran nariz y las limpió—. ¿Sabes? No quedan tantas criaturas fantásticas sobre nuestro planeta. La mayoría desapareció hace cientos de años. Por desgracia fueron los ejemplares menos agradables los que consiguieron sobrevivir. De modo que, si los espera un largo viaje, será mejor que estén preparados.

—¿Profesor? —Ben sorbió el último resto de sopa de su cuenco y lo dejó sobre el polvo plateado de basilisco que seguía cubriendo el suelo de la gruta—. ¿Alguna vez oyó hablar sobre la

Linde del Cielo? —Piel de Azufre le dio un codazo. Lung levantó la cabeza. Pata de Mosca aguzó el oído.

—Claro —respondió el profesor, y limpió su cuenco con un pedazo de pan—. Por Linde del Cielo se conoce una cordillera legendaria que, según se cuenta, oculta el valle del que proceden los dragones. Y no sé mucho más.

—¿Qué más sabes? —preguntó Lung.

—A ver... —Barnabas Wiesengrund frunció el ceño—. La Linde del Cielo estaría en el Himalaya. Dicen que consta de nueve cumbres blancas, todas de una altura similar, que forman un anillo protector en torno al valle legendario. Vita, mi esposa, y yo empezamos a buscarlo hace años, pero luego nos encontramos con huellas de unicornio, y... —sacudió la cabeza—. Una colega, la famosa Subaida Ghalib, emprendió también la búsqueda; desafortunadamente, sin resultados. Aunque nadie en el mundo sabe de dragones tanto como ella —el profesor miró a Lung—. Quizá deberían ustedes hacerle una visita. Ahora mismo se encuentra en Paquistán. Si quieren ir al Himalaya, está de camino.

—Bueno... —Piel de Azufre miró anhelante la olla, así que Barnabas Wiesengrund se apresuró a llenarle el cuenco de nuevo—. En realidad, Lung lo sabe todo sobre dragones. Al fin y al cabo, él mismo es uno.

El profesor sonrió.

—Sin duda, pero Lung no puede volar si no brilla la luna, ¿no es cierto?

Piel de Azufre arrugó la nariz.

—Ningún dragón puede hacerlo.

—Sí, pero, ¿fue siempre así? —dijo el profesor—. Subaida me escribió hace poco contándome que cree haber encontrado algo que puede sustituir la fuerza de la luna. Al menos por un breve periodo de tiempo. Se expresó en términos muy misteriosos. Claro que no puede demostrarlo. No conoce a ningún dragón que pueda probarlo por ella.

Lung, que había mirado pensativo la luna todo ese tiempo, levantó la cabeza.

—Eso me interesa —dijo—. Desde que partimos no hago más que preguntarme qué pasará si alcanzamos los montes más altos en el momento en que haya luna nueva.

—Bueno, como les dije —el profesor se encogió de hombros—. Subaida parece haber encontrado algo, pero no me quiso revelar nada más. En este momento vive en un pueblo en la costa del Mar Arábigo, muy cerca de la desembocadura del río Indo. Además de trabajar en sus estudios sobre la luz de la luna, está investigando también una historia extraña que debió tener lugar cerca de aquel pueblo hace más de ciento cincuenta años.

—¿Tiene la historia algo que ver con dragones? —preguntó Ben.

—Desde luego —el profesor sonrió—. ¿Con qué otra cosa, si no? Subaida es experta en dragones. Por lo que sé, tiene que ver incluso con bandadas enteras de dragones.

—¿Bandadas de dragones? —repitió Lung asombrado.

—Sí, sí —Barnabas Wiesengrund confirmó con un asentimiento de cabeza—. Algunas personas del pueblo afirman que, en vida de sus abuelos, bandadas de dragones aparecían frente a sus costas todas las noches de luna llena, para bañarse en el mar. Hasta que algo extraño ocurrió —el profesor frunció el ceño—. Una noche, hará unos ciento cincuenta años, un monstruo emergió del mar y atacó a los dragones durante su baño. En realidad, sólo pudo tratarse de una serpiente marina, pero lo más extraño de todo es que las serpientes marinas y los dragones son parientes lejanos, y yo no conozco ninguna ocasión en la que se hayan enfrentado. El caso es que este monstruo marino atacó a los dragones. Y desde entonces, todos desaparecieron. Subaida sospecha que regresaron a la Linde del Cielo para no abandonar su escondite jamás.

Lung alzó la cabeza.

—Se escondieron —dijo—. Huir, esconderse, cacerías... es de lo que tratan todas las historias de dragones. ¿Acaso no hay otras?

—Claro que sí —dijo el profesor—. Precisamente en ese lugar adonde van, el dragón se considera un amuleto de buena suerte, una criatura sagrada. Sólo que si en verdad aparece uno... —negó con la cabeza—. No sé qué dirían los humanos si eso ocurriera. Deberías ser precavido.

El dragón asintió.

—Y también deberíamos tener cuidado con monstruos marinos —comentó Piel de Azufre con expresión lóbrega.

—Bueno, eso pasó hace mucho tiempo —la tranquilizó el profesor—. Sólo existe esa historia sobre el tema.

—Y además no fue ningún monstruo marino —murmuró Pata de Mosca. Horrorizado, se tapó la boca con las manos.

Ben se volvió a mirarlo sorprendido.

—¿Qué acabas de decir?

—Yo… eh… ¡nada! —tartamudeó Pata de Mosca—. Sólo quería decir que… eh… seguro que ya no existen los monstruos marinos. Sí, a eso me refería.

—Bueno, yo no estaría tan seguro —dijo Barnabas Wiesengrund pensativo—. Pero si la historia los interesa, les recomiendo pasar por Paquistán para visitar a Subaida. Tal vez ella pueda ayudarlos a engañar a la luna. Quién sabe.

—¡Eso no estaría nada mal! —Ben dejó a Pata de Mosca en el suelo, se levantó de un saltó y corrió a la roca sobre la que había extendido el mapa de Gilberto Colagrís. Ya estaba total-

mente seco y crujió cuando Ben lo desdobló frente al profesor—. ¿Puede mostrarme dónde está ese pueblo de pescadores
en el que vive esa investigadora de dragones? —preguntó.

Barnabas Wiesengrund se inclinó asombrado sobre el mapa.

—Jovencito, este mapa es realmente notable —dijo—. Una
verdadera obra de arte cartográfico. ¿Dónde lo encontraron?

—Nos lo vendió una rata —respondió Piel de Azufre—. Pero
hasta ahora no nos ha servido de mucho.

—¡Una rata, vaya, vaya! —murmuró el profesor, acercándose aún más a la obra maestra de Gilberto Colagrís—. Pues
ojalá yo pudiera encargarle un mapa a esa rata. Estos lugares
marcados de amarillo, por ejemplo, son muy interesantes. Algunos los conozco. ¿Qué significa el color amarillo? Aaah…
—observó la leyenda—. Aquí lo dice: amarillo. Desgracia, peligro. Sí, desde luego, lo confirmo. ¿Y ven? Aquí —colocó el
dedo sobre el mapa—. Estamos aquí. Todo amarillo. Este

mapa de ustedes podría haberles advertido de los peligros de esta cueva.

—Bueno, en realidad no queríamos aterrizar aquí, ¿sabe usted? —explicó Ben—. La tormenta de anoche nos empujó hacia el oeste. ¿Ve esto? —señaló la línea dorada que Gilberto Colagrís había dibujado—. Ésta es la ruta que seguimos. No pasa por ese pueblo costero, ¿verdad?

Barnabas Wiesengrund sacudió pensativo la cabeza.

—No, pero una excursión hasta ese lugar no supondría demasiado rodeo para ustedes. Sólo tendrían que trasladar la ruta un par de cientos de kilómetros hacia el sur. Eso no es mucho en comparación con el largo viaje que los espera. Por otro lado —el profesor frunció el ceño con expresión reflexiva—, como ya les dije, Subaida no podrá ayudarlos en la búsqueda de la Linde del Cielo. Ella misma buscó ese lugar en vano. No, en esa búsqueda... —Barnabas Wiesengrund sacudió la cabeza— no podrá ayudarlos nadie. La Linde del Cielo es uno de los grandes misterios de este mundo.

—Bueno, pues entonces tendremos que buscarla por todas partes —dijo Ben, y volvió a doblar el mapa—. Aunque tengamos que sobrevolar el Himalaya entero.

—Pero el Himalaya es enorme, jovencito —dijo Barnabas Wiesengrund—. De una enormidad inimaginable.

Se pasó la mano por los cabellos grises y empezó a dibujar con un palito jeroglíficos sobre el polvo. Uno de ellos parecía un ojo largo y estrecho.

—¿Qué significa eso? —preguntó Ben con curiosidad.

—¿Eso? Ah… eso… —el profesor se enderezó sobresaltado y miró al dragón.

Sorprendido, Lung sostuvo su mirada.

—¿Qué pasa? —preguntó Ben.

—¡El genio! —exclamó el profesor—. El genio de los mil ojos.

—¿Mil? —murmuró Piel de Azufre, y lamió su cuenco—. Ni siquiera conozco a alguien que tenga tres.

—¡Escuchen! —el profesor se inclinó nervioso—. Hasta ahora, el hecho de que ustedes atraigan a otras criaturas fantásticas los ha perjudicado, ¿verdad? Al menos nunca les deparó ninguna ventaja, ¿me equivoco?

El dragón negó con la cabeza.

—¿Qué pasaría si, por el contrario, atrajeran ustedes a una criatura que pudiera ayudarlos? —siguió hablando el profesor.

—¿Como este genio, por ejemplo? —preguntó Ben—. ¿Uno de esos que se esconden en una botella?

El profesor sonrió.

—Dudo mucho que Asif se dejara encerrar en una botella. Es un genio muy particular. Se cuenta que se puede hacer tan grande como la luna y tan pequeño como un grano de arena. Está cubierto de mil ojos en los que se reflejan mil lugares del mundo, y cada vez que Asif parpadea, aparecen nuevos lugares en el espejo de sus pupilas.

—Eso que cuentas no me provoca demasiadas ganas de conocerlo —gruñó Piel de Azufre—. ¿Por qué nos vendría bien atraerlo?

El profesor bajó la voz.

—Porque este genio conoce la respuesta a todas las preguntas de este mundo.

—¿De cualquier individuo? —preguntó Ben incrédulo.

Barnabas Wiesengrund asintió con la cabeza.

—Vayan a verlo. Y pregúntenle dónde está la Linde del Cielo.

Los tres amigos se miraron. Sobre el hombro de Ben, Pata de Mosca se movió inquieto de un lado a otro.

—¿Y dónde lo encontraremos? —preguntó Lung.

—No está en su ruta, pero creo que el rodeo merece la pena —el profesor desdobló un poco el mapa de Gilberto Colagrís—. Aquí. Tienen que ir hasta el extremo inferior de la península arábiga —puso un dedo sobre el mapa—. Si siguen la costa del mar rojo hacia el sur, hasta que se bifurca en dirección este —dio unos toquecitos con el dedo sobre el punto al que se refería—, luego llegarían a un desfiladero que se llama Wadi Jum'ah. Es tan escarpado y estrecho que la luz del sol sólo llega al suelo durante cuatro horas al día. Aun así, allí crecen enormes palmeras y un río fluye entre las paredes de roca, mientras que en el resto de la región el agua se evapora bajo el sol ardiente. Allí vive Asif, el genio de los mil ojos.

—¿Usted ya lo vio alguna vez? —preguntó Ben.

Barnabas Wiesengrund sacudió sonriente la cabeza.

—No, él nunca se presentaría ante mí. Yo no le intereso lo suficiente, pero un dragón —miró a Lung—, un dragón es otra cosa. Lung atraería a Asif. Y tú, Ben, tú le harás la pregunta.

—¿Yo? —preguntó Ben sorprendido.

El profesor asintió:

—Sí, tú. Asif sólo responde preguntas que cumplen tres condiciones. Primero: un humano ha de hacerla. Segundo: la pregunta debe ser completamente nueva para él. Si alguien ya preguntó alguna vez lo mismo a Asif, el humano se pasará el resto de su vida sirviendo al genio… —Lung y Ben intercambiaron miradas horrorizadas— y tercero: la pregunta debe tener exactamente siete palabras, ni una más ni una menos —añadió el profesor.

—¡Ni hablar! —Piel de Azufre se levantó de un salto y se rascó la piel—. No, no, no, eso no suena nada bien. Suena fatal. Ya me pica la piel sólo de imaginar que nos encontremos a ese mil ojos. Me parece que seguiremos mejor el camino que nos recomendó esa rata arrogante.

Lung y Ben callaron.

—Sí, sí, esa rata suya… —el profesor recogió sus cuencos y demás utensilios de cocina y los guardó en su cesto—. Ella también conocía la existencia del genio. Pintó Wadi Jum'ah de amarillo limón. ¿Lo saben? —dijo rompiendo el silencio de los demás—. Es probable que Piel de Azufre tenga razón. Olvídense del genio. Es un tipo demasiado peligroso.

Lung continuaba en silencio.

—No, vamos, le haremos una visita —dijo Ben—. No tengo miedo. Y soy yo quien tiene que hacer la pregunta, ¿o no? —se arrodilló de nuevo junto a Barnabas Wiesengrund y se inclinó sobre el mapa—. Muéstreme otra vez, ¿dónde está exactamente ese desfiladero, profesor?

Barnabas Wiesengrund miró primero al joven y luego a Lung y a Piel de Azufre con ojos interrogantes.

La duende se encogió de hombros.

—Ben tiene razón. Es él quien hace la pregunta —dijo—. Y si es verdad que este genio sabe la respuesta, nos ahorramos perder el tiempo buscando.

El dragón continuaba en silencio. Sólo su cola se movía nerviosa de un lado a otro.

—¡Vamos, Lung! —dijo Ben—. No pongas esa cara.

Lung suspiró:

—¿Por qué no puedo hacer yo la pregunta? —dijo enojado.

—¿Saben qué? —exclamó Piel de Azufre levantándose de un salto—. Dejemos que el homúnculo le pregunte. Es un poco pequeño, pero sin contar eso parece un humano. Ese genio con sus mil ojos estará ya confundido después de todo lo que ve. Seguro que lo toma por un humano. Y si la cosa no sale bien, Pata de Mosca tendría un nuevo señor y nosotros estaríamos libres.

—¡Piel de Azufre, cómo puedes decir eso! —Ben buscó a Pata de Mosca con la mirada y descubrió que éste había desaparecido—. ¿Dónde está? —preguntó preocupado—. Estaba aquí hace un segundo —volteó a mirar a Piel de Azufre con enfado—. Huyó porque tú no dejas de meterte con él.

—¡Tonterías! —bufó el duende—. Ese pata de araña tiene miedo del mil ojos de piel azul. Por eso puso los pies en marcha. Una suerte, te lo aseguro.

—¿Cómo puedes ser tan mala? —la increpó Ben.

Se levantó, corrió hasta la salida de la cueva y miró por todos lados.

—¡Pata de Mosca! —gritó—. Pata de Mosca, ¿dónde estás?

Barnabas Wiesengrund le puso una mano sobre el hombro.

—Tal vez Piel de Azufre tenga razón y no sea tan buena idea hacer el viaje con ese hombrecillo —le dijo. Luego levantó la mirada hacia el cielo—. Oscurece, queridos amigos —constató—. Si realmente quieren hacerle la pregunta al genio, deberían partir enseguida. El camino hasta él transcurre casi totalmente a través del desierto. Eso significa: días calientes, noches frías —tomó su cesto y sonrió a Ben una vez más—. Eres un chico valiente, ¿lo sabías? Ahora iré al campamento y enseguida les traeré algunas provisiones para su viaje. Tampoco estarían mal un frasco de crema protectora para el sol y un turbante como los que llevan los árabes. Y no te preocupes por el homúnculo. Esas criaturas son muy particulares. Quién sabe, quizá simplemente quería volver con su creador.

Luego retiró los matorrales frente a la cueva y se alejó bajo la luz del crepúsculo.

Piel de Azufre se acercó a Ben y miró también a ambos lados.

—Aun así me gustaría saber qué pasó con ese hombrecillo —murmuró la duende.

Afuera, un cuervo graznó entre las palmeras.

El segundo informe
de Pata de Mosca

 Pata de Mosca corría bajo el cielo del atardecer. El sol descendía rojo tras las ruinas y las columnas arrojaban sus sombras alargadas sobre la arena. Las caras de piedra labradas sobre los viejos muros tenían un aspecto aún más siniestro ahora que se acercaba la noche, pero el homúnculo no se fijaba en ellas. Estaba acostumbrado a ver muecas trabajadas en piedra. El castillo de su señor estaba lleno de ellas. No, Pata de Mosca tenía otras preocupaciones.

—¿Dónde demonios encontraré agua por aquí? —murmuraba mientras la arena le quemaba las plantas de los pies—. No hay más que tierra seca, dura como las escamas de mi señor. El sol absorbe hasta la última gota de agua. ¡Ay, se enfurecerá por llamarlo tan tarde! Se enfurecerá muchísimo.

El homúnculo corría cada vez más rápido. Se deslizó al interior de los templos derruidos, olisqueó entre las palmeras… y se sentó al fin desconcertado en medio del cauce seco del río.

—Y ese maldito cuervo también desaparecido —se lamentó—. ¿Qué hago yo ahora? ¿Qué voy a hacer?

El sol se hundía tras las colinas de color café y Pata de Mosca se vio atacado por sombras negras. De pronto, se dio un manotazo en la frente.

—¡El mar! —exclamó—. ¿Pero cómo puedo ser tan rematadamente tonto? ¡El mar!

Se levantó tan rápido que se tropezó con sus propios pies.

Rápido como una ardilla atravesó el cauce seco del río, rodó y se deslizó orilla abajo, y cayó sobre la suave arena, lamida por las olas saladas del mar. La espuma le salpicó en la cara. Pata de Mosca trepó a una roca rodeada por las olas y escupió en las aguas oscuras a sus pies. Despacio, desfigurado por la marea, apareció la imagen de su señor. Se volvió cada vez más grande, creció y creció sobre el enorme espejo del mar.

—¿Dónde te habías metido? —bramó Sarpullido. Temblaba de rabia, tanto que Barba de Grava, el enano, se bamboleaba de un lado a otro sobre su lomo.

—¡Yo no tuve la culpa! —gritó Pata de Mosca al tiempo que se retorcía las manos—. Acabamos en una tormenta, y luego el cuervo me dejó en la estacada. Unos humanos me atraparon y… y… —la voz se le trababa— luego el joven me liberó y me llevó con él y luego no encontraba una oportunidad para escapar, y luego no había agua por ningún lado, y luego…

—¡Y luego y luego y luego! —vociferó Sarpullido—. ¡Deja ya de aburrirme con tu palabrería inútil! ¿Qué descubriste?

—Están buscando la Linde del Cielo —respondió Pata de Mosca.

—¡Aaaaj! —gritó Sarpullido—. ¡Eso ya lo sé desde hace tiempo, imbécil! ¿Se comió el cuervo el poco cerebro que tenías antes de dejarte solo? ¿Qué más?

Pata de Mosca se pasó una mano por la frente mojada. Ya estaba empapado por las olas que lo salpicaban.

—¿Qué más? Ay, mucho más, pero, señor, me está usted confundiendo. Al fin y al cabo, pasé momentos muy duros hasta ahora.

Sarpullido soltó un bufido de impaciencia.

—¡Sigue limpiando! —le gruñó al enano, que se había acurrucado entre las púas de su lomo para echarse un sueñito.

—Veamos —dijo Pata de Mosca—: un humano les contó una historia muy extraña. Sobre dragones que sufrieron el ataque de un monstruo surgido del mar. ¿Fue usted, señor?

—¡No me acuerdo! —bufó Sarpullido, y cerró los ojos por un instante—. Y no quiero acordarme, ¿entendido, pata de araña? Aquel día se me escaparon. Se escaparon, a pesar de que ya casi los tenía entre mis fauces. Olvida esa historia. No vuelvas a recordármela nunca más, o te devoraré como a tus once hermanos.

—¡Ya la olvidé! —se apresuró a decir Pata de Mosca—. Totalmente olvidada. En mi memoria hay un agujero negro, nada más que un agujero negro, mi señor. Ay, cuántos agujeros negros de ese tipo tengo en la cabeza.

—¡Cierra la boca! —furioso, Sarpullido dio un zarpazo contra las baldosas rotas de su castillo. Su imagen se hizo tan gigantesca que Pata de Mosca encogió asustado la cabeza. Las rodillas le temblaban, y su corazón saltaba como un conejo en plena huida.

—Entonces —continuó hablando Sarpullido en voz baja y amenazadora—, ¿qué descubriste sobre la Linde del Cielo? ¿Dónde quieren buscarla?

—Ah, no lo saben. Quieren visitar a una mujer que sabe mucho sobre dragones y que vive en la costa que no me permite usted que le recuerde. Aunque, en realidad, ella tampoco sabe dónde está la Linde del Cielo, y por eso…

—¿Por eso quéee? —rugió Sarpullido.

—Por eso quieren preguntarle a un genio —añadió Pata de Mosca con rapidez—. Un genio azul de mil ojos. Al parecer, conoce la respuesta a todas las preguntas, pero sólo responde a un humano, así que el chico tendrá que preguntarle.

El homúnculo calló. Para su gran sorpresa, se sintió preocupado por el joven humano. Un sentimiento extraño y desconocido, que no entendió cómo se le había metido en el corazón.

—Vaya, vaya —gruñó Sarpullido—. Bueno, fantástico. Dejaremos que ese muchachito haga las preguntas por nosotros. ¡Qué práctico! —torció el horrible hocico en una mueca de burla—. ¿Y cuándo sabremos la respuesta, pata de araña?

—Creo que nos llevará un par de días llegar hasta allí —contestó dubitativo Pata de Mosca—. Deberá usted tener un poco de paciencia, señor.

—Aaaj —protestó Sarpullido—. ¡Paciencia, paciencia! Se me acabó la paciencia. Quiero salir a cazar de nuevo de una vez. Estoy harto de cazar vacas y ovejas. Ponte en contacto conmigo en cuanto puedas, ¿me oyes? Quiero saber exactamente dónde se encuentra este dragón. ¿Entendido?

—¡Entendido, señor! —murmuró Pata de Mosca. Se retiró los cabellos mojados de la frente.

La imagen de Sarpullido sobre el agua empezó a diluirse de nuevo.

—¡Espere! —exclamó Pata de Mosca—. Espere, señor. ¿Cómo quiere que los siga? ¡El cuervo ha desaparecido!

—Bah, ya te se te ocurrirá algo —dijo la voz de Sarpullido a lo lejos, mientras su imagen iba desapareciendo cada vez más—. Eres un tipo listo.

Se hizo el silencio. Sólo se oía el rumor del mar. Pata de Mosca miraba las olas oscuras sintiéndose muy desdichado. Luego saltó de la roca dando un suspiro, aterrizó en la arena mojada y trepó cansado por el arrecife junto a la orilla del río. Cuando llegó por fin hasta lo alto, vio que Lung atravesaba en esos momentos el cauce seco del río acompañado por Ben, Piel de Azufre y el profesor.

El homúnculo se apresuró a esconderse detrás de unas cuantas briznas de hierba. ¿Y ahora qué? ¿Qué les diría si le preguntaban dónde estuvo? Esa Piel de Azufre de seguro le preguntaría.

Ay, ¿por qué no se habían quedado unos segundos más en la gruta? Él se habría deslizado de nuevo como un ratoncillo al interior de la cueva sin que nadie notara que había estado afuera.

Apenas a tres pasos humanos de distancia, los cuatro se detuvieron.

—Bueno, amigos míos —dijo el profesor—. Aquí están las provisiones que les prometí —entregó a Ben una bolsa llena hasta rebosar—. A mí mismo no me quedan muchos alimentos, tengo que confesar que tomé algunos frutos secos de las tiendas de mis colegas. También metí una crema protectora. Tú deberías usarla a menudo, Ben. Y esto de aquí... —le enrolló al chico un pañuelo de color claro sobre la cabeza—, esto se lleva en estas tierras para protegerse del sol. Se llama *kufiya*. Evitará, espero, que te dé una insolación. Los rostros pálidos como nosotros tenemos ese problema con demasiada frecuencia en esta región del planeta. En cuanto a ustedes... —volteó hacia Piel de Azufre y Lung—: a ustedes les bastará con sus escamas y su piel, pero ahora una palabra más sobre el camino que deberán seguir... —encendió una linterna y se inclinó junto a Ben sobre el mapa—. Después de lo que me contaron sobre las capacidades de vuelo de Lung, tardarán unos cuatro días en llegar. Primero vuelen, como ya les dije, todo recto hacia el sur. Es una suerte que viajen sólo por la noche, pero para descansar durante el día busquen los lugares con más sombra que puedan encontrar, ya que el calor será insoportable. Toda la ruta está plagada de ruinas, fortalezas derruidas y ciudades enterradas. Hace tiempo que el viento cubrió la mayoría de ellas con arena del desierto, pero siempre encontrarán algo que les ofrezca protección, incluso para un dragón. Como siempre, volarán siguiendo la línea del mar —marcó con el dedo la costa—, tendrán un indicador fiable para no perderse incluso en la oscuridad. Con lo clara que brilla la luna ahora mismo, tampoco les costará reconocer el camino que avanza junto a la costa. Se extiende sin pausa hacia el sur. El cuarto día de su viaje verán que la región se vuelve más montañosa. Entre las rocas emergen ciudades como nidos de pájaros gigantescos. Hacia la medianoche deberían llegar a una estrecha bifurcación del camino. Allí verán un letrero con estos caracteres arábigos —el profesor escribió con un bolígrafo sobre el borde del mapa—. Por lo que yo sé, también está escrito en inglés, pero por si acaso yo lo escribo en árabe. Significa Shibam, que es el nombre de una ciudad antiquísima. Sigan ese camino hasta que tuerza hacia el norte. El desfiladero con el que se toparán es el que buscan. Tienen suerte de que Lung sepa volar, porque ningún camino llega hasta allí abajo. Ni siquiera los humanos se atreven a construir un puente para atravesarlo —Barnabas sonrió—. Algunos afirman que la entrada al infierno se esconde en ese desfiladero, pero para su tranquilidad les diré que a mí eso me parece en extremo improbable. Tan pronto como lleguen al fondo del desfiladero, busquen un coche de gran tamaño al que le faltan los cristales. Cuando lo encuentren, toquen el claxon, colóquense a exactamente diecisiete pasos del automóvil, y esperen.

—¿Un coche? —preguntó Ben asombrado.

—¡Sí! —el profesor se encogió de hombros—. Parece que Asif se lo robó a un jeque rico. Al menos, eso es lo que cuentan las últimas historias que corren sobre él. Es un error pensar que los fantasmas y las criaturas fantásticas viven siempre en casas abandonadas o cuevas. A veces tienen preferencia por, digamos, alojamientos modernos. En una ciudad en ruinas en la que estuve buscando huellas de unicornio hace algunos años vivían dos genios en botellas de plástico.

—Increíble —murmuró Ben.

—¿Por qué? ¡A los elfos de la tierra les gusta enterrar latas y usarlas como vivienda! —exclamó Piel de Azufre desde el lomo de Lung.

Acababa de trepar hasta allí para comprobar si las correas seguían seguras. La tormenta le había enseñado que en aquel viaje también para ella sería más seguro atarse a las púas de Lung—. Las latas son perfectas para asustar a paseantes —explicó—. Los elfos no tienen más que golpear sus martillos de bellota contra las paredes de latón —Piel de Azufre se rio entre dientes—. Deberían ver cómo hacen saltar a los humanos del susto.

El profesor sacudió sonriente la cabeza.

—Sí, tratándose de elfos, me lo puedo imaginar —dobló el mapa y se lo devolvió a Ben—. A propósito de elfos. Es muy probable que durante el camino hacia el sur se encuentren ustedes con una especie muy particular de ellos. Por la noche, los alrededores de las ciudades derruidas y enterradas bajo la arena bullen de elfos del polvo. Zumban por todas partes e intentarán distraerlos de su camino. No les hagan caso, pero tampoco los traten con malas formas. Pueden llegar a ser muy molestos cuando se enojan, igual que sus parientes del frío norte.

—¡Lo que nos faltaba! —gimió Piel de Azufre desde el lomo de Lung—. ¡Elfos! —puso los ojos en blanco—. ¡Cuántos problemas tuve ya con esas criaturas minúsculas! Una vez me dispararon esas flechas horribles suyas que luego escuecen la piel, sólo porque me subí a su colina para recoger hongos picantes.

El profesor se rio en voz baja.

—Pues me temo que sus parientes árabes no se portan mucho mejor. Así que manténganse tan lejos de ellos como les sea posible.

—Así lo haremos —Ben se guardó el mapa en el bolsillo de su chamarra y levantó los ojos hacia el cielo lleno de estrellas. Del calor del día no quedaba ni rastro y él sentía algo de frío, pero era agradable respirar el aire fresco.

—¡Ah, una cosa más! —Barnabas Wiesengrund le dio a Ben un libro grueso y manoseado—. Llévate esto también. En este libro están descritas casi todas las criaturas fantásticas de las que los humanos tienen noticia. Tal vez te sirva de algo durante el viaje.

—¡Muchas gracias, profesor! —Ben tomó el libro con una tímida sonrisa, acarició con reverencia las tapas y hojeó el interior.

—Vamos, vamos, métalo en la mochila —le urgió Piel de Azufre—. No podemos esperar aquí hasta que lo leas. Mira qué alta está la luna.

—¡Está bien, está bien! —Ben se quitó la mochila y metió con cuidado el mapa y el libro del profesor entre sus cosas.

Pata de Mosca se enderezó con cautela en su escondite. ¡Las mochilas! Eso era. Esa Piel de Azufre de seguro no querría llevarlo con ellos, por mucho que el joven humano insistiera, pero si se ocultaba en la mochila de Ben… El homúnculo echó a correr silencioso como una sombra.

—¿Eh? ¿Qué fue eso? —preguntó Piel de Azufre, y se inclinó hacia adelante—. ¡Acaba de corretear algo por nuestro lado! ¿Acaso viven por aquí ratas del desierto?

De un salto, Pata de Mosca desapareció entre las cosas de Ben.

—Para ti tengo algo más, Piel de Azufre —dijo Barnabas Wiesengrund metiendo la mano en su cesto—. Mi esposa me las dio para que las cocinara, pero creo que tú las necesitarás más que yo —explicó, y le puso una pequeña bolsita sobre las patas.

Piel de Azufre la olisqueó con curiosidad.

—¡Colmenillas secas! —exclamó—. ¡Trufas, hongos azules! —miró atónita a Barnabas Wiesengrund—. ¿Quieres darme todo esto a mí?

—¡Desde luego! —el profesor sonrió—. Nadie sabe valorar los hongos tanto como un duende, ¿no es cierto?

—Eso es verdad —Piel de Azufre olisqueó la bolsa una vez más y corrió luego con ella hasta su mochila. Descansaba sobre la arena junto a la de Ben. Pata de Mosca apenas se atrevió a respirar cuando la duende unió con un nudo las dos mochilas para el viaje. Sin embargo, Piel de Azufre estaba demasiado extasiada por el aroma de sus hongos como para notar al homúnculo entre los suéteres del chico.

Ben miró a su alrededor.

—Bueno, ¡parece que Pata de Mosca desapareció de verdad! —murmuró.

—¡Y menos mal! —insistió Piel de Azufre, y empujó su bolsa de setas hasta el fondo de su mochila, no sin antes probar un poco de una de ellas—. Olía a desgracia, créeme. Cualquier duende lo hubiera percibido al momento, pero ustedes los humanos no notan nada.

Pata de Mosca sintió deseos de morderle los dedos cubiertos de pelo, pero se dominó y ni siquiera asomó de su escondite la punta de la nariz.

—Tal vez sólo te molestara el hecho de que fuera un homúnculo, Piel de Azufre —comentó el profesor Wiesengrund—. Estas criaturas rara vez son apreciadas entre los seres que nacen de manera natural. A la mayoría les resultan inquietantes. Por eso es normal que un homúnculo se sienta solo y rechazado y no quiera separarse del humano que lo creó. Aunque la mayoría de ellos viven más tiempo que su creador. Mucho, mucho más tiempo.

Piel de Azufre sacudió la cabeza mientras cerraba la mochila.

—Por muy homúnculo que sea —dijo—, olía a desgracia, y punto.

—Es una terca —susurró Ben al profesor.

—Ya lo había notado —le respondió Barnabas Wiesengrund en voz baja.

Luego caminó hasta Lung y lo miró de nuevo a los ojos dorados.

—Para ti sólo tengo esto —dijo, y le acercó la mano abierta.

Sobre la palma descansaban dos escamas doradas, brillantes, duras y frías como si fueran de metal. El dragón se inclinó sobre ellas con curiosidad.

—Hace muchos, muchos años encontré dos de estas escamas —explicó el profesor—. En el norte de los Alpes desaparecían a menudo vacas y ovejas y los humanos se contaban historias horripilantes sobre un monstruo gigantesco que surgía de los montes cuando llegaba la noche. Por desgracia no encontré nada más que estas dos escamas, muy similares a las tuyas, sólo que el tacto es totalmente diferente. En el mismo lugar había también huellas, pero estaban medio borradas por la lluvia y por los granjeros que habían pisoteado nerviosos toda la zona.

En su escondite, Pata de Mosca aguzó el oído. ¡Esas escamas no podían ser de otro que de su señor! Sarpullido sólo había perdido tres escamas en su vida, y aunque envió en cada ocasión a todos sus cuervos en su busca, no recuperó ninguna de las tres. Ay, no iba a gustarle nada descubrir que un humano había recogido dos de ellas.

El homúnculo asomó la nariz por encima de los suéteres de

Ben para echar un vistazo a las escamas, pero la mano del profesor se encontraba demasiado alta para él.

—No tienen olor —constató Lung—. Como si estuvieran hechas de la nada, pero irradian tanto frío que parecen ser de hielo.

—¿Puedo mirar yo también? —preguntó Ben, y se inclinó sobre la mano del profesor.

Pata de Mosca escuchó con atención.

—Tómalas tú mismo —dijo el profesor Wiesengrund—. Míralas con atención. Son realmente extrañas.

Ben tomó una de las escamas de la mano del profesor y pasó un dedo por los afilados bordes. En verdad parecía metal, pero al mismo tiempo era algo diferente.

—Creo que son de oro falso —le explicó el profesor—. Es un metal con el que los alquimistas de la Edad Media intentaban fabricar oro auténtico. En vano, por supuesto, pero se ve que estas escamas las fundieron con algo más, porque son muy, muy duras. Ni siquiera con un cortador de diamantes logré hacerles el más mínimo rasguño. En fin —Barnabas Wiesengrund se encogió de hombros—. Llévense una. Tal vez resuelvan el misterio durante su viaje. Yo llevo tanto tiempo estudiándolas que ya perdí la esperanza.

—¿Quieres que la guarde yo? — le preguntó Ben al dragón.

Lung respondió con un asentimiento. Levantó pensativo la cabeza y clavó los ojos en el mar. Ben le lanzó las mochilas a Piel de Azufre. Ésta las atrapó y las colgó sobre el lomo de Lung.

—¡Nos vamos! —exclamó—. ¿Quién sabe? Tal vez mañana aterricemos donde nosotros queremos, para variar.

—El tiempo es favorable, Piel de Azufre —dijo el profesor y miró hacia el cielo.

Ben se acercó a él y le ofreció la mano con timidez.

—¡Hasta pronto! —dijo.

El profesor Wiesengrund tomó la mano de Ben y la apretó con fuerza.

—Hasta pronto —respondió—. En verdad espero que nos volvamos a ver. Ah, toma —añadió, y le dio a Ben una pequeña tarjeta—. Casi lo olvido. Es una tarjeta de presentación de Subaida. Si van a verla después de visitar al genio, denle saludos de mi parte. Si necesitan más provisiones o cualquier otra cosa, estoy seguro de que ella también les proporcionará todo lo que deseen. Si el pueblo en el que investiga no cambió mucho, los humanos que viven allí aún esperan con nostalgia el regreso de los dragones, pero asegúrate de eso antes de que Lung se deje ver entre las cabañas.

Ben asintió con la cabeza y añadió la tarjeta a sus otros tesoros. Luego trepó por la cola de Lung y volteó a mirar al profesor de nuevo.

—Aún conservas mi tarjeta, ¿verdad? —le preguntó el profesor. Ben dijo que sí con la cabeza—. Entonces, ¡mucha suerte! —les deseó al tiempo que Lung extendía sus alas—. Y piensen muy bien la pregunta que le hagan al genio. ¡Protéjanse de los basiliscos y escríbanme si encuentran a los dragones!

—¡Hasta pronto! —exclamó Ben mientras se despedía con la mano.

Lung se elevó en el aire. El dragón dio una vuelta por encima del profesor, arrojó como despedida una llamarada azul que atravesó la noche y se alejó volando.

Directo hacia el sur

Las siguientes noches Lung voló más rápido que el viento. La impaciencia le daba fuerzas. El viento soplaba contra sus dos jinetes de tal forma que Piel de Azufre se metió hojas en los oídos, y Ben se ató en torno a la cabeza el pañuelo que le dio el profesor. Las noches eran frías, pero durante el día hacía tanto calor que apenas podían dormir. Descansaban entre los muros desmoronados de ciudades abandonadas, lejos de caminos y pueblos, como les había recomendado el profesor. Mientras Lung y Piel de Azufre dormían a la sombra, Ben se pasaba horas sentado entre las antiguas piedras, vigilando el horizonte que se dibujaba sobre la arena ardiente. De vez en cuando veía pasar un camión polvoriento o camellos que atravesaban el calor balanceándose sobre unas patas largas y delgadas. Cómo le habría gustado ver algo más de aquella tierra extraña, sin embargo, sólo a veces, por la noche, cuando Lung sobrevolaba las ciudades a baja altura, conseguía divisar cúpulas, torres delgadas y ca-

sas blancas y planas que se arremolinaban tras muros viejos de piedra.

El Mar Rojo se encontraba siempre a su derecha. Bajo ellos serpenteaban caminos interminables a los pies de una cadena montañosa igualmente interminable que avanzaba hacia el sur. Detrás se extendía una tierra seca y rocosa hasta donde alcanzaba el horizonte. Ciudades y pueblos emergían de ella como si fueran islas en el mar. Profundos desfiladeros se abrían como grietas en el desierto.

El aire pesaba cargado de aromas desconocidos. Sin embargo, la segunda noche empezaron a soplar vapores negros sobre las montañas, envolvieron a Lung y a sus jinetes en un humo apestoso para alejarse después en dirección al mar. Barnabas Wiesengrund también había advertido a Ben de la existencia de estos vapores. Eran nubes de hollín, y procedían de pozos de petróleo que se encontraban en el este y que, acabada una guerra, ardían como antorchas. Poco antes de que saliera el sol y la tierra ardiera con sus rayos, Lung se sumergía en el agua del Mar Rojo para lavarse la mugre negra, pero las estrías no desaparecían de sus escamas. Piel de Azufre pasaba casi toda la mañana limpiando las alas del dragón y su propio pelaje mientras maldecía entre dientes. Ben lo tenía más fácil con su piel desnuda.

Un día, cuando fue a sacar una playera limpia de su mochila, sus dedos casi rozaron la cabeza de Pata de Mosca.

El homúnculo consiguió agacharse a tiempo. Desde que

emprendieron el viaje sólo salía de la mochila cuando estaba completamente seguro de que todos dormían. Luego estiraba sus doloridos miembros, cazaba moscas y mosquitos, que por fortuna abundaban en aquella cálida región, y volvía a meterse en su escondrijo tan pronto como el primero de los otros tres viajeros empezaba a despertar.

Quería postergar tanto como fuera posible el momento en que se descubriera ante los demás. Le temía demasiado a Piel de Azufre y la desconfianza que ésta sentía hacia él. Una vez consiguió echar un vistazo a la escama que el profesor le había entregado a Ben. El joven la guardaba en una bolsita que llevaba colgada al cuello. Pata de Mosca miró en su interior mientras el chico dormía. En la bolsita había también una pequeña foto, una piedra, una concha y un poco de polvo plateado de la cueva del basilisco. La escama procedía sin lugar a dudas de la coraza de Sarpullido. Nada en el mundo tenía ese tacto tan frío y duro. Cuando de repente Ben se movió en sueños, el homúnculo volvió a meterla entre temblores en la bolsa para sentarse después junto al chico. Lo hacía siempre que los otros dormían. Se apoyaba con muchísimo cuidado en el hombro del pequeño humano y leía el libro que Ben dejaba abierto al caer dormido. Era el libro que Barnabas Wiesengrund le había regalado, lo leía todos los días hasta que se le cerraban los ojos. Estaba lleno de maravillas.

Allí estaba todo lo que los humanos sabían sobre unicornios y tritones, sobre el pegaso, el caballo alado, y sobre Ruc, el pájaro gigante que alimentaba con ovejas a sus crías. El libro también hablaba sobre las hadas, los fuegos fatuos, las serpientes marinas y los troles.

Se saltaba algunos capítulos, como el que trataba sobre los enanos de las piedras. A ésos ya los conocía bastante bien, pero al fin, en su tercer día de descanso, mientras los demás dormían y la luz del sol del mediodía envolvía todo en un vapor amarillo, Pata de Mosca llegó al capítulo sobre los homúnculos, las criaturas artificiales de carne y hueso fabricadas por humanos.

Al principio quiso cerrar el libro de golpe.

Miró a su alrededor. Ben murmuraba en sueños, pero Piel de Azufre roncaba tan tranquila como siempre, y Lung dormía como un tronco.

Entonces Pata de Mosca empezó a leer con el corazón acelerado. ¡Sí, claro! Él ya sabía que tenía un corazón. "En la mayoría de los casos, un homúnculo vive más tiempo que su creador", leyó. Eso también lo sabía, pero lo que descubrió después era nuevo para él. "Por lo que se sabe, la vida de un homúnculo es prácticamente ilimitada, a menos que desarrolle un fuerte afecto por un humano. Si esto ocurre, el homúnculo muere el mismo día que el humano a quien entregó su corazón."

—¡Uy, uy! ¡No lo olvides, Pata de Mosca! —susurró el hombrecillo—. Conserva tu corazón si valoras en algo tu vida. Ya viviste muchos años, más que todos tus hermanos, más que tu creador. No vayas a volverte loco en la edad madura y le entregues tu corazón a un humano.

Se levantó de un salto y pasó las hojas hasta encontrar las páginas donde Ben había dejado el libro abierto. Luego levantó los ojos hacia el sol. Sí, ya era hora de ponerse en contacto con su señor. Ya hacía dos días que Sarpullido no sabía nada de él. Aunque al fin y al cabo no tenía que informar de ninguna novedad.

Pata de Mosca volteó y miró al pequeño humano. Mañana. Mañana por la noche llegarían al desfiladero del genio. Y si éste sabía en verdad la respuesta que su señor buscaba desde hacía más de cien años, Sarpullido emprendería el viaje a la Linde del Cielo para continuar por fin su cacería.

Pata de Mosca se estremeció. No, no quería pensar en eso. No era asunto suyo. Él no era más que el limpiacorazas de su amo. Hacía lo que Sarpullido exigía de él desde que salió de un pequeño vaso de colores como un pollo de su huevo. ¿Qué importaba que Pata de Mosca no soportara a su señor? Lo único que importaba era que Sarpullido lo engulliría de un bocado si no le facilitaba la respuesta que llevaba esperando tanto tiempo.

—Cuida tu corazón, Pata de Mosca —se susurró el homúnculo—. Ve y ponte a trabajar.

Poco antes de que Lung aterrizara, Pata de Mosca divisó agua en las cercanías, en un viejo pozo que ya nadie usaba, pero que seguía recogiendo la valiosa agua de lluvia. Ya se disponía a emprender el camino hasta allí cuando sintió que Ben se movía. Rápidamente, Pata de Mosca se ocultó detrás de la piedra más cercana.

El chico se enderezó todavía medio dormido, bostezó y se estiró. Luego se levantó y trepó a los altos muros tras los que habían montado su campamento. Aquel día Lung había tenido que volar hacia el interior, alejándose de la costa, hasta que descubrieron una fortaleza semiderruida sobre una colina. Se alzaba entre árboles medio muertos que crecían de la tierra arenosa. Los muros que rodeaban el patio seguían en pie, pero los edificios del interior estaban desmoronados y cubiertos de arena. Los únicos habitantes que encontraron fueron lagartos y algunas serpientes. En cuanto llegaron, Piel de Azufre ahuyentó a estas últimas lanzándoles piedras.

Ben se sentó sobre lo alto del muro, balanceó las piernas y miró hacia el sur. Montes de gran altura se erguían hacia el ardiente cielo bloqueando el horizonte.

—Ya no puede faltar mucho —lo oyó murmurar Pata de Mosca—. Si el profesor tenía razón, mañana llegaremos al desfiladero.

Pata de Mosca se asomó de detrás de su piedra. Por un momento pensó en mostrarse al chico, que seguía perdido en sus pensamientos con la mirada clavada en la lejanía. Luego lo pensó mejor. En silencio, después de comprobar que Piel de Azufre continuaba dormida, se deslizó de regreso a la mochila y desapareció entre las cosas de Ben como una lagartija. El informe para su señor tendría que esperar.

Ben permaneció largo rato sentado sobre el muro. Al fin suspiró y se pasó la mano por la cara, quemada por el sol. De un salto aterrizó sobre la arena y corrió hasta donde dormía Piel de Azufre.

—Eh, Piel de Azufre —le dijo en voz baja, y le sacudió el hombro con suavidad—. Despierta.

Piel de Azufre se estiró y pestañeó ante la luz del sol.

—¡Eh, todavía es de día! —bufó, y volteó a mirar a Lung, que dormía tranquilamente a la sombra de los muros.

—Sí, pero me prometiste que reflexionaríamos juntos sobre la pregunta. ¿Recuerdas?

—Ah, sí, la pregunta —Piel de Azufre se frotó los ojos—. Bueno, pero sólo si antes comemos algo. Este calor me abre el apetito.

Se levantó y avanzó de puntillas por la arena ardiente hasta llegar a su mochila. Ben la siguió sonriente.

—El calor, no me hagas reír —dijo burlón—. Desde que emprendimos el viaje hemos sufrido lluvias y tormentas y qué sé yo cuantos temporales más. Y tú siempre tienes hambre.

—Bueno, ¿y qué? —Piel de Azufre sacó de su mochila la bolsa que contenía los hongos, la olisqueó complacida y se lamió los labios. Luego colocó dos hojas de gran tamaño sobre la arena y dejó caer sobre ellas los hongos—. ¡Mmm! ¿Qué me como ahora?

Ben sacudió la cabeza. Metió la mano en su mochila para sacar la botella de agua y un par de aceitunas que le había dado el profesor. La bolsa se había deslizado hasta el fondo. Mientras tanteaba el interior de la mochila, sus dedos rozaron algo peludo. Asustado, sacó la mano.

—¿Qué pasa? —preguntó Piel de Azufre.

—Creo que ahí dentro hay un ratón —dijo Ben.

—¿Un ratón? —Piel de Azufre dejó su seta a un lado, se inclinó sobre la mochila y metió la mano con la rapidez del rayo. Al momento sacó a Pata de Mosca, que no dejaba de patalear—. ¡Vaya, vaya! —dijo—. ¿A quién tenemos aquí?

—¡Pata de Mosca! —exclamó Ben sorprendido—. ¿Qué estás haciendo en mi mochila? Y, y... —miró al homúnculo desconcertado—. ¿Por qué no dijiste nada todo este tiempo?

—¡Oh, mi joven señor! Porque, porque... —Pata de Mosca intentó liberarse de la pata de Piel de Azufre, pero la duende no lo soltaba, por mucho que él se agitara de un lado a otro.

—Ahí es cuando empiezas a tartamudear, ¿eh? —gruñó Piel de Azufre.

—¡Suéltame, monstruo peludo! —gritó Pata de Mosca—. ¿Cómo quieren que les explique algo aquí colgado?

—Vamos, suéltalo —dijo Ben—. A lo mejor le haces daño.

A regañadientes, Piel de Azufre dejó al homúnculo sobre la arena.

—¡Gracias! —murmuró Pata de Mosca. Ofendido, empezó a arreglarse el saco.

—Bueno, entonces ¿por qué no nos dijiste nada hasta ahora? —volvió a preguntar Ben.

—¿Por qué no dije nada? ¡Por ella, por supuesto! —Pata de Mosca señaló a Piel de Azufre con un dedo tembloroso—. Sé muy bien que quiere librarse de mí. Así que me escondí en su mochila. Y luego… —se frotó la nariz y lanzó una mirada de enojo a Piel de Azufre—, luego no dije nada porque tenía miedo de que ella me arrojara al mar si me descubría.

—¡Buena idea! —gruñó Piel de Azufre—. Muy buena idea.

—¡Piel de Azufre! —Ben le dio un codazo. Luego se volvió preocupado al homúnculo—. Ella nunca haría eso, Pata de Mosca. De verdad que no. En realidad, es muy simpática. Sólo que siempre se hace la… la… —miró a Piel de Azufre por el rabillo del ojo— la dura, ¿entiendes?

Pata de Mosca no parecía estar tan seguro. Miró a Piel de

Azufre con desconfianza. Ésta le devolvió una mirada aún más sombría.

—Toma —Ben le ofreció al homúnculo un par de migas de pan—. Seguro que tienes hambre, ¿verdad?

—Mil gracias, mi joven señor, pero yo... eh... —Pata de Mosca carraspeó avergonzado— cazaré un par de moscas.

—¿Moscas? —Ben miró al hombrecillo con incredulidad.

Éste se encogió de hombros con timidez.

—¡Moscas! ¡Qué asco, por la trompeta de los muertos! —bufó Piel de Azufre—. ¡Sí, te va muy bien comer eso, champiñón con patas de araña!

—¡Piel de Azufre! —la regañó Ben enfadado—. ¡Ya basta! Él no te hizo nada, ¿está claro? Hasta te liberó de aquella jaula. ¿O acaso ya lo olvidaste?

—¡Sí, sí! —Piel de Azufre volvió a concentrarse en sus hongos—. Está bien, prometo que no lo arrojaré al mar, ¿de acuerdo? Pero ahora pensemos en la pregunta que le harás al mil ojos. Al fin y al cabo, me despertaste para eso.

—De acuerdo —accedió Ben y sacó un papel arrugado del bolsillo de su pantalón—. Ya escribí un par de cosas. Escucha.

—Un momento —lo interrumpió Piel de Azufre—. ¿No sería mejor que el hombrecillo no nos oyera?

Ben soltó un gemido.

—¿Ya empiezas otra vez? ¿Por qué no puede oírnos?

Piel de Azufre miró al homúnculo de pies a cabeza.

—¿Y por qué sí? —replicó cortante—. Yo creo que cuantos menos oídos oigan la pregunta, mejor.

—Ya me voy —dijo Pata de Mosca—. Me voy.

Sin embargo, Ben lo agarró del saco.

—Tú te quedas aquí —le dijo—. Confío en ti. Y soy yo quien hará la pregunta. Así que ya basta, Piel de Azufre.

La duende puso los ojos en blanco.

—Como quieras, pero tu confianza nos dará muchos problemas. Apuesto todos mis hongos.

—Estás loca, Piel de Azufre —le respondió Ben—. Loca de remate.

Sentado sobre la rodilla del chico, Pata de Mosca no sabía hacia dónde mirar. A lo largo de su vida se había sentido pequeño e inútil muchas veces, pero nunca tanto como en aquel instante. Se avergonzaba tanto que le habría gustado confesarle todo a Ben en aquel mismo segundo, pero no fue capaz de decir una sola palabra.

—Bueno, ¿dónde estábamos? —Ben estiró su nota—. ¿Dónde-está-escondida-la-Linde-del-Cielo? Siete palabras.

—Mmm, no está mal —bufó Piel de Azufre—. Pero suena un poco raro.

—Bueno, tengo otra —Ben volteó la nota—. También tiene siete palabras. ¿Dónde-podemos-encontrar-la-Linde-el-Cielo?

Pata de Mosca se deslizó de la rodilla de Ben sin que lo vieran y retrocedió un par de pasos. Piel de Azufre se volteó inmediatamente hacia él.

—Eh, ¿ya estás desapareciendo otra vez? —gruñó.

—Voy a dar un paseo, cara de pelo —contestó Pata de Mosca—. ¿Tienes algún problema?

—¿Un paseo? —Ben miró sorprendido al homúnculo—. ¿No quieres que vaya contigo? —le gritó mientras Pata de Mosca se alejaba—. Quiero decir, no sé qué animales merodean por aquí…

Pata de Mosca sintió un vuelco en el corazón. Jamás se había preocupado nadie tanto por él.

—No, no, mi joven señor —le respondió por encima del hombro—. Es verdad que soy pequeño, pero me sé cuidar bien solo. Además, no tengo un aspecto demasiado apetitoso, con lo flaco que soy.

Luego desapareció por un agujero abierto en el muro.

El cuervo

 Pata de Mosca atravesó a toda velocidad el aire caliente como si fuera algodón. Cada dos por tres levantaba la nariz puntiaguda para olisquear el entorno. Sí, allí cerca al pie de la colina, bajo un árbol de gran tamaño, debía estar la cisterna. Ya podía oler el agua con claridad. Con gran esfuerzo se abrió camino a través de guijarros y maleza espinosa. Tenía terribles dolores por todo el cuerpo después del largo viaje escondido en la mochila de Ben.

Y todo gracias a Piel de Azufre, esa cara de pelo desconfiada y sabelotodo. La boba se burlaba de él por comer moscas, cuando ella se inflaba de esos hongos malolientes. Pata de Mosca esperaba que pronto se tragara uno con el que le ardiera el estómago, para que se le acabaran para siempre esos humos.

Entre algunos matorrales encontró huellas, probablemente de conejo, que tomaban aquel camino para llegar hasta el agua. Estaba siguiendo el rastro cuando de repente una sombra negra cayó sobre él. El homúnculo chilló horrorizado y se arrojó al suelo.

Unas garras negras se hundieron en la arena junto a él. Un pico torcido empezó a picotear en su saco.

—Hola, Pata de Mosca —graznó una voz conocida.

El homúnculo levantó la cara con cuidado.

—¿Cuervo?

—En persona —graznó el pájaro.

Pata de Mosca se enderezó con un suspiro y se retiró los cabellos de la frente. Luego se cruzó de brazos y miró al cuervo con reproche.

—Cómo te atreves a aparecer ahora —dijo—. Te arrancaría todas las plumas para hacerme una almohada con ellas. ¡Sabe el diablo que no es gracias a ti que sigo con vida!

—Lo sé, lo sé —graznó el cuervo compungido—. Tienes razón. ¿Pero qué podía hacer yo? Me persiguieron con piedras. Y tú no te movías. Así que tuve que buscarme un árbol seguro y vigilarte desde allí.

—¡Vigilarme, bah! —Pata de Mosca se levantó—. Llevo tres noches y un viaje por medio mundo sin verte. Vamos, tengo que encontrar agua —dijo, y se levantó sin decir una palabra más.

El cuervo lo siguió malhumorado.

—Para ti es fácil —masculló—. ¿Acaso crees que no me costó nada seguir a ese maldito dragón? Vuela tres veces más rápido que el viento.

—¿Y? —Pata de Mosca escupió en el polvo con desprecio—. ¿Para qué te alimenta nuestro amo con granos mágicos desde que naciste? Y ahora cállate. Tengo cosas más importantes que hacer que oír tus graznidos.

La vieja cisterna se encontraba detrás de una colina achatada. Una estrecha escalera de piedra conducía hasta abajo. Los escalones estaban resquebrajados y entre las grietas crecían flores silvestres. Pata de Mosca bajó los peldaños dando saltos. El agua del antiguo pozo estaba turbia y cubierta de polvo. El homúnculo tomó aire y se asomó al borde.

—Dile que yo no pude hacer nada, ¿me oyes? —graznó el cuervo, y se alejó aleteando hasta un árbol sin hojas.

Pata de Mosca no le prestó atención. Escupió en el agua y en el fondo de la cisterna apareció una imagen: la cabeza de Sarpullido. Entre los poderosos cuernos se veía también a Barba de Grava. Con expresión desdichada, limpiaba la osamenta de Sarpullido con un plumero hecho con las plumas de un pavo real.

—¡Tres-días! —bramó Sarpullido con una voz suave y amenazadora—. ¿Qué fue lo que te dije?

—No tenía nada que contarle, señor —respondió Pata de Mosca—. Sol y polvo: eso es todo lo que vimos en los últimos tres días. Pasé casi todo el tiempo escondido en la mochila del chico. Estoy destrozado.

—¿Cuándo llegarán hasta el genio? —bufó Sarpullido.

—Mañana —Pata de Mosca tragó saliva—. Ah, sí, otra cosa, señor. El cuervo regresó. Así que seguiré el viaje sobre él.

—¡Ni hablar! —Sarpullido enseñó los dientes—. Te quedas en la mochila. Cuanto más cerca de ellos estés, más pronto escucharás la respuesta del genio. El cuervo te seguirá por si acaso lo necesitas.

—Pero la duende… —intentó objetar el homúnculo—. ¡No confía en mí!

—¿Y el dragón y el chico?

—Ellos sí —Pata de Mosca bajó la cabeza—. El joven incluso me defiende frente al duende.

Sarpullido torció el gesto en una espantosa mueca de burla.

—¡Vaya idiota! —gruñó—. Le tengo que estar realmente agradecido. Sobre todo cuando mañana descubra dónde se encuentran los demás dragones. ¡Aaah! —cerró los ojos rojos—. ¡Eso sí que será un festín! En cuanto conozcas la respuesta, te pondrás en contacto conmigo, ¿de acuerdo? Entonces partiré de inmediato. Y antes de que ese dragón imbécil vuele yo ya estaré en la Linde del Cielo.

Pata de Mosca contempló desconcertado el reflejo de su señor.

—¿Cómo piensa conseguir eso? —preguntó—. Es un largo camino para usted.

—Yo tengo mis propios caminos —gruñó Sarpullido—. Pero eso a ti no te interesa, pata de araña. Regresa antes de que alguien empiece a sospechar. Me voy a cazar un par de vacas.

Pata de Mosca asintió con la cabeza.

—De inmediato, mi señor, pero hay otra cosa que quería decirle —pasó la mano sobre una flor que crecía en el agua—. El humano grande, Wiesengrund, tiene dos escamas que le pertenecen a usted.

De repente se hizo el silencio. Sólo se oía el rumor de las cigarras entre la hierba.

—¿Qué fue lo que dijiste? —preguntó Sarpullido. Sus ojos rojos brillaban.

Pata de Mosca encogió la cabeza entre los hombros.

—Tiene dos escamas —repitió—. Aún conserva una. La otra se la regaló al chico. La vi, señor. Tiene que tratarse de una de aquellas que usted perdió hace mucho tiempo en las montañas.

Sarpullido soltó un gruñido.

—Así que ya aparecieron. En las manos de un humano —sacudió enojado la cabeza. Con tanta fuerza que Barba de Grava apenas tuvo tiempo de sujetarse a uno de los cuernos—. ¡Quiero recuperarlas! —bramó—. No pueden estar en posesión de nadie que no sea yo. Nadie. Me pica la piel en el lugar de donde se cayeron. ¿Acaso pretende ese humano averiguar el secreto de mi coraza? —Sarpullido entrecerró los ojos rojos—. Quítale la escama a ese niño, ¿entendido?

Pata de Mosca se apresuró a asentir con la cabeza.

Sarpullido se pasó la lengua por los dientes.

—Yo mismo me encargaré del humano grande —bufó—. ¿Cómo dijiste que se llama?

—Wiesengrund —respondió Pata de Mosca—. Profesor Barnabas Wiesengrund, pero pronto partirá del lugar donde me puse en contacto con usted la última vez.

—¡Yo soy rápido! —gruñó Sarpullido—. Muy rápido —se

sacudió de tal forma que sus escamas tintinearon entre sí—. Ahora desaparece de mi vista. Y no te preocupes por ese duende desconfiado. Pronto me lo comeré de aperitivo. Y al humano también.

Pata de Mosca tragó saliva. De repente, su corazón empezó a latir desbocado.

—¿Al niño también? —preguntó casi sin aliento.

—¿Por qué no? —Sarpullido bostezó aburrido. Pata de Mosca pudo ver hasta las profundidades de su garganta dorada—. No tienen mal sabor, esos bípedos arrogantes.

Dicho esto, su imagen desapareció. Sólo el polvo seguía flotando sobre la turbia superficie del agua. Pata de Mosca se retiró del borde de la cisterna, volteó y se estremeció.

Piel de Azufre lo observaba desde lo alto de la escalera, con una botella de agua vacía entre las patas.

—Vaya, vaya —dijo y comenzó a bajar despacio los escalones—. ¿Qué estás haciendo tú aquí? Creí que sólo querías dar un paseo.

El homúnculo intentó esquivarla, pero Piel de Azufre se interpuso en su camino. Pata de Mosca miró hacia atrás por encima del hombro. El borde de la cisterna estaba demasiado cerca. Y él no sabía nadar. Piel de Azufre se arrodilló y llenó su botella con el agua polvorienta.

—¿Con quién hablabas?

Pata de Mosca se alejó del agua todo lo que pudo. Si su señor aparecía de nuevo, él estaba perdido.

—¿Hablar? —tartamudeó—. Eh... sí... Hablaba. Con mi reflejo.

—¿Con tu reflejo? —Piel de Azufre sacudió burlona la cabeza, pero entonces miró a su alrededor y descubrió al cuervo, que seguía posado en el árbol y los observaba con curiosidad. Pata de Mosca echó a correr colina arriba. Piel de Azufre lo agarró por el saco.

—Espera, espera, no tan rápido —dijo la duende—. No estarías hablando con esa bola de plumas negras de ahí arriba, ¿verdad?

—¿Con ése? —Pata de Mosca se liberó y puso una expresión ofendida—. ¿Tengo yo aspecto de hablar con pájaros?

Piel de Azufre se encogió de hombros. Se enderezó y cerró la botella.

—Ni idea —respondió—. Pero que no te sorprenda yo haciéndolo. ¡Eh, bola de plumas! —volteó y miró al cuervo—. ¿No conocerás a este chaparro?

El cuervo se limitó a sacudir las alas negras y se alejó de allí dando ruidosos graznidos.

Barnabas Wiesengrund recibe una visita

Barnabas Wiesengrund se encontraba haciendo la maleta. No es que tuviera mucho que meter en ella. En sus viajes sólo llevaba una vieja bolsa deformada por el uso en la que cabían dos o tres camisas, varios calzoncillos, su suéter favorito y un estuche lleno de lápices. Además, siempre traía una cámara y un cuaderno de dibujo en el que escribía todas las historias que oía. También pegaba fotografías, copiaba inscripciones que descubría en diferentes lugares, y dibujos que hacía siguiendo las descripciones de humanos que habían visto criaturas fantásticas. El profesor ya había completado casi cien cuadernos. Los guardaba todos en el despacho de su casa, clasificados con pulcritud según el tipo de criatura fantástica y el lugar en el que había aparecido. El cuaderno que tenía entre las manos —Barnabas Wiesengrund acarició la portada con ternura— tendría un lugar de honor, puesto que contenía una fotografía de Lung. El dragón se había dejado fotografiar, como señal de agradecimiento por haberle salvado la vida.

—Ay, qué ganas tengo de ver la cara que pondrá Vita —suspiró el profesor, y guardó el cuaderno en su bolsa—. Siempre temió que los dragones se hubieran extinguido de por vida.

Con una sonrisa de satisfacción tomó una toalla y salió a la luz del atardecer, para lavarse el polvo y el sudor de la cara antes de emprender el viaje.

Su tienda se encontraba al final del campamento, cerca del único pozo que había por allí. Atados a unos postes, un burro y un par de camellos dormitaban en el cálido aire del atardecer. No se veía a nadie. El campamento parecía desierto. La mayoría de los habitantes se habían ido a la ciudad más cercana. El resto dormía en sus tiendas, escribían cartas a su familia o estudiaban sus dibujos.

Barnabas Wiesengrund se acercó al pozo, colgó la toalla sobre el borde y sacó una cubeta llena de agua fría. Mientras lo hacía, silbó una melodía mirando las estrellas, tan incontables aquella noche como los granos de arena bajo sus pies.

De repente, el burro y los camellos levantaron asustados la cabeza. Resoplaron, empezaron a dar brincos y a tirar de las cuerdas que los sujetaban, sin embargo, Barnabas Wiesengrund no notó nada. Estaba pensando en su hija, y se preguntaba si habría crecido durante las cuatro semanas que no la veía, pero entonces un ruido lo sobresaltó a él también, sacándolo de sus pensamientos. Llegaba de las profundidades del pozo y sonaba como un resuello: el resuello de un animal muy, muy grande.

Asustado, el profesor dejó la cubeta sobre el borde del pozo y retrocedió un paso. Nadie mejor que él sabía que los pozos eran un lugar de residencia muy querido para algunas criaturas extremadamente desagradables. Sin embargo, su curiosidad siempre fue más fuerte que su prudencia, así que no hizo lo que habría sido más razonable, es decir: voltear y huir tan rápido como pudiera. No. Barnabas Wiesengrund no se movió del sitio y esperó con ansiedad para ver qué criatura se disponía a salir del pozo. Se llevó la mano izquierda al bolsillo trasero de su pantalón, donde siempre guardaba el pequeño espejo, además de otros objetos que le pudieran ayudar durante encuentros peligrosos.

Los resoplidos eran cada vez más fuertes. Del pozo llegaba también un extraño tintineo, como si mil anillos de hierro avanzaran sobre las ásperas piedras.

El profesor frunció el ceño. ¿A qué criatura fantástica correspondía aquello? Por más que se esforzaba, no se le ocurría ninguna, así que retrocedió un paso más como medida de precaución. En ese momento, justo cuando la luna desaparecía tras los jirones de unas nubes negras, una poderosa zarpa cubierta de escamas doradas emergió del pozo.

Los animales gimieron y miraron alocados a todas partes. Arrancaron de la arena los postes a los que estaban atados y huyeron arrastrando los pedazos de madera por la arena del desierto. Barnabas Wiesengrund, por el contrario, permaneció como enraizado en la tierra.

—¡Barnabas! —se dijo a sí mismo—. Lárgate de aquí, grandísimo idiota.

Sus pies dieron un paso más hacia atrás y se detuvieron.

Los gruesos muros del pozo estallaron como un montón de fichas de dominó, y del hueco surgió un enorme dragón. Sus escamas doradas resplandecían a la luz de la luna como una cota de malla de gigante. Sus garras negras se hundieron en la arena y su larga cola cubierta de púas se deslizó tintineante de un lado a otro. Un enano cargado de un enorme plumero se aferraba a uno de los cuernos.

Despacio, con unas pisadas que parecían hacer temblar el desierto, el monstruo avanzó hacia Barnabas Wiesengrund. Sus ojos brillaban en la oscuridad rojos como la sangre.

—Tienes algo en tu podeeeer que me pertenece a míiii —retumbó la voz de Sarpullido sobre el profesor.

Éste encogió la cabeza entre los hombros y clavó la mirada en las fauces abiertas del monstruo.

—¿Ah, sí? ¿Y de qué se trata? —contestó. Los dientes afilados como lanzas se encontraban justo sobre él. Mientras hacía la pregunta, llevó poco a poco la mano al bolsillo de su pantalón. Allí guardaba, además del espejo, una pequeña caja.

—¡La escama, imbécil! —bufó Sarpullido. Su respiración de hielo le provocó un escalofrío a Barnabas Wiesengrund—. Devuélveme mi escama o te aplastaré como a un piojo.

—¡Ah, la escama! —exclamó el profesor, al tiempo que se daba un manotazo en la frente—. Claro, la escama dorada.

Así que es tuya. Interesante, muy interesante, pero, ¿cómo sabes que la tenngo yo?

—¡No cambies de tema! —bramó Sarpullido, y adelantó una zarpa, de modo que sus garras negras chocaron contra las rodillas de Barnabas Wiesengrund—. Siento que la tienes. Dásela al enano. Ahora mismo.

Un torbellino de pensamientos ocupaba la mente del profesor. ¿Cómo lo había encontrado aquella criatura? ¿Y si también sabía quién poseía la otra escama? ¿Estaría el chico en peligro? ¿Cómo podría avisarle?

El enano de las piedras se apresuró a bajar por el lomo de Sarpullido.

En aquel momento Barnabas Wiesengrund dio un brinco y desapareció bajo el cuerpo del enorme dragón. Corrió hasta sus patas traseras, saltó sobre la poderosa zarpa y se agarró con fuerza a la coraza de escamas.

—¡Sal de ahí! —rugió Sarpullido. Se sacudió furioso—. ¿Dónde estás?

El enano cayó sobre la arena como una ciruela madura y se arrojó detrás de algunas piedras para que su señor, que no dejaba de patalear de un lado a otro, no lo aplastara. Aferrado a la pata de Sarpullido, Barnabas Wiesengrund se reía.

—¿Que dónde estoy? —le gritó al monstruo—. Donde tú no puedes alcanzarme, por supuesto.

Sarpullido se detuvo entre resuellos e intentó llegar con el hocico hasta sus patas traseras, pero su cuerpo era demasiado torpe. Lo único que consiguió fue meter la cabeza entre las patas delanteras y clavar una mirada de furia en el humano, que seguía colgado de su cuerpo como una garrapata.

—¡Dame la escama! —bramó Sarpullido—. Dámela y no te devoraré. Tienes mi palabra.

—¿Tu palabra? ¡No me digas! —Barnabas golpeó con los nudillos la enorme pata a la que se aferraba. Sonaba como una olla de hierro vacía—. ¿Sabes qué? Creo que ya sé quién eres. Eres esa criatura a la que las viejas historias llaman Sarpullido, ¿no es cierto?

Sarpullido no respondió. Con todas sus fuerzas, dio una patada contra el suelo para que el humano cayera. Sin embargo, sólo consiguió que sus zarpas se hundieran en la arena del desierto, mientras Barnabas continuaba colgado de su pata.

—¡Sí, eres Sarpullido! —exclamó el profesor—. Sarpullido el Dorado. ¿Cómo pude olvidar las historias que se dicen sobre ti? Debí haberlo sabido cuando encontré las escamas doradas. Se cuenta que eres un asesino sediento de sangre, mentiroso, astuto y presumido. Sí, dicen incluso que te comiste a tu creador, algo que, para ser sinceros, también se merecía, después de crear a un monstruo como tú.

Sarpullido escuchó las palabras de Wiesengrund con la cabeza ladeada. Sus cuernos perforaron la arena.

—¿Ah, sí? —gruñó—. Tú sigue hablando. Dentro de nada te comeré a ti también. No podrás quedarte ahí colgado eternamente. ¡Limpiacorazas! —alzó el espantoso hocico y miró a su alrededor—. Limpiacorazas, ¿dónde estás?

Barba de Grava salió de mala gana de su escondite.

—¿Sí, su dorada majestad?

—¡Ve y hazle cosquillas a ese humano con tu plumero! —gruñó Sarpullido—. Tal vez así se caiga de mi pata.

El profesor tragó saliva.

Aún aguantaba, pero le dolían los dedos y, desafortunadamente, tenía muchas cosquillas. Tampoco podía esperar la ayuda de nadie. Si los bramidos del dragón aún no habían atraído a nadie fuera de su tienda, no era probable que lo hiciera ahora. No, tendría que encargarse él mismo de salvar su vida. ¿Pero cómo? Por más que se rompía la cabeza, no se le ocurría nada.

Entre las patas delanteras de Sarpullido apareció el enano de las piedras, con expresión malhumorada, sombrero polvoriento y armado con su plumero. Comenzó a avanzar vacilante hacia Barnabas Wiesengrund.

"Ya va siendo hora de que se te ocurra algo, amigo mío", pensó el profesor. "De lo contrario, es muy probable que tu querida esposa no vuelva a verte jamás."

Y entonces, tuvo una idea.

—¡Eh, enano! —susurró cuando Barba de Grava, luciendo su gigantesco sombrero, se encontraba ya frente a la zarpa de su señor y extendía las plumas de pavo hacia él.

Barnabas Wiesengrund se quitó con los dientes su anillo de

oro y lo escupió a los pies del enano. Al momento, éste dejó caer el plumero, recogió el anillo y acarició el brillante metal con dedos de experto.

—¡No está mal! —bramó—. Oro macizo.

En ese instante, el profesor se resbaló. Cayó de un golpe sobre la arena junto al asustado enano.

—Barba de Grava, ¿qué pasa ahí? —retumbó la voz de Sarpullido desde la oscuridad—. ¿Se soltó ya?

El enano se disponía a contestar, pero el profesor se apresuró a taparle la boca.

—Escúchame, Barba de Grava —le susurró al oído—. Te daré mi anillo si le dices a tu señor que desaparecí, ¿de acuerdo?

El enano le mordió los dedos.

—El anillo es mío haga lo que haga —masculló tras la mano de Wiesengrund.

—¡Te equivocas! —susurró el profesor quitándole el anillo—. Porque él me devorará con anillo y todo. Entonces, ¿tenemos un trato?

El enano dudó un instante. Luego aceptó con un gesto de cabeza.

—¡Limpiacorazas! —rugió Sarpullido—. ¿Qué pasa?

Volvió a bajar la cabeza para mirar entre sus patas delanteras enseñando los dientes, sin embargo, ya se había hecho tan de noche que no distinguía lo que ocurría entre sus patas traseras.

Barnabas Wiesengrund arrojó su anillo a las botas del enano.

—¡Que no se te ocurra traicionarme! —le susurró—. O le diré a tu señor que te dejaste sobornar, ¿entendido?

El enano se agachó para recoger el anillo. El profesor se arrastró tan rápido como pudo a través de la arena hasta llegar a la cola de Sarpullido. Trepó por ella casi sin aliento y se abrazó a las púas. Barba de Grava lo siguió asombrado con la mirada. Luego se metió el anillo bajo el grueso chaleco.

—¡Limpiacaparazooones! ¿Qué pasa ahí abajo? —rugió Sarpullido.

El enano levantó su plumero, miró una vez más a su alrededor, y emergió con expresión avergonzada entre las gigantescas patas delanteras.

—¡No está, su dorada majestad! —se lamentó, y se encogió de hombros desconcertado—. Desapareció. Como si se lo hubiera tragado la arena.

—¿Quéee? —Sarpullido acercó tanto sus fauces al enano, que éste retrocedió horrorizado—. ¿Dóoonde está, idiota? —aulló Sarpullido, y dio un golpe tan fuerte con la cola que la arena le salpicó en las orejas a Wiesengrund, y éste tuvo que poner todo su empeño para no caerse.

El enano de las piedras palideció en torno a la nariz y se apretó las manos contra el chaleco.

—¡No lo sé! —tartamudeó—. ¡No lo sé, su dorada majestad! ¡No lo vi cuando fui a buscarlo!

Entonces Sarpullido empezó a hurgar en la arena.

Excavó y excavó, pero por más que revolvía la arena del desierto, Wiesengrund continuaba desaparecido. Subido a una piedra, Barba de Grava se metía una y otra vez los dedos bajo el chaleco, para tocar el anillo dorado del profesor.

Agarrado a las púas de la cola de Sarpullido, Barnabas Wiesengrund esperaba una oportunidad para dejarse caer sobre la arena y escapar. Al principio temió que el monstruo atacara el campamento y devorara a algunos de sus colegas, ya que no podía atraparlo a él mismo, pero Sarpullido parecía temer a los humanos. Y cuando se convenció de que no lo encontraría a pesar de haber revuelto medio desierto, descubriendo en el intento más ruinas que todos los arqueólogos juntos, se quedó quieto en medio de la arena. Resollaba y le temblaba la cola. Enseñó los dientes y clavó la mirada en el este.

—¡Limpiacorazas! —bramó—. ¡Súbete a mi lomo! Regresamos. Quiero oír la respuesta de ese genio.

Barnabas Wiesengrund se estremeció. Estuvo a punto de pellizcar a Sarpullido del susto. ¿Acaso dijo "genio"? Levantó un poco la cabeza, para oír mejor.

—¡Ya voy, su dorada majestad! —exclamó el enano de las piedras. Malhumorado, avanzó hasta su señor y trepó en él.

—Pobre de ese espía idiota si no tiene nada que contarme —gruñó Sarpullido mientras Barba de Grava volvía a colocarse entre sus cuernos—. Si no me entero pronto de dónde está la Linde del Cielo, me comeré a ese dragón junto con el humano y el duende peludo. Puaj, esos duendes tienen un sabor espantoso a hongos. Y además tienen demasiado pelo.

Barnabas Wiesengrund contuvo la respiración. No podía creer lo que acababa de oír.

Sarpullido se volvió y trotó entre gruñidos de rabia hasta el pozo por el que había emergido. Poco antes de que llegara, el profesor se dejó caer sobre la arena y se arrastró, tan rápido como lo llevaron sus rodillas, entre los restos destrozados de los muros de piedra. Al borde del agujero, Sarpullido se detuvo de nuevo y volteó. Paseó sus ojos rojos sobre la arena removida y los elevó hasta las tiendas.

—¡Te encontraré, humano Wiesengrund! —lo oyó bufar el profesor—. Te encontraré, y la próxima vez no escaparás, pero ahora le toca el turno al dragón de plata.

Luego se dejó caer al pozo. Su cola de púas se sumergió en el agujero negro. Desde las profundidades se oyó un chapoteo de agua, un resoplido… y Sarpullido desapareció.

Barnabas Wiesengrund permaneció sentado entre las ruinas del pozo como paralizado por un rayo.

—¡Tengo que advertirles! —murmuró—. Tengo que advertir sobre este monstruo a Lung y a los demás. ¿Pero cómo? ¿Y quién demonios le contó a Sarpullido el Dorado lo del genio?

Frente al indicador del camino

 La cuarta noche, la región que sobrevolaba Lung se volvió más montañosa, tal y como les había advertido el profesor. Un paisaje escarpado y salvaje se extendía bajo ellos iluminado por la luz de la luna. La tierra semejaba un manto gris lleno de arrugas. Las rocas se arqueaban más y más alto, algunas de ellas parecían querer tocar el cielo. Ben contemplaba lleno de asombro ciudades que se aferraban a empinadas pendientes, estirando hacia la luna cientos de almenas de pálida arcilla.

—¡Cómo *Las mil y una noches*! —murmuró.

—¿Cómo qué? —preguntó Piel de Azufre.

—Como *Las mil y una noches* —repitió Ben—. Son cuentos, muchísimos cuentos. Sobre alfombras voladoras y cosas así. También aparecen genios.

—Vaya, vaya —gruñó Piel de Azufre. Estaba harta de las rocas y de la arena. Le dolían los ojos de tanto gris, amarillo y café. Quería ver árboles. Quería oír el rumor del viento al rozar las hojas, y no ese eterno cri-cri de las cigarras. Ya había obligado a Lung a aterrizar frente a un indicador de caminos dos veces, pero ninguno de ellos era el que buscaban. Ben le advirtió del error en ambas ocasiones, le puso el mapa delante de las narices, pero la impaciencia estaba volviendo loca a la duende—. Pero ya el siguiente —dijo—. Tiene que ser el siguiente cruce, ¿no?

Ben asintió con la cabeza.

—Sí, seguro —de pronto se inclinó hacia adelante—. ¡Eh, Piel de Azufre! —exclamó, señalando nervioso hacia abajo—. Mira. Ahí abajo. ¿Lo ves?

Las oscuras laderas junto a los caminos resplandecían con más claridad que el mar a la luz de la luna.

—¡Ay, no! —gimió Piel de Azufre—. Son ellos. Seguro.

—¿Quién? —Ben se estiró tanto hacia adelante que a punto estuvo de caer del lomo de Lung—. ¿Quién, Piel de Azufre?

—¡Elfos! —Piel de Azufre tiró de las riendas—. ¡Lung! —gritó—. ¡Lung, vuela más alto! Rápido.

El dragón bajó la velocidad sorprendido y miró a su alrededor.

—¿Qué ocurre?

—¡Elfos! —se lamentó Piel de Azufre—. ¡Míralos tú mismo! ¡Todo está lleno de ellos!

De inmediato, Lung se elevó en el aire con un poderoso aleteo.

—¡No, por favor! —dijo Ben—. ¿No podemos volar un poco más bajo? Me gustaría tanto verlos de cerca…

—¿Estás loco? —Piel de Azufre sacudió la cabeza ante tanta estupidez humana—. Para nada. Lo más probable es que tengan flechas del amor y que tú, humano de poca cabeza, te enamores al instante del primer cuervo que aparezca. No, no, no.

—Por una vez en su vida, Piel de Azufre tiene razón, joven señor —la secundó Pata de Mosca. Viajaba bajo la chamarra de Ben. Sólo su cabeza sobresalía entre dos botones—. Podemos considerarnos afortunados si no notan nuestra presencia.

Ben miró decepcionado aquel bullicio centelleante.

—¡Ay, no! —Piel de Azufre soltó otro gemido—. Allá adelante hay una bifurcación. Precisamente ahora. Y también tiene un letrero.

—¡Tengo que acercarme! —gritó Lung—. ¡Si no, Ben no podrá leer la señal!

—¿Acercarnos? —Piel de Azufre puso los ojos en blanco—. Fantástico. Justo ahora que zumban por todas partes esos bichos luminosos. ¡Senderillas y orejas de gato! Vamos a tener problemas.

Lung empezó a descender, cada vez más y más hasta que aterrizó sobre el camino de alquitrán.

Cuando Ben intentó comparar la nota del profesor con lo que decía el letrero, vio que el indicador estaba completamente cubierto de enjambres de elfos del polvo. Eran apenas mayores que mariposas, del color amarillento de la arena, con alas brillantes y cabellos verdes. Zumbaban y revoloteaban, se reían y aleteaban en torno al letrero. Ben empezó a marearse sólo de mirarlos.

—Vamos a tener problemas —murmuró Piel de Azufre—. Como si lo viera.

Un pequeño grupo de estas criaturas se desprendió del enjambre y voló hasta Lung. Se posaron sobre sus púas, su nariz y sus cuernos. Un par de ellos revolotearon también alrededor de Piel de Azufre y Ben, entre risas, les pellizcaron las mejillas, les jalaron el pelo y las orejas.

Pata de Mosca encogió la cabeza hasta que sólo se distinguía su nariz entre los botones de la chamarra de Ben.

—¡Joven señor! —exclamó—. ¡Joven señor!

Sin embargo, entre tanto parloteo y risas de los elfos, Ben no lo oyó. Permanecía ensimismado contemplando a aquellos seres pequeños y centelleantes.

—¿Qué? ¿Te siguen gustando tanto ahora que los tienes cerca? —gruñó Piel de Azufre.

Ben respondió con un asentimiento de cabeza. Un elfo le hizo cosquillas bajo la barbilla y le sacó su minúscula lengua amarilla. Luego se dejó caer sobre la rodilla de Ben y le guiñó un ojo. Ben lo observó impresionado.

—¡Eh, tú! —Piel de Azufre miró al elfo por encima del hombro de Ben—. ¿Podrían ser tan amables de alejarse del letrero? Es que tenemos que comprobar si ése es el camino que buscamos.

El elfo del polvo cruzó las piernas, juntó las alas y le sonrió a Piel de Azufre.

—No lo es —respondió con un gorjeo—. En absoluto.

Ben se inclinó sobre él desconcertado.

—¿Y por qué no? —le preguntó.

—Porque no lo es —respondió la criatura, y le guiñó un ojo—. ¡De manera unívoca, bívoca y trívoca, está claro!

Luego le entró tal ataque de risa que estuvo a punto de caerse de la pierna de Ben. Piel de Azufre gimió impaciente.

—¿Qué camino deberíamos tomar entonces? —preguntó Ben.

—Cualquiera —respondió el elfo—. Excepto ése.

—Ajá —murmuró Ben confundido.

En ese momento se acercó otro elfo del polvo. Se posó sobre los hombros del primero y dedicó a los demás una sonrisa de oreja a oreja.

—¿Qué ocurre, Mukarrib?

—Quieren tomar el camino equivocado —trinó Mukarrib—. ¡Diles que es el camino equivocado, Bilqis!

—¡Es el equivocado! —gorjeó Bilqis al instante—. Incluso diría que es el más equivocado de todos, sin lugar a dudas.

—¡No lo soporto! —gruñó Piel de Azufre—. Si estas moscas estúpidas no dejan libre el letrero en este mismo instante, entonces…

—¿Qué dijo tu amigo? —preguntó Mukarrib—. No tendremos que enfadarnos, ¿verdad? —otros tres elfos revolotearon hasta ellos y, sin dejar de reír, se posaron en el hombro de Ben.

—No, ¡claro que no! —balbuceó Ben—. Sólo dijo que sus alas le parecen preciosas.

Los elfos del polvo se rieron halagados y uno se posó sobre la palma de la mano de Ben. Éste levantó a la pequeña criatura

para verla de cerca. No pesaba más que una pluma, pero cuando el chico movió la mano con cuidado para tocarle las alas, todos los elfos se alejaron revoloteando.

Lung volteó a mirarlos.

—¿Qué hacemos, Piel de Azufre? —preguntó. Los pequeños seres brincaban de un lado a otro sobre sus púas.

—Podrías ahuyentarlos con un poco de tu fuego —bufó Piel de Azufre—. No sé cómo reaccionarán, pero no podemos quedarnos aquí.

El dragón asintió. Entonces Pata de Mosca sacó de repente el brazo de la chamarra de Ben y le pellizcó la mano.

—¡Ay! —exclamó el chico, y bajó sorprendido.

—¡Joven señor! —susurró Pata de Mosca—. Joven señor, yo sé cómo nos libraríamos de ellos. ¡Levánteme!

Por fortuna, en aquel instante los elfos estaban ocupados dejándose rodar por la cola de Lung. Mukarrib y Bilqis dibujaban volteretas en el aire y los tres que acababan de estar en el hombro de Ben bailaban ahora en corro sobre la cabeza de Piel de Azufre. Ben sacó a Pata de Mosca de su chamarra y se lo colocó en el hombro.

—Deséenme suerte —susurró el homúnculo—. Espero que sean iguales que los elfos de monte que yo conozco —dicho esto carraspeó, se puso las manos junto a la boca y gritó tan alto como pudo—: ¡Aléjense, atolondrados animales! ¡Basta, bichos bobalicones! ¡Corran, cucarachas cobardes! ¡Desaparezcan, dolorosos diminutos! ¡Evapórense, estúpidos elfos escurridizos!

El efecto fue sorprendente. Los elfos se pusieron a zumbar de un lado a otro como un enjambre de abejorros enloquecidos, se alzaron en el aire como una nube luminosa y empezaron a gorjear enfadados sin orden ni concierto.

—¡El letrero! —gritó Piel de Azufre—. ¡Veo el letrero!

Sin embargo, no acababa de hablar cuando los elfos se separaron de nuevo y volaron hacia el dragón con un furioso chillido. Se sacudieron sus cabellos verdes y un polvo plateado comenzó a caer sobre Ben y Piel de Azufre. Lung estornudó con tanta fuerza que le salieron chispas azules del hocico.

—¡Rompiste el hechizo, cara de pelo! —gritó Pata de Mosca—. ¡Nos arrojan polvo del sueño! ¡Rápido, digan algo! ¡La efe, íbamos por la efe!

—¡Efe! —tartamudeó Ben mientras los elfos le soplaban el polvo plateado sobre la nariz y, enfurecidos, le jalaban el pelo.

Lung volvió a estornudar.

—¡Fuera, fieras feroces! —gritó Ben, justo a tiempo, porque ya dos elfos agarraban a Pata de Mosca por los brazos, dispuestos a llevárselo con ellos. Lo soltaron entre maldiciones y éste cayó de cabeza sobre el regazo de Ben.

—¡Gañanes! —gritó el homúnculo, y sacudió el minúsculo puño con rabia—. Gorrones glotones y... y...

—¡Gonfidios! —bufó Piel de Azufre, y se sacudió polvo del sueño de la piel—. ¡Gonfidios gangrenosos y gomosos! ¡Horrendos higróforos huecos!

Los elfos volvieron a zumbar de un lado a otro como locos. Luego, en medio de un furioso zumbido, se juntaron de nuevo sobre el letrero y se alejaron volando en dirección a las oscuras laderas. Se dejaron de oír las risas, el revoloteo, los gorjeos. Sólo el rumor del mar llenaba la noche, el canto de las cigarras y, a lo lejos, el motor de un camión que avanzaba por la carretera costera.

—Un automóvil. ¡Se acerca un automóvil! —gritó Piel de Azufre, y le dio a Ben un empujón en la espalda—. Rápido. ¿Qué pasa con el letrero?

Ben comparó los textos.

—¡Sí! —exclamó—. ¡Es el camino correcto!

—¡Atención, agárrense fuerte! —les avisó Lung, sacudió las alas y se elevó en el aire. El vehículo estaba cada vez más cerca, pero cuando su luz cayó sobre el letrero, el dragón ya había desaparecido entre los montes.

—¿Todo bien? —le preguntó preocupada Piel de Azufre—. ¿Cuánto polvo te cayó encima?

—¡Creo que lo estornudé todo! —le respondió Lung—. No estoy nada cansado. ¿Y ustedes?

Piel de Azufre bostezó por respuesta.

—¡Eh, Pata de Mosca! —se asomó por el hombro de Ben para mirar al homúnculo, que se frotaba cansado los ojos—. ¿Cómo sabías eso de los elfos?

—Ya tuve problemas con ellos muchas veces —contestó Pata de Mosca adormecido—. Pero no estaba seguro de que funcionara también con esta especie.

—Pues sí, lo hizo —murmuró Piel de Azufre—. Y menos mal, o nos habrían dejado ahí dormidos con su maldito polvo —volvió a bostezar.

Bajo ellos el camino que seguía Lung se introducía cada vez más entre las rocas. El dragón debía volar con cuidado para evitar que sus alas rozaran las paredes de piedra.

—Una vez llegué hasta la letra doble u —siguió contando Pata de Mosca con voz somnolienta.

Ben se rascó la nariz, que todavía le picaba.

—Aun así, me habría gustado observarlos un poco más —murmuró—. Eran muy divertidos. Y sus alas... brillaban como burbujas de jabón.

—¿Sabes qué? —Piel de Azufre se reclinó sobre las púas de Lung y cerró los ojos—. Si tanto te gustan esas cosas con alas, atrapa a uno.

—¿Que atrape a uno? —Ben la miró sorprendido—. ¿Y cómo?

—Es muy fácil —murmuró Piel de Azufre—. Mezclas en un cuenco un poco de leche, dos cucharadas de miel y pétalos de rosa, luego lo dejas todo a la intemperie en una noche cálida de luna llena.

Ben seguía mirándola con incredulidad.

—¿Y luego? —preguntó dando un bostezo.

Las alas de Lung se deslizaban en la oscuridad.

—Luego —continuó Piel de Azufre en voz baja— seguro que pronto llegaría uno de esos estúpidos para meter la lengua en la leche azucarada con aroma de rosas. Y... ¡zas! Lo cubres con una red cazamariposas y ya lo tienes.

—¿Una red cazamariposas? —Ben negó enfadado con la cabeza—. ¿Y de dónde saco yo una red cazamariposas?

—Bueno, ése ya es tu problema —murmuró Piel de Azufre. Yo sólo te digo cómo puedes atrapar a un elfo. Ponerlo en práctica es asunto tuyo.

Ben también se reclinó hacia atrás.

—Pero yo no quiero atrapar a ningún elfo —murmuró—. No estoy a favor de atrapar a nadie. ¿Acaso tú sí?

Piel de Azufre dormía ya. También Pata de Mosca roncaba con suavidad acostado en el regazo de Ben. Sobre su nariz brillaba polvo de elfos.

—¡Lung! —lo llamó Ben en un susurro—. ¿De verdad no estás cansado?

—Nada de nada —le contestó el dragón—. Quién sabe, tal vez el polvo de elfos activa a los dragones.

—A los humanos desde luego que no —murmuró Ben. Y pronto él también se durmió.

Lung continuó volando imperturbable a través de la noche. Siempre siguiendo el camino que lo llevaría al genio azul.

En el desfiladero del genio

En el momento en que Lung aterrizaba, Ben empezó a despertar. Miró a su alrededor asustado. El cielo estaba claro y una neblina lechosa se extendía sobre los montes. La carretera se interrumpía tras una curva cerrada y, ante ellos, la roca se precipitaba al vacío de forma tan pronunciada que el mundo parecía haberse dividido de repente en dos. Ningún puente conducía al otro lado del desfiladero.

"Tiene que ser el que buscamos", pensó Ben. El desfiladero del genio azul. Lung se detuvo junto al borde y miró hacia abajo. Hasta ellos llegaba un rumor desde las profundidades.

Ben volteó a mirar. Piel de Azufre seguía roncando pacíficamente. Con cuidado, se puso sobre el brazo a Pata de Mosca, que también dormía, y bajó del lomo de Lung.

—¿Ya superaste el sueño de los elfos? —preguntó el dragón cuando Ben se detuvo junto a él, al tiempo que le daba un golpe de burla con el hocico—. Mira eso. Creo que acabamos de encontrar la residencia del genio.

Ben miró con cautela hacia el fondo del desfiladero.

No era muy ancho, apenas medía el doble que la carretera que habían seguido hasta allí. Las rocas descendían al principio desnudas de vegetación, pero algunos metros más abajo empezaba a crecer una espesa maleza. Pequeñas flores cubrían la piedra, y de las profundidades del desfiladero enormes palmeras se estiraban hacia la luz. Allá abajo reinaba la oscuridad. Ben oía ahora el rumor con claridad. Seguramente procedía del río del que les habló el profesor, pero Ben también oía otros ruidos. Sonidos de animales y roncos chillidos de pájaros desconocidos.

—Eh, ¿por qué no me despertaron? —protestó enfadada Piel de Azufre desde lo alto de Lung.

Pata de Mosca, que todavía dormía sobre el brazo de Ben, se despertó sobresaltado y miró confundido a su alrededor.

—No hace falta que bajes, Piel de Azufre —dijo Lung, y estiró el cuello hacia las profundidades del desfiladero—. Ya llegamos. Aunque no será fácil aterrizar entre la maleza.

El dragón descendió deslizándose como una sombra. Hojas de palmera le rozaron la cara a Ben cuando Lung se internó en el techo verde de los árboles. El dragón sacudió con fuerza un par de veces las alas y, suavemente, aterrizó a la orilla de un río que fluía con languidez. Rayos de sol caían sobre el agua. Ben miró hacia arriba. El cielo parecía estar a una distancia infinita. Entre la vegetación que los rodeaba se oían trinos y siseos, gruñidos y graznidos. El aire estaba cargado de humedad y sobre el río zumbaban enjambres de mosquitos.

—¡Tricolomas rutilantes! —Piel de Azufre se bajó del lomo de Lung y se hundió hasta el pecho en plantas trepadoras—. ¿Cómo vamos a encontrar algo en esta selva? —paseó una mirada de desagrado por el entorno.

—Pues empezando a buscar —respondió Lung, y comenzó a abrirse camino en la espesura.

—¡Eh, eh, espera un momento! —Piel de Azufre se agarró a la cola del dragón—. ¡Para ti es fácil decirlo! Tú no te hundes hasta la barbilla en esta vegetación. ¡Mmm! —mordió una de las hojas para probarla—. Qué ricas. Realmente deliciosas.

—¿Quieres subirte a mi lomo? —preguntó Lung volteando a mirarla.

—¡No, no! —Piel de Azufre rechazó el ofrecimiento con un gesto de la pata—. No pasa nada. Ya me abriré camino. Mmm. De verdad —empezó a arrancar una hoja detrás de otra y a meterlas en su mochila—. Estas hojas están demasiado buenas.

Ben sentó a Pata de Mosca sobre su hombro y sonrió.

—Piel de Azufre —dijo Lung al tiempo que su cola se balanceaba impaciente de un lado a otro—. Ven de una vez. Podrás reunir más provisiones cuando encontremos al genio.

Volteó y siguió avanzando. Ben lo siguió. Enseguida desaparecieron entre los árboles.

—¡Qué crueles! —gruñó Piel de Azufre mientras los seguía dando pesadas zancadas—. Como si ese genio no pudiera esperar cinco minutos. Yo no vivo sólo de la luz de la luna. ¿Acaso quiere que me caiga en cualquier momento de su lomo muerta de hambre?

Lung se abría camino a lo largo del río. Cuanto más avanzaban, más estrecho se volvía el desfiladero. De repente, una enorme palmera caída les cerró el paso. Sus raíces se levantaban desordenadas en el aire. El largo tronco descansaba sobre algunas rocas del río, de tal modo que formaba un puente sobre el agua.

—¡Espera! —Ben colocó a Pata de Mosca sobre la cola de Lung, subió al tronco de la palmera y dio unos pasos sobre él—. ¡Miren! —les dijo señalando la otra orilla—. Allá, entre las flores rojas.

Lung se metió en el agua y estiró el cuello.

Sí, allí estaba. Un coche grande y gris, cubierto de lianas, flores caídas y lagartos que descansaban al sol.

Ben se balanceó sobre el tronco de la palmera y saltó a la otra orilla. El dragón avanzó a través del agua llevando a Piel de Azufre y a Pata de Mosca. Al llegar a la otra orilla, se detuvo. Ben retiró a un lado las lianas y miró con cautela el interior del vehículo. Desde el asiento delantero, un lagarto de gran tamaño lo amenazó con un bufido cuando acercó la cara a la ventana lateral. Ben retrocedió asustado. El lagarto desapareció de un salto entre los asientos.

—El coche no tiene cristales —dijo Ben en voz baja—. Justo como dijo el profesor.

Volvió a meter con cuidado la cabeza por la ventana. El lagarto ya no estaba, pero sobre el asiento trasero dos serpientes enroscaban y desenroscaban sus cuerpos. Ben apretó los labios, metió la mano por la ventana y presionó la bocina. Luego retrocedió de un salto.

Bandadas de pájaros echaron a volar entre chillidos. Los lagartos se deslizaron veloces del del caparazón caliente del coche y desaparecieron bajo las lianas.

De nuevo se hizo el silencio.

Ben retrocedió lentamente. Debía esperar a una distancia de diecisiete pasos, como le advirtió el profesor. Ben contó los pasos que daba. Uno... dos... tres... cuatro... diecisiete son muchos pasos. Se esforzó en que no fueran demasiado largos. Cuando terminó, se sentó a esperar sobre una piedra. Lung se recostó detrás de él, entre flores y hojas. Piel de Azufre y Pata de Mosca se sentaron sobre sus patas. Todos clavaron la mirada en el coche.

Asif no se hizo esperar mucho tiempo.

Un humo azulado empezó a salir por las ventanas del vehículo, se elevó cada vez más y más hasta que Ben tuvo que echar la cabeza hacia atrás para seguir con la mirada la columna de humo. Ésta se enredó entre las copas de las palmeras y comenzó a dar vueltas a velocidad creciente, hasta que la enorme columna tomó la formó de un cuerpo, azul como un cielo nocturno y tan grande que su sombra oscurecía todo el desfiladero. Sobre su piel, los hombros, los brazos y la barriga destellaban los mil ojos de Asif, pequeños y brillantes como piedras preciosas.

—¡Aaaah! ¡Vayaaa, vayaaaaa! —el genio se inclinó sobre ellos. Mil ojos, mil imágenes centelleaban por encima de sus cabezas, y el aliento de Asif atravesó el desfiladero de punta a punta como una ráfaga de aire cálido del desierto—. ¿Qué tenemos aquíii? —retumbó la voz del genio—. Un dragón, un auténtico dragón. ¡Vaayaaaa! —su voz sonaba hueca como un eco y rebotaba de una pared del desfiladero a otra—. Por tu culpaaa me picaba tanto la piel y me la tenían que rascar mil sirvientes.

—¡No era mi intención, genio! —exclamó Lung—. Vinimos para hacerte una pregunta.

—¡Aaah! —el genio torció la boca en una sonrisa—. Pero yo sólo respondo preguntas de humaaanos.

—¡Ya lo sabemos! —Ben se levantó de un salto, se retiró el pelo de la frente y alzó los ojos al enorme genio—. ¡Yo te haré la pregunta, Asif!

—¡Vaaayaaa! —bufó el genio—. El pequeño insecto sabe mi nooombre. ¿Y qué pregunta es éeesaaa? ¿Conooooces mis condiciooones?

—¡Sí! —contestó Ben.

—¡Bieeen! —el genio se inclinó un poco más hacia ellos. Su aliento era tan cálido como el vapor de una cazuela sobre el fuego. A Ben le goteaba el sudor por la punta de la nariz—. ¡Preguuuntaaa! —le ordenó Asif—. No me vendría mal tener otro sirvieeenteee. Uno que me limpie las orejas, por ejeeemplooo. Túuu tendrías la altura adecuaaadaaa.

Ben tragó saliva. La cara de Asif se encontraba ahora justo

por encima de su cabeza. En sus fosas nasales crecían pelos azules, gruesos como troncos de árboles jóvenes, y sus orejas puntiagudas, que se elevaban por encima del cráneo desnudo, eran más grandes que las alas de Lung. Dos ojos gigantescos, verdes como los de un gato, dirigieron a Ben una mirada de burla. Éste descubrió en ellos su propio reflejo, minúsculo y perdido. En los otros ojos de Asif caía la nieve sobre ciudades desconocidas y se hundían barcos.

Ben se limpió las gotas de sudor de la nariz y preguntó en voz alta:

—¿Dónde podemos encontrar la Linde del Cielo?

Piel de Azufre cerró los ojos con fuerza. Lung aguantó la respiración y todo el cuerpo de Pata de Mosca empezó a temblar. Ben, en cambio, esperaba la respuesta del genio con el corazón acelerado.

—¡La Liiinde del Cieeelooo! —repitió Asif.

Se elevó algunos metros más en el cielo. Luego rompió en carcajadas tan estruendosas que algunas piedras se desprendieron de las paredes del desfiladero y rodaron al vacío. Su grueso estómago temblaba por encima de Ben como si fuera a caer en cualquier momento sobre su cabeza.

—¡Mi pequeño humano! —retumbó la voz del genio, y volvió a inclinarse sobre el chico.

Lung se colocó delante de Ben en un gesto protector, pero Asif retiró al dragón empujándolo suavemente con su enorme mano.

—¡La Liiinde del Cieeelooo! —volvió a repetir—. La respuesta no es para ti, ¿verdad?

Ben negó con la cabeza.

—No —respondió—. Mis amigos necesitan saberlo. ¿Por qué?

—¿Por qué? —el genio le clavó a Ben un poderoso dedo índice en el pecho, pero no le provocó más que un soplo de aire caliente—. ¿Por quéee? —la voz resonó con tanta fuerza que Piel de Azufre se tapó los oídos—. ¡Túuu eres el primeeerooo! El primeeerooo que no pregunta para sí mismo, minúsculo humano. El primeeerooo en taaantos miiiles de aaaños que ni siquiera yo puedo contaaarloos. Y por eso responderé a tu pregunta con doble satisfacción. Aunque me vendrías perfeeectooo como sirvieeenteee.

—¿Tú... tú... tú conoces la respuesta? —Ben sentía que la lengua se le pegaba al paladar.

—¿Que si conozco la respueeestaaa? —el genio volvió a reír. Se dejó caer sobre las rodillas y sostuvo su pulgar azul frente a Ben—. ¡Miiiraaa! —susurró—. Mira en mi ojo número doscientos veintitrés. ¿Qué ves?

Ben se inclinó sobre el pulgar de Asif.

—¡Veo un río! —murmuró, en voz tan baja que Lung tuvo que aguzar el oído para entenderlo—. Fluye entre colinas verdes. Sin pausa. Ahora los montes son más altos. Todo se vuelve vacío y desnudo. Son montes con formas muy extrañas, como... como... —sin embargo, la imagen cambió—. El río fluye junto

224

a una casa —susurró Ben—. No es una casa normal, sino un palacio o algo así.

El genio asintió.

—Míralo con atencióoon —retumbó—. Con mucha atención.

Así lo hizo Ben, hasta que la imagen empezó a disolverse. Entonces Asif le mostró su dedo índice.

—Éste es mi ojo número doscientos cincuenta y cinco —le dijo—. ¿Qué ves dentro de él?

—Veo un valle —dijo Ben—. Lo rodean nueve montes altos y de cumbres nevadas. Casi todos tienen la misma altura. El valle está cubierto de niebla.

—¡Bieeen! —Asif pestañeó. Y la imagen volvió a disolverse, como todas las novecientas noventa y nueve imágenes restantes, y surgió una nueva.

Ben abrió los ojos de par en par.

—¡Ahí, ahí! —se inclinó emocionado sobre el gigantesco dedo de Asif—. ¡Lung, eso es un dragón! ¡Un dragón como tú! En una cueva, ¡en una cueva enorme!

Lung respiró hondo. Inquieto, avanzó un paso hacia Ben, pero entonces Asif volvió a pestañear. Y la imagen en su ojo número doscientos cincuenta y cinco desapareció como todas las demás. Ben se enderezó decepcionado. El genio retiró la mano, la colocó sobre su rodilla y se pasó la otra por sus largos bigotes.

—¿Te fijaste bieeen en lo que viiisteee? —preguntó al chico.

Ben asintió.

—Sí —tartamudeó—. Pero, pero…

—¡Cuidaaadooo! —Asif se cruzó de brazos y miró al joven con severidad—. Ya me hiciste tu pregunta. Cuida tu lengua o de lo contraaariooo te convertirás en mi sirvieeenteee.

Ben bajó desconcertado la cabeza.

Entonces el genio se levantó y se alzó como un globo que flota en el aire.

—¡Sigue el Indo y busca las imágenes en mis ojos! —resonó la voz de Asif—. Búscalas. Entra al palacio que cuelga de la montaña y rompe en pedazos la luz de la luna contra la cabeza del dragón de piedra. Entonces veinte dedos te indicarán el camino a la Linde del Cielo. Y el oro tendrá menos valor que la plata.

Ben miró atónito al descomunal genio. Asif sonrió.

—¡Túuu fuiste el primero! —volvió a bramar.

Luego se hinchó como una vela contra el viento y sus piernas y brazos se convirtieron de nuevo en humo azul. Asif empezó a dar vueltas sobre sí mismo hasta que en su remolino bailaron hojas y flores y de él no quedó más que una columna de humo azul. Se disolvió en una ráfaga de viento y desapareció.

—Busca las imágenes —murmuró Ben, y cerró los ojos.

Pata de Mosca
toma una decisión

Lung quería reanudar el viaje de inmediato.

Sin embargo, el sol seguía alto en el cielo y, aunque en el desfiladero del genio volvió a reinar la oscuridad, aún faltaban muchas horas para el anochecer. De modo que buscaron a lo largo del río un lugar alejado del escondite del genio, entre las hojas que tan buen sabor tenían según Piel de Azufre, y esperaron a que saliera la luna. Aun así, el dragón no conseguía conciliar el sueño. Caminaba de un lado a otro junto al río.

—Lung —Ben extendió el mapa sobre un mar de flores blancas y se inclinó sobre él—. Deberías dormir. Falta un largo camino para llegar al mar.

Lung apoyó el cuello sobre el hombro de Ben y siguió con la mirada el dedo del chico, que se deslizaba sobre montes, desfiladeros y tierra desértica.

—Por ahí —le indicó Ben—, por ahí deberíamos adentrarnos en el desierto. ¿Ves la señal de la rata? El camino hasta ese lugar no presenta ningún problema, creo, pero esto —pasó el dedo por el enorme mar que se extendía entre la península arábiga y el delta del río Indo— me preocupa. No tengo ni idea de dónde podrías aterrizar allí. Ni una isla en varios kilómetros a la redonda. Y necesitaremos al menos dos noches para alcanzar nuestro destino —sacudió la cabeza—. Tendríamos que hacer un descanso en el camino, y no sé cómo conseguirlo sin aterrizar sobre el agua.

Lung miró primero el mapa y luego con expresión pensativa al chico.

—¿Dónde está el pueblo en el que vive la investigadora de dragones?

Ben puso el dedo sobre el mapa:

—Aquí. Junto a la desembocadura del Indo. O sea que visitarla no supondría ningún desvío en nuestro trayecto. ¿Y sabes dónde nace el Indo? —el dragón negó con la cabeza—. ¡Justo en el Himalaya! —exclamó Ben—. Es genial, ¿verdad? Sólo nos faltaría encontrar el palacio que vi y entonces…

—¿Y entonces? —Piel de Azufre se agachó a su lado en medio de las aromáticas flores—. Entonces romperás la luz de la luna sobre la cabeza de un dragón de piedra. ¿Acaso tú me puedes explicar qué significa eso?

—Todavía no —respondió Ben—. Pero ya lo entenderé en su momento.

—¿Y lo de los veinte dedos? —la duende bajó la voz—. Apuesto a que este tipo azul no hizo más que tomarnos el pelo.

—¡No, no! —Pata de Mosca trepó al regazo de Ben—. Los genios siempre se expresan de ese modo. El joven señor tiene razón. Las palabras se aclararán por sí solas. Ya lo verás.

—Bueno, esperemos —gruñó Piel de Azufre y se acurrucó bajo una enorme hoja de helecho.

Lung se acostó junto a ella y hundió la cabeza entre sus patas.

—Romper la luz de la luna —murmuró el dragón—. Eso suena realmente enigmático —bostezó y cerró los ojos.

El frío y la oscuridad crecieron bajo las palmeras. Ben y Piel de Azufre se arrimaron a las cálidas escamas de Lung y pronto los tres se durmieron.

Sólo Pata de Mosca seguía despierto a su lado, sentado entre las flores blancas que empezaban a marearlo con su olor. Escuchó la respiración tranquila de Ben, observó las escamas plateadas de Lung, su semblante amable, tan diferente del de su señor… y suspiró. Una pregunta zumbaba en su cabeza como un abejorro apresado: ¿Debía informar a su señor sobre la respuesta del genio? ¿Y traicionar así al dragón plateado?

Le dolía tanto la cabeza por culpa de esa pregunta que se apretó las manos contra las sienes. Aún no le había robado al chico la escama dorada. Se reclinó sobre la espalda de Ben y cerró los ojos. Tal vez si se dormía se haría el silencio en su cabeza por un rato. Sin embargo, justo cuando notaba que la respiración calmada de los otros tres empezaba a adormecerlo, algo le tiró de la manga. El homúnculo se enderezó sobresaltado. ¿Querría tal vez morderlo alguno de esos asquerosos lagartos gigantes que descansaban por todas partes entre las lianas?

No. Era el cuervo quien se había posado sobre el remolino de hojas y le jalaba la manga.

—¿Qué quieres? —susurró el homúnculo enfadado.

Se levantó sin hacer ruido y le hizo señas al pájaro para que se alejara de los que dormían. El cuervo lo siguió.

—Olvidaste ponerte en contacto con Sarpullido —graznó—. ¿Cuánto tiempo más vas a esperar?

—¿Y eso a ti qué te importa? —Pata de Mosca se detuvo detrás de un alto arbusto—. Es que… quiero esperar hasta que estemos volando sobre el mar.

—¿Para qué? —el cuervo atrapó una oruga que se deslizaba sobre las ramas y miró al homúnculo con desconfianza—. No hay ninguna razón para esperar —graznó—. Sólo conseguirás enojar al amo. ¿Qué dijo el genio?

—Eso se lo diré a nuestro señor —respondió Pata de Mosca de forma evasiva—. Lo hubieras escuchado tú mismo.

—¡Baah! —graznó el cuervo—. Ese monstruo azul no dejaba de crecer. Preferí ponerme a salvo.

—Mala suerte.

Pata de Mosca se rascó la oreja y echó un vistazo a las ramas donde se encontraba Lung. El dragón y sus amigos dormían profundamente mientras las sombras en el desfiladero se volvían más y más negras.

El cuervo se arregló las plumas con el pico y miró al homúnculo con desaprobación.

—Te estás volviendo demasiado impertinente, chaparro —graznó—. No me gusta. Tal vez debería comunicárselo al señor.

—¡Por mí puedes hacerlo! No le dirás nada nuevo, desde luego —le replicó Pata de Mosca, pero su corazón empezó a latir a más velocidad—. Además, puedes estar tranquilo. Yo... —puso un gesto de importancia— me pondré en contacto con él hoy mismo. Palabra de homúnculo, pero antes tengo que ver una cosa en el mapa. El mapa del chico.

El cuervo inclinó la cabeza.

—¿El mapa? ¿Y eso para qué?

Pata de Mosca torció el gesto en una mueca de burla.

—Tú no lo entenderías, pico torcido. Y ahora desaparece. Si la duende te ve, entonces sí que sería imposible hacerla creer otra vez que tú y yo no tenemos nada que ver el uno con el otro.

—¡Está bien! —el cuervo atrapó otra oruga y sacudió las alas—. Pero los seguiré. No te perderé de vista. Y no olvides informar al señor.

Pata de Mosca siguió al cuervo con la mirada hasta que éste desapareció entre las copas de las palmeras. Luego corrió hasta la mochila de Ben, sacó el mapa y lo extendió. Sí, informaría a Sarpullido, pero sería un informe especial, muy especial. Pasó la mirada sobre mares y montes hasta que una extensa superficie café claro atrajo su atención. Sabía lo que significaba el color café. Ben le había explicado con detalle cómo leer aquel prodigio de mapa. Café significaba: ausencia de agua. Ni una gota de agua en kilómetros y kilómetros a la redonda. Y justo eso era lo que buscaba Pata de Mosca.

—¡Estoy harto! —murmuró—. En verdad que estoy harto de ser su espía. Lo enviaré al desierto. Eso es, ¡al desierto más grande que encuentre!

Sólo los desiertos podrían mantener a Sarpullido alejado por un tiempo del joven humano y del dragón de plata. Si su señor sólo pretendiera devorar al desagradable duende, estaría bien por él: ¡se lo regalaba! Pero no al humano. No. Pata de Mosca no lo ayudaría para eso. Ya vio cómo Sarpullido engullía a sus hermanos. Vio cómo devoró al humano que los creó a los dos, pero el chico no caería entre las ávidas fauces de Sarpullido. Jamás.

Pata de Mosca estudió con atención dónde se encontraba el desierto más extenso. Luego se dirigió a las profundidades del desfiladero, lejos del escondite del genio azul, muy lejos del dragón dormido.

Se inclinó sobre el río e informó a su amo.

La luna desaparece

 Tres días y tres noches más tarde Lung se encontraba a orillas del mar Arábigo esperando que llegara la noche. Sus escamas estaban cubiertas de polvo y arena amarilla. Había pasado mucho tiempo desde que partieran del valle en el norte en busca de la Linde del Cielo. Su cueva parecía estar infinitamente lejos, como también le resultaba infinito el mar que se extendía oscuro frente a él.

Lung levantó los ojos al cielo. El último rastro de luz desaparecía como si se lo tragaran las olas, y sólo la luna colgaba redonda y plateada sobre el agua. Aún faltaba mucho tiempo para la luna nueva, la luna negra, pero ¿lograría alcanzar la Linde del Cielo hasta entonces?

—Quedan diez días —dijo Ben. Estaba parado en la arena junto a él con la mirada puesta en el mismo lugar: allí donde el agua y el cielo se fundían entre sí y donde, oculto tras olas y montes, los aguardaba el objetivo de su viaje—. Tenemos diez días para llegar al palacio que vi en el ojo de Asif. Y luego seguro que no faltará mucho.

Lung asintió con la cabeza. Miró al chico.

—¿Extrañas tu hogar?

Ben negó con la cabeza y se reclinó sobre las cálidas escamas del dragón.

—No —contestó—. Podría seguir volando así para siempre.

—Yo tampoco extraño nada —dijo Lung—. Pero me gustaría saber cómo están los otros. Si los humanos se van acercando. Si el ruido de sus máquinas retumba ya sobre las oscuras montañas, pero desgraciadamente... —suspiró y volvió a dirigir la mirada al mar, donde la luz de la luna nadaba en charcos de plata entre las olas— yo no tengo mil ojos como Asif. Quién sabe, tal vez encuentre la Linde del Cielo cuando ya sea demasiado tarde para los demás.

—¡Pero qué dices! —Ben acarició con cariño las escamas plateadas del dragón—. Con lo lejos que llegaste ya... Cuando pasemos este mar ya casi estaremos en la meta.

—Exacto —dijo Piel de Azufre a sus espaldas. Se había alejado un momento para llenar las botellas de agua—. Huele —dijo al tiempo que le ponía a Ben bajo la nariz una mano llena de hojas espinosas. Expulsaban un olor pesado y aromático—. Pican en la lengua, pero saben casi tan bien como huelen. ¿Dónde están las mochilas?

—Toma —Ben las empujó hacia ella—. Pero ten cuidado, no aplastes a Pata de Mosca. Duerme entre mis suéteres.

—¿Que sí...? No le voy a romper ninguna patita —gruñó Piel de Azufre mientras metía las hojas en su mochila. Cuando se inclinó sobre la mochila de Ben, Pata de Mosca estiraba los brazos entre bostezos. Miró a su alrededor y volvió a meter la cabeza a toda prisa.

—¿Qué ocurre? —preguntó Ben sorprendido.

—¡Agua! —respondió el homúnculo y desapareció entre los suéteres llenos de arena. Sólo sobresalía la punta de su nariz—. Me pone nervioso ver tanta agua.

—Vaya, por una vez estamos de acuerdo —comentó Piel de Azufre, y se colgó su mochila al hombro cubierto de pelo.

—Yo tampoco soy un gran amigo del agua, pero tenemos que sobrevolar este mar.

—Sobre el agua nunca se sabe quién puede estar viéndote —murmuró Pata de Mosca.

Ben bajó los ojos y lo miró sorprendido.

—¿Qué quieres decir con eso? ¿Quién te va a ver? ¿Los peces?

—¡Sí, sí, eso es! —Pata de Mosca se rio nervioso—. Los peces.

Piel de Azufre se subió al lomo de Lung meneando la cabeza.

—Mira que se le ocurren bobadas a veces —gruñó—. Ni siquiera los elfos dicen tantas tonterías. Y eso que sueltan unas cuantas cuando la noche se alarga.

Pata de Mosca le sacó la afilada lengua.

Ben sonrió divertido.

—¿Quieres que deje la mochila abierta? —preguntó al homúnculo.

—No, no —respondió Pata de Mosca—, ciérrela tranquilo, joven señor. Estoy acostumbrado a la oscuridad.

—Como quieras —Ben cerró la mochila con un nudo, se subió con ella al lomo del dragón y se ató a las púas de Lung con las correas. Luego se sacó la brújula del bolsillo. Si no querían depender del olfato de Piel de Azufre, la necesitarían durante los días y las noches siguientes. Los esperaban cientos de kilómetros de agua, nada más que agua. No había ninguna costa con la que pudieran orientarse, sólo las estrellas, y ninguno de ellos entendía mucho de eso.

—¿Listos? —preguntó Lung, se sacudió una última vez la arena de las escamas y extendió las alas.

—¡Listos! —exclamó Piel de Azufre.

Entonces Lung se impulsó hacia el cielo oscuro y voló en dirección a la luna.

Era una noche hermosa, cálida y llena de estrellas.

Pronto dejaron atrás la costa montañosa. La tierra firme desapareció engullida por la oscuridad y frente a ellos, detrás de ellos, a su izquierda y a su derecha no había más que agua. De vez en cuando parpadeaban las luces de un barco sobre las olas. Aves marinas pasaban volando a su lado y graznaban asustadas cuando descubrían a Lung.

Poco después de la medianoche, Piel de Azufre lanzó de repente un grito de espanto y se inclinó sobre el cuello del dragón.

—¡Lung! ¡Lung! ¿Viste la luna?

—¿Qué pasa con ella? —preguntó el dragón.

Había volado todo el tiempo con la mirada puesta sobre las

olas, pero ahora levantó la cabeza. Lo que vio hizo que las alas se volvieran pesadas como el plomo.

—¿Qué ocurre? —Ben se asomó asustado sobre el hombro de Piel de Azufre.

—La luna —le dijo nerviosa—. Se está tiñendo de rojo.

Ahora también lo vio Ben. Un brillo cobrizo cubría la luna.

—¿Y eso qué significa? —balbuceó confundido.

—¡Significa que desaparecerá dentro de un momento! —contestó Piel de Azufre—. ¡Es un eclipse de luna, un enmohecido y escamoso eclipse de luna! ¡Justo ahora! —miró desesperada hacia abajo. El mar bramaba cubierto de espuma.

Lung volaba cada vez más despacio. Sacudía las alas con esfuerzo, como si de ellas colgaran unos pesos invisibles.

—¡Vuelas demasiado bajo, Lung! —gritó Piel de Azufre.

—¡No puedo hacer otra cosa! —contestó cansado el dragón—. Me siento tan débil como un polluelo, Piel de Azufre.

Ben levantó los ojos y miró hacia la luna, que colgaba entre las estrellas como una moneda oxidada.

—¡Ay, ya pasamos por esto otras veces! —se lamentó Piel de Azufre—. ¡Pero estábamos sobre tierra firme! ¿Qué vamos a hacer ahora?

Lung se hundía más y más. Ben ya empezó a sentir entre los labios el sabor de la espuma salada de las olas. De repente, a la luz del último rayo rojo que la luna arrojaba sobre el mar, distinguió a lo lejos una cadena de pequeñas islas que sobresalían entre las olas. Eran unas islas extrañas. Se elevaban sobre el agua como colinas con forma de joroba.

—¡Lung! —gritó Ben tan alto como pudo.

El rumor del mar le arrancó las palabras de los labios, pero el dragón tenía un oído muy fino.

—¡Allá adelante! —chilló Ben—. Allá adelante hay islas. Intenta aterrizar allí.

En ese mismo momento la sombra negra de la Tierra engulló la luna.

Como un pájaro alcanzado por un disparo, Lung se precipitó al vacío, pero la primera de aquellas peculiares islas ya se encontraba bajo él. Ben y Piel de Azufre casi tuvieron la impresión de que había surgido de entre las olas para atraparlos. El dragón cayó más que haber aterrizado sobre la isla. Sus jinetes estuvieron a punto de salir disparados. Ben notó que le temblaba todo el cuerpo. Piel de Azufre no se sentía mucho mejor, sin embargo, Lung se acostó con un suspiro, dobló las alas y se lamió el agua salada de las patas.

—¡Lepiotas malolientes! —con las patas temblorosas, Piel de Azufre se dejó caer del lomo de Lung—. Este viaje me va a costar cien años de vida, qué digo: ¡quinientos! ¡Mil! ¡Grr! —se sacudió y miró la pronunciada pendiente contra la que rompían las olas negras—. Vaya baño de los demonios nos pudimos haber dado.

—¡No lo entiendo! —Ben se colgó las mochilas al hombro y bajó por la cola de Lung—. En el mapa no aparece ninguna isla.

Con los ojos entrecerrados miró en la oscuridad. Sobre el nivel del mar se elevaba una colina puntiaguda detrás de otra.

—Eso no hace más que demostrar lo que yo siempre digo —comentó Piel de Azufre—. Ese mapa no sirve para nada —miró a su alrededor olisqueando el aire—. Qué raro, huele a pez.

Ben se encogió de hombros.

—Bueno, ¿y qué? Estamos en medio del mar.

—No, no —Piel de Azufre meneó la cabeza—. Quiero decir que la isla huele a pez.

Lung se puso en pie de nuevo y observó con más atención el suelo bajo sus patas.

—Miren esto —dijo—. Esta isla está cubierta de escamas de pez. Como un… —levantó la cabeza y miró a los demás.

—¡Como un pez gigante! —susurró Ben.

—¡Súbanse a mi lomo! —gritó Lung—. Rápido.

En ese instante un temblor recorrió la isla.

—¡Corre! —chilló Piel de Azufre al tiempo que empujaba a Ben en dirección al dragón. Corrieron y se resbalaron sobre la joroba húmeda y escamosa. Lung estiró el cuello hacia ellos y, mientras la isla se arqueaba cada vez más alto sobre las olas, los dos se elevaron agarrados a los cuernos de Lung, bajaron por las púas hasta el lomo y se aferraron a él con dedos temblorosos.

—¿Pero y la luna? —gritó Ben desesperado—. La luna sigue oculta. ¿Cómo vas a volar, Lung?

Tenía razón. En el lugar donde ésta debía brillar no se abría ahora más que un agujero negro.

—¡Debo intentarlo! —contestó el dragón, y extendió las alas.

Sin embargo, por más que se esforzaba, su cuerpo no se levantaba ni un milímetro en el aire. Ben y Piel de Azufre se miraron horrorizados.

De pronto, una cabeza inmensa surgió disparada ante ellos en medio de un estruendo de agua. Grandes aletas le crecían en lo alto como un adorno de plumas. Unos ojos oblicuos brillaban burlones bajo los pesados párpados de la criatura y entre dos afilados dientes bailaba una lengua bífida.

—¡Una serpiente marina! —gritó Ben—. ¡Aterrizamos sobre una serpiente marina!

El animal elevó el interminable cuello sobre las olas hasta que su cabeza planeó justo sobre Lung. Éste seguía paralizado sobre la joroba cubierta de escamas de la serpiente.

—¡Vaya, qué tenemos aquí! —siseó la serpiente con voz suave y melodiosa—. Una rara visita en mi reino de agua y sal. ¿Qué se les perdió en alta mar, tan lejos de las piedras y la tierra, a un gusano de fuego, un pequeño humano y un duende peludo? ¿No me digan que les entró apetito por un par de peces escurridizos y brillantes? —su lengua bailaba por encima de la cabeza de Lung como un animal hambriento.

—¡Agáchense! —le gritó el dragón a Ben y a Piel de Azufre—. ¡Agáchense tanto como puedan detrás de mis púas!

Piel de Azufre obedeció al instante, pero Ben permaneció inmóvil, observando a la serpiente con la boca abierta. Era preciosa, maravillosa. A pesar de que sólo las estrellas arrojaban luz en aquella noche sin luna, cada una de sus millones de escamas brillaba como si estuvieran atrapados en ella los colores del arcoíris. Cuando la serpiente percibió el asombro de Ben, bajó la mirada hacia él con una sonrisa burlona. El chico era apenas mayor que la vibrante punta de su lengua.

—¡Baja la cabeza de una vez! —le ordenó Piel de Azufre—. ¿O quieres que te la arranque de un mordisco?

Sin embargo, Ben no le hizo caso. Sentía como Lung tensaba cada uno de sus músculos, como preparándose para una lucha.

—No buscamos nada en tu reino, serpiente —gritó, y su voz sonó igual que en aquella ocasión en la fábrica, cuando salvó a Ben de los otros humanos—. Nuestro objetivo se encuentra más allá de este mar.

Un temblor recorrió el cuerpo de la serpiente marina. Para su alivio, Ben oyó que la criatura se reía.

—Así que más allá de este mar —siseó—. Bueno, por lo que sé sobre tu especie, necesitas la luz de la luna para elevarte en el aire, así que tendrás que quedarte conmigo hasta que ésta se deje ver de nuevo, pero no te preocupes. Sólo vine por curiosidad, por pura e insaciable curiosidad. Quería ver por qué desde que se puso el sol me pican las escamas como no lo hacían desde hace más de cien años. Las criaturas fantásticas se atraen las unas a las otras. Conoces esa ley, ¿verdad?

—Sí, y está empezando a resultar latosa —respondió Lung, pero Ben notó que sus músculos comenzaban a relajarse poco a poco.

—¿Latosa? —la serpiente balanceó su esbelto cuerpo de un lado a otro—. Es gracias a esta ley que la luna negra no acabó contigo y con tus amigos —bajó sus afiladas fauces hasta Lung—. Bueno, dime, ¿de dónde vienes? ¿Y adónde vas? No veía a uno de los tuyos desde el día en que importunaron a tus parientes plateados y éstos desaparecieron de mi reino.

Lung se enderezó como una vela.

—¿Conoces esa historia? —preguntó.

La serpiente sonrió y se desperezó entre las olas.

—Desde luego. Hasta estuve presente.

—¿Que tú estuviste presente? —Lung retrocedió un paso. Un gruñido empezó a subirle por el pecho—. ¡Entonces tú eres el monstruo marino! ¡Tú los ahuyentaste!

Piel de Azufre abrazó horrorizada a Ben.

—¡Ay, no! ¡No! —gimió—. ¡Ahora nos devorará a nosotros!

Sin embargo, la serpiente no hizo otra cosa que contemplar a Lung con expresión de burla.

—¿Yo? —siseó—. Qué tontería. Yo sólo persigo barcos. Fue un dragón. Un dragón como tú, sólo que más, mucho más grande, con una coraza de escamas doradas.

Lung la miró sin poder creer lo que oía.

La serpiente asintió con la cabeza.

—Sus ojos eran rojos como lunas moribundas, ávidos y san-guinarios —los recuerdos borraron la sonrisa de su hocico—. Aquella noche —comenzó a relatar mientras el mar mecía su enorme cuerpo—, llegaron tus parientes desde los montes, como siempre que la luna colgaba llena y redonda en el cielo. Mi hermana y yo dejamos que las aguas nos llevaran hasta la costa, para poder distinguir los rostros de los humanos que, sentados frente a sus cabañas, esperaban a los dragones. Ocultamos nuestros cuerpos bajo el agua para no atemorizarlos, ya que los humanos tienen miedo de todo lo que no conocen, especialmente si es más grande que ellos. Además —sonrió—, nosotras las serpientes no somos muy queridas entre ellos.

Ben bajó la cabeza avergonzado.

—Los dragones —continuó hablando la serpiente— se sumergieron en las olas espumosas del mar. Parecía que todos ellos estuvieran hechos de la luz de la luna —miró a Lung—. Los humanos sonreían desde la orilla. Tu especie suaviza la ira que ellos siempre llevan dentro de sí. Los dragones ahuyentan la tristeza de los humanos. Por eso ellos piensan que ustedes traen buena suerte, sin embargo, aquella noche —siguió relatando la serpiente en un suave siseo—, llegó uno que quería cazar la suerte. Cuando emergió de entre las olas, el agua se encabritó y formó espuma en torno a sus fauces. Los peces flotaban muertos en las olas. Los dragones extendieron asustados sus alas mojadas, pero la luna quedó cubierta de pronto por bandadas de pájaros negros. Ninguna nube, por muy oscura y pesada que sea, es capaz de robarle su fuerza a la luna, pero aquellos pájaros lo consiguieron. Sus plumas negras engulleron la luz de la luna, y por mucho que los dragones sacudieron sus alas no pudieron emprender el vuelo.

Estaban perdidos. Entonces mi hermana y yo atacamos al monstruo.

La serpiente calló por un instante.

—¿Lo mataron? —preguntó Lung.

—Lo intentamos —respondió la serpiente—. Nos enroscamos en torno a su coraza y le cubrimos las fauces con nuestros cuerpos, pero sus escamas doradas eran frías como el hielo y nos quemaban. No pasó mucho tiempo hasta que tuvimos que soltarlo, pero mientras lo atacábamos, las bandadas de pájaros se disolvieron y la luz de la luna les dio a los dragones la fuerza necesaria para emprender el vuelo. Paralizados por el horror y la tristeza, los humanos contemplaron desde la orilla cómo los dragones se alejaban siguiendo el río Indo y desaparecían en la oscuridad. El monstruo se sumergió entre las olas y por más que mi hermana y yo lo buscamos en las más hondas profundidades, no hallamos ni rastro de él. Los pájaros negros desaparecieron igualmente entre graznidos. Los dragones no regresaron jamás, a pesar de que los humanos acudieron a esperarlos a la orilla del mar muchas noches de luna llena.

Cuando la serpiente terminó su relato, nadie dijo una palabra.

Lung levantó los ojos al cielo negro.

—¿Nunca volviste a saber nada de ellos? —preguntó.

La serpiente se mecía de un lado a otro.

—Bueno, hay muchas historias. Marineros y sirenas que recorren a menudo el Indo cuentan que existe un valle, muy lejos entre los montes, sobre el que cae a veces la sombra de un dragón en pleno vuelo. También se dice que unos duendes ayudaron a los dragones a ocultarse. Ahora que veo a tu compañera de viaje —miró a Piel de Azufre—, suena bastante probable, ¿no es cierto?

Lung no contestó. Estaba sumido en sus pensamientos.

—Cómo me gustaría saber dónde está ese monstruo —gruñó Piel de Azufre—. No me gusta nada eso de que aparezca de repente y desaparezca sin más.

La serpiente bajó la cabeza hasta que su lengua le hizo cosquillas en las orejas a Piel de Azufre.

—El monstruo está aliado con las fuerzas del agua, duende —siseó—. Todos los dragones pueden nadar, aunque sean criaturas del fuego, pero éste tiene poder sobre el agua. El agua es su sirviente, más incluso que el mío. Nunca volví a ver a ese dragón, pero a veces siento que una corriente fría recorre las profundidades del mar. Entonces sé que él está de caza, el dragón con la coraza de oro.

Lung seguía en silencio.

—De oro… —murmuró—. Era dorado. Piel de Azufre, ¿no te recuerda eso nada?

La duende lo miró desconcertada.

—No, ¿qué debía recordarme? Aunque… sí, un momento…

—¡El anciano dragón! —dijo Lung—. Nos advirtió sobre el Dorado. Aquel día, antes de que partiéramos. Es extraño, ¿no?

De repente, Ben se dio una palmada contra la frente.

—¡Dorado! —exclamó—. ¡Claro! ¡Escamas doradas! —abrió

a toda prisa la mochila—. Perdona, Pata de Mosca —dijo cuando el homúnculo sacó medio dormido la cabeza—. Sólo estoy buscando mi bolsa. Por la escama.

—¿Por la escama? —el homúnculo despertó por completo de golpe.

—Sí, quiero mostrársela a la serpiente —con cuidado, Ben separó el objeto dorado de sus demás tesoros.

Inquieto, Pata de Mosca salió de su confortable escondite.

—¿Qué serpiente? —preguntó, echó un vistazo al exterior y volvió a desaparecer entre los suéteres de Ben con un grito de terror.

—¡Eh, Pata de Mosca! —Ben lo sacó de nuevo sujetándolo por el cuello—. No tienes nada que temer. Es bastante grande, pero también muy amable. Te lo aseguro.

—¿Amable? —refunfuñó Pata de Mosca, al tiempo que intentaba encogerse tanto como podía—. Con ese tamaño incluso la amabilidad es peligrosa.

La serpiente marina acercó la cabeza con curiosidad.

—¿Qué querías enseñarme, pequeño humano? —preguntó—. ¿Y qué es eso que cuchichea entre tus cosas?

—Ah, sólo es Pata de Mosca —respondió Ben. Se subió con cuidado al lomo de Lung y sostuvo la mano abierta con la escama, para que la serpiente la viera—. ¡Mira! ¿Podría ser esta una escama de ese dragón gigante?

La serpiente se inclinó tanto sobre la mano de Ben que le hizo cosquillas en el brazo con la punta de la lengua.

—Sí —siseó—. Podría ser. Pónmela en el cuello.

Ben la miró sorprendido, pero hizo lo que ésta deseaba. Cuando la escama dorada rozó el brillante cuello de la serpiente, todo su cuerpo se estremeció, tanto que Lung estuvo a punto de resbalar y caer al agua.

—Sí —silbó—. Es una escama de ese monstruo. Quema como el hielo, aunque tenga el aspecto de cálido oro.

—Siempre está helada —dijo Ben—. Aunque la coloques al sol. Ya hice la prueba —la devolvió con cautela al interior de su bolsa. Pata de Mosca había desaparecido.

—Hermoso primo —dijo la serpiente volviéndose al dragón—. Cuida bien de tu pequeño humano. Es peligroso poseer algo que pertenece a una criatura tan destructora. Tal vez quiera recuperar algún día lo que es suyo. Aunque sólo se trate de una escama.

—Tienes razón —Lung volteó preocupado hacia Ben—. Quizá deberías arrojar la escama al mar.

Ben negó con la cabeza.

—Ay, no, por favor —suplicó—. Me gustaría conservarla, Lung. Es un regalo, ¿entiendes? Además, ¿por qué iba a saber este monstruo que yo la tengo?

Lung asintió pensativo.

—Eso es cierto. ¿Por qué iba a saberlo? —alzó los ojos hacia la luna. Allí donde ésta había desaparecido brillaba ahora un ligero resplandor de color rojizo.

—Sí, la luna regresa —dijo la serpiente al notar la mirada de

Lung—. ¿Quieres emprender de nuevo el vuelo, primo escupe-fuego, o prefieres que los lleve sobre mi lomo? Claro que entonces tendrías que revelarme adónde se dirigen.

Lung la miró sorprendido. Aún sentía las alas pesadas y el cuerpo tan cansado como si no hubiera dormido durante años.

—¡Ay, sí! —dijo Ben y le puso una mano sobre las escamas—. Deja que nos lleve. Seguro que no se pierde y tú podrías descansar, ¿no?

Lung se volvió a mirar a Piel de Azufre.

—Seguro que me mareo —gruñó ésta—. Pero aun así… es verdad que deberías descansar, Lung.

El dragón asintió con la cabeza y se dirigió de nuevo a la serpiente.

—Queremos llegar al pueblo frente al cual el monstruo ahuyentó a los dragones. Queremos visitar a alguien que vive allí.

La serpiente asintió y bajó de nuevo el cuello hasta el nivel del mar.

—Los llevaré hasta ese lugar —dijo.

La piedra

 Durante dos noches y dos días la serpiente marina llevó al dragón y a sus amigos sobre el Mar Arábigo. Ella no temía la luz del día, porque no temía a los humanos, pero por petición de Lung sólo navegó por aguas en las que jamás se perdía ningún barco. Su lomo escamoso era tan ancho que sobre él Lung podía dormir, Piel de Azufre comer y Ben recorrerlo de un lado a otro. Cuando el mar estaba en calma, la serpiente se deslizaba sobre el agua como sobre un espejo de cristal verde. En cambio, si las olas se alzaban altas e impetuosas, su cuerpo se arqueaba tan alto en el aire que ni una gota de espuma salpicaba a sus tres pasajeros.

Piel de Azufre venció las náuseas comiendo las deliciosas hojas del valle del genio. Lung pasó dormido casi todo el viaje. Y Ben estuvo casi todo el tiempo sentado detrás de la cresta de la serpiente, escuchando su melodiosa voz mientras ésta le hablaba sobre todas las criaturas que el agua del mar ocultaba ante sus ojos. Asombrado, escuchó historias sobre sirenas y sobre

duendes de navíos a los que llamaban Klabautermann, sobre pulpos de ocho brazos y reyes de los peces, sobre peces manta gigantes que cantaban a su paso, peces que brillaban y enanos que vivían en los corales, sobre demonios con rostro de tiburón y niños del mar que cabalgaban en los lomos de las ballenas. Ben estaba tan ensimismado en los relatos de la serpiente marina que olvidó por completo a Pata de Mosca.

El homúnculo se acurrucaba en el interior de la mochila de Ben. Escondido entre sus cosas y con el corazón acelerado, escuchaba el ruido que hacía Piel de Azufre al masticar y la sibilante voz de la enorme serpiente, preguntándose a cada momento dónde se encontraría su señor.

¿Habría ido Sarpullido al desierto? ¿Lo retendría la arena todavía? ¿Habría comprendido ya que Pata de Mosca lo había traicionado o seguiría buscando las huellas de Lung en la arena?

La cabeza casi le explotaba con aquellas preguntas, pero aún más, mucho más lo atormentaba un ruido que llegó a sus finos oídos el segundo día de su viaje en el lomo de la serpiente marina. Era el graznido de un cuervo.

Extraño y amenazador, atravesó el rumor de las olas, ahogó los siseos de la serpiente e hizo que el corazón de Pata de Mosca se volcara. Asomó con cuidado la cabeza por encima de la mochila que seguía colgada del lomo de Lung. El dragón dormía y su respiración era tranquila y profunda. En lo alto del cielo azul, con el cálido sol arrojando sus rayos sobre ellos, un cuervo negro volaba en círculos entre las gaviotas blancas.

Pata de Mosca encogió la cabeza hasta que sólo su nariz quedó a la vista sobre la áspera tela de la mochila. No podía ser algún cuervo extraviado, empujado por el viento hasta aquella parte del mundo, por mucho que Pata de Mosca quisiera creerlo. No. Seguro que no. ¿No podría la serpiente gigante arquearse y cazarlo con su lengua, del mismo modo que una rana atrapa a una mosca?

Sin embargo, la serpiente ni siquiera levantaba la cabeza hacia el cielo.

"Tengo que inventarme alguna historia sobre el cuervo", pensaba Pata de Mosca. "Una historia muy buena. ¡Piensa, Pata de Mosca!"

El homúnculo no era el único que había notado al cuervo.

Durante las noches, la oscuridad ocultaba el plumaje negro del pájaro, pero contra el cielo azul Piel de Azufre no podía pasarlo por alto. Pronto estuvo segura de que los seguía. Cuidando de mantener el equilibrio, avanzó a lo largo del cuerpo de la serpiente hasta llegar a la cabeza, donde Ben seguía sentado a la sombra de su brillante adorno de plumas, inmerso en una historia sobre dos reinas del mundo acuático enemistadas entre sí.

—¿Ya viste? —le preguntó nerviosa Piel de Azufre.

La serpiente volvió sorprendida la cabeza y Ben emergió a regañadientes del reino submarino al que las historias lo transportaban.

—¿Ver qué? —preguntó, y siguió con la mirada a un banco de delfines que se cruzaron en el camino de la serpiente.

—¿Qué va a ser? ¡El cuervo! —masculló Piel de Azufre—. Mira hacia arriba. Llama la atención, ¿no crees?

Ben miró hacia el cielo.

—¡Es cierto! —murmuró asombrado—. Es un cuervo.

—Nos está siguiendo —gruñó Piel de Azufre—. Desde hace tiempo. Estoy segura. Llevo todo el viaje con la sensación de que uno de esos picos torcidos nos sigue. Estoy empezando a creer lo que nos dijo la rata blanca. Que alguien los envía. ¿Y si el monstruo dorado está detrás de esto? ¿Y si los cuervos son sus espías?

—No sé —Ben entrecerró los ojos—. Suena bastante absurdo.

—¿Y qué me dices de los cuervos que oscurecieron la luna? —preguntó Piel de Azufre—. Aquella noche, cuando los dragones querían huir volando. Eran cuervos, ¿no, serpiente?

La serpiente marina asintió con la cabeza. Había disminuido la velocidad.

—Pájaros negros de ojos rojos —silbó—. Aún se les ve a veces en la costa.

—¿Estás oyendo? —Piel de Azufre se mordió con rabia el labio inferior—. ¡Lactarios mucosos! ¡Lo que daría por tener una piedra! ¡Ahuyentaría con ella a ese bicho de plumas negras!

—Yo tengo una piedra —dijo Ben—. En mi mochila, en la misma bolsita que la escama. Me la regalaron los enanos de las piedras, pero es muy pequeña.

—No importa —Piel de Azufre se levantó de un salto y regresó hasta Lung haciendo equilibrio con los brazos.

—¿Pero cómo pretendes alcanzarlo hasta allá arriba? —le preguntó Ben cuando ésta regresó con su mochila.

Piel de Azufre se limitó a reír entre dientes. Rebuscó en el interior de la mochila hasta que encontró la bolsita. La piedra era realmente pequeña. Apenas más grande que un huevo.

—¡Oye! —Pata de Mosca sacó preocupado la nariz de la mochila—. ¿Qué piensas hacer con la piedra, cara de pelo?

—Quiero librarme de un cuervo —Piel de Azufre escupió un par de veces sobre la piedra, extendió la saliva y volvió a escupir. Ben la miraba sin salir de su asombro.

—No deberías hacer eso —susurró Pata de Mosca medio escondido en la mochila—. A los cuervos no les agrada que les tiren piedras.

—¡No me digas! —Piel de Azufre se encogió de hombros y empezó a jugar con la piedra, lanzándola de una pata a otra.

—¡De verdad! —la voz de Pata de Mosca se volvió tan estridente que Lung levantó la cabeza y Ben miró al homúnculo sorprendido. Incluso la serpiente volvió la cabeza para mirarlos.

—Los cuervos... los cuervos son rencorosos... vengativos. Los que yo conozco, al menos —balbuceó Pata de Mosca.

Piel de Azufre lo miró con desconfianza.

—Vaya... ¿a tantos conoces?

Pata de Mosca se estremeció.

—Eh... eh... en realidad, no —tartamudeó—. Pero... pero... eso he oído.

Piel de Azufre sacudió la cabeza con desagrado y levantó los ojos al cielo. El cuervo estaba más cerca. Cada vez volaba más bajo. Ben podía ver sus ojos con claridad. Eran rojos.

—Oye, Piel de Azufre —dijo desconcertado—. El cuervo tiene los ojos rojos.

—¿Rojos? Vaya, vaya —Piel de Azufre sopesó la piedra en su pata una vez más—. Eso no me gusta nada. No. Ese bicho tiene que desaparecer.

Rápida como un rayo, tomó impulso y arrojó la piedra.

Ésta salió disparada hacia el cuervo, lo alcanzó en el ala derecha y se quedó pegada como una lapa a sus plumas. Entre furiosos graznidos, el pájaro sacudió las alas y empezó a aletear en el cielo como si hubiera perdido la orientación.

—¡Bueno! —dijo Piel de Azufre satisfecha—. Por un rato estará ocupado con sus propios problemas.

Ben contempló atónito cómo el cuervo se picaba una y otra vez el ala, cada vez más nervioso, hasta que al fin se alejó revoloteando de un lado a otro.

Piel de Azufre se reía maliciosa.

—Nada se resiste a la saliva de un duende —dijo, y regresó junto a Lung para dormir un poco en su sombra.

La serpiente marina bajó de nuevo el cuello a las aguas frescas del mar y Ben volvió a sentarse bajo su adorno de plumas para escuchar sus relatos. Pata de Mosca, en cambio, se acurrucó en el interior de la mochila de Ben, pálido y angustiado, pensando que también el cuervo sabía perfectamente cómo ponerse en contacto con su señor.

Sarpullido enfurece

 Sarpullido estaba furioso. Su cola de púas se balanceaba de un lado a otro azotando la arena del desierto hasta que una nube de polvo amarillo terminó por envolverlo. Barba de Grava empezó a toser arrodillado entre sus cuernos.

—¡Aaajjj! —bramaba mientras sus enormes zarpas avanzaban por las dunas del inmenso desierto—. Por todos los demonios y la baba del infierno, ¿qué me dijo este idiota con patas de araña? ¿Que se ocultaban a un día de camino del oasis? ¡Bah! Entonces, ¿por qué llevo más de dos días abrasándome las zarpas en esta arena?

Sin dejar de resoplar, se detuvo en la cresta de una duna y contempló el desierto que se extendía ante él. Sus ojos rojos lloraban por culpa del calor, pero su coraza seguía fría como el hielo, a pesar de que el sol ardía despiadado en lo alto del cielo.

—¡Quizá ese genio mentía! —dijo Barba de Grava. Barría sin cesar la arena que se posaba sobre las escamas doradas de Sarpullido, pero el viento del desierto era más rápido, mucho más rápido que él. Las articulaciones de Sarpullido crujían y rechinaban como si no las hubieran aceitado en semanas.

—¡Quizá, quizá! —gruñó Sarpullido—. Quizá ese homúnculo cabeza hueca entendió todo al revés.

Clavó la mirada en el sol ardiente. En lo alto del cielo un grupo de buitres volaba en círculos sobre sus cabezas. Sarpullido abrió la boca y les arrojó una ráfaga de su aliento apestoso. Como alcanzados por un rayo, se precipitaron al vacío y cayeron en las fauces abiertas de Sarpullido.

—¡Nada más que camellos y buitres! —protestó mientras masticaba—. ¿Cuándo aparecerá por fin algo más apetitoso por aquí?

—¿Su dorada majestad? —Barba de Grava retiró algunas plumas de buitre de entre los dientes de Sarpullido—. Ya sé que confía en el homúnculo con patas de araña, pero… —se limpió el sudor de la nariz— ¿y si…?

—¿Qué? —preguntó Sarpullido.

El enano se enderezó el sombrero.

—Creo que ese pata de araña lo engañó —dijo con un gesto de importancia—. Sí, eso pienso.

Sarpullido se detuvo como paralizado por un rayo.

—¿Qué?

—Apuesto cualquier cosa —Barba de Grava escupió en su trapo—. Su voz sonaba peculiar durante su último informe.

—¡Tonterías! —Sarpullido se sacudió la arena de las escamas y siguió avanzando pesadamente—. Pata de araña no se atrevería jamás a hacer algo así. Es un gallina. Hace lo que le digo desde que llegó al mundo. No, entendió algo mal con su cerebro de mosquito, eso es.

—¡Como usted diga, su dorada majestad! —musitó el enano para sí. Siguió puliendo con expresión malhumorada—. Usted siempre tiene razón, su dorada majestad. Si dice que nunca se atrevería, será cierto. Y nosotros continuaremos sudando en este desierto.

—Cierra la boca —Sarpullido apretó los dientes y miró a su alrededor—. Desde luego, él era mejor limpiacorazas que tú. Tú siempre olvidas cortarme las zarpas. Y tampoco sabes recordarme mis hazañas.

En medio de una enorme nube de polvo, se deslizó por las dunas. Minúsculos fuegos fatuos revoloteaban a su alrededor como si fueran mosquitos y le susurraban con sus vocecillas mil caminos que habrían de conducirlo fuera del desierto. Barba de Grava no se daba abasto ahuyentándolos de la cabeza de su amo.

—Oye, deja de echarme arena en los ojos, limpiacorazas —gruñó Sarpullido, y se tragó una docena de fuegos fatuos que se habían extraviado hasta meterse en sus fauces—. Con los manotazos que das, ¿cómo quieres que vea si hay agua en algún rincón de este maldito desierto?

Se detuvo y, sin dejar de parpadear, paseó la mirada por la arena, que se extendía hasta el horizonte como un mar amarillo.

—Grrr, me podría arrancar las escamas de rabia. Ni una gota

de agua a la vista. ¡Así nunca saldré de aquí! ¡Jamás estuve en un lugar tan seco y desolador! —Sarpullido pataleó lleno de furia, pero en la arena no resultaba tan impresionante—. ¡Tengo que despedazar algo ahora mismo! —bramó—. Despedazar, desmenuzar, destrozar, desintegrar.

Barba de Grava miró preocupado a su alrededor. No se veía nada que su señor pudiera despedazar, excepto él mismo, sin embargo, Sarpullido parecía sentir apetito por algo más grande. El monstruo observó el entorno con los ojos llorosos, hasta que su mirada se detuvo en un cactus que emergía de la arena como una columna. Entre gruñidos furibundos dirigió sus pasos hacia él.

—¡No, su dorada majestad! —le gritó Barba de Grava, pero ya era demasiado tarde.

Sarpullido hundió con furia los dientes en el cactus… y retrocedió entre gemidos. Miles de pequeñas espinas se habían clavado en sus encías, la única parte de su cuerpo que no estaba protegida por la coraza.

—¡Sácamelas, limpiacorazas! —bramó—. ¡Sácame estas espinas, me pican, me queman!

Barba de Grava se apresuró a bajar por el poderoso hocico de su amo, se agachó sobre los terribles dientes delanteros y comenzó su tarea.

—¡Me las pagará! —gruñó Sarpullido—. Ese homúnculo cabeza hueca me pagará cada una de estas malditas espinas. Tengo que encontrar agua. ¡Agua! ¡Tengo que salir de este desierto!

De pronto, la arena empezó a levantarse como un velo en torno al cactus, y en el aire caliente se dibujó una criatura que parecía cambiar su forma con cada ráfaga de arena. Su cuerpo arenoso crecía y se estiraba, hasta que un jinete en el lomo de un camello apareció frente a Sarpullido. Llevaba la cabeza cubierta con un pañuelo y su túnica estaba hecha de miles de granos de arena, al igual que el resto de su figura.

—¿Quieres agua? —susurró el jinete. Su voz sonaba como el crujido de la arena.

Barba de Grava se cayó cabeza abajo de los dientes de su señor. Sarpullido abrió las fauces de par en par.

—¿Y tú quién eres? —gruñó a la figura de arena.

El camello translúcido se movía de un lado a otro delante de las narices de Sarpullido, como si no le inspirara el más mínimo miedo.

—¡Soy un hombre de arena! —dijo la extraña criatura—. Y te lo preguntaré una sola vez más: ¿Quieres agua?

—¡Sí! —gruñó Sarpullido—. Vaya pregunta estúpida, síii.

El hombre de arena se hinchó como una vela llena de agujeros al viento.

—Te daré agua —resopló—. Pero ¿qué recibiré yo a cambio?

Sarpullido escupió espinas de cactus lleno de rabia.

—¿Que qué recibirás a cambio? ¡No te devoraré! Eso recibirás.

El hombre de arena se echó a reír. Su boca no era más que un agujero en su cara de arena.

—¿Qué recibiré a cambio? —volvió a preguntar—. Habla, gigante de lata.

—¡Prométale algo! —le susurró al oído Barba de Grava a Sarpullido.

Sin embargo, éste bajó los cuernos resoplando de furia. En medio del tintineo de su coraza, dio un salto y atacó con las fauces. Sintió un crujido entre sus dientes, y el hombre de arena se disolvió. Sarpullido tosió cuando los granos de arena le rodaron por la garganta. Luego enseñó los dientes en una mueca de satisfacción.

—¡Qué se creía! —gruñó, y ya se disponía a darse la vuelta cuando Barba de Grava empezó a tamborilear de repente como un loco en su frente acorazada.

—¡Su dorada majestad! —gritó—. ¡Allá! ¡Mire allá!

Allí donde el hombre de arena se había desintegrado crecían ahora dos nuevos jinetes. Levantaron los puños. A través de ellos brillaba la luz cegadora del sol. De pronto, un viento se levantó sobre el desierto.

—¡Larguémonos de aquí, su dorada majestad! —gritó Barba de Grava, pero ya era demasiado tarde.

El viento aulló sobre las dunas y allí donde se revolvía la arena se alzaron más jinetes. Galoparon sobre sus camellos contra Sarpullido y lo rodearon. Una gigantesca e impenetrable nube de cuerpos de arena lo rodeó.

Sarpullido empezó a repartir mordiscos por todos lados como un perro rabioso. Hundió las fauces en las delgadas patas de los camellos y en los ondeantes mantos de sus jinetes, pero por cada hombre de arena que alcanzaba dos más surgían del piso del desierto. Cabalgaron en círculo atravesando el aire de arena que rodeaba al monstruo, cada vez más y más rápido. Espantado, Barba de Grava se hundió el sombrero sobre los ojos. Sarpullido bufaba y bramaba, daba zarpazos y clavaba sus temibles fauces una y otra vez, pero no alcanzaba más que arena, crujiente y polvorienta, que le picaba la boca y en la garganta. Con cada vuelta que completaban los jinetes, Sarpullido se hundía más y más la tierra, hasta que incluso su cabeza desapareció entre resuellos y resoplidos bajó la masa de arena. Cuando los jinetes de arena detuvieron a sus camellos nada quedaba ya a la vista del dragón dorado y de su limpiacorazas. Tan sólo un impresionante montón de arena se alzaba entre las dunas. Los camellos permanecieron un par de segundos resoplando en el lugar mientras los mantos de arena de sus amos ondeaban al viento. Luego, una ráfaga de aire pasó sobre las dunas con un suspiro y las criaturas de arena se desintegraron y volvieron a fundirse con el desierto.

Una víbora que se deslizó más tarde sobre la arena ardiente oyó que alguien escarbaba en el interior del extraño montículo. Una cabeza de tamaño pequeño adornada con un sombrero demasiado grande emergió de la arena.

—¡Su dorada majestad! —exclamó la cabeza, se quitó el sombrero y vertió en el desierto dos dedales de arena—. Lo conseguí. Estoy afuera.

La serpiente ya se disponía a acercarse con disimulo para comprobar si la criatura sería tal vez comestible, cuando de pronto unas espantosas fauces salieron del monte de arena y la arrojaron con su apestoso aliento hasta detrás de la duna más cercana.

—¡Vamos, limpiacorazas! —gruñó Sarpullido—. Sácame de aquí. Y quítame esta maldita arena de los ojos.

En el delta del Indo

Las nubes cubrían la luna y las estrellas cuando la serpiente marina llegaba a las costas de Paquistán. En la oscuridad Ben distinguió cabañas sobre la superficie plana de la playa, botes que descansaban junto a la orilla y la desembocadura de un inmenso río que se derramaba en el mar por innumerables afluentes.

—¡Aquí es! —silbó la serpiente al chico—. A este lugar venían los dragones hasta que el monstruo los ahuyentó. Aquel río es el Indo, también llamado el sagrado Sindh. Síganlo y los conducirá hasta los montes del Himalaya.

Serpenteó junto al pueblo en el que brillaban luces frente a algunas cabañas, y se deslizó en dirección a la desembocadura del Indo. La tierra entre los afluentes era plana y lodosa, y estaba cubierta de aves marinas que ocultaban el pico entre sus plumas blancas. Echaron a volar asustadas cuando la serpiente posó la gigantesca cabeza sobre un banco de arena. Los chillidos de los pájaros desgarraron el silencio de la noche.

Ben saltó de la cabeza de la serpiente a la arena mojada y buscó con la mirada el pueblo cercano, pero éste se encontraba oculto entre colinas de baja altura.

—Allí entre las cañas —dijo la serpiente marina al tiempo que levantaba el cuello y hacía temblar la lengua—podría esconderse Lung, hasta que tú descubras si los habitantes del pueblo aún sienten simpatía por los dragones.

—Te estamos muy agradecidos —dijo Lung, y dejó que Piel de Azufre bajara de su lomo—. Me hizo mucho bien descansar por un tiempo.

La serpiente dobló el cuello con un suave siseo.

—En esta zona el río es poco profundo —le explicó a Ben—. Puedes pasarlo a pie para llegar hasta el pueblo. También podría llevarte hasta allí, pero los pescadores se asustarían tanto al verme que pasarían días hasta que se atrevieran a salir de nuevo al mar.

Ben asintió.

—Lo mejor es que emprenda el camino de inmediato —dijo—. Oye, Pata de Mosca —abrió su mochila—. Ya puedes sacar otra vez la nariz. Estamos en tierra.

El homúnculo se deslizó medio dormido de entre las cálidas prendas de humano, sacó la cabeza de la mochila… y volvió a meterla al instante.

—¡En tierra, en tierra! —protestó—. Yo todavía veo agua por todas partes.

Ben meneó la cabeza divertido.

—¿Quieres acompañarme al pueblo o prefieres que te deje con Lung y Piel de Azufre?

—¿Con Piel de Azufre? Ay, no —se apresuró a responder Pata de Mosca—. Prefiero acompañarte.

—De acuerdo —Ben volvió a cerrar la mochila.

—Nos esconderemos allá atrás —dijo Piel de Azufre señalando un banco de arena sobre el que crecía un espeso cañizal—. Y esta vez no olvidaré borrar nuestras huellas.

Ben asintió con la cabeza. Cuando volteó para despedirse de la serpiente marina, la playa estaba vacía. A lo lejos vio tres colinas que sobresalían resplandecientes entre las olas.

—¡Oh! —murmuró el chico decepcionado—. Ya se fue.

—Quien pronto llega, pronto desaparece —dijo Piel de Azufre, y se metió una hoja de junco entre los afilados dientes.

Lung levantó la mirada al cielo, donde la luna aparecía en aquel preciso momento de detrás de las nubes.

—Espero que la mujer humana haya descubierto algo para sustituir su luz —murmuró—. Quién sabe si volverá a abandonarnos, como lo hizo en medio del mar —suspiró y dio un suave empujón a Piel de Azufre—. Vamos, borremos nuestras huellas.

Se pusieron a trabajar rápido y en silencio.

Ben emprendió el camino junto con Pata de Mosca, en busca de Subaida Ghalib, la investigadora de dragones.

Un reencuentro inesperado

Los pájaros sobrevolaban ruidosos en el cielo nocturno mientras Ben atravesaba el agua templada del río. Sobre los bancos de arena se arrastraban enormes tortugas que llegaban del mar para depositar sus huevos. Ben, sin embargo, apenas les prestó atención.

Con un suspiro, observó la tarjeta de visita que Barnabas Wiesengrund le había dado. No le ayudaría mucho. Contenía dos direcciones, una en Londres y otra en Karachi, y también su nombre: Subaida Ghalib. Ben contempló el mar por un instante. Una línea de color claro colgaba sobre el horizonte. El día comenzaba a despedir a la noche con sus cálidos dedos.

—Tal vez deba mostrarle la tarjeta a un par de niños —murmuró—. Alguno sabrá decirme dónde vive.

De repente, Pata de Mosca le tiró de la oreja. Había salido de la mochila y estaba ahora cómodamente sentado sobre la cabeza de Ben.

—No podrán leer la tarjeta —dijo.

—¿Por qué no? —Ben frunció el ceño—. Yo sí la puedo leer. Su-bai-da Gha-lib.

—¡Fantástico! —Pata de Mosca se río entre dientes—. Entonces lo mejor será que les lea el nombre en voz alta. Aquí no encontrará a mucha gente que sepa descifrar ese texto. Y eso contando con que los niños del pueblo sepan leer. ¡Esas letras de la tarjeta pertenecer al alfabeto europeo, joven amo! Aquí escriben de un modo totalmente diferente. La investigadora de dragones le dio al profesor una tarjeta de visita escrita en el alfabeto de éste, no en el de ella, ¿entiende?

—¡Ajá! —Ben miró al homúnculo asombrado, y a punto estuvo de tropezar con una tortuga que se cruzó en su camino—. Cuántas cosas sabes, Pata de Mosca.

—Bueno —Pata de Mosca se encogió de hombros—. He pasado incontables noches en la biblioteca de mi señor. He leído libros sobre magia y sobre la historia de los humanos. He estudiado biología, al menos tanta como se puede encontrar en los libros de los humanos, astronomía, astrología, geografía, caligrafía y varias lenguas.

—¿En serio? —Ben subía a paso rápido por las colinas que ocultaban el pueblo. Pronto vieron las primeras cabañas. Frente a ellas, redes de pesca colgaban para secarse al sol. El mar murmuraba junto a una extensa playa en la que descansaban varios botes en hilera. Ben distinguió hombres parados entre las embarcaciones. Llevaban turbantes sobre la cabeza—. ¿Aprendiste la lengua que se habla aquí? —preguntó al homúnculo.

—¿Urdu? —Pata de Mosca torció el gesto—. Pues claro, mi joven señor. La aprendí cuando estudiaba las religiones más importantes del mundo. Urdu no es mi lengua favorita, pero me las arreglo.

—¡Genial! —Ben se sintió aliviado. Si Pata de Mosca comprendía el idioma que se hablaba en esas tierras no les costaría mucho encontrar a la investigadora—. Creo que será mejor que no te vea nadie por el momento —le dijo al homúnculo—. ¿Qué te parece? ¿Podrías esconderte entre mis cosas y susurrarme la traducción de lo que me digan?

Pata de Mosca estuvo de acuerdo y regresó al interior de la mochila.

—¿Qué tal? —murmuró—. ¿Me entiende, joven señor?

Ben asintió con la cabeza. Descendió por la colina y llegó hasta unas vallas que cercaban rebaños de cabras. Entre sus pies corretearon gallinas. Delante de cabañas de techo plano unos niños jugaban al sol del amanecer, brincando en torno a varias mujeres que reían y limpiaban pescado sentadas frente a las chozas. Ben avanzó vacilante hacia ellos.

Los niños fueron los primeros en verlo. Se acercaron con curiosidad. Le hablaron, lo tomaron de la mano y tiraron de él. Casi todos eran más pequeños que Ben. Sus rostros eran casi tan oscuros como sus ojos, y sus cabellos eran negros como el azabache.

—¿Cómo se dice "buenos días"? —susurró Ben por encima del hombro.

—*Salam aleikum* —susurró Pata de Mosca—. *Khuea hasiz!*

—*Salam aleikum. Khu*... eh... *khuea hasiz* —repitió Ben tan bien como le permitió su lengua.

Los niños se rieron, le dieron golpecitos en el hombro y empezaron a hablarle aún más rápido que antes.

Ben levantó las manos en un gesto defensivo.

—¡Esperen! —dijo—. No, no, yo no entiendo nada. Un momento —volteó la cabeza—. ¿Cómo se dice "vengo de lejos"? —susurró de nuevo por encima del hombro.

Los niños miraron su mochila confundidos. De pronto, y para horror de Ben, Pata de Mosca emergió de entre sus cosas y se subió hasta lo alto de su cabeza trepando por su oreja y sus cabellos. Una vez allí hizo una reverencia.

—¡Buenos días tengan ustedes! —exclamó en un urdu algo deficiente—. Venimos en son de paz. Nos gustaría visitar a alguien que vive aquí.

—¡Pata de Mosca! —le dijo Ben—. Baja de ahí ahora mismo. ¿Te volviste loco?

Casi todos los niños retrocedieron asustados. Sólo dos, un chico y una chica, permanecieron inmóviles y miraban sorprendidos al minúsculo hombrecillo que les hablaba en su lengua desde lo alto de la cabeza del desconocido. También algunos adultos empezaron a notar que algo extraño ocurría. Dejaron sus tareas, se acercaron y se detuvieron igual de asombrados que sus hijos cuando descubrieron al homúnculo.

—¡Maldita sea, Pata de Mosca! —se lamentó Ben—. Ha sido

una mala idea. Lo más probable es que ahora me tomen por un brujo o algo así.

Sin embargo, de pronto la gente se echó a reír. Se daban golpes los unos a los otros, levantaban a sus hijos y les señalaban al homúnculo que, con el pecho henchido de orgullo, hacía una reverencia tras otra desde la cabeza de Ben.

—¡Gracias, muchas gracias! —exclamó en urdu—. Mi señor y yo nos alegramos enormemente por este recibimiento tan cordial. ¿Harían ahora el favor de indicarnos el domicilio de la afamada investigadora de dragones Subaida Ghalib?

Los humanos fruncieron el ceño.

Pata de Mosca hablaba un urdu muy antiguo, igual de antiguo que los libros de los que había aprendido la lengua. Al fin, el chico que continuaba junto a Ben preguntó:

—¿Buscan a Subaida Ghalib?

Ben se alegró tanto de oír el nombre de la investigadora que olvidó que Pata de Mosca seguía sentado sobre él y asintió con un movimiento enérgico de la cabeza. El homúnculo resbaló hacia adelante y aterrizó en las manos del niño desconocido. Éste contempló a Pata de Mosca con admiración. Luego lo colocó con mucho cuidado sobre la palma abierta de Ben.

—Tenga cuidado, joven señor —susurró el homúnculo mientras se estiraba sus prendas de ropa—. Por un pelo no me rompí el cuello.

—Lo siento —dijo Ben, y lo sentó sobre su hombro.

El niño que había atrapado a Pata de Mosca en su caída tomó

la mano de Ben y tiró de él. El pueblo entero los siguió a lo largo de la playa, dejando a un lado chozas y botes hasta que llegaron a una cabaña que se encontraba algo separada de las demás.

Junto a la puerta se alzaba un dragón de piedra con una corona de flores azules en torno al cuello. Alguien había pintado una luna llena en la madera sobre el marco de la entrada y tres dragones de papel con colas de un metro de largo revoloteaban por encima del tejado.

—¡Subaida Ghalib! —dijo el joven desconocido al tiempo que señalaba la apertura que funcionaba como entrada, sólo cubierta por un pañuelo de colores que colgaba del dintel. Luego dijo algo más.

—Trabaja por las noches y duerme durante el día —tradujo Pata de Mosca—. Porque investiga el misterio de la luna negra, sin embargo, ahora tiene visitas y debería estar en casa. Basta con que hagamos sonar esas campanillas.

Ben asintió.

—Diles que estamos muy agradecidos —murmuró a Pata de Mosca.

El homúnculo tradujo. Los habitantes del pueblo sonrieron y retrocedieron un paso, pero no se alejaron. Ben se detuvo frente a la entrada de la choza y tiró del cordón que colgaba de las campanillas. El tintineo ahuyentó a dos pájaros que estaban posados sobre el tejado. Se alejaron entre graznidos.

—¡Maldita sea! —se asustó Ben—. Eran cuervos, Pata de Mosca.

En ese mismo momento alguien retiró a un lado el pañuelo que cubría la entrada… y Ben se quedó sin aire por la sorpresa.

—¡Profesor! —balbuceó—. ¿Qué hace usted aquí?

—¡Ben, muchacho! —exclamó Barnabas Wiesengrund, y lo hizo entrar en la cabaña con una amplia sonrisa—. Qué alegría volver a verte. ¿Dónde están los demás?

—Ah, los otros… se escondieron junto al río —respondió Ben estupefacto. Paseó una mirada a su alrededor. En una esquina de la pequeña estancia a la que el profesor lo había conducido, una mujer robusta y una niña de edad similar a la suya lo observaban sentadas sobre almohadones en torno a una mesita de poca altura.

—Buenos días —murmuró Ben con timidez. Pata de Mosca hizo una reverencia.

—Oh —se asombró la niña, y volteó a mirar al homúnculo—. Eres un elfo extraño. Nunca antes vi a uno como tú.

Pata de Mosca hizo una segunda reverencia al tiempo que sonreía halagado.

—No soy un elfo, respetada dama. Soy un homúnculo.

—¿Un homúnculo? —la joven miró sorprendida a Barnabas Wiesengrund.

—Es Pata de Mosca, Guinever —explicó el profesor—. Lo creó un alquimista.

—¿En serio? —Guinever contempló al homúnculo llena de admiración—. Es la primera vez que veo a un homúnculo. ¿De qué animal te hizo ese alquimista?

Pata de Mosca se encogió de hombros a modo de disculpa.

—Desconozco esa información, noble dama.

—Guinever —el profesor los interrumpió y rodeó a Ben con un brazo—. Te presento a mi joven amigo Ben. Ya oíste algunas cosas sobre él. Ben, ésta es mi hija: Guinever.

Ben se puso rojo como un rabanito.

—Hola —murmuró.

Guinever le sonrió.

—Tú eres el jinete del dragón, ¿verdad? —dijo.

—¡El jinete del dragón! —la mujer sentada a la mesa junto a Guinever se cruzó de brazos—. Mi querido Barnabas. ¿Harías el favor de presentarme a mí también a este sorprendente joven?

—¡Desde luego! —Barnabas Wiesengrund obligó a Ben a sentarse sobre un cojín libre frente a la mesa. Él mismo se sentó a su lado—. Éste, mi querida Subaida, es mi amigo Ben, el jinete del dragón del que tanto te hablé. Ésta, querido Ben —señaló a la mujer pequeña y rechoncha vestida con un manto de colores y con los cabellos grises recogidos en una trenza que le llegaba hasta las caderas—, es la famosa investigadora de dragones Subaida Ghalib.

La señora Ghalib inclinó la cabeza con una sonrisa.

—Es un gran honor para mí, jinete del dragón —le dijo a Ben en la lengua de éste—. Barnabas me ha contado cosas sorprendentes sobre ti. No sólo viajas sobre un dragón, sino que también eres amigo de un duende y, como veo, llevas a un homúnculo sentado al hombro. Me alegra mucho que estés aquí. Barnabas no estaba seguro de que vinieran, así que, desde que él llegó, los esperábamos con impaciencia. ¿Dónde está... —miró a Ben con ojos ilusionados— tu amigo el dragón?

—Muy cerca de aquí —contestó Ben—. Él y Piel de Azufre se esconden en la desembocadura del río. Primero quería comprobar si ellos podían venir hasta aquí sin peligro —miró a Barnabas Wiesengrund—. Así me lo recomendó el profesor.

Subaida Ghalib asintió.

—Muy inteligente de tu parte, aunque creo que este pueblo no representa ninguna amenaza para ellos. No eres el primer jinete del dragón que nos visita, pero ya hablaremos de eso más tarde —lo miró sonriente—. Me alegro de que lo hicieran así. La llegada de un dragón habría provocado tanto revuelo que probablemente jamás habrían llegado hasta mi cabaña. ¿Sabes? —Subaida Ghalib vertió té en un pequeño cuenco y se lo ofreció a Ben. Sus pulseras tintinearon unas contra otras como las campanillas de la entrada—. Para ti el dragón se convirtió de seguro en algo cotidiano, pero mi corazón salta como el de una niña sólo de pensar que podré conocerlo. Y estoy convencida de que los habitantes de este pueblo se sentirían igual que yo.

—No, no, para mí sigue siendo muy emocionante —murmuró Ben, y dirigió una rápida mirada a Guinever, que sonreía a Pata de Mosca. Halagado, el homúnculo le lanzó a la niña un beso con la mano.

—Trae a Lung tan pronto como puedas —dijo Barnabas

Wiesengrund—. Tengo algo que contarles a los tres —se rascó la nariz—. Por desgracia, no es casual que nos encontremos aquí de nuevo. Vine a ver a Subaida para advertirles algo.

Ben lo miró sorprendido.

—¿Para advertirnos?

El profesor asintió con la cabeza.

—Sí, eso es —se quitó las gafas y las limpió—. Tuve un encuentro muy desagradable con Sarpullido el Dorado.

Pata de Mosca casi se olvidó de respirar por el susto.

—¿El Dorado? —exclamó Ben—. ¿Ése al que pertenecían las escamas doradas? ¿Sabe que fue él quien ahuyentó a los dragones del mar? ¡No fue un monstruo marino!

—Sí, ya me lo dijo Subaida —Barnabas Wiesengrund asintió—. Yo debí haber pensado en él mucho antes. Sarpullido el Dorado. Corren varias historias horrendas sobre él, aunque todas tienen centenares de años. Excepto la que cuenta lo que ocurrió frente a estas costas —Pata de Mosca se revolvió intranquilo sobre el hombro de Ben—. Créeme, muchacho —continuó—. Todavía me tiemblan las rodillas cuando pienso en ese monstruo. Sólo gracias a mis conocimientos sobre los enanos de las piedras estoy aquí hoy. ¿Tienes aún la escama dorada que te di?

Ben hizo un gesto afirmativo con la cabeza.

—Es suya, ¿verdad?

—Sí, desde luego, y no estoy seguro de que debas conservarla, pero te contaré todo cuando Piel de Azufre y Lung estén presentes. Yo propondría que fueras a avisarles ahora. ¿Qué piensas, Subaida? —miró con ojos interrogantes a la investigadora.

Subaida Ghalib estaba de acuerdo.

—De las personas del pueblo no tiene nada que temer —dijo ella—, y casi nunca vienen forasteros a este lugar.

—¿Y qué pasa con los cuervos? —preguntó Pata de Mosca. Los otros lo miraron sorprendidos.

—¡Es cierto, los cuervos! —exclamó Ben—. Casi los olvido. Había dos posados sobre el tejado de la cabaña. Creemos que son espías. Espías de ése... ¿Cómo lo llamó?

—Sarpullido —respondió Barnabas Wiesengrund. Intercambió una mirada de preocupación con Subaida Ghalib.

—Sí, los cuervos —la investigadora juntó las manos. Ben vio que tenía un anillo con una piedra diferente en cada dedo de su mano izquierda—. Me preocupan desde hace bastante tiempo. Ya estaban aquí cuando yo llegué. La mayor parte del tiempo están arriba, donde está el sepulcro, pero a veces tengo la sensación de que me siguen a todas partes. Claro que enseguida pensé en la vieja historia sobre los pájaros negros que oscurecieron la luna para impedir que los dragones huyeran de Sarpullido. Intento ahuyentarlos, pero pocos minutos después están ahí otra vez.

—Piel de Azufre usa su propio método —comentó Ben, y se levantó de su almohadón—. No vuelven. Bueno, entonces voy por ellos.

—Es un método peligroso —murmuró Pata de Mosca.

Todos lo miraron asombrados. El homúnculo encogió asustado la cabeza.

—Mi querido Pata de Mosca —dijo el profesor—. ¿Acaso sabes tú algo más sobre esos cuervos?

—No, ¿por qué? —Pata de Mosca intentó hacerse más pequeño aún—. ¡No! Sólo pienso que no deberíamos provocarlos. Los cuervos pueden tener muy mal genio —carraspeó—. Sobre todo los que tienen ojos rojos.

—Ajá —el profesor asintió—. Sí, algo he oído. En lo que respecta a tus sospechas de que sean espías —dijo mientras acompañaba a Ben hasta la puerta—, Sarpullido sabía de su visita al genio. Me dio la impresión de que tenía a alguien cerca de ustedes que lo mantenía informado de todo lo que hacían. Me rompí la cabeza pensando en quién podría ser, y entonces...

—¿Los cuervos? —lo interrumpió Ben horrorizado—. ¿Los cuervos le contaron todo? Pero yo no vi ninguno en el desfiladero del genio.

Pata de Mosca se puso primero rojo y luego blanco como una hoja de papel. Empezó a temblar por todo el cuerpo.

—Pata de Mosca, ¿qué te ocurre? —preguntó Ben mirándolo con preocupación.

—Oh... eh... —Pata de Mosca se agarró las rodillas con las dos manos temblorosas sin atreverse a mirar a Ben—. Yo vi uno, un esp... un cuervo, sí. Seguro. Entre las palmeras, mientras ustedes dormían, pero no los quise despertar —por suerte nadie podía oír los latidos acelerados de su corazón.

—Vaya, pues eso es una mala noticia —murmuró Barnabas Wiesengrund—. Pero si Piel de Azufre conoce un modo de ahuyentarlos, tal vez no tengamos que preocuparnos demasiado, aunque a nuestro amigo el homúnculo no le gusten mucho los métodos de los duendes. Duendes y homúnculos… no se llevan demasiado bien, ¿no es así, Pata de Mosca?

Pata de Mosca consiguió dibujar una débil sonrisa. ¿Qué podía decir? ¿Que los cuervos encantados son animales vengativos? ¿Que Piel de Azufre no hizo bien al arrojar la piedra? ¿Que su amo tenía muchos cuervos?

Ben se encogió de hombros y retiró a un lado el pañuelo que estaba frente a la cabaña.

—Voy a buscar a Lung —dijo—. Si los cuervos ya están por aquí, lo verán tarde o temprano de todos modos.

Subaida Ghalib se levantó de sus cojines.

—Enviaremos a mis gatos al tejado —dijo—, y bajo a cada uno de los árboles. Tal vez así podamos mantener a los cuervos alejados, para que no puedan espiar lo que decimos.

—Bien —Ben le hizo una tímida reverencia, le dirigió a Guinever una última mirada y se apresuró a salir de la cabaña. Los habitantes del pueblo seguían esperando frente a la casa. Lo miraron expectantes—. Diles que regresaremos pronto y que traeremos a un dragón —le susurró Ben a Pata de Mosca.

—Como tú digas —respondió el homúnculo, y tradujo sus palabras.

Un rumor de asombro corrió entre la multitud. Las personas se hicieron a un lado y Ben emprendió el camino junto con Pata de Mosca.

El dragón

 El cielo brillaba a la suave luz del ama-
necer y el sol aún no quemaba cuando
Lung se puso en camino hacia el pueblo
acompañado de Ben y Piel de Azufre.
Bandadas de pájaros blancos volaban en
círculo sobre sus cabezas y anunciaban
su llegaba con nerviosos chillidos.

Los habitantes del pueblo ya lo esperaban de pie frente a sus
casas, con sus hijos agarrados de la mano. La playa estaba cubierta de flores. Sobre los tejados de las chozas revoloteaban
dragones de papel, y hasta los niños más pequeños lucían sus
mejores galas. Ben se sintió como un rey sentado en el lomo del
dragón. Buscó a los cuervos con la mirada, pero no vio a ninguno. Sólo descubrió a los gatos del pueblo por todas partes:
blancos, rubios, atigrados y con manchas, sobre los tejados,
frente a las cabañas y en las ramas de los árboles. Lung avanzó
pasando junto a gatos y personas, sobre pétalos de flores, hasta
que descubrió a Barnabas Wiesengrund. Cuando se detuvo

frente al profesor, todos los presentes retrocedieron en señal de respeto. Sólo Subaida Ghalib y Guinever permanecieron donde estaban.

—Mi querido Lung —dijo Barnabas, e hizo una profunda reverencia—. Verte hoy me hace tan feliz como en nuestro primer encuentro. Conocerás a mi esposa más tarde, pero ahora déjame presentarte a mi hija: Guinever. A su lado está Subaida Ghalib, la investigadora de dragones más famosa del mundo. Ella te ayudará a engañar a la luna.

Lung volvió la cabeza hacia ella.

—¿Podrá hacerlo? —preguntó.

—¡Creo que sí, *Asdaha*! —Subaida Ghalib sonrió e hizo una reverencia—. *Asdaha*: así es como te llamas en nuestra lengua. *Khuea hasiz.* Que Dios te proteja. ¿Sabes que me había imaginado tus ojos exactamente así como son? —levantó una mano vacilante y rozó las escamas de Lung.

En ese momento los niños perdieron el poco temor que les quedaba. Se bajaron de los brazos de sus padres, rodearon al dragón y lo acariciaron. Lung los dejó hacerlo, empujó a uno detrás de otro suavemente con el hocico. Sin dejar de reír, los niños se escondieron entre sus piernas y los más valientes treparon hasta su lomo ayudándose de las púas de la cola. Desde el principio, Piel de Azufre contempló intranquila el bullicio de los humanos. Sus orejas temblaban y ni siquiera consiguió calmarse mordisqueando un hongo. Acostumbraba evitar a los humanos, esconderse cuando los olía u oía. Desde que conocía a

Ben eso había cambiado un poco, pero aquel gentío le acelera-
ba el corazón hasta provocarle dolor.

Cuando el primer niño apareció a sus espaldas se asustó tanto que se le cayó la seta de las patas.

—¡Oye, oye! —regañó al niño—. Baja ya de aquí, pequeño
humano.

El niño se escondió asustado detrás de las púas de Lung.

—Déjalo, Piel de Azufre —la tranquilizó Ben—. Ya ves que
a Lung no le molesta.

Piel de Azufre se limitó a gruñir y sujetó desconfiada su
mochila.

Sin embargo, el niño desconocido no mostraba ningún interés por la mochila. Tenía la mirada clavada en la duende cubierta de pelo. Preguntó algo en voz baja. A sus espaldas aparecieron dos niños más.

—¿Qué quiere? —masculló Piel de Azufre—. Apenas entiendo esta lengua humana.

—Pregunta —tradujo Pata de Mosca, sentado entre las piernas de Ben— si eres un diablillo.

—¿Qué?

Ben sonrió divertido.

—Eso es algo así como un espíritu malvado.

—Vaya, vaya… —Piel de Azufre torció el rostro en una
mueca—. ¡No! ¡No lo soy! —increpó a los niños que se asomaban detrás de las púas—. Soy una duende. Una duende de los
bosques.

—¿Dubidai? —preguntó una niña al tiempo que señalaba el pelaje de Piel de Azufre.

—¿Y ahora qué significa eso? —la duende arrugó la nariz.

—Parece que ése es el término en su lengua para nombrar a los duendes —respondió Pata de Mosca—. Aunque le sorprende que sólo tengas dos brazos.

—¿Sólo dos? —Piel de Azufre sacudió la cabeza—. ¿Acaso ellos tienen más?

Un niño estiró la mano con valentía, dudó un instante, y acarició la pata de Piel de Azufre. Al principio ésta retiró sobresaltada la pata, pero luego se dejó acariciar. El niño dijo algo.

—Vaya —gruñó Piel de Azufre—. Eso lo entendí. El humano minúsculo con la piel de un hongo babosillo dice que parezco una diosa de los gatos. ¿Qué me dicen a eso? —se pasó satisfecha una mano por la piel jaspeada.

—Vamos, Piel de Azufre —dijo Ben—. Hagamos un poco de lugar aquí arriba. Nosotros pasamos mucho tiempo en el lomo de Lung, pero para los niños es toda una novedad.

Sin embargo, Piel de Azufre sacudió la cabeza con energía.

—¿Qué? ¿Quieres que me acerque a toda esa gente? Ni hablar —se aferró espantada a las púas de Lung—. No, yo mejor me quedo aquí arriba. Baja tranquilo a que te aplasten los de tu especie.

—Está bien, entonces quédate aquí, quejosa con pelo —Ben metió a Pata de Mosca en su mochila y, agarrándose a las púas, bajó del lomo de Lung.

El dragón le lamía en aquel momento la nariz a una niña que le había colgado de los cuernos una corona de flores. Cada vez subían más niños a su lomo, se agarraban a sus púas, tiraban de las correas de cuero con las que los jinetes se sujetaban y acariciaban las cálidas escamas plateadas de Lung. Piel de Azufre permaneció sentada en medio del bullicio, con los brazos cruzados y sujetando su mochila con decisión.

—Piel de Azufre está enfadada —le murmuró Ben al dragón a la oreja.

Lung lanzó un vistazo por encima del hombro y sacudió divertido la cabeza.

También los adultos rodeaban al dragón, lo tocaban e intentaban atrapar su mirada. Lung se dirigió a Subaida Ghalib, que observaba sonriente a los niños subidos en su lomo.

—Cuéntame cómo engañar a la luna —dijo.

—Busquemos un sitio más tranquilo para eso —respondió la investigadora—. Vayamos al lugar donde descubrí la solución del misterio.

Levantó las manos, sus pulseras tintinearon y los anillos brillaron en sus manos contra la luz del sol. El animado bullicio de voces enmudeció. Los niños se bajaron del lomo de Lung. Sólo se oía el rumor del mar. Subaida Ghalib les dirigió unas palabras a los habitantes del pueblo.

—¡Voy a acompañarlo al sepulcro del jinete del dragón! —tradujo Pata de Mosca—. Tengo cosas importantes que contarle y no quiero que lleguen a oídos equivocados.

Las personas levantaron la mirada hacia el cielo. Subaida les había hablado de los cuervos. El cielo, sin embargo, estaba limpio, exceptuando una bandada blanca de aves marinas que se alejaban hacia el río. Un anciano avanzó un paso y dijo algo.

—¡Mientras tanto, nosotros prepararemos la fiesta! —tradujo Pata de Mosca—. La fiesta para celebrar el regreso de los dragones y del jinete del dragón.

—¿Una fiesta? —preguntó Ben—. ¿Para nosotros?

Subaida volteó hacia él con una sonrisa.

—Desde luego. No dejarán que ustedes se vayan sin celebrar esta fiesta. Las personas de esta región creen que un dragón trae un año de buena suerte. Suerte y lluvia, que aquí es casi la mejor de las suertes.

Ben dirigió los ojos al cielo azul.

—No parece que vaya a llover —comentó.

—¿Quién sabe? La suerte del dragón llega como el viento —respondió Subaida—. Pero ahora ven conmigo —volteó y le hizo a Lung un gesto con su mano llena de anillos.

Éste ya se disponía a seguirla cuando Guinever Wiesengrund golpeó titubeante con los nudillos en su pata delantera.

—Por favor —le dijo—. ¿Sería mucho pedirte…? No sé… ¿Podrías…?

Lung dobló el cuello.

—Sube —respondió—. Puedo llevar a diez humanos de tu tamaño sin sentir mucho su peso.

—¿Y qué hay de mi tamaño? —preguntó Subaida Ghalib al

tiempo que ponía las manos en su cintura—. Me temo que es demasiado peso incluso para un dragón, ¿verdad?

Lung inclinó sonriente la cabeza una vez más. Subaida recogió su amplio manto y trepó hábilmente por las púas del dragón.

Piel de Azufre vio llegar a la niña y a la mujer con una mirada sombría, pero su peludo rostro se iluminó cuando Guinever le ofreció la mano y dijo:

—Hola, ¡no sabes cuánto me alegro de conocerte!

Así, Lung llevó sobre el lomo a las tres jinetes hasta la colina que se alzaba tras las chozas, el lugar donde se encontraba el sepulcro del jinete del dragón. Mientras tanto, Ben lo seguía acompañado de Barnabas Wiesengrund y Pata de Mosca.

—Es increíble —dijo el profesor mientras la cola de Lung se arrastraba por la arena frente a ellos—. A Guinever también le apasiona montar en elefantes y camellos. Yo ya me doy por satisfecho si consigo mantenerme erguido en el lomo de un burro. Ah, por cierto —le pasó a Ben un brazo por los hombros—, mi esposa nos espera junto al sepulcro. Espero que allí nos cuentes por fin qué aventuras vivieron desde que nos despedimos. Vita tiene muchas ganas de conocerte, a ti, a Piel de Azufre y sobre todo a Pata de Mosca. Ya conoce a varios duendes, pero siempre quiso ver a un homúnculo en persona.

—¿Oíste eso, Pata de Mosca? —preguntó Ben volviendo la cabeza para mirar al hombrecillo sentado sobre su hombro.

Sin embargo, el homúnculo estaba sumido en sus pensamientos. Todavía veía ante él los rostros felices de los habitantes del pueblo en el momento en que Lung llegó hasta sus chozas. Con su amo visitó dos veces un pueblo de humanos, pero Sarpullido nunca trajo suerte. Lo único que él traía era miedo. Y lo disfrutaba.

—¿Te ocurre algo, Pata de Mosca? —preguntó Ben preocupado.

—¡No! ¡No, nada, joven señor! —respondió el homúnculo, y se pasó una mano por la frente.

El profesor abrazó a Ben de nuevo por los hombros.

—¡Ay, me muero de curiosidad! —dijo—. Sólo dime una cosa —miró hacia el cielo, pero los cuervos seguían ausentes. A pesar de eso, bajó la voz—: ¿Sabía el genio la respuesta? ¿Hiciste la pregunta de forma correcta?

Ben sonrió de oreja a oreja.

—Sí, pero se expresó de un modo un poco enigmático.

—Misterioso. Típico de ellos, sí… —el profesor hizo un gesto negativo con la cabeza—. No, no, más tarde me cuentas qué te dijo. Cuando esté Vita. También tiene derecho a oírte. Sin ella jamás me habría atrevido a montar en el avión que nos trajo hasta aquí. Además, con esto de los espías me volví muy cuidadoso.

Pata de Mosca no pudo evitar estremecerse al oír la palabra espía.

—Mi querido Pata de Mosca —dijo el profesor—. Pareces enfermo. ¿Será que no te sienta bien volar?

—Yo también pienso que no tiene buen aspecto —coincidió Ben, y volteó a mirar a Pata de Mosca con preocupación.

—No, no —balbuceó el homúnculo—. De verdad, no me pasa nada. Sólo es que no me gusta el calor. No estoy acostumbrado —se limpió el sudor de la frente—. Estoy hecho para el frío. Para el frío y la oscuridad.

Ben lo miró asombrado.

—¿Por qué? Pensaba que venías de Arabia.

Pata de Mosca lo miró horrorizado.

—¿Arabia? Yo… eh… Sí, es cierto, pero…

Barnabas Wiesengrund salvó al homúnculo de la difícil situación.

—Perdonen que los interrumpa —dijo, y señaló hacia adelante—, pero enseguida llegaremos al sepulcro. Está allí arriba. ¡Y ésa es Vita! —la saludó con la mano… y la dejó caer espantado—. ¡Dios mío! ¿Ves eso, muchacho?

—Sí —contestó Ben con el ceño fruncido—. Ya hay dos cuervos esperándonos.

En el sepulcro del jinete del dragón

 El sepulcro del jinete del dragón se levantaba sobre la cima de una colina de poca altura. Rodeado de cuatro columnas grises parecía un pequeño templo. Una escalinata conducía hacia lo alto del monumento desde cada uno de los cuatro puntos cardinales. Al pie de la escalinata norte se bajaron las tres jinetes y Subaida Ghalib condujo al dragón por los gastados peldaños. Guinever los siguió tirando de Piel de Azufre y saludó con la mano a su madre, que los esperaba llena de ilusión entre las columnas. Tres gatos se paseaban en torno a sus piernas, pero se escabulleron en cuanto vieron al dragón.

El sepulcro parecía muy antiguo. Las cuatro columnas soportaban una cúpula de piedra en buen estado de conservación, sin embargo, la tumba bajo la cúpula estaba desmoronada en algunos puntos. Flores y tallos de piedra blanca decoraban los muros.

Mientras Lung subía por la escalinata, los dos cuervos posados sobre la cúpula emprendieron el vuelo y se alejaron entre graznidos, aunque todavía permanecieron a la vista: dos puntos negros en medio del cielo sin nubes. Los monos agachados en los últimos escalones se levantaron de un salto dando chillidos, y treparon a los árboles que estaban al pie de la colina. Lung se reunió con Subaida entre las columnas del sepulcro e inclinó la cabeza ante la esposa del profesor.

Vita Wiesengrund lo imitó. Era casi tan alta y delgada como su marido. Sus cabellos oscuros empezaban a mostrar algunas canas. Sonriendo, pasó un brazo por los hombros de su hija y miró primero al dragón y después a Piel de Azufre.

—Qué alegría verlos a todos —dijo—. ¿Y dónde está el jinete del dragón?

—¡Aquí, mi amor! —exclamó Barnabas Wiesengrund superando con Ben los últimos peldaños—. Acaba de preguntarme por qué este lugar se llama el sepulcro del jinete del dragón. ¿Quieres contárselo tú?

—No, que lo haga Subaida —respondió Vita Wiesengrund. Sonrió a Ben y se sentó con él sobre el lomo de un dragón de piedra que vigilaba a los pies de la tumba—. Ya casi todos habían olvidado la historia del jinete del dragón —le susurró al chico—, hasta que Subaida la rescató de nuevo.

—Sí, es verdad. Aunque la historia es cierta —Subaida Ghalib lanzó una mirada al cielo—. No podemos perder de vista a esos cuervos —murmuró—. Los gatos no los asustaron en lo más mínimo. Bueno, empecemos... —se reclinó contra la cabeza del dragón de piedra—. Hace unos trescientos años —clavó los ojos en Ben— vivía en el pueblo de allí abajo un chico; no era mayor que tú. Todas las noches de luna llena se sentaba en la playa y contemplaba a los dragones que bajaban de las montañas para bañarse a la luz de la luna, hasta que una noche se zambulló él mismo al mar, nadó hasta los dragones y se trepó en el lomo de uno de ellos. El dragón lo dejó subir y el joven permaneció allí sentado hasta que el dragón salió del agua y se alejó volando con él. Al principio, su familia se entristeció, pero cada vez que los dragones regresaban, el chico regresaba con ellos, año tras año, hasta que se hizo tan mayor que sus cabellos se volvieron blancos. Entonces volvió al pueblo para ver a sus hermanas una vez más, y a los hijos y nietos de éstas, pero apenas hubo regresado, enfermó, tanto que nadie sabía cómo ayudarlo. Una noche en la que la fiebre atacaba al jinete del dragón con más fuerza que nunca, bajó un dragón de las montañas. Lo hizo a pesar de que no había luna. Se detuvo frente a la cabaña del jinete del dragón y la envolvió en fuego azul. Cuando llegaron las primeras luces del amanecer, emprendió el vuelo y desapareció. El jinete del dragón sanó y vivió muchos, muchos años más, tantos que la gente dejó de contarlos. Y mientras vivió, todos los años llovía lo suficiente sobre los campos del pueblo y se llenaban las redes de los pescadores. Cuando al fin murió, los humanos construyeron este sepulcro para venerarlo a él y a los dragones. La noche de su entierro, un dragón regresó una vez más y exhaló su fuego sobre los muros blancos. Desde entonces, dicen que todos los enfermos que tocan esta piedra recuperan la salud. Cuando el frío de la noche cubre la región y sus habitantes sufren en sus casas, aquí encuentran un lugar cálido, porque estas piedras siempre arrojan calor, como si el fuego del dragón habitara dentro de ellas.

—¿Y eso es cierto? —preguntó Ben—. ¿Lo de las piedras? ¿Lo comprobó usted?

Subaida Ghalib sonrió.

—Desde luego —contestó—. Es exactamente como lo cuenta la historia.

Ben acarició los antiquísimos muros y colocó la mano sobre una de las flores de piedra que los decoraban. Luego miró a Lung.

—No me habías contado que tienes tanta fuerza —le dijo—. ¿Alguna vez has curado a alguien?

El dragón afirmó con la cabeza y dobló el cuello hacia el joven.

—Claro, a duendes, animales heridos… A cualquiera que se pusiera frente a mi fuego, pero nunca a humanos. En el lugar de donde procedemos Piel de Azufre y yo, los humanos creen que el fuego de un dragón quema y destruye. ¿Acaso tú pensabas de otro modo?

Ben negó con la cabeza.

—Lamento interrumpir este precioso momento de cuentacuentos —gruñó Piel de Azufre—, pero miren el cielo.

Los cuervos se habían acercado y sobrevolaban la cúpula del sepulcro en medio de oscuros graznidos.

—Ya es hora de ahuyentar a esos bichos —Piel de Azufre se sentó junto a Ben sobre el dragón de piedra y metió las patas en su mochila—. Desde que tuvimos que librarnos de estos cuervos en medio del mar no voy a ninguna parte sin un buen puñado de piedras encima.

—Ah, vas a usar saliva de duende —dijo Vita Wiesengrund. Piel de Azufre le sonrió maliciosa.

—¡Tú lo has dicho! Fíjense.

Ya se disponía a escupirse en la palma de su pata cuando Pata de Mosca saltó de repente del hombro de Ben para aterrizar sobre ella.

—Piel de Azufre —dijo nervioso—. ¡Piel de Azufre, deja que Lung arroje su fuego sobre la piedra!

—¿Y eso para qué? —Piel de Azufre lo miró sorprendida. Luego se rascó la nariz con desconfianza—. ¿Qué significa esto, chaparrito? No te metas en asuntos de los que no sabes nada. Esto es magia de duendes, ¿entendido? —y volvió a fruncir los labios para escupir sobre la piedra.

—¡Cabezota peluda! —gritó Pata de Mosca desesperado—. ¿No ves que no son cuervos normales? ¿O es que sólo abres los ojos para distinguir un hongo de otro?

Piel de Azufre le respondió enojada:

—¿De qué estás hablando? Un cuervo es sólo un cuervo.

—¡No, de ningún modo! —contestó Pata de Mosca sacudiendo los brazos de tal forma que parecía que se iba a descoyuntar—. Un cuervo no es sólo un cuervo, señorita yo-soy-la-más-lista-y-lo-sé-todo. Y a ésos de ahí sólo conseguirás enfurecerlos con tus estúpidas piedrecitas. Desaparecerán y se lo contarán a su señor. Le contarán dónde estamos y él nos encontrará y...

—Relájate, Pata de Mosca —le dijo Ben al tiempo que le daba golpecitos en la espalda para tranquilizarlo—. ¿Qué propones que hagamos?

—¡Fuego de dragón! —exclamó Pata de Mosca—. Lo leí en el libro. En el libro del profesor. Puede...

—Puede convertir a las criaturas hechizadas en aquello que son en realidad —continuó Barnabas Wiesengrund, y elevó la mirada al cielo con expresión pensativa—. Sí, eso dicen, pero, ¿por qué crees que esos cuervos están hechizados, mi querido Pata de Mosca?

—Yo... yo... —Pata de Mosca sintió que Piel de Azufre lo miraba con desconfianza así que regresó corriendo al hombro de Ben.

Sin embargo, éste también lo miraba lleno de asombro.

—Sí, ¿por qué estás tan seguro, Pata de Mosca? —le preguntó—. ¿Sólo por sus ojos rojos?

—¡Eso es! —confirmó el homúnculo con alivio—. Por los ojos rojos. Eso es. Todo el mundo sabe que las criaturas hechizadas tienen los ojos rojos.

—¿Ah, sí? —Vita Wiesengrund miró a su marido—. ¿Tú sabías eso, Barnabas?

El profesor negó con la cabeza.

—Tú también tienes ojos rojos —gruñó Piel de Azufre sin dejar de mirar al homúnculo.

—¡Pues claro! —la increpó Pata de Mosca—. Un homúnculo también es resultado de la magia, ¿o no?

Piel de Azufre no respondió, pero siguió mirándolo con desconfianza.

—Inténtalo al menos —dijo Guinever—. Aquí están ustedes hablando y hablando, pero esos cuervos tienen un aspecto realmente sospechoso. Inténtenlo. Tal vez Pata de Mosca tenga razón.

Lung miró con expresión pensativa a la niña y luego a los cuervos.

—Sí, intentémoslo —decidió, alargó el cuello por encima de los hombros de Piel de Azufre y exhaló una suave lluvia de chispas azules sobre las piedrecitas que el duende sostenía en su pata.

Piel de Azufre observó con el ceño fruncido cómo las chispas se extinguían dejando un brillo azul pálido sobre las piedras.

—Saliva de duende y fuego de dragón —murmuró—. Bueno, veremos qué sale de esto —luego escupió sobre cada una de las dos piedras y las frotó concienzudamente entre sí.

Los cuervos estaban cada más cerca.

—¡Ahora verán! —les gritó Piel de Azufre—. Ahí tienen un regalo de duende para ustedes —saltó sobre la cabeza del dragón de piedra, tomó impulso, apuntó y lanzó. Primero una y luego la otra.

Acertó con las dos.

Sin embargo, esta vez no se quedaron pegadas por mucho tiempo. Los cuervos se sacudieron entre furiosos chillidos, se libraron de ellas y volaron en picada hacia Piel de Azufre.

—¡Maldita sea! —gritó ésta, y se escondió de un salto detrás del dragón de piedra—. ¡Por la cicuta blanca y el hongo de Satanás! ¡Me las pagarás, Pata de Mosca!

Lung enseñó los dientes y se puso delante de todos los demás para protegerlos. Los cuervos pasaron disparados junto a la cúpula… y de repente empezaron a sacudirse en el aire.

—¡Se están transformando! —gritó Guinever, asomada por detrás de Lung—. ¡Están cambiando de forma! ¡Miren!

Todos lo veían.

Los cuervos se encogieron. Las alas negras se convirtieron en pinzas que cortaban el vacío llevadas por el pánico. Pequeños cuerpos acorazados se estremecían en el aire mientras la tierra los atraía hacia sí sin piedad. Aterrizaron sobre uno de los peldaños, bajaron rodando los escalones restantes y se escabulleron entre los matorrales de zarzas al pie de la colina.

—¡Setas de los caballeros y orejas de Judas! —susurró Piel de Azufre—. El homúnculo tenía razón —también ella se estremeció estupefacta.

—¡Se convirtieron en cangrejos! —Ben miró al profesor sin poder creer lo que acababan de presenciar.

Barnabas Wiesengrund asintió pensativo con un gesto de cabeza.

—Eran cangrejos —dijo—. Antes de que alguien los transformara en cuervos. Interesante, muy interesante en verdad, ¿no es cierto, Vita?

—Desde luego —respondió su mujer, y se levantó dando un suspiro.

—¿Y ahora qué hacemos con ellos? —preguntó Piel de Azufre al tiempo que subía al peldaño más alto de la escalinata por la que habían rodado los cangrejos encantados—. ¿Quieren que vaya a atraparlos?

—Eso no será necesario —contestó Subaida Ghalib—. Además de la magia, también desaparece el recuerdo de su amo. Volverán a ser animales comunes. El fuego de un dragón saca a la luz la verdadera naturaleza de las cosas. ¿No es así, Lung?

En aquel momento, Lung miraba el cielo azul con la cabeza levantada.

—Sí —respondió—, así es. Mis padres me lo dijeron hace mucho, muchísimo tiempo, pero yo mismo lo había olvidado. No quedan muchas cosas encantadas en el mundo.

Las manos de Pata de Mosca temblaban tanto que éste las escondió debajo de su saco. ¿En qué se convertiría él si lo alcanzaba el fuego de dragón? Lung sintió la mirada del homúnculo y dirigió los ojos hacia él. Pata de Mosca se apresuró a concentrarse en otra cosa, pero el dragón no había percibido su miedo. Estaba demasiado sumido en sus pensamientos.

—Si esos cuervos eran espías de Sarpullido —reflexionó—, entonces fue él quien los hechizó. ¿Un dragón capaz de convertir un animal del agua en una criatura del aire? —miró a Subaida Ghalib con ojos interrogantes.

La investigadora de dragones jugueteó pensativa con uno de sus anillos.

—Ninguna historia habla de un dragón con esos poderes —respondió—. Esto es realmente muy extraño.

—Hay muchas cosas extrañas en torno a Sarpullido —añadió Barnabas Wiesengrund. Se apoyó en una columna—. Hasta ahora sólo hablé de esto con Vita y Subaida: cuando me visitó, Sarpullido salió de un pozo, es decir: del agua. Es algo peculiar tratándose de un animal de fuego, ¿no les parece? ¿De dónde viene?

Todos callaron desconcertados.

—Y ¿saben qué es lo más raro de todo? —continuó hablando Barnabas Wiesengrund—. ¡Que Sarpullido aún no haya aparecido por aquí!

Los otros lo miraron espantados.

—¡Por eso es que estoy aquí! —explicó Barnabas—. Este monstruo fue a verme para recuperar su escama. Así que pensé que también le haría una visita a Ben y atacaría a Lung, porque sé que le gusta cazar dragones, pero no. En su lugar, envía a sus espías para que los sigan. Ordena que vigilen este pueblo y a Subaida. ¿Qué estará planeando?

—Creo que yo lo sé —dijo Lung.

Bajó la mirada a los pies de la colina, allí donde el mar se extendía bajo la luz del sol.

—Sarpullido espera que lo llevemos hasta la Linde del Cielo. Quiere que encontremos para él a los dragones que se le escaparon aquella noche.

Ben lo miró horrorizado.

—¡Claro! —exclamó Piel de Azufre—. No sabe dónde se esconden. Aquel día, cuando los sorprendió aquí en el mar, se le fueron de las manos porque las serpientes marinas lo atacaron, y desde entonces no tiene ni rastro de ellos.

Lung sacudió la cabeza y luego miró a los humanos:

—¿Qué debo hacer? Ya estamos tan cerca de nuestro objetivo, pero ¿cómo puedo estar seguro de que no nos sigue? ¿Cómo puedo estar seguro de que no aparecerá otro de sus cuervos para ocultarse detrás de mí cuando siga mi viaje?

Ben lo miraba sin poder moverse.

—Es cierto —murmuró—. Es probable que sepa desde hace tiempo lo que me dijo el genio. Pata de Mosca vio un cuervo cuando estábamos en el desfiladero. ¡Maldita sea! —dio un golpe con la palma de su mano sobre el lomo del dragón de piedra—. Seguro que ya le fuimos de gran ayuda a ese monstruo. Sólo tenía que esperar. Hasta hicimos la pregunta al genio por él.

Nadie decía nada. Los Wiesengrund se miraron preocupados.

De repente, Pata de Mosca dijo en voz muy baja, tan baja que Ben apenas lo escuchó:

—Sarpullido no sabe qué dijo el genio, joven señor.

Las palabras salieron solas de sus labios, como si estuvieran hartas de que se las tragaran y las callaran una y otra vez.

Todos lo miraron. Todos.

Piel de Azufre entrecerró los ojos como un gato hambriento.

—¿Y cómo sabes tú eso, chaparrito? —preguntó con una voz peligrosamente tranquila—. ¿Cómo estás tan seguro de eso?

Pata de Mosca no la miró. No miraba a nadie. Su corazón latía como si fuera a salírsele del pecho de un salto.

—Porque yo soy su espía —contestó—. Yo era el espía de Sarpullido.

Pata de Mosca, el traidor

Pata de Mosca cerró los ojos con fuerza. Esperaba que Ben lo hiciera caer de su hombro de un manotazo, que Lung lo convirtiera en una chinche con su fuego… pero no pasó nada. Sólo se hizo un silencio entre las viejas columnas. Un viento ronco sopló sobre ellos en dirección al mar y acarició los cabellos del homúnculo.

Al ver que no pasaba nada, Pata de Mosca volvió a abrir los ojos y echó un rápido vistazo a un lado. Ben lo miraba espantado, tan espantando y decepcionado que su mirada le rompió el corazón.

—¿Tú? —balbuceó Ben—. ¿Tú? Pero, pero… ¿y qué hay de los cuervos?

Pata de Mosca clavó la mirada en sus escuálidas piernas. Éstas se desdibujaban, porque el homúnculo tenía los ojos llenos de lágrimas. Le rodaban por la puntiaguda nariz, goteaban sobre su mano y su regazo.

—Los cuervos son sus ojos —explicó Pata de Mosca entre

sollozos—, pero sus oídos… soy yo. Yo soy el espía del que el profesor había oído hablar. Yo fui quien se lo dijo todo. Que el profesor tenía dos escamas suyas, que ustedes buscan la Linde del Cielo, que planeaban preguntarle al genio azul, sólo…

No pudo decir más.

—¡Lo-sa-bí-a! —bufó Piel de Azufre. Se levantó de un salto e intentó agarrar al homúnculo con sus afiladas garras.

—¡Déjalo en paz! —gritó Ben, y le dio un empujón.

—¿Qué? —el pelaje de Piel de Azufre se erizó de furia—. ¿A pesar de todo lo proteges? ¿Aunque él mismo admite que nos traicionó ante ese monstruo? —gruñó, enseñó los dientes y volvió a dar un paso hacia adelante—. Ya olía yo que el chaparrito escondía algo raro, pero tú y Lung… ustedes estaban locos por el tipejo. ¡Debería arrancarle la cabeza de un mordisco ahora mismo!

—¡Ni se te ocurra, Piel de Azufre! —le prohibió Ben al tiempo que cubría a Pata de Mosca con una mano protectora—. Deja de comportarte como una salvaje. ¿No ves que se arrepiente de todo?

Con cuidado, levantó a Pata de Mosca de su hombro y lo colocó sobre la palma de su mano. Las lágrimas seguían cayéndole por la nariz. Ben sacó un pañuelo polvoriento del bolsillo de su chamarra y limpió con él la cara del homúnculo.

—Era mi señor —balbuceó Pata de Mosca—. Le pulía las escamas. Le cortaba las garras y le contaba mil y una veces sus hazañas. Nunca se aburría de oírlas. Fui su limpiacorazas desde que me crearon, no sé con qué material —de nuevo rompió a llorar—. Quién sabe, tal vez yo tampoco sea más que un cangrejo con pinzas. En cualquier caso, me puso sobre este mundo el mismo humano que creó a Sarpullido. Hace varios cientos de años, años fríos, oscuros y solitarios. Yo tenía once hermanos y Sarpullido los devoró a todos —Pata de Mosca se cubrió la cara con las manos—. También devoró a nuestro creador. Y a ustedes también los quiere devorar. A ustedes y a todos los dragones. A todos.

Guinever se colocó junto a Ben. Se retiró los largos cabellos de la frente y miró al homúnculo con lástima.

—¿Por qué quiere devorar a todos los dragones? —preguntó—. Yo pensaba que él mismo era un dragón.

—¡Él no es un dragón! —respondió Pata de Mosca entre sollozos—. Sólo parece uno. Persigue a los dragones porque lo crearon para eso. Como un gato que nació para cazar ratones.

—¿Qué? —Barnabas Wiesengrund miró sorprendido al homúnculo—. ¿Que Sarpullido no es un dragón? ¿Entonces qué es?

—No lo sé —susurró Pata de Mosca—. No sé qué criatura eligió el alquimista para hacerlo. Su coraza es de un metal indestructible, pero nadie sabe qué se esconde debajo. El creador le dio el aspecto de un dragón para que pudiera acercarse mejor a ellos. Cualquier dragón sabe que debe evitar a los humanos, pero ningún dragón huiría de uno de los suyos.

—¡Eso es cierto! —Subaida Ghalib confirmó las palabras del

homúnculo con un asentimiento de cabeza—. Pero ¿para qué necesitaba el alquimista un monstruo que matara dragones?

—Para sus experimentos —Pata de Mosca se secó las lágrimas de los ojos con el borde de su saco—. Era un alquimista con mucho talento. Como pueden ver, en mí descubrió el secreto para crear vida. Como todos los alquimistas de su época, quería fabricar oro. Los humanos se vuelven totalmente locos si hay oro de por medio, ¿no es cierto?

Vita Wiesengrund pasó una mano por los cabellos de Guinever y asintió con la cabeza.

—Sí, muchos.

—Bueno, mi creador... —continuó Pata de Mosca con voz temblorosa— descubrió que hay una cosa imprescindible para fabricar oro, necesitaba cuernos de dragón en polvo: están hechos de un elemento aún más raro que el marfil; sin embargo, los caballeros que contrató para que cazaran dragones y le llevaran sus cuernos no mataban suficientes dragones. Él necesitaba más, mucho más para sus experimentos. Así que él mismo creó a su propio matadragones —Pata de Mosca miró a Lung—. Le dio la forma de los dragones auténticos, pero lo hizo mucho más grande y fuerte que ellos. Volar era lo único que Sarpullido no podía hacer, ya que el alquimista lo cubrió con una pesada coraza de metal indestructible. Ni siquiera el fuego de dragón era capaz de atravesarla. Y entonces lo envió a la caza de los dragones.

Pata de Mosca calló por un instante y levantó la vista al mar, donde se mecían algunos botes de pescadores.

—Los cazó a todos —continuó el homúnculo—. Se abalanzaba sobre ellos como una tormenta. Mi creador trabajaba día y noche en sus experimentos. De pronto, un día los dragones desaparecieron. Sarpullido los buscó por todas partes hasta que sus zarpas se gastaron y le dolió todo el cuerpo. No halló ni rastro de ellos. Mi creador estaba fuera de sí. Pronto tendría que rendirse. Todos sus intentos no habían servido para nada, pero enseguida comprendió que aquél no era su mayor problema. Sarpullido empezó a aburrirse y cuanto más se aburría, más malvado e irascible se volvía. El alquimista creó a los cuervos encantados para que recorrieran el mundo buscando a los dragones desaparecidos, pero todo fue en vano. Entonces Sarpullido engulló primero a todos mis hermanos. Sólo me dejó a mí con vida, porque necesitaba un limpiacorazas.

Pata de Mosca cerró los ojos al recordarlo.

—Un día —continuó su historia en voz baja—, después de que un cuervo regresara de nuevo sin noticias de los dragones, Sarpullido el Dorado se tragó a nuestro creador, y con él, el secreto de su origen. A pesar de todo —levantó la cabeza y miró a Lung—, él sigue buscando a los dragones. Los últimos que encontró se le escaparon. Las serpientes marinas y su impaciencia le arruinaron el botín. Esta vez actúa de manera más inteligente y espera con paciencia a que ustedes lo conduzcan al objetivo de su larga búsqueda.

El homúnculo calló. Y con él, todos los demás.

Un mosquito se posó sobre las delgadas piernas de Pata de Mosca. Éste lo ahuyentó con un gesto cansado de la mano.

—¿Dónde se encuentra ahora? —preguntó Ben—. ¿Está por aquí cerca?

Piel de Azufre miró intranquila a su alrededor. A ninguno de ellos se le había ocurrido que el dragón dorado pudiera estar cerca, aun así, Pata de Mosca negó con la cabeza.

—No —respondió—. Sarpullido está lejos, muy lejos. Yo le informé sobre la respuesta del genio, pero —una pequeña sonrisa se dibujó en su cara entristecida— le mentí. Por primera vez —miró a su alrededor con orgullo—. Por primera vez en mi vida yo, Pata de Mosca, le mentí a Sarpullido el Dorado.

—¿Ah, sí? —preguntó Piel de Azufre con desagrado—. ¿Y esperas que nos lo creamos? ¿Por qué ibas a mentirle de pronto, un espía tan fabuloso como tú, que engañó a todos?

Pata de Mosca la miró enfadado.

—¡Por ti desde luego que no! —respondió cortante—. ¡No derramaría ni una lágrima si te devorara a ti!

—¡Pff, a ti te va a devorar! —bufó Piel de Azufre furiosa—. Si es verdad que le mentiste.

—¡Les digo que le mentí! —exclamó Pata de Mosca con voz temblorosa—. Lo envié al Gran Desierto, lejos, lejísimos de aquí, porque… porque… —carraspeó y miró a Ben con timidez— porque también quería devorar al pequeño humano. El joven señor era amable conmigo sin ninguna razón. Muy simpático. Jamás alguien se había portado así conmigo —Pata de

Mosca sorbió la nariz, se la frotó y clavó la mirada en sus afiladas rodillas. En voz muy baja añadió—: por eso decidí que él sería, a partir de ahora, mi nuevo señor. Si él quiere —el homúnculo miró a Ben con cara de miedo.

—¡Su señor! ¡Lactarios y setas de cardo! —Piel de Azufre se rio entre dientes con desprecio—. ¡Pero qué honor! ¿Y cuándo piensas traicionarlo a él?

Ben se sentó de nuevo sobre el dragón de piedra y colocó a Pata de Mosca sobre su rodilla.

—Olvida esa tontería de que sea tu señor —dijo el chico—. Y deja de llamarme todo el tiempo "joven señor". Podemos ser amigos, simplemente amigos, ¿de acuerdo?

Pata de Mosca sonrió. Otra vez le cayó una lágrima por la nariz, pero esta vez era una lágrima de felicidad.

—Amigos —repitió—. Sí, amigos.

Barnabas Wiesengrund carraspeó y se inclinó sobre los dos.

—Pata de Mosca —dijo—. ¿A qué te referías hace un momento cuando dijiste eso de que enviaste a Sarpullido al desierto? ¿A qué desierto?

—Al más grande que encontré en ese mapa de la rata —respondió el homúnculo—. Sólo el desierto puede retener a Sarpullido durante un tiempo, ¿sabe usted? Porque... —Pata de Mosca bajó la voz, como si su antiguo amo acechara en la sombra negra que arrojaba la cúpula de piedra— él habla y ve a través del agua. El agua es lo único que le da poder y movilidad. Así que lo envié al lugar donde el agua es más escasa.

—Domina el agua —dijo Lung en voz baja.

—¿Qué? —Barnabas Wiesengrund lo miró asombrado.

—Eso nos dijo la serpiente marina que conocimos en nuestro viaje hasta aquí —explicó el dragón—. Dijo que Sarpullido tenía más poder sobre el agua que ella misma.

—¿Pero cómo? —preguntó Guinever, y miró al homúnculo con curiosidad—. ¿Sabes qué significa eso?

Pata de Mosca meneó la cabeza.

—Por desgracia, yo no conozco todos los secretos que el alquimista le proporcionó. Si yo u otro de sus sirvientes arroja una piedra o escupe en el agua, en su superficie aparece la imagen de Sarpullido. Habla con nosotros como si estuviera presente, aunque esté al otro lado del planeta. Desconozco cómo lo hace.

—¡Ajá, así que eso hacías en aquella cisterna! —gritó Piel de Azufre—. Cuando me dijiste que estabas hablando con tu propio reflejo. ¡Saltamontes traidor! ¡Champiñón con pa...!

—¡Piel de Azufre, ya cállate! —la interrumpió Lung. El dragón miró al homúnculo, quien avergonzado agachó la cabeza.

—Ella tiene razón —murmuró—. Aquel día estaba hablando con mi señor.

—Deberías seguir haciéndolo —dijo Subaida Ghalib.

Pata de Mosca volteó a mirarla sorprendido.

—Tal vez puedas reparar así tu traición —explicó la investigadora.

—¡Sí, eso mismo estaba pensando yo ahora, Subaida! —Barnabas Wiesengrund se golpeó el puño con la palma de la otra mano—. Pata de Mosca podría ser algo así como un agente doble. ¿Qué te parece, Vita?

Su mujer afirmó con un gesto de cabeza.

—Sí, no es mala idea.

—¿Agente doble? ¿Quieren que se multiplique? —preguntó Piel de Azufre.

—Algo así, ¡es muy sencillo! Pata de Mosca finge que sigue siendo un espía de Sarpullido —le explicó Ben—. Pero, en realidad, trabaja para nosotros. ¿Entiendes?

Piel de Azufre se limitó a fruncir el ceño.

—¡Claro! ¡Pata de Mosca podría seguir mintiéndole sobre la ruta que ustedes tomen! —exclamó Guinever. Miró al homúnculo ilusionada—. ¿Lo harías? Quiero decir, ¿no te parece demasiado peligroso?

Pata de Mosca sacudió la cabeza.

—No, no —respondió—. Pero me temo que Sarpullido ya sabe desde hace tiempo que lo traicioné. Se olvidan de los cuervos.

—Bah, ésos volvieron a ser cangrejos —dijo Piel de Azufre restándoles importancia con un gesto de la mano.

—Tiene más cuervos aparte de esos dos, cara de pelo —replicó Pata de Mosca con impaciencia—. Por ejemplo, aquél contra quien lanzaste tu piedra en medio del mar. Era mi trasporte y ya había empezado a desconfiar de mí, además estoy seguro de que tu piedra no le gustó nada.

—Bueno, ¿y qué? —replicó Piel de Azufre.

—¿"Y qué"? ¿En verdad no tienes nada más que pelo en la cabeza? —gritó enojado Pata de Mosca—. ¿No se te ocurre que tal vez intentará ponerse en contacto con mi antiguo señor? ¿No crees que Sarpullido empezaría a desconfiar si el cuervo le cuenta que atravesamos el Mar Arábigo en el lomo de una serpiente marina? ¡Cuando yo le dije que los dragones se ocultan en un desierto a varios miles de kilómetros al oeste!

—Uy... —murmuró Piel de Azufre, y se rascó atrás de las orejas.

—¡No! —Pata de Mosca sacudió la cabeza—. No sé si sería una buena idea que yo me pusiera otra vez en contacto con él. ¡No subestimen a Sarpullido! —el homúnculo se estremeció y miró a Lung, que lo observaba preocupado—. Yo no sé por qué buscas la Linde del Cielo, pero creo que deberías olvidarla. De otro modo, puede que conduzcas al mayor enemigo de los dragones al objetivo de sus sueños más maléficos.

Lung sostuvo su mirada en silencio.

Después dijo:

—Emprendí este viaje para encontrar un nuevo hogar, para mí y para los dragones que volaron hace mucho tiempo en dirección norte, huyendo de las garras de Sarpullido y de los humanos. Teníamos un hogar, un valle apartado, húmedo y frío, pero tranquilo. Ahora los humanos quieren apoderarse de él. La Linde del Cielo es nuestra única esperanza. ¿Dónde podría encontrar un lugar que no pertenezca a los humanos?

—Así que es por eso que estás aquí —dijo en voz baja Subaida Ghalib—. Por eso buscas la Linde del Cielo, como me informó Barnabas —mostró su comprensión meciendo la cabeza—. Sí, el Himalaya, el lugar donde se oculta, según dicen, ese enigmático valle, no pertenece a los humanos. Tal vez por eso yo nunca encontré la Linde del Cielo. Porque soy una humana. Creo que tú podrías, pero, ¿cómo evitamos que Sarpullido te siga hasta allí?

Barnabas Wiesengrund sacudió desconcertado la cabeza.

—Lung no puede regresar a casa —murmuró—. Conduciría a Sarpullido hasta el lugar donde viven los dragones que huyeron al norte. ¡Es una situación sin salida!

—Sí, sin duda —Subaida Ghalib suspiró—. Pero creo que todo ocurrió como tenía que ocurrir. Aún no han escuchado la vieja historia del jinete del dragón hasta el final. Síganme, quiero enseñarles algo, en especial a ti, jinete del dragón.

Entonces tomó a Ben de la mano y tiró de él para conducirlo al interior del sepulcro medio derruido...

Sarpullido
lo descubre todo

 —¡Escupe! —bufó Sarpullido—. ¡Escupe de una vez, enano inútil!

Su cola no dejaba de temblar. Estaba sentado en medio de las dunas, rodeado por las montañas de arena de las que Barba de Grava lo acababa de liberar. Tuvo suerte de que los enanos de las piedras acostumbraran a desenterrar cosas de vez en cuando.

Barba de Grava reunió con esfuerzo una gota de la saliva que le quedaba en su boca seca, frunció los labios y escupió en el cuenco que había fabricado con un cactus mordisqueado.

—¡Esto no va a funcionar, su dorada majestad! —protestó—. ¡Mire! El sol nos abrasará antes de que se acumule el líquido suficiente.

—¡Escupe! —bramó Sarpullido, y arrojó él mismo un charco de saliva verde veneno.

—¡Uy! —Barba de Grava se asomó tan entusiasmado sobre el cuenco que el sombrero estuvo a punto de caérsele de la cabeza—. ¡Excelente, dorada majestad! ¡Una laguna, qué digo, un auténtico lago de saliva! ¡Funciona! ¡Increíble! Ahí está, el sol se refleja sobre él. ¡Esperemos que no se evapore todo!

—¡Colócalo de tal modo que la sombra caiga sobre él, cabeza hueca! —gruñó Sarpullido. Luego escupió una vez más. ¡Plas! Un charco verde flotó sobre la piel del cactus. ¡Chis, chas! Barba de Grava escupió su aportación. Escupieron y escupieron hasta que incluso a Sarpullido se le secó el gaznate.

—¡Retírate! —bufó el monstruo, tiró al enano de un empujón contra la arena ardiente y clavó un ojo rojo en el charco que habían fabricado entre los dos. El caldo verde permaneció turbio por un instante, pero de pronto empezó a turbarse y la oscura figura de un cuervo se dibujó en el cuenco de piel de cactus.

—¡Por fin! —graznó el cuervo, y dejó caer la piedra que sostenía en el pico—. Señor, ¿dónde estaba? He arrojado más piedras en este mar que cuantas estrellas hay en el cielo. ¡Tiene que devorar al duende! ¡Ahora mismo! ¡Mire esto! —enfurecido levantó el ala izquierda. Allí seguía pegada la piedra que Piel de Azufre le había lanzado. La saliva de duende conservaba su fuerza durante mucho tiempo.

—¡Vamos, no exageres! —gruñó Sarpullido—. Y olvídate del duende. ¿Dónde está Pata de Mosca? ¿Qué hizo mientras escuchaba al genio? ¿Acaso se llenó el oído de pasitas? No encuentro ni la punta de una cola de dragón en este maldito desierto al que me envió.

El cuervo abrió el pico, lo cerró y volvió a abrirlo.

314

—¿Desierto? ¿Qué hace usted en un desierto? —graznó asombrado—. ¿De qué está hablando, señor? El dragón de plata sobrevoló hace tiempo un mar, y Pata de Mosca con él. La última vez los vi en el lomo de una serpiente marina. ¿Acaso no le contó nada de eso? —levantó el ala una vez más—. Allí fue donde el duende hizo su magia con esta piedra. Por eso me he puesto en contacto con usted. Pata de Mosca no movió ni un dedo para evitar que esa cara de pelo me atacara.

Sarpullido frunció el ceño.

—¿Sobre el mar? —gruñó.

El cuervo se acercó un poco más.

—¿Señor? —dijo—. Señor, no lo veo bien.

Impaciente, Sarpullido escupió sobre el cuenco una vez más.

—Sí —confirmó el cuervo—. Sí, ahora lo veo mejor.

—¿Sobre qué mar? —lo increpó Sarpullido.

—¡Usted lo conoce, mi señor! —exclamó el cuervo—. También conoce a la serpiente. ¿Recuerda la noche en la que atacó a los dragones durante su baño? Estoy seguro de que era la misma serpiente que lo retuvo a usted.

—¡Silencio! —ordenó Sarpullido.

Se enfureció tanto que estuvo a punto de destrozar el cuenco de cactus de un zarpazo. Hundió las garras en la arena sin dejar de resoplar.

—¡No lo recuerdo! Y mejor que no lo hagas tú tampoco. Ahora desaparece, tengo que pensar.

El cuervo retrocedió asustado.

—Sí, ¿y el duende? —graznó con timidez—. ¿Qué hay del duende?

—¡Desapareeeceee! —bramó Sarpullido.

La imagen del cuervo se diluyó y el charco verde volvió a reflejar el sol del desierto.

—¡Pata-de-mosca! —gruñó Sarpullido. Se incorporó resollando y golpeó la cola contra la arena—. ¡Apestooosaaa puuulgaaa! ¡Engeeendrooo con patas de arañaaa! ¡Cerebro de cucarachaaa! ¡Ha osado mentirme a míii! —los ojos de Sarpullido ardían como el fuego—. ¡Lo aplastaré! —rugió en medio del desierto—. ¡Lo abriré como una nuez, lo devoraré como a sus hermanos! ¡Aaagh! —abrió las fauces y bramó de tal modo que Barba de Grava se arrojó temblando a la arena y se cubrió los oídos con su sombrero—. ¡Súbete a mi lomo, limpiacorazas! —resopló Sarpullido.

—¡Sí, su dorada majestad! —balbuceó el enano. Con las rodillas temblorosas corrió por la cola de su señor y trepó tan rápido que casi perdió el sombrero—. ¿Volvemos a casa, su dorada majestad? —preguntó.

—¿A casa? —Sarpullido soltó una ronca carcajada—. Ahora empieza la cacería, pero antes le contarás a pata de araña todo sobre mi terrible final en el desierto.

—¿Su qué? —preguntó atónito Barba de Grava.

—¡Me oxidé, idiota! —lo increpó Sarpullido—. Me oxidé, la arena me enterró, me sepultó, me sequé, invéntate lo que quieras. Sólo tiene que sonar creíble, tan creíble que el pequeño traidor se ponga a saltar de la alegría y nos lleve sin saberlo hasta nuestro botín.

—Pero... —Barba de Grava se arrastró entre jadeos hasta la enorme cabeza de su señor—¿Cómo vamos a encontrar a ese pata de araña?

—Eso es asunto mío —respondió Sarpullido—. Tengo una ligera idea de dónde se encuentra el dragón plateado. Por ahora necesitamos un buen espejo de agua para tus mentiras. Y si no consigues que se crea cada una de tus palabras —Sarpullido torció las fauces en una sonrisa espantosa—, entonces te devoraré, enano.

Barba de Grava se estremeció.

Sarpullido hundió una garra negra en el charco de saliva y desapareció del desierto como un espíritu. Sólo las huellas de sus poderosas patas y el plumero de Barba de Grava permanecieron en la arena. El viento los cubrió enseguida para siempre.

El regreso del jinete del dragón

 En el sepulcro del jinete del dragón reinaba la oscuridad, aunque afuera ardía el sol del mediodía. Sólo un par de rayos de luz se colaban por las grietas de los muros y caían sobre el extraño dibujo que decoraba las paredes del sepulcro. La habitación que estaba bajo la cúpula amurallada era tan grande que Lung podía darse la vuelta en su interior. El suelo en torno al sarcófago estaba cubierto de hojas marchitas que expulsaban un aroma pesado y desconocido.

—Mira —dijo Subaida Ghalib y tiró de Ben. Las hojas secas crujieron bajo sus pies—. ¿Ves estos símbolos? —la investigadora de dragones acarició la losa que cubría el sarcófago.

Ben dijo que sí con un movimiento de cabeza.

—Tardé mucho tiempo en descifrarlos —continuó hablando Subaida—. Muchos signos fueron devorados por el viento salado del mar. Y ninguno de los habitantes del pueblo sabía lo que decía la inscripción. Nadie recordaba las viejas historias.

Sólo con ayuda de dos mujeres muy ancianas que habían oído las historias de los dragones de boca de sus abuelas conseguí devolver a la vida las palabras olvidadas. Y cuando los vi a ti y a Piel de Azufre entrando en el pueblo sobre el lomo de Lung, estas palabras se volvieron realidad por un instante.

—¿Pero qué dice ahí? —preguntó Ben. Su corazón había empezado a latir desbocado mientras entraba en el interior del sepulcro. No le gustaban los cementerios. Le daban miedo y ahora se encontraba en el corazón de una tumba, pero el aroma que se elevaba de las hojas lo tranquilizaba.

—Aquí dice —respondió Subaida Ghalib al tiempo que seguía los gastados símbolos con sus dedos llenos de anillos— que el jinete del dragón regresará en forma de un joven con la piel tan pálida como la luna llena, para salvar a sus amigos, los dragones, de un gran enemigo.

Ben clavó los ojos en el sarcófago sin creer lo que oía.

—¿Eso dice? Pero... —miró desconcertado a su alrededor buscando al profesor.

—¿Lo anunció una adivina de la época? —preguntó Barnabas Wiesengrund.

Subaida Ghalib respondió que sí con un asentimiento.

—Estaba presente en el momento en que el jinete del dragón murió. Algunos cuentan que fueron las propias palabras del jinete.

—¿Regresar? Pero él era un humano, ¿no es cierto? —preguntó Piel de Azufre. Se rio entre dientes—. Ustedes los humanos nunca vuelven de la tierra del más allá. Se pierden. Se pierden o bien olvidan el mundo del que llegaron.

—¿Y cómo estás tan segura de que eso incluye a todos los humanos? —preguntó Subaida Ghalib—. Lo sé. Tú puedes entrar al otro mundo tantas veces como quieras. Todas las criaturas fantásticas pueden. Excepto aquellas que son víctimas de una muerte violenta. Sin embargo, algunos humanos creen que también nosotros podríamos regresar si quisiéramos, con tan sólo conocer la muerte un poco mejor. Así que ¿quién sabe?, tal vez en Ben se oculte algo del antiguo jinete del dragón.

El chico se miró a sí mismo incómodo.

—¡Qué tontería! —Piel de Azufre se rio burlona—. Lo encontramos escondido entre unas cajas. Entre cajas de cartón y de madera al otro lado del mundo, y no sabía nada de dragones ni de duendes, nada de nada.

—Eso es cierto —comentó Lung. Dobló el cuello sobre el hombro de Ben—. Pero ahora es el jinete del dragón, Piel de Azufre, un auténtico jinete del dragón. No hay muchos en el mundo. Nunca hubo muchos, ni siquiera en los tiempos en los que los dragones se movían libres de un sitio a otro y no tenían que esconderse. Creo que —levantó la cabeza y miró a los demás— no importa si tiene algo del antiguo jinete del dragón, lo importante es que está aquí y tal vez en verdad nos ayude a vencer a Sarpullido. Una cosa es cierta —Lung empujó a Ben con suavidad y le retiró de un soplido los cabellos de la cara—:

es pálido como la luna. En estos momentos me parece que incluso es más pálido de lo habitual.

Ben le sonrió al dragón con timidez.

—Pff —Piel de Azufre recogió una de las hojas aromáticas del piso y se la puso bajo la nariz—. Yo también soy un jinete del dragón. Desde que tengo uso de razón, pero a nadie le importa eso.

—Pero tú no eres pálida como la luna —dijo Pata de Mosca contemplando su rostro cubierto de pelo—. Tienes más bien los colores de un nubarrón, si quieres saber mi opinión.

Piel de Azufre le sacó la lengua.

—Y tu opinión no le interesa a nadie —bufó.

Barnabas Wiesengrund carraspeó, se apoyó en el viejo sarcófago con expresión pensativa.

—Mi querida Subaida —dijo—. Supongo que nos mostraste esta inscripción porque opinas que Lung no debería abandonar su misión. A pesar de su terrible perseguidor. ¿No es así?

La investigadora asintió.

—Exacto. Lung ya llegó tan lejos, hay tantos que lo ayudaron en su camino… No puedo creer que todo fue en vano. Y pienso que ya es hora de que los dragones se libren de Sarpullido para siempre, en lugar de continuar escondiéndose de él. ¿Alguna vez hubo una mejor oportunidad que ésta? —miró a su alrededor—. Tenemos a un dragón que no tiene nada que perder, una duende capaz de ahuyentar cuervos mágicos del cielo, un joven humano que está hecho un auténtico jinete del dragón y que incluso aparece en una antigua profecía, un homúnculo que conoce casi todos los secretos de su señor —levantó los brazos haciendo tintinear sus pulseras— y humanos que desean que los dragones vuelvan a volar al fin por el cielo. Sí, creo que Lung debería seguir su viaje. Y yo le revelaré cómo engañar a la luna.

Se hizo el silencio en el sepulcro del jinete del dragón. Todos miraron a Lung llenos de tensa curiosidad. Éste bajó la mirada al suelo con expresión pensativa. Finalmente, levantó la cabeza, miró a los demás e hizo un asentimiento.

—Continuaré mi viaje —anunció—. Tal vez sea cierto lo que dice la inscripción. Tal vez se refiera a nosotros, pero antes de reanudar el vuelo, Pata de Mosca intentará descubrir dónde se encuentra su señor —miró al homúnculo con ojos interrogantes.

Pata de Mosca notó que las piernas empezaban a temblarle de nuevo, pero asintió con la cabeza.

—Lo intentaré —susurró—. Tan cierto como que me llamo Pata de Mosca y nací de un vaso de cristal.

Cuando regresaron al pueblo, éste parecía deshabitado. El calor del mediodía pesaba sobre humanos y animales. El aire se sentía tan espeso que dificultaba la respiración. Incluso los niños brillaban por su ausencia. Sin embargo, en las chozas se cocinaba y se asaba, y por todas partes se oían voces ilusionadas tras las cortinas de colores.

—Todos esperan que les traigas suerte —le dijo Subaida Ghalib a Lung de camino a su choza—. Creen que la suerte se desprende de las escamas de un dragón como si fuera polvo de oro, que caerá sobre nuestros tejados y en las redes de nuestros pescadores y que permanecerá largo tiempo después de que tú y tus amigos se hayan ido.

—Debemos partir esta noche —respondió Lung—. Cuanto antes emprendamos el vuelo, más le costará a Sarpullido seguirnos el rastro.

Subaida Ghalib mostró su acuerdo con la cabeza.

—Sí, eso es cierto, pero si quieres que te ayude a engañar a la luna, tendrás que esperar hasta que esté alta en el cielo. Ven.

Condujo a Lung y a los otros hasta detrás de su cabaña. Allí, sobre la tierra seca, cuidaba un pequeño terreno protegido con una valla. En él crecía una planta de hojas espinosas y capullos completamente cerrados.

—La mayoría de las plantas —explicó Subaida Ghalib al tiempo que se apoyaba en la valla— viven, como todos saben, del sol. El caso de ésta es diferente. Vive de la luz de la luna.

—Sorprendente —murmuró Barnabas Wiesengrund.

Vita se asomó por encima de la valla para observar aquella peculiar planta más de cerca.

—Jamás oí hablar de esta especie vegetal, Subaida —dijo—. ¿Dónde la descubriste?

La investigadora de dragones sonrió.

—Encontré las semillas arriba, en el sepulcro del jinete del dragón. Las flores que alguien colocó allí algún día estaban completamente secas, pero las semillas seguían desperdigadas en torno al sarcófago. Así que las recogí, las dejé algunos días en agua y luego las sembré aquí. Éste es el resultado. Las hojas que acaban de pisar en el sepulcro son restos de los últimos ejemplares que corté. Siempre dejo secar las flores allá arriba para conseguir sus semillas. Por cierto, las bauticé como "flores del dragón", ¿de qué otro modo podría ser? —Subaida Ghalib sonrió y acarició uno de los capullos—. Sólo se abren con la luz de la luna. Entonces, sus flores azules expulsan un olor tan intenso que todas las mariposas nocturnas revolotean a su alrededor como si fueran farolillos. Sin embargo, lo más asombroso es que cuanto más tiempo brilla la luna sobre la planta, más resplandecen sus flores, hasta que la luz de la luna queda recogida entre sus pétalos como si fuera rocío.

—¡Increíble! —Barnabas Wiesengrund contempló fascinado las flores del dragón—. ¿Lo descubriste por casualidad o alguien te habló de esta planta?

—Barnabas —respondió Subaida Ghalib—, ¿sabes tú qué significa la casualidad? Recordé las antiguas historias en las que los dragones sobrevolaban el cielo también durante el día. Sólo los relatos más antiguos mencionan ese hecho. Y yo me pregunté por qué. ¿Por qué llegó un momento en que los dragones sólo podían volar a la luz de la luna? Busqué una respuesta en las inscripciones del sepulcro, y allí encontré las semillas, de un modo casual, si quieres llamarlo así. Creo que el jinete del dragón también estaba tras la pista del secreto. Al fin y al cabo, el dragón que lo sanó con su fuego llegó una noche sin luna, ¿no es así? —miró a Lung directamente a los ojos dorados—. Creo que estas flores le dieron la fuerza, creo que el rocío que se acumula sobre las hojas contiene la energía de la luna.

—¿Lo crees? —Piel de Azufre se arrastró por debajo de la valla y olisqueó las hojas espinosas—. Pero no lo has comprobado, ¿verdad?

La investigadora de dragones negó con la cabeza.

—¿Cómo iba a hacerlo? Lung es el primer dragón vivo que conozco en persona. Y ninguna otra criatura es capaz de elevarse en el cielo con ayuda de la luna.

—¿Oíste? —Piel de Azufre se volteó a ver a Lung—. Si confías en estas cosas con espinas puede que te precipites al vacío como una piedra.

Lung sacudió las alas.

—Quizá no necesitemos ayuda de estas flores, Piel de Azufre. Quizá ya estemos en la Linde del Cielo cuando llegue la luna negra, pero ¿y si nos vuelve a ocurrir algo como lo que pasó sobre el mar? ¿Qué hacemos si la luna nos traiciona mientras sobrevolamos las montañas?

Piel de Azufre se estremeció.

—Está bien, está bien, entendido. Tienes razón —arrancó una hoja y mordisqueó una punta con desconfianza—. No sabe mal. Aunque recuerda más a la menta gatuna que a la luz de la luna, si quieren saber mi opinión.

—¿Tengo que comerla? —le preguntó Lung a la investigadora de dragones.

Subaida Ghalib le respondió sacudiendo la cabeza.

—No. Sólo tienes que chupar el rocío de sus hojas, pero como no te puedo dar las flores, desde que Barnabas me habló de ti empecé a recoger el rocío de la luna de sus hojas. Y eso es lo que quiero hacer también esta noche, así podré entregarte un frasquito bastante lleno antes del viaje. Si la luna te abandona, uno de tus amigos dejará caer algunas gotas de rocío sobre tu lengua. Seguro que tú mismo sentirás cuántas necesitas. El rocío permanecerá claro como el agua hasta la próxima luna llena, luego se vuelve turbio. Eso significa que si necesitas un poco más para tu viaje de vuelta, tendrás que visitarme de nuevo.

Lung hizo un gesto de asentimiento. Pensativo, dirigió los ojos hacia el horizonte.

—Apenas puedo esperar —dijo en voz baja—. Quiero ver por fin la Linde del Cielo.

Nada más que mentiras

 Pata de Mosca disfrutó mucho la fiesta organizada por los humanos: las canciones, las risas y los bailes, los niños que se perseguían por la arena mientras la luna dibujaba un sendero de luz sobre las aguas del mar…

El homúnculo estaba sentado con Ben, Piel de Azufre y la familia Wiesengrund frente a la cabaña de Subaida Ghalib. Lung se había acostado en la playa. La mayor parte del tiempo sólo podían verle la cabeza, porque estaba completamente rodeado por los habitantes del pueblo. Una y otra vez alguien quería acariciarle las escamas, trepar por su lomo de púas o sentarse entre sus patas. El dragón lo permitía todo sin protestar, pero Piel de Azufre lo conocía lo suficiente como para notar que empezaba a impacientarse.

—¿No ven cómo le tiemblan las orejas? —dijo, y se metió un puñado de arroz en la boca. Contenía pasitas, almendras dulces y especias de un sabor tan delicioso que por primera vez en su larga vida la duende no se hartaba de un alimento preparado

por los humanos—. Eso significa —continuó hablando sin dejar de masticar— que está perdiendo la paciencia, o que la perdió del todo. ¿Ven la arruga sobre su nariz? Les aseguro que lo que más le gustaría hacer ahora sería levantarse y echarse a volar.

—Pronto podrá hacerlo —dijo Subaida Ghalib, y se sentó junto a ellos. Sostenía en la mano un frasquito rojo de cristal en el que brillaba algo plateado—. Recogí cada una de las gotas que se acumularon sobre las hojas de las flores del dragón. Por desgracia, no puedo hacer nada más por ustedes. Aquí tienes, jinete del dragón —le entregó el frasquito a Ben—. Cuídalo bien. Espero que no lo necesiten, pero estoy segura de que les será útil.

Ben hizo un asentimiento de cabeza y guardó el rocío de luna en su mochila, donde ya tenía también el mapa de la rata. Había hablado con Barnabas Wiesengrund sobre las indicaciones del genio. El profesor le explicó que el palacio que había visto en el ojo del genio sólo podía ser un monasterio que los Wiesengrund visitaron durante uno de sus viajes. No estaba

lejos del lugar en el que el río Indo cambiaba el rumbo y torcía
hacia el este, hasta las profundidades de la cordillera del Himalaya. En esa región el mapa de Gilberto Colagrís mostraba muchas manchas blancas.

—¿Qué opinas, investigadora de dragones? —preguntó Piel
de Azufre, y se sacudió algunos granos de arroz de la piel—.
¿Puede un duende hambriento llevarse algo de esta comida de
humanos como provisiones para el viaje?

Subaida Ghalib se echó a reír.

—Por supuesto —respondió—. Al fin y al cabo, todos queremos que conserves tus fuerzas. ¿Quién sabe cuántos cuervos
encantados tendrás que ahuyentar todavía?

—Sí, quién sabe —murmuró Piel de Azufre levantando los
ojos al cielo. A pesar de su aguda vista, no distinguió un solo
punto negro entre las estrellas, pero no confiaba en aquella paz.
La noche era un buen abrigo para las plumas negras—. Oye,
Pata de Mosca —dijo al tiempo que tiraba al homúnculo de la
manga—, búscate un charco. Ya va siendo hora de hablar con
tu señor.

Pata de Mosca, que estaba sentado sobre una rodilla de Ben y observaba los festejos con ojos soñadores, se sobresaltó.

—¿Qué dijiste?

—¡Sarpullido! —repitió Piel de Azufre con impaciencia—. ¡Tu antiguo amo! Entérate de si sigue en el desierto. Partiremos enseguida.

—Ah, sí —Pata de Mosca se encogió.

—¿Quieres que vaya contigo? —preguntó Ben.

—Oh, ¿haría eso por mí, joven señor? —Pata de Mosca miró al chico con expresión agradecida.

—Claro —Ben puso al homúnculo sobre su hombro y se levantó—. Pero si vuelves a decirme "joven señor", me voy y te quedas tú solo hablando con el monstruo.

Pata de Mosca asintió y se agarró con fuerza al suéter de Ben.

—Muy bien, acaben con eso —les gritó Barnabas Wiesengrund mientras se alejaban—. Mientras tanto, Subaida y yo libraremos a Lung de sus admiradores.

Ben llevó a Pata de Mosca hasta el terreno donde crecían las flores del dragón. Junto a la valla, una pequeña alberca de agua se abría en la tierra. De allí Subaida sacaba el agua para regar las flores cuando el calor debilitaba las hojas. Estaba cubierta con una lona negra de plástico para que la preciada agua no se evaporara con el sol.

Ben dejó al homúnculo en el suelo, retiró la lona a un lado y se sentó sobre la valla. Las flores de la planta se habían abierto y sus hojas espinosas brillaban en la oscuridad.

—¿Y si todavía está en medio del desierto? —preguntó Ben—. ¿Podría contestarte a pesar de eso?

Pata de Mosca respondió meneando la cabeza.

—No, sin agua no puede, pero no creo que Sarpullido siga en el desierto.

—¿Por qué no?

—Tengo esa sensación —murmuró el homúnculo. Levantó una pequeña piedra.

Ben se revolvió incómodo sobre la valla.

—Si en verdad aparece —dijo—, ¿crees que podría verme desde aquí?

Pata de Mosca negó con la cabeza. Las rodillas apenas lo sostenían en pie cuando se acercó al borde de la alberca. Su reflejo estaba más pálido que la luna, sin embargo, el aroma de las flores llenaba la noche y calmaba su corazón acelerado.

—No cambies —susurró—. Quédate oscura, agua.

Luego arrojó la piedra. Pum. Sobre la superficie de la alberca se extendieron unos anillos brillantes. Pata de Mosca contuvo la respiración. Sobre el agua apareció una imagen, pero no era la de Sarpullido.

—¡Barba de Grava! —Pata de Mosca retrocedió sobresaltado.

—¡Ay, Pata de Mosca, por fin te pones en contacto! —el enano de las piedras se echó el enorme sombrero hacia atrás. Gruesas lágrimas le rodaban por la nariz—. El señor, su dorada majestad —subió los brazos y los dejó caer de nuevo desamparado—, se... se... se...

—¿Qué... qué... qué ocurrió? —balbuceó Pata de Mosca. Ben se estiró hacia adelante lleno de curiosidad.

—¡Se hundió! —gimió Barba de Grava—. ¡En la arena! Y desapareció. ¡Aaayyy! —puso los ojos en blanco y siguió con sus lamentos—: fue taaan terrible, Pata de Mosca. El crujido de la arena, los alaridos... y de pronto... —el enano se dobló hacia adelante hasta que pareció que su nariz emergería sobre la superficie del agua— todo quedó en silencio. No se oía nada —se incorporó de nuevo y se encogió de hombros—. ¿Qué iba a hacer yo? No podía desenterrarlo, ¡soy demasiado pequeño!

Pata de Mosca miró pensativo al enano, que seguía sollozando. No se creía la historia. ¿Era realmente posible que todas sus preocupaciones se hubieran hundido en un desierto lejano?

—¿Dónde estás ahora, Barba de Grava? —preguntó mientras el enano sorbía por la nariz.

—¿Yo? —Barba de Grava se limpió la nariz con la manga de su suéter—. Tuve suerte. Una caravana pasó por aquel lugar, allí donde su dorada majestad... —volvió a sollozar— allí donde su dorada majestad se hundió. Me aferré a la pata de un camello. Así llegué a una ciudad, una ciudad de humanos llena de oro y diamantes. Es maravilloso, créeme, un lugar absolutamente maravilloso.

Pata de Mosca asintió con la cabeza. Contempló el agua perdido en sus pensamientos.

—¿Y tú? —le preguntó el enano—. ¿Dónde estás tú ahora?

Pata de Mosca se disponía ya a abrir la boca, pero en el último instante se tragó la respuesta.

—Nosotros —dijo en su lugar— también acabamos de salir del desierto. Tampoco encontramos a los dragones, al igual que ustedes. Ese genio infame nos engañó.

—Sí. Maldito bribón, ¡por todos los minerales! —Barba de Grava no retiraba la mirada de Pata de Mosca, pero el homúnculo apenas distinguía los ojos del enano, ya que la sombra de la enorme ala de su sombrero caía sobre ellos—. ¿Y qué van a hacer ahora? ¿Dónde seguirá buscando el dragón plateado?

Pata de Mosca se encogió de hombros y se mostró tan indiferente como fue capaz.

—No lo sé. Está muy desanimado. ¿Viste al cuervo en los últimos días?

Barba de Grava negó con la cabeza.

—No, ¿por qué? —miró a su alrededor—. Tengo que irme. Cuídate, Pata de Mosca. Tal vez nos volvamos a ver algún día.

—Sí —dijo Pata de Mosca mientras la imagen de Barba de Grava se diluía en el agua negra.

—¡Hurraaa! —Ben se bajó de un salto de la valla. Levantó a Pata de Mosca en el aire, se lo puso sobre la cabeza y bailó con él alrededor de las flores del dragón.

—¡Nos libramos de él! —cantaba—. ¡Nos libramooos! ¡La arena se lo tragó! ¡Se tragó al falso dragón! ¡Desapareció, ese viejo cara de melón! ¡Guau! —se apoyó contra la valla sin dejar de reír—. ¿Lo oíste? ¡Soy un auténtico poeta! ¡Ja!

Bajó a Pata de Mosca de su cabeza y lo sostuvo frente a la cara.

—No dices nada. No pareces muy feliz. ¿Acaso le tenías cariño a ese devoradragones?

—¡No! —Pata de Mosca sacudió horrorizado la cabeza—. Es sólo que... —se rascó la puntiaguda nariz— parece demasiado bonito para ser verdad, ¿sabe, señor? Llevo tanto tiempo sufriendo por su culpa, temiéndolo, tantos cientos de años, y ahora... —miró al chico—. ¿Ahora se hunde en la arena sin más? —sacudió la cabeza—. No, no lo puedo creer.

—¡Ay, no digas tonterías! —Ben le dio un golpecito en el pecho con el dedo—. El enano no parecía estar mintiendo. En un desierto hay arenas movedizas por todas partes, una vez lo vi por televisión: unas arenas de ese tipo se tragaron a un camello entero como si fuera una pulga, ¡en serio!

Pata de Mosca asintió.

—Sí, sí... Yo también oí hablar de ellas, pero...

—Nada de *peros* —dijo Ben, y lo colocó sobre su hombro—. Nos salvaste a todos. Al fin y al cabo, fuiste tú quien lo mandó al desierto. ¿Qué cara piensas que pondrá Piel de Azufre cuando se lo contemos? ¡Qué ganas tengo de verlo!

Entonces echó a correr de regreso a la playa tan rápido como le permitían sus piernas, para darles a todos la buena noticia.

Ojo por ojo

—¡Bien hecho! —rugió Sarpullido—. Lo hiciste realmente bien, enano. Ese miserable pata de araña te creyó.

Levantó el hocico del agua y llevó su enorme cuerpo hasta la orilla sin dejar de resoplar. Una bandada de pájaros se elevó en el aire y se alejó volando entre chillidos estridentes. Barba de Grava se aferró a uno de los cuernos y miró preocupado hacia abajo. El gran río lamía las escamas de Sarpullido con sus aguas negras como la tinta.

—¿Y si me pagara con una pequeña recompensa? —preguntó—. ¡Deme una de sus escamas, su dorada majestad!

—¿Por un par de mentiras? Bah. ¡Cállate! —gruñó Sarpullido. Barba de Grava masculló ofendido detrás de su barba—. Ahora tengo que rastrear su olor.

—¿De quién?

—¡Del dragón plateado, cabeza de grava!

—Pero allí hay humanos —el enano se enderezó el sombrero

preocupado—. Muchísimos. ¿Y si lo ven a usted, señor? ¡Sus escamas brillan a la luz de la luna, su dorada majestad!

—¡Cierra la boca! —Sarpullido atravesó el lodo del río con sus pesadas patas. Se dirigió a las colinas que se alzaban frente al pueblo. Allí continuaba la fiesta: la música y las risas se mezclaban con el viento y ahogaban el rumor del mar. Sarpullido aguzó el oído y entre resuellos alcanzó la cresta de la colina.

Allí estaba: el dragón plateado.

Lung se encontraba a la orilla del mar, rodeado de humanos, y Ben y Piel de Azufre subían en aquel momento a su lomo.

Sarpullido aspiró codicioso el aire de la noche, olisqueó y resopló.

—Sí, ya tengo su rastro —gruñó—. Ahora no se me escapará. La caza acaba de comenzar, ¡por fin!

Se lamió las espantosas fauces. Las ansias de cazador ardían en su cuerpo como si fueran llamas. Se revolvía intranquilo, moviendo su peso de una pata a otra.

—¿Cómo planea seguirlo? —preguntó el enano al tiempo que limpiaba restos de lodo de la frente acorazada de su señor—. Él puede volar y usted no.

—¡Bah! —Sarpullido hizo un gesto de desprecio con la cabeza—. Desde aquí sólo hay un camino que lleva a las montañas, y es el río. Él vuela, yo nado. El camino es el mismo. Además, ya conozco su olor. Siempre podré encontrarlo de nuevo. El viento me susurrará dónde está.

En la playa, Lung se giró. Le dio la espalda al mar, que

seguía brillando plateado a la luz de la luna, y dirigió la mirada al norte. Los humanos a su alrededor retrocedieron. Sólo cuatro permanecieron junto a él: un hombre alto y delgado, dos mujeres, una pequeña, la otra alta, y un niño. El dragón inclinó el cuello hacia ellos.

—Ahí está ese profesor —gruñó Sarpullido—. El que tiene mi escama. ¿Cómo demonios llegó hasta aquí?

—No tengo ni idea, su dorada majestad —Barba de Grava rebuscó nervioso bajo la camisa. Allí colgaba de un cordón el anillo de matrimonio de Barnabas Wiesengrund.

—Bueno, tendrá que vérselas conmigo más tarde —bramó Sarpullido—. Ahora no tengo tiempo para él. Ya llegará el momento de divertirme con ese humano.

—Mire, su dorada majestad —susurró Barba de Grava—. El dragón está a punto de partir.

Lung extendió sus alas. Brillaban como si estuvieran tejidas con la luz de la luna.

—¡Partimos a la Linde del Cielo! Mi pequeño rastreador de dragones, muéstrame dónde se esconden los demás —rugió Sarpullido.

En ese momento, el joven humano levantó la mirada hacia las colinas.

Las escamas de Sarpullido centellearon a la luz de la luna de tal modo que Ben tuvo que entrecerrar los ojos. Un instante después, el brillo dorado había desaparecido. Una nube ocultó la luna, una gran nube cargada de lluvia. Su sombra envolvió de oscuridad las cimas de las colinas. El chico clavó confundido la mirada en la noche.

Sarpullido se rio entre dientes.

—Fíjate, enano —gruñó—. Hasta las nubes están de nuestro lado.

El dragón plateado sacudió las alas y se elevó con suavidad en el cielo oscuro como si fuera un pájaro. Sobrevoló las chozas en círculo mientras los humanos le decían adiós con la mano, y se alejó hasta desaparecer en la noche.

Sarpullido lo siguió con la mirada, luego bajó la colina resoplando y se dejó caer de nuevo en el río. Atravesó las aguas oscuras en silencio, despertó a pelícanos y flamencos y atacó a mordiscos a todo lo que revoloteara frente a sus fauces.

—¡Su dorada majestad! —susurró Barba de Grava—. Yo no sé nadar.

—No lo necesitas —Sarpullido levantó el hocico sobre la superficie del agua y olisqueó—. Sí, está sobre nosotros —gruñó—. No avanza muy rápido. El viento sopla en su contra desde los montes. Bien.

—¡Su dorada majestad! —Barba de Grava se aferró al cuerno de Sarpullido.

—¿Ahora qué quieres?

—¿Conoce este río? ¿Lo atravesó ya alguna vez?

—Sí —rugió Sarpullido—. Aquella vez que los dragones se me escaparon por culpa de esa endemoniada serpiente. Me deslicé por este río de un lado a otro. Se me gastaron las garras en esos malditos montes donde nacen sus aguas. No encontré ni rastro de ellos. Nada. Ni una punta de cola ni una escama. Se disolvieron en el aire, pero ahora —golpeó la cola contra el agua con tanta fuerza que la oleada alcanzó la orilla—, ahora ese dragón me llevará hasta ellos. Y si tampoco él los encuentra, entonces lo cazaré a él solo. Será mejor que nada.

Barba de Grava sólo escuchaba a medias las palabras de su señor. Sobre el enorme río reinaba el silencio. No se oían más que los ruidos del agua que murmuraba y salpicaba contra las escamas de Sarpullido.

—¿Sabe usted de qué están compuestos los montes en los que nace este río? —preguntó el enano—. ¿Qué aspecto tienen por dentro? ¿Hay oro, oro y piedras preciosas?

—No lo sé —gruñó Sarpullido, y lanzó un mordisco para atrapar a un pez gordo que tuvo la insensatez de dar un brinco frente a él—. Esas cosas sólo les interesan a los humanos y a los enanos.

Pasaron el resto de la noche nadando en silencio contra la corriente. Lung les llevaba la delantera, pero eso no preocupaba a Sarpullido. La luna pronto palidecería a la luz del amanecer, y el dragón plateado tendría que buscar un escondite para pasar el día. En cambio, Sarpullido se sumergiría en las aguas del río, tanto que sólo sus cuernos sobresaldrían por encima del agua y el enano sacaría la cabeza de vez en cuando para tomar aire. Entonces esperaría hasta que su olfato percibiera de nuevo el rastro del dragón.

No, Lung ya no se le escaparía.

Un secuestro

 —¡Ahí están! —exclamó Ben—. ¡Los vi en el ojo de Asif! ¡Estoy seguro! ¿Los ves, Lung?

Indicó nervioso hacia el este, allí donde la luz roja del amanecer se extendía sobre una cordillera de formas peculiares. Llevaban volando dos noches sobre tierra llana y ardiente, sobre lagos cubiertos de aves y sobre antiguas fortalezas que se alzaban en medio de montes verdes donde el tiempo parecía haberse detenido. Ben creyó reconocer algunos lugares. Pensó que ya los había visto en los ojos del genio, pero aquellos montes los recordaba con total seguridad, parecían el lomo perfilado de púas de un dragón dormido.

—¡Ten cuidado, o rasgarás las correas si sigues moviéndote de esa manera! —protestó Piel de Azufre mientras Lung descendía disminuyendo la velocidad.

—¡Estoy segurísimo, Piel de Azufre! —gritó Ben—. ¡El monasterio tiene que estar detrás de esas montañas!

—¡Todavía están lejos! —les advirtió Lung—. Pero conseguiremos llegar hasta sus laderas.

Con un par de sacudidas de las alas descendió hasta el río y se deslizó siguiendo sus aguas, que se abrían camino entre las orillas rocosas formando abundante espuma. La luna ya palidecía, pero Lung continuó volando hasta que las faldas de los montes con forma de dragón se extendieron a sus pies como patas rocosas. Sobrevoló el terreno buscando con la mirada un lugar adecuado hasta que se posó sobre una cresta de rocas.

A sus espaldas se oía el rumor del río. Frente a ellos crecían los montes, primero con suavidad, y luego cada vez más escarpados hacia el cielo. Las cumbres se colocaban una detrás de otra como las púas de un dragón gigante. La cordillera que se extendía detrás era aún más alta. Sus laderas cubiertas de nieve centelleaban a la luz del sol.

Con un último esfuerzo, Lung aterrizó entre las rocas, estiró su cansado cuerpo dando un bostezo y dejó que Ben y Piel de Azufre bajaran de su lomo.

—Parece que vamos por el camino correcto —dijo Piel de Azufre, y miró a su alrededor—. No hay ni rastro de humanos. Sólo aquella calle de allí abajo junto al río, y tiene pinta de que nadie la ha usado desde hace siglos.

—¡Qué cansado estoy! —murmuró Lung al tiempo que se dejaba caer entre bostezos a la sombra de una gran roca—. En los últimos días no dormí lo suficiente y hablé demasiado.

—Te despertaremos cuando oscurezca de nuevo —le dijo

Ben. Contempló los montes como púas de dragón y recordó todas las imágenes que vio en los ojos del genio—. No puede faltar mucho —murmuró—. Estoy seguro. Qué raro. Casi me siento como si ya hubiera estado aquí.

—Bueno, es que estuviste —se burló Piel de Azufre—. ¿O acaso no eres tú la reencarnación del jinete del dragón?

—Ya, deja de decir tonterías —Ben tomó dos de las deliciosas empanadillas que Subaida Ghalib le había metido en la mochila, y se sentó junto a Lung para analizar el mapa. El dragón ya dormía—. Allí atrás todo está marcado con color amarillo —murmuró Ben antes de hincarle los dientes a la empanada—. ¿Qué significará eso? —retiró pensativo algunas migas que cayeron sobre el mapa—. Bueno, es igual. Seguiremos volando sin alejarnos del río.

Pata de Mosca sacó la cabeza de la mochila. Miró medio dormido a su alrededor.

—¿Dónde estamos? —preguntó.

—Por buen camino —contestó Piel de Azufre, y empezó a rebuscar algo en su mochila—. Qué coraje, se derramó el agua de una botella. ¡Y la otra está casi vacía! —le dio un empujón a Ben, que seguía encorvado sobre el mapa—. Oye, jinete del dragón, si tan familiar te resulta todo esto, sabrás también dónde encontrar agua, ¿no?

—¿Agua? —Ben levantó preocupado la mirada. Volvió a doblar el mapa, lo metió en la mochila y miró en su entorno—. ¿Qué dices, Pata de Mosca? ¿Tienes ganas de acompañarme?

—Ya estoy listo —el homúnculo salió del interior de la mochila—. Ya verán, soy un campeón encontrando agua.

—Desde luego, también sabemos por qué —gruñó Piel de Azufre.

—Vamos, Piel de Azufre, no empieces otra vez a discutir —Ben sentó a Pata de Mosca sobre su hombro, se colgó al cuello la botella de agua y se cubrió la cabeza con el pañuelo que el profesor le regaló—. Hasta luego —se despidió.

—Hasta luego —murmuró Piel de Azufre, y se acostó como un ovillo junto a Lung—. Ni se molesten en buscar hongos. En esta región no crece ni la más minúscula estrofaria.

Volvió a chasquear la lengua saboreando lo que acababa de comer y empezó a roncar.

—¿Qué es una estrofaria? —le preguntó en un susurro Ben a Pata de Mosca—. Yo no podría reconocer una si me saltara a la mano.

—Una estrofaria es un hongo especialmente sabroso —respondió Pata de Mosca—. Hay muchos tipos diferentes.

—¿Ah, sí? —Ben lo miró admirado—. ¿También sabes de hongos? En verdad me sorprende todo lo que cabe en tu pequeña cabeza. La mía, por el contrario, está tan vacía como esta botella de agua. ¡Dime los nombres de las subespecies!

Pata de Mosca las enumeró mientras caminaban: verde, anaranjada, coronita, escamosa… tampoco se olvidó de la estrofaria semiglobosa.

Ben encontró una ladera menos escarpada que la mayoría y

se dejó guiar por el olfato de Pata de Mosca. Pronto encontraron un manantial, donde el agua brotaba con fuerza entre las piedras buscando luego su camino monte abajo. Ben sentó a Pata de Mosca sobre una piedra, se arrodilló junto a la fuente natural y sumergió la botella en el agua cristalina.

—En verdad me gustaría saber por qué la rata pintó toda esa región de allí de color amarillo —murmuró. A los lados de los montes que se alzaban frente a ellos no había ni rastro de vida. Su sombra se cernía oscura sobre el valle.

—No lo sé, joven señor —dijo Pata de Mosca, y se deslizó de la piedra sobre la que estaba sentado—. Pero creo que deberíamos regresar a donde están los otros cuanto antes.

—Ay, no —Ben enroscó el tapón de la botella y se la volvió a colgar del cuello—. Ya volviste a decir "joven señor". La próxima vez te pellizcaré la nariz.

Ben se disponía a levantar a Pata de Mosca para sentarlo sobre su hombro cuando de pronto oyó un ruido sobre su cabeza. Una sombra cubrió las rocas que los rodeaban como si las nubes hubieran tapado el sol. Ben miró al cielo… y se reclinó asustado contra la pared de roca.

Un pájaro gigantesco voló disparado contra él, estiró las garras y lo arrancó del monte como si fuera un escarabajo.

—¡Joven señor! —chilló Pata de Mosca—. ¡Joven señor!

Ben intentó morder las garras del monstruo. Se revolvió como un gusano, pero no le sirvió de nada. El ave soltó un ronco graznido y se elevó al cielo con su botín.

—¡Pata de Mosca! —gritó Ben en dirección al monte—. ¡Pata de Mosca, ve a buscar a Lung! ¡Lung! —después se alejó junto con el pájaro gigante.

Volaban en dirección a la cordillera con forma de púas de dragón.

Durante unos instantes Pata de Mosca permaneció como petrificado. Siguió con la mirada a la enorme ave mientras el espanto le cortaba la respiración. Dejó escapar un sollozo de su pecho. Después se recuperó de la parálisis y echó a correr por las rocas con la rapidez de una araña.

—¡Vamos, Pata de Mosca, apresúrate! —jadeó. El precipicio que se abría a sus espaldas le daba tanto miedo que le provocaba náuseas. Se tropezaba una y otra vez, perdía el equilibrio, rodaba ladera abajo. Sus delgados dedos se magullaron y se raspó la nariz contra las rocas. El corazón le latía cada vez más rápido, pero él no le prestaba atención. Sólo pensaba en las enormes alas del pájaro que se alejaban un trecho más con cada sacudida. Cuando Pata de Mosca distinguió al fin la punta de la cola de Lung asomando entre las rocas se puso a llorar del alivio.

—¡Auxilio! —gritó con el poco aire que le quedaba—. ¡Ayuda, rápido!

Con sus minúsculas manos sacudió la cola del dragón dormido y tiró de Piel de Azufre hasta que terminó con un mechón de pelo entre sus dedos. Lung abrió los ojos adormecidos. Piel de Azufre se enderezó de repente como si lo hubiera mordido una serpiente.

—¿Te volviste loco? —le gritó al homúnculo—. ¿Qué…? —no pudo decir nada más.

—¡El joven señor! —chilló Pata de Mosca con voz estridente—. ¡Rápido, por favor! ¡Rápido! Un pájaro gigante… un pájaro gigante se lo llevó.

Lung se levantó de un salto.

—¿Dónde? —preguntó.

—¡Desapareció en dirección a los montes con forma de dragón! —respondió Pata de Mosca—. ¡Tienes que seguirlo!

—¡Pero eso no puede ser! —gimió Piel de Azufre y señaló al cielo—. Lung no puede volar. ¡Hace ya rato que la luna desapareció!

—¡Trae el frasquito! —dijo Lung—. Date prisa.

Piel de Azufre sacó con las patas temblorosas el rocío de luna de la mochila de Ben y dejó caer tres gotas sobre la lengua de Lung. Pata de Mosca y ella misma clavaron la mirada en el dragón aguantando la respiración. Éste cerró los ojos por un momento, los volvió a abrir y se acercó al borde del precipicio.

—Rápido, súbanse —les ordenó. El viento ya soplaba bajo sus alas—. Debemos intentarlo.

Piel de Azufre agarró a Pata de Mosca, agarró las mochilas y se subió al lomo de Lung. El dragón extendió las alas, se dio impulso… y emprendió el vuelo.

—¡Funciona! —gritó Pata de Mosca al tiempo que se aferraba a los brazos peludos de Piel de Azufre—. ¡Gracias al cielo!

Lung se sentía tan fuerte como en una noche de luna llena. Voló como un rayo entre las rocas, se elevó cada vez más alto mientras su sombra se deslizaba sobre los montes iluminados por la luz del día. Pronto alcanzaron la cordillera de púas de dragón. Cinco cumbres se alzaban en el cielo azul y arrojaban sus sombras sobre valles y desfiladeros. Lung empezó a buscar con la mirada.

—¡Bejines plomizos! —se lamentó Piel de Azufre—. Aquí hasta encontrar un pájaro gigante es más difícil que encontrar una trufa en el bosque.

—¡Pero tenemos que dar con él! —gimió Pata de Mosca frotándose las manos—. ¡Ay, por favor!

Lung entró volando en el primer desfiladero que encontró.

—¡Ben! —gritó Piel de Azufre—. ¡Ben, contesta!

—¡Conteste, por favor, joven señor! —la secundó Pata de Mosca.

Lung levantó la cabeza y soltó un bramido como Piel de Azufre no había oído jamás. La llamada del dragón retumbó contra las rocas, atravesó el desfiladero y se disolvió en la lejanía, sin embargo, ni siquiera el fino oído de Piel de Azufre alcanzó a oír una respuesta.

—¡Yo he leído algo sobre este pájaro! —agregó Pata de Mosca—. En el libro del profesor. Es el ruc, el pájaro gigante. ¡Lo atrajimos igual que al basilisco y a la serpiente! ¡Qué tragedia!

—¡Hablas demasiado, chaparrito! —bufó Piel de Azufre—.

Saber el nombre del pájaro no nos sirve para nada. Tenemos que encontrarlo, así que cierra la boca y abre los ojos.

—¡Sí, sí! —dijo entre sollozos Pata de Mosca—. Pero ¿y si el monstruo ya se comió al joven señor?

No recibió respuesta.

En el nido
del pájaro gigante

 El pájaro aún no se había comido a Ben. Seguía llevándolo hacia el interior de la cadena montañosa. Ben apenas se atrevía a mirar hacia abajo. Al principio intentó defenderse contra las afiladas garras, pero ahora se aferraba a ellas desesperado, aterrado por la idea de que el ave lo dejara caer después de avistar una presa más apetitosa.

En el lomo de Lung nunca había sentido mareos, pero era muy diferente colgar indefenso sobre el vacío, sin sujeción ni nada que lo separara de la tierra excepto el cielo.

Acabar como comida para pájaros. No era ése el final que se había imaginado para aquel viaje. Ben apretó los dientes, pero no consiguió que dejaran de castañetear. No sabía decir con seguridad si se debía al viento o al miedo. De pronto, la gigantesca ave torció el rumbo a una escabrosa pared de roca, se elevó más y más alto… y dejó caer a Ben.

El joven soltó un grito y aterrizó en un enorme nido situado sobre lo alto de una roca como si fuera una corona de paja. Estaba construido con troncos de árbol. En el centro, sobre un grueso cojín de plumas, descansaba una cría de pájaro. Saludó a su madre con estridentes graznidos y el pico abierto de par en par, pero ésta volvió a extender las alas y se alejó en busca de más presas.

El polluelo giró de pronto la cabeza, sin una sola pluma, y clavó en Ben sus ojos hambrientos.

—¡Oh, no! —susurró el chico—. ¡Maldita sea!

Miró a su alrededor desesperado. Sólo había una manera de salvarse del pico de aquel animal. Se levantó de un saltó y se abrió camino a través de las plumas para llegar hasta el borde del nido.

El polluelo graznó enfurecido cuando vio que su botín trataba de escapar. Intentó alcanzar a Ben con su gigantesco pico pero éste consiguió arrojarse a un lado en el momento justo. Continuó arrastrándose aterrorizado entre las plumas hasta que sus dedos chocaron contra el borde del nido. En el preciso instante en el que se disponía a ocultarse entre los troncos, el pájaro lo agarró por una pierna. Con sus últimas fuerzas, Ben se liberó del afilado pico y se deslizó entre el tejido de troncos de árbol.

El polluelo estiró sorprendido la cabeza, se enderezó con torpeza y empezó a picotear la pared del nido, sin embargo, Ben se había alejado tanto arrastrándose entre las ramas que el pico no lo alcanzaba. El pájaro atacaba con ferocidad creciente. Destruyó troncos enteros, pero cada vez que conseguía hundirse hasta el escondite de Ben, éste se arrastraba al siguiente hueco. Las ramas y los troncos estuvieron a punto de atravesarlo. Le rasgaron la ropa y le arañaron la cara, pero todo eso era mejor que terminar en el pico hambriento del animal.

Cuando la cría de ruc ya casi había destrozado la mitad del borde del nido, Ben oyó un bramido. Retumbó tan estridente y rabioso entre las paredes rocosas de los montes que el polluelo se asustó y empezó a mover el cuello desnudo en todas direcciones. "¡Es Lung!", pensó Ben. "¡Seguro!" El corazón empezó a latirle con mayor velocidad, pero esta vez de alegría. Luego oyó que alguien lo llamaba por su nombre.

—¡Piel de Azufre, estoy aquíii! ¡Aquí arriba!

El pájaro movió la cabeza y volteó de nuevo a la pared del nido, Ben se arrastró entre las ramas hasta que consiguió ver el fondo del desfiladero. Entonces llegó Lung. Con las alas silbando al viento giró disparado hacia el nido gigante. Piel de Azufre iba sentada sobre su lomo gesticulando con los puños.

—¡Ya estamos aquí! —gritó—. ¡No dejes que te coman!

Con una poderosa sacudida de las alas, Lung se posó sobre el borde del nido, a tan sólo unos centímetros del lugar donde Ben se ocultaba entre los troncos. El polluelo retrocedió horrorizado. Graznó y abrió el pico con gestos amenazadores. Ben observó preocupado que Lung no le superaba mucho en tamaño, pero cuando el pájaro intentó picar de nuevo entre los troncos, el dragón enseñó sus fauces y gruñó de tal modo que la cría retrocedió asustada.

Ben se abrió camino entre el tejido de ramas hasta que su cabeza emergió junto a las patas de Lung.

—¡Oh, joven señor! —exclamó Pata de Mosca, y se inclinó preocupado desde el lomo de Lung—. ¿Está usted herido?

—¡No, no lo está! ¡Pero no por mucho tiempo! —Piel de Azufre se colgó al cuello de Lung y tiró de la mano de Ben.

Las ramas se engancharon en las prendas del chico, pero Piel de Azufre consiguió sacarlo de aquella maleza y acostarlo sobre el lomo de Lung. Pata de Mosca se aferró a la chamarra de Ben y alzó preocupado los ojos al cielo. La madre seguía sin aparecer.

Lung le gruñó una última vez al polluelo en señal de amenaza. Luego extendió las alas y se elevó en el aire, se alejó disparado como una flecha, dibujó un arco y se deslizó hacia el fondo del desfiladero, pero no llegó muy lejos.

—¡Allí! —señaló Pata de Mosca señalando hacia adelante con dedos temblorosos—. ¡Allí! ¡Ya regresa!

El pájaro gigante volaba justo en su dirección. De sus garras colgaba una cabra montesa. Las puntas de sus poderosas alas rozaban las paredes de roca.

—¡Da la vuelta! —le gritó Ben a Lung—. ¡Da la vuelta, es mucho más grande que tú!

Sin embargo, el dragón vacilaba.

—¡Lung, da la vuelta! —gritó Piel de Azufre—. ¿O quieres barrer nuestros restos del suelo después de luchar contra él?

El polluelo berreó a sus espaldas. Su madre respondió con un furioso chillido. Dejó caer su botín y salió disparada contra el dragón. Se abalanzó sobre él con las plumas erizadas y las garras preparadas para atacar. Ben ya podía ver el blanco de sus ojos… en ese momento Lung se dio la vuelta.

—¡Agárrense fuerte! —les gritó.

Se dejó caer como una piedra, sumergiéndose hasta el fondo del desfiladero, allí donde éste se estrechaba tanto que el pájaro gigante no podía seguirlo.

Pata de Mosca miró asustado a su alrededor. El ave estaba justo encima de sus cabezas. Su sombra se cernía sobre Lung. Bajó hacia ellos, pero sus alas golpearon contra las rocas. Entre graznidos de cólera volvió a elevarse, y lo intentó de nuevo. Con cada caída en picada se acercaba un poco más al dragón.

Lung sintió que las fuerzas lo abandonaban. Sus alas se volvieron pesadas y empezó a dar tumbos.

—¡Está dejando de funcionar! —advirtió Piel de Azufre. Volteó hacia atrás desesperada—. ¡La botella! ¡Rápido!

Ben buscó en su mochila y se la entregó.

Piel de Azufre soltó la correa que la sujetaba al lomo y se inclinó hacia adelante.

—¡Ya estoy aquí! —gritó, y avanzó por el largo cuello del dragón colgada por los brazos—. ¡Gira la cabeza, Lung!

Ben oyó cómo los chillidos de la cría del pájaro gigante se volvían cada vez más rabiosos. Su madre realizó otro vano intento por seguir a Lung por el desfiladero. Luego soltó un ronco graznido y se dio la vuelta.

—¡Está regresando a su nido! —anunció Ben—. ¡Regresa con su cría, Piel de Azufre!

—¿Qué? —contestó Piel de Azufre—. ¿No podía haberlo decidido antes? —colgada del cuello del dragón, que seguía su torpe vuelo, dejaba caer en aquel momento una gota de rocío de luna sobre su lengua. Las patas le temblaban.

Lung sintió que le volvían las fuerzas de inmediato.

—¿Aguantas un poco más, Piel de Azufre? —le preguntó, y empezó a descender con suavidad.

—¡Sí, sí! —contestó la duende—. Tú sigue volando. ¡Alejémonos de ese horrible pajarraco!

El desfiladero seguía estrechándose y pronto no fue más que una rendija entre las paredes rocosas. Lung la atravesó como si ésta fuera el ojo de una aguja. Al otro lado se extendía un valle ancho y seco como un cuenco plano lleno de piedras colocado en medio de todas las montañas. No parecía que lo hubiera pisado nadie antes que ellos. Tan sólo el viento jugaba con la poca hierba que allí crecía.

Lung se acostó al pie de un monte redondo como la joroba de un gato. Más allá se alzaban muchos más. Puntas cubiertas de nieve brillaban blancos bajo la luz del sol.

Con un suspiro de alivio, Piel de Azufre se deslizó del cuello de Lung hasta la hierba.

—¡Es la última vez que hago algo así! —gimió—. Una y no más. ¡Yesqueros erizados, qué mareada estoy! —se sentó, arrancó algunas briznas que crecían entre las piedras y se las metió en la boca a toda prisa.

Ben se dejó caer del lomo de Lung con Pata de Mosca sobre

el brazo. Aún tenía los chillidos de la cría del ruc en los oídos. Sus pantalones estaban desgarrados y sus manos cubiertas de arañazos, y además había perdido el pañuelo árabe entre los troncos del nido gigante.

—¡Demonios! —dijo Piel de Azufre al verlo, y se rio entre dientes—. Parece que hubieras intentado robarle sus moras a las hadas.

Ben se quitó un par de hojas secas de entre los cabellos y sonrió de oreja a oreja.

—No saben cuánto me alegré de verlos.

—Agradéceselo a Pata de Mosca —dijo Piel de Azufre al tiempo que metía el frasco con el rocío de luna entre las cosas de Ben—. A Pata de Mosca y a la investigadora de dragones. Sin su agüita Lung hubiera tenido que ir ido a buscarte a pata.

Ben sentó a Pata de Mosca sobre su brazo y le tocó la nariz.

—¡Muchas gracias! —le dijo. Luego acarició el largo cuello de Lung y le dio un empujón cariñoso a Piel de Azufre—. Gracias —repitió—. En verdad pensaba que terminaría como comida para pájaros.

—¡Jamás lo habríamos permitido! —afirmó Piel de Azufre sin dejar de masticar, y se limpió la boca con una pata—. Mira ese mapa tuyo tan inteligente y dinos dónde estamos —señaló los montes que los rodeaban—. ¿También aquí te sientes como si ya hubieras estado antes?

Ben miró a su alrededor y negó con la cabeza.

—¿Oyes el río? —le preguntó preocupado.

Piel de Azufre aguzó el oído.

—No, hace tiempo que dejé de oírlo, pero ésos de ahí —dijo señalando las puntas de las montañas cubiertas de nieve— están ahora mucho más cerca, si no me equivoco.

—Es verdad —murmuró Ben.

Junto a él Lung se estiró y soltó un bostezo.

—Oh, no… —balbuceó Ben—. Otro día que no pudiste dormir.

—No pasa nada —dijo Lung antes de bostezar de nuevo.

—¿Cómo que no pasa nada? —Piel de Azufre sacudió la cabeza—. Tienes que dormir. Quién sabe cuántos montes tenemos que sobrevolar todavía. Lo más probable es que nos falte lo peor. ¿Cómo piensas atravesarlos si no dejas de bostezar?

Empezó a subir por la ladera al tiempo que buscaba con la mirada por los alrededores.

—¡Aquí! —los llamo de pronto desde más arriba—. Aquí hay una cueva. Vengan.

Lung y Ben la siguieron cansados.

—Espero que no sea otra vez el hogar de un horrible basilisco —murmuró el dragón mientras Piel de Azufre desaparecía en la oscura entrada de la gruta—. ¿Alguno de ustedes tiene un espejo?

El rastro perdido

—¿Dónde está? —gruñó Sarpullido. Levantó la cabeza del agua espumosa. Los montes de color azul grisáceo bloqueaban el cielo y el río corría hacia ellos como si quisiera empujarlos a un lado. Sus oscuras ondas chocaban contra las escamas de Sarpullido, y casi conseguían tirar por la borda a Barba de Grava, que seguía aferrado a la frente acorazada del monstruo.

—¡Su dorada majestad! —gimió el enano, y escupió agua helada del río—. ¿No podemos avanzar por la orilla? Un enano no es un pez.

Estaba empapado. Le castañeteaban los dientes y ya iba por la séptima vez que pescaba el sombrero del agua.

—¿Por la orilla? —bufó Sarpullido—. ¿Quieres que tenga que enfrentarme a los humanos?

Barba de Grava miró hacia adelante sin dejar de temblar. Sobre el enfurecido río se extendía un puente colgante. Frente a las laderas de los montes se acurrucaban casas aquí y allá y un camino rodeado de enormes bloques de roca se abría paso a lo largo de la orilla. Estaba casi sepultado bajo la tierra que se había desprendido durante las últimas lluvias. No había nadie sobre el puente, tan sólo dos pájaros posados en las frágiles cuerdas. Sin embargo, por el camino avanzaba despacio un autobús y entre las casas pululaban los humanos.

—¿Dónde se metió? —volvió a gruñir Sarpullido—. ¡No puede haber llegado tan lejos! ¡Imposible! —olfateó el aire frío del anochecer. En el techo del mundo, los días eran ardientes, pero en cuanto desaparecía el sol, un frío helado cubría los valles como si los montes expulsaran sobre ellos su aliento de nieve.

—Ya tiene bastante tiempo que lo olió por última vez, su dorada majestad —dijo Barba de Grava, y se sacudió el agua acumulada sobre el ala de su sombrero—. Hace mucho, en realidad.

—Sí, sí, lo sé —rugió Sarpullido, y continuó nadando hasta que la sombra del puente cayó sobre él—. Todo estaba en orden hasta que llegamos a estos montes, y de pronto el rastro desapareció. ¡Aaagh! —escupió furioso entre la espuma de las ondas.

—Sí, es posible que ya no siga el río —Barba de Grava estornudó y se frotó sus manos heladas—. Se confundió, su dorada majestad. Parece que el dragón sobrevuela los montes. ¿Cómo quiere seguirlo ahora?

—¡Cállate de una vez! —resoplando, Sarpullido sumergió la cabeza en el agua y se dio la vuelta. La corriente lo llevó con él de regreso hacia el sur. El lugar donde había perdido el rastro de Lung no quedaba demasiado lejos.

—¡Su dorada majestad! —avisó de repente el enano—. ¡Tenga cuidado! ¡Un barco navega justo en nuestra dirección!

Sarpullido levantó las fauces de golpe.

—¡Aaaah! ¡Justo lo que necesitaba! —gruñó—. Está bien, jugaré con él un poco. Lo empujaré, lo abollaré, me sumergiré bajo él. Agárrate, limpiacorazas. Esto será divertido. Me encanta oír cómo lloran estos bípedos —se apostó contra la corriente y metió la cabeza bajo el agua—. ¡Bastará con un golpe! —rugió—. En el agua estos humanos son como indefensas cucarachas.

Era un barco pequeño. Avanzaba despacio contra la corriente. Cuando ya estaba muy cerca, Sarpullido sacó la cabeza del agua y empezó a seguir a los humanos. La mayoría tenían los ojos puestos en la orilla, donde se alzaban algunas casas. Sólo un hombre larguirucho y una niña miraban hacia lo alto de las montañas que se disolvían en la luz del anochecer.

—Vaya, vaya… fíjate, enano —Sarpullido estiró la cabeza y se echó a reír con tantas ganas que todo su cuerpo tembló—. ¿A quién tenemos aquí? Ése es el profesor que robó mi escama. Vaya sorpresa —dando un par de golpes con su cola, giró a un lado y avanzó hasta que su coraza chocó contra las rocas de la orilla.

El barco pasó a su lado sin que sus pasajeros sospecharan el peligro que acababan de correr. Tan sólo la niña miró el lugar donde Sarpullido acechaba en el agua. Tiró a su padre de la manga, le dijo algo en medio de los rugidos del río, pero Barnabas Wiesengrund sólo le acarició distraído el cabello y continuó observando las cumbres de los montes.

—¡Ah, ya no planea volcar el barco! —suspiró aliviado Barba de Grava, que ya se había aferrado a un cuerno de Sarpullido tan fuerte como podía—. Buena decisión. ¡Muy buena, su dorada majestad! No le habría dado más que problemas —luego notó que su señor cambiaba la dirección de nuevo—. Oiga, ¿adónde se dirige ahora? —le preguntó, y empezó a retorcerse la barba—. ¡Pensé que queríamos regresar al lugar donde perdió el rastro, su dorada majestad!

—¡Ya no! —respondió Sarpullido, y continuó avanzando por el río como si no sintiera la corriente en contra—. Un buen cazador sigue su olfato, y el mío me dice que encontraré otra vez al dragón plateado si no pierdo de vista al humano larguirucho. ¿Entiendes?

—No —protestó Barba de Grava, y estornudó tres veces seguidas.

—No pasa nada —gruñó Sarpullido—. Ustedes los enanos son topos, no cazadores. Probablemente no sepas ni cazar cochinillas. Ahora deja de hacer ruido y cuida que el río no te arrastre con él. Puede que te necesite más tarde.

Luego siguió al barco de los humanos hacia el anochecer.

—¡Te aseguro que lo vi! —le dijo Guinever a su padre, que continuaba junto a la borda del barco contemplando las montañas.

—Se ven muchas cosas entre la espuma del agua, cariño

—respondió Barnabas Wiesengrund, y la miró sonriente—. Sobre todo en un río tan sagrado como éste.

—¡Pero era exactamente como tú lo describiste! —insistió Guinever—. ¡Tenía escamas doradas y sus ojos eran de un horrible color rojo!

Barnabas Wiesengrund suspiró.

—Eso sólo demuestra que tu madre tiene razón, te hablé demasiado sobre ese monstruo espantoso.

—¡Tonterías! —protestó Guinever, y golpeó enfadada la barandilla del barco—. Tú siempre me has contado muchas cosas. ¿Acaso veo por eso hadas, gigantes o basiliscos todo el tiempo?

Barnabas Wiesengrund la miró pensativo.

—No, eso es cierto —admitió.

Sobre los montes cubiertos de nieve brillaban las estrellas. La temperatura bajó en picada. El profesor le apretó a su hija la bufanda en torno al cuello y la miró con seriedad.

—Cuéntame otra vez qué fue lo que viste.

—Miraba fuera del agua —explicó Guinever—. Muy cerca de la orilla. Sus ojos ardían como bolas de fuego, él... —se subió las manos a la cabeza— tenía dos cuernos horribles ¡y en uno de ellos colgaba un enano! ¡Un enano empapado!

Su padre respiró hondo.

—¿Todo eso viste?

Guinever asintió orgullosa con la cabeza.

—Ustedes siempre me enseñaron a mirar con atención.

Barnabas Wiesengrund hizo un gesto de asentimiento.

—Sí, eres una alumna muy aplicada. Siempre eres la primera que descubre hadas en nuestro jardín.

Paseó una mirada pensativa por el río.

—Eso significaría que Sarpullido no se hundió en la arena —murmuró—. Una mala noticia, bien lo sabe Dios. Tendremos que informarle a Lung. Tan pronto como lo veamos en el monasterio.

—¿Tú crees que nos está siguiendo? —preguntó Guinever.

—¿Quién?

—Sarpullido.

—¿A nosotros? —su padre la miró asustado—. Espero que no.

Se pasaron el resto de la noche mirando una y otra vez las oscuras aguas del río, sin embargo, la noche ocultaba a Sarpullido de su vista.

Restos de una hoguera

—Lo siento —dijo Ben, y se inclinó sobre el mapa de la rata dando un suspiro—. No tengo ni idea de dónde nos encontramos. Mientras seguimos el curso del río no hubo ningún problema, pero ahora… —se encogió de hombros— podríamos estar en cualquier sitio.

Señaló con el dedo todas las manchas blancas que se abrían como agujeros en el lado este del cauce del Indo.

—¡Vaya, pues qué bien! —se quejó Piel de Azufre—. ¿Qué pensará el profesor si no llegamos a tiempo al monasterio?

—Todo es culpa mía —murmuró Ben, y volvió a doblar el mapa—. Si ustedes no me hubieran buscado, tal vez ya habrían llegado.

—Sí, y tú te habrías convertido en comida para pájaros —replicó Piel de Azufre—. Ni lo pienses.

—Acuéstense y duerman —les dijo Lung desde el rincón más oscuro de la cueva. Se había acostado en forma de ovillo, con el hocico apoyado sobre la punta de la cola, y tenía los ojos cerrados. El vuelo a plena luz del día lo había agotado más que tres noches de viaje. Ni siquiera la preocupación de no conocer el camino correcto conseguía impedir que se le cerraran los párpados.

—Sí, tienes razón —murmuró Ben, se acostó en el frío suelo de la cueva y apoyó la cabeza sobre su mochila.

Pata de Mosca se tumbó a su lado, usando la mano del chico como almohada.

Sólo Piel de Azufre permaneció de pie indecisa. Empezó a olfatear el aire.

—¿No huelen nada raro? —preguntó.

—¿Qué? —murmuró Lung medio dormido—. ¿Hongos?

—¡No! Huele a fuego.

—¿Y? —Ben abrió un ojo—. Aquí hay restos de fogatas por todas partes. Parece ser un refugio popular.

Piel de Azufre sacudió la cabeza.

—Algunos de esos restos no son tan antiguos —dijo—. Éstos, por ejemplo —esparció con una pata las ramas calcinadas—. Esta fogata la prendieron hace dos días como máximo, y ésta de aquí es en verdad reciente. No más de dos horas.

—Bien, entonces vigila —suspiró Lung somnoliento—. Y despiértame si llega alguien —luego se durmió.

—No más de dos horas. ¿Estás segura? —Ben se frotó los ojos y volvió a incorporarse.

Pata de Mosca se reclinó sobre el brazo de Ben sin dejar de bostezar.

—¿Cuál de ellas, cara de pelo? —preguntó.

—¡Ésta de aquí! —Piel de Azufre señaló un minúsculo montoncito de cenizas.

—Ay, no —Ben protestó y volvió a acostarse—. Eso parece la fogata de una lombriz, Piel de Azufre.

Se giró y se sumió al instante en un profundo sueño, al igual que Lung.

—¡De una lombriz, bah! —enojada, Piel de Azufre tomó su mochila y se sentó con ella en la entrada de la cueva.

Pata de Mosca la siguió.

—No puedo dormir —explicó—. Dormí tanto en los últimos días que me alcanzará para los próximos cien años —se sentó junto a Piel de Azufre—. ¿Estás realmente preocupada por esos restos de fogatas?

—Desde luego, mantendré los ojos y los oídos bien abiertos —gruñó Piel de Azufre, y sacó de la mochila la bolsa con los hongos secos que le había dado el profesor.

Pata de Mosca salió de la gruta dando un paso cauteloso. El extenso valle ardía bajo el sol del mediodía. No se percibía ningún ruido.

—Así debe de ser la luna —comentó el homúnculo.

—¿La luna? —Piel de Azufre mordisqueaba una seta—. Yo me la imagino totalmente distinta. Nebulosa y húmeda. Y muy fría.

—Ajá —Pata de Mosca miró pensativo a su alrededor.

—Sólo espero que esas fogatas no sean de elfos del polvo

—murmuró la duende—. Aunque… no, los elfos del polvo nunca encienden fogatas. ¿Pero qué pasa con los troles? ¿Existen troles de monte de tu tamaño?

—No que yo sepa —Pata de Mosca atrapó un mosquito que pasó volando a su lado y se lo metió en la boca al tiempo que se tapaba avergonzado con la otra mano.

De pronto, Piel de Azufre se puso un dedo sobre los labios en un gesto de advertencia. Arrojó su mochila al interior de la cueva, agarró a Pata de Mosca y se ocultó con él detrás de las rocas.

Pata de Mosca oyó un ligero sonido, luego un estrépito… y de repente una pequeña y polvorienta avioneta aterrizó frente a la gruta. Era de color verde rana y estaba cubierta con huellas negras de patas de animal desde la punta hasta la cola. Sobre las alas lucía un signo que a Piel de Azufre le resultaba extrañamente familiar.

La cabina se abrió de golpe y de ella salió una rata gris. Era tan gorda que su traje de piloto le hacía parecer una salchicha embutida.

—¡Limpio aterrizaje! —la oyeron decir—. Impecable. Eres una aviadora endiabladamente buena, Lola Colagrís, no hay duda.

La rata le dio la espalda a la entrada de la gruta. Sacó de la avioneta algunos rollos de papel, barras y unos prismáticos.

—¿Dónde estará el libro? —murmuró—. ¿Rayos y hélices, dónde lo metí?

Piel de Azufre agarró del brazo a Pata de Mosca, volvió a ponerse el dedo sobre los labios y salió de su escondite.

—¿Te apellidas Colagrís? —preguntó.

La rata se volvió sobresaltada. Del susto se le cayeron todos los objetos que sujetaba entre las patas.

—¿Qué? ¿Quién? ¿Cómo? —balbuceó. Luego se subió de un salto al aeroplano e intentó ponerlo en marcha.

—¡Espera, espera! —se apresuró a decir Piel de Azufre, se puso frente al aparato y sujetó la hélice con fuerza—. ¿Adónde vas? ¿No tendrás de casualidad un familiar que se llama Gilberto y que es blanco como un champiñón?

La rata miró atónita a la duende, luego apagó el motor y sacó su puntiaguda nariz de la cabina.

—¿Conoces a Gilberto? —preguntó.

—Le compramos un mapa —contestó Piel de Azufre—. El sello que estampó encima del papel es idéntico al símbolo que está en las alas de tu avioneta. Aunque te diré que el mapa no ha impedido que nos perdamos por aquí.

—¿Un mapa? —la rata volvió a salir del pequeño aeroplano y bajó al suelo de un salto—. ¿Un mapa de esta región? —echó un vistazo al interior de la cueva y luego a Piel de Azufre—. ¿De casualidad no tendrás a un dragón ahí dentro?

Piel de Azufre sonrió de oreja a oreja.

—Sí, lo tengo.

Lola Colagrís puso los ojos en blanco y maldijo entre dientes.

—¡Así que es a ustedes a quien debo agradecer que tenga que estar dando vueltas por estas tierras dejadas de la mano de Dios! —protestó enfadada—. ¡Muchas gracias! ¡Gracias por nada!

—¿A nosotros? —preguntó Piel de Azufre—. ¿Y eso por qué?

—Desde que estuvieron en casa de Gilberto —la rata levantó del suelo todo lo que se le había caído con la repentina aparición de Piel de Azufre—, él no piensa en nada más que en esas manchas blancas. ¡Me llama justo cuando estoy disfrutando de unas vacaciones en casa de mi hermano, en la India, sólo para volverme loca con sus lloriqueos! "¡Lola! ¡Tienes que volar al Himalaya! ¡Lola, hazle un favor a tu anciano tío! ¡Lola, tengo que conseguir completar las manchas blancas de mis mapas! ¡Por favor, Lola!"

La rata jadeaba bajo el peso de todo su equipo, que ahora transportaba al interior sombrío de la cueva.

—¿Podrías ayudar en lugar de limitarte a mirar como una boba? —le gritó a Piel de Azufre—. Empuja el avión hasta aquí dentro. Si no, se calentará tanto que encima se podrán freír huevos de avestruz.

—¡Idéntica a su tío! —gruñó Piel de Azufre, dejó a Pata de Mosca en tierra y levantó la avioneta. Era tan ligera que podía llevarla bajo el brazo. Cuando la introdujo en la cueva, Lola Colagrís estaba como paralizada frente al dragón dormido.

—¡Vientos y temporales! —susurró—. Es un dragón de verdad.

—¿Y qué te esperabas? No lo despiertes, tiene que dormir, o de lo contrario jamás saldremos de aquí —Piel de Azufre dejó el aeroplano en el suelo y lo miró con más atención—. ¿De dónde sacaste este aparato? —le preguntó en voz baja.

—De una tienda de juguetes —murmuró Lola Colagrís sin
retirar los ojos de Lung—. Claro que tuve que trabajar un poco
con el motor antes de usarlo. Vuela de maravilla. Ni siquiera
estos montes fueron un problema —con cuidado, avanzó un
paso hacia el dragón. Erguida sobre sus patas traseras no era
mucho más grande que una de las patas de Lung—. Qué hermoso —susurró—. ¿Pero de qué se alimenta? —se volvió preocupada a Piel de Azufre—. No comerá ratas, ¿verdad?

Piel de Azufre se rio entre dientes.

—No, puedes respirar tranquila. Sólo se alimenta de la luz
de la luna, no necesita nada más.

—Ajá, la luz de la luna —la rata asintió—. Interesante fuente
de energía. Una vez intenté construir pilas de luz lunar, pero no
funcionó —se giró y miró a Ben, que seguía durmiendo junto a
la entrada de la cueva, todavía agotado después de la aventura con el pájaro gigante—. ¿Y también tienen a un humano?
—dijo—. Mi tío sólo me habló de ti y del dragón. Y de ese pe-
queñito —dijo mientras señalaba a Pata de Mosca— tampoco
me dijo nada.

Piel de Azufre se encogió de hombros. Con un golpe de su
pata hizo girar la hélice de la avioneta, que se puso a girar con
un suave zumbido—. De algún modo acabaron siendo parte
del equipo —aclaró—. De vez en cuando dan problemas, pero
aparte de eso no están mal. El pequeño es un homincoloso.

—¡Homúnculo! —la corrigió Pata de Mosca, y saludó a Lola
Colagrís con una reverencia.

—Ajá —dijo ésta, y lo examinó de pies a cabeza—. No me lo tomes a mal, pero pareces una copia de juguete de un humano.

Pata de Mosca sonrió avergonzado.

—Bueno, en cierto modo, no deja de ser verdad —dijo—. ¿Puedo preguntarle qué avances hizo con sus mediciones y el cartografiado de esta región?

—Ya casi termino —respondió Lola, y se pasó las patas por los pelos del bigote—. Sólo vine para apuntar las medidas que tomé hoy.

Piel de Azufre la miró sorprendida.

—¿Entonces conoces estas tierras?

—Claro —la rata se encogió de hombros—. A estas alturas conozco ya todas las malditas piedras de los alrededores.

—¿De verdad? —Piel de Azufre corrió hasta Ben y lo sacudió—. Despierta —le susurró al oído—. Despierta, aquí hay alguien que puede indicarnos el camino. ¡El camino al monasterio!

Ben se dio la vuelta medio dormido y miró a Lung parpadeando.

—¿Qué pasa? ¿Quién está aquí?

Piel de Azufre señaló a Lola. La rechoncha rata retrocedió un paso por precaución, pero puso las patas en la cadera y miró al humano a los ojos con valentía. Ben se incorporó y la miró sorprendido.

—¿Y ésa de dónde salió? —preguntó sin salir de su asombro.

—¿Ésa? Tienes ante ti a Lola Colagrís —dijo ofendida la rata.

—¡Es la sobrina de la rata blanca! —le explicó Piel de Azufre entre dientes—. Gilberto la envió hasta aquí para que midiera esta región y así poder completar sus mapas. Ven —tirándole de la manga, lo obligó a levantarse—. Seguiremos hablando de todo esto fuera de la cueva, de lo contrario despertaremos a Lung.

Afuera el calor seguía siendo desagradable, pero se soportaba a la sombra de una gran roca que se levantaba junto a la entrada de la gruta.

—Saca el mapa —le ordenó Piel de Azufre a Ben.

Éste obedeció y lo extendió frente a la rata.

—¿Puedes decirnos dónde estamos? —le preguntó Piel de Azufre a Lola.

La rata comenzó a marchar de un lado a otro sobre el mapa de su tío, mirando a su alrededor con el ceño fruncido.

—Veamos —murmuró—. Sí, está claro —levantó una pata e indicó una región al sureste del río Indo—. Ustedes están aquí, entre estos montes, en el Valle de las Piedras, como yo lo llamo.

—Estamos buscando un monasterio —le explicó Ben—. Se encuentra en la ladera de un monte, en un lugar donde el cauce del Indo se vuelve ancho y verde. Es un sitio grande, con muchos edificios y banderas que ondean al viento.

—Mmm —Lola asintió con la cabeza y miró al joven humano—. Lo conozco, lo conozco. Es una buena descripción. Ya estuviste allí antes, ¿verdad?

—No —Ben negó con la cabeza—. Lo vi en el ojo número doscientos veintitrés de un genio.

Lola Colagrís lo miró con la boca abierta durante unos segundos.

—¡No me digas! —pronunció al fin—. Bueno, como ya dije, conozco ese lugar. Está lleno de monjes con la cabeza rapada, bajitos y altos. Son unos humanos muy amables, de una hospitalidad extraordinaria, eso sí, beben un té abominable.

Ben la miró ilusionado.

—¿Puedes llevarnos hasta allí?

—Claro —Lola Colagrís se encogió de hombros—. Pero mi avioneta no será tan rápida como el dragón.

—¡Probablemente no! —Lung sacó su largo cuello de la cueva, bostezó y miró a la rechoncha rata con curiosidad. Del susto, Lola se cayó sobre sus patas traseras.

—Es... es... —tartamudeó— más grande de lo que yo pensaba.

—Mediano —le aclaró Piel de Azufre—. Hay dragones más grandes y más pequeños que él.

—Lung ella es Lola —explicó Ben—. La sobrina de Gilberto Colagrís. ¿Ves qué casualidad tan fantástica? Lola nos conducirá al monasterio.

—¿Casualidad? Bonita forma de llamarlo —murmuró Lola, que seguía sin poder retirar los ojos del dragón—. Si estoy en estos montes es sólo por culpa de ustedes.

—Tienes razón —dijo Pata de Mosca—. ¡No es para nada una casualidad! Es una providencia.

—¿Una qué? —preguntó Piel de Azufre.

—Un encuentro planeado de antemano —explicó Pata de Mosca—. Algo que tenía que ocurrir. Yo creo que es una buena señal, muy buena.

—Ajá —Piel de Azufre se encogió de hombros—. Llámalo como tú quieras. Lo importante es que Lola nos puede sacar de aquí —levantó los ojos al cielo—. Deberíamos partir tan pronto como podamos, aunque será mejor reservar el rocío de luna para situaciones de emergencia. Saldremos en cuanto salga la luna. ¿De acuerdo?

Lung asintió con la cabeza.

—¿Conoces también a Rosa Colagrís? —le preguntó a Lola—. Debe ser tu tía.

—Por supuesto que la conozco —Lola dio unos pasos para

salir del mapa y dejar que Ben lo doblara de nuevo—. La conocí en una fiesta familiar. Fue la primera vez que oí hablar de dragones.

—¿Y aquí? —preguntó Ben, y se inclinó sobre ella con gran interés—. ¿Alguna vez has visto dragones por estos montes?

—¿Aquí? —Lola Colagrís meneó la cabeza—. No, ni una punta de su cola. Y eso que he sobrevolado todos los rincones, créanme. Ya sé por qué me lo preguntas. Están buscando la Linde del Cielo. Yo sólo puedo decirles una cosa: jamás vi ese lugar. Claro que he visto un montón de cumbres blancas, pero ni un dragón. Ni rastro de ellos.

—Pero... ¡pero eso no puede ser! —balbuceó Ben—. Yo vi el valle. ¡Y también vi a un dragón, en una cueva enorme!

Lola Colagrís lo miró incrédula.

—¿Dónde viste todo eso? —preguntó—. ¿En un ojo de tu genio? No, hazme caso. Aquí no hay dragones. Monasterios, vacas peludas, algunos humanos... eso es todo. No hay nada más.

—Era un valle rodeado de cumbres blancas. Había niebla por todas partes. ¡Y la cueva era maravillosa! —insistió Ben.

Sin embargo, Lola volvió a sacudir la cabeza.

—Aquí hay cientos de valles y tantas cumbres blancas que te volverías loco con sólo intentar contarlas. ¿Pero dragones? No. Lo siento. Eso mismo le contaré también a mi tío Gilberto. Esa Linde del Cielo no existe. Y no hay ningún valle de los dragones secreto. Todo eso no es más que un lindo cuento de hadas.

El monasterio

 Era medianoche cuando Lung alcanzó de nuevo el Indo. El agua centelleaba a la luz de las estrellas. El valle que rodeaba el río era ancho y fértil. A pesar de la oscuridad, Ben distinguió campos y cabañas. Por encima de ellos, sobre la pronunciada ladera de un monte al otro lado del río, se alzaba el monasterio. Sus muros de piedra clara brillaban a la luz de la luna menguante, como si fueran de papel blanco.

—¡Allí está! —susurró Ben—. Es justo como el que yo vi. Idéntico.

La avioneta de Lola Colagrís volaba ruidosamente a su lado. La rata levantó el techo de la cabina y se inclinó hacia Ben.

—¿Y? —gritó por encima del rumor de la hélice—. ¿Es ése el que decías?

Ben respondió con un asentimiento de cabeza.

Satisfecha, Lola volvió a cerrar la cabina y los rebasó. Su aeroplano era mucho más rápido de lo que habían pensado. Aun así, para Lung aquel fue el vuelo más cómodo de todo el viaje. El dragón se deslizó sobre el extenso valle, dejó el río a sus espaldas y se dirigió a los altos muros del monasterio.

Varios edificios, grandes y pequeños, se apiñaban contra la roca. Ben vio altos pedestales de piedra, paredes que crecían en líneas oblicuas, ventanas oscuras y estrechas, tejados planos, muros y senderos que descendían por los montes como cintas de piedra.

—¿Dónde aterrizo? —preguntó Lung a la rata.

—¡En la plaza frente al edificio principal! —le respondió Lola—. No tienes nada que temer de estos humanos. Además, todos duermen a esta hora. Espera, yo me adelanto.

Con un ruidoso zumbido, la avioneta desapareció en las profundidades.

—¡Allí, miren! —gritó Piel de Azufre cuando Lung sobrevolaba la plaza frente al edificio de mayor tamaño—. ¡Allí abajo está el profesor!

El dragón comenzó a descender. Una figura larguirucha se levantó de los escalones que subían al monasterio y echó a correr hacia Lung.

—Cielos, ya empezaba a preocuparme —dijo a modo de saludo Barnabas Wiesengrund—. ¿Dónde se metieron tanto tiempo? —su voz resonó entre los viejos muros, pero aún reinaba la tranquilidad. Tan sólo un par de ratones se deslizaron sobre las piedras.

—Ay, no fue nada. Sólo tuvimos que impedir que nuestro

pequeño humano acabara en el estómago de un pájaro gigante —respondió Piel de Azufre mientras bajaba del lomo de Lung cargada con la mochila de Ben.

—¿Qué? —el profesor miró horrorizado al chico.

—No fue para tanto —dijo Ben, y se deslizó por la cola del dragón como si fuera una resbaladilla.

—¿Que no fue para tanto? —repitió el profesor cuando el joven llegó hasta su lado—. Estás arañado por todo el cuerpo.

—Arañado, pero no devorado —puntualizó Piel de Azufre—. Eso ya es algo, ¿no?

—Bueno, visto de ese modo… —Barnabas Wiesengrund retrocedió un paso y estuvo a punto de pisar la avioneta de la rata.

—¡Eh, eh! —chilló ésta con voz estridente—. Un poco de cuidado, ¿de acuerdo, grandulón?

El profesor giró sorprendido. Lola Colagrís salió de su cabina y se plantó de un salto ante sus pies.

—¡Me han contado muchas cosas sobre usted, profesor! —exclamó.

—¿Ah, sí? Sólo buenas, espero —Barnabas Wiesengrund se arrodilló y le apretó con cuidado la pata—. Mucho gusto —dijo—. ¿A quién tengo el placer de conocer?

Lola se rio halagada entre dientes.

—Colagrís —respondió—. Lola Colagrís, aviadora, cartógrafa y en este caso concreto: guía de viajes.

—Nos desviamos un poco de nuestra ruta —explicó Piel de Azufre acercándose a los dos—. ¿Y a ti cómo te fue, profesor?

—Ah, nada. Nosotros tuvimos un viaje tranquilo —Barnabas Wiesengrund se incorporó dando un suspiro—. Aunque Guinever afirma que... —se rascó la cabeza y alzó la mirada a las oscuras ventanas del monasterio—. A decir verdad, no sé si debería contarlo...

—¿Qué afirma? —preguntó Ben.

Pata de Mosca se apoyó en su mejilla dando un bostezo.

—Guinever —el profesor carraspeó— Guinever afirma que vio a Sarpullido.

—¿Dónde? —preguntó Piel de Azufre sobresaltada. Pata de Mosca dejó de bostezar del susto. Lung y Ben se miraron preocupados.

—¿Qué ocurre? —Lola se abrió camino entre las largas piernas del profesor y los miró nerviosa uno a uno.

—¡Alguien nos persigue! —gruñó Piel de Azufre—. Pensábamos que nos habíamos librado de él, pero tal vez nos confundimos.

—¿Y si doy una vuelta para explorar los alrededores? —propuso Lola—. Díganme qué aspecto tiene su perseguidor y dónde podría esconderse y parto de inmediato en mi avioneta.

—¿Harías eso por nosotros? —preguntó Lung.

—Por supuesto —la rata se acarició las orejas—. Encantada. Es mucho más entretenido que medir montes y valles que no le interesan a nadie. Entonces díganme: ¿de qué se trata? ¿Un duende, un humano, un dragón, o tal vez algo así como ese pequeño? ¿Homúspulo, o lo que sea?

Lung sacudió la cabeza.

—Es un dragón —contestó—. Mucho más grande que yo. Con escamas de oro...

—Lo acompaña un enano de las piedras —añadió Barnabas Wiesengrund—. Un enano con un sombrero enorme. Mi hija cree que vio a los dos en el río, al oeste del puente colgante. Allí donde el camino está sepultado bajo un desprendimiento de tierra.

—Lo conozco, lo conozco —dijo Lola Colagrís dándose importancia—. Salgo ahora mismo para allá.

A la velocidad de un rayo se montó de nuevo en su avioneta. El motor se puso en marcha y el pequeño aparato salió disparado hacia el cielo estrellado. Pronto desapareció de la vista incluso para los avezados ojos de Piel de Azufre.

—Chica rápida —comentó asombrado el profesor—. Me tranquiliza mucho que explore un poco los alrededores.

—Estas ratas están por todas partes —respondió Piel de Azufre y paseó una mirada por el entorno—. Sólo tienes que esperar un poco y se te cruza una por el camino.

—Es la sobrina de la rata que nos vendió el mapa —aclaró Ben—. Su tío la envió hasta aquí para medir algunos puntos de la región que aún desconoce —miró al profesor a los ojos— Lola afirma que la Linde del Cielo no existe.

Barnabas Wiesengrund sostuvo pensativo la mirada de Ben.

—¿Eso dice? Bueno, yo en tu lugar me fiaría primero de lo que el genio te mostró. Y ahora precisamente intentaremos descifrar el significado de sus indicaciones. ¡Vamos! —le pasó a Ben un brazo por los hombros y lo condujo a la gran escalinata que subía hasta el edificio principal del monasterio—. Quiero presentarles a alguien. Le conté todo sobre su búsqueda y ya hace tiempo que los espera.

Lung y Piel de Azufre subieron los escalones tras ellos.

—Esto es el Dukhang —explicó Barnabas Wiesengrund cuando se encontraron frente a la pesada puerta de entrada. Estaba decorada con pinturas de extrañas figuras y el picaporte era de un metal artísticamente trabajado—. Es el salón donde los monjes oran y se reúnen, pero no crean que aquí las cosas funcionan como en nuestras iglesias: aquí hay risas, es un lugar alegre.

Entonces empujó la puerta.

El techo del salón al que entraron era tan alto que incluso Lung podía permanecer de pie sin agachar la cabeza. Estaba oscuro, pero las llamas de innumerables lámparas iluminaban la gran habitación. Altas columnas soportaban el peso del edificio, las paredes estaban cubiertas de pinturas y entre estanterías llenas de libros antiquísimos colgaban cuadros de gran tamaño, eran tan coloridos y exóticos que Ben sintió deseos de pararse a observar cada uno de ellos. Sin embargo, el profesor no los dejó detenerse. Entre las columnas se extendían hileras de asientos de baja altura. En la primera fila los esperaba un hombre de baja estatura y cabellos canosos casi rasurados.

Llevaba un manto de un luminoso color rojo y sonrió mientras el profesor y Ben se acercaban a él.

Lung los siguió vacilante. Por segunda vez en su vida se encontraba en el interior de una casa de humanos. La luz de las mil llamas centelleaba sobre sus escamas. Sus patas rozaban el suelo y su cola se deslizaba tras él produciendo un suave rumor. Piel de Azufre permaneció a su lado, con una pata apoyada sobre las cálidas escamas de Lung, mientras sus orejas temblaban nerviosas y su mirada saltaba de una columna a la siguiente.

—Árboles —le susurró a Lung—. Tienen árboles de piedra aquí dentro.

Cuando se detuvieron frente al monje, éste se inclinó ante ellos.

—Permítanme que les presente —dijo Barnabas Wiesengrund—, él es el venerable lama de este monasterio, tiene el grado más elevado de todos los monjes que habitan aquí.

El lama empezó a hablar con suavidad.

—Sean bienvenidos al monasterio de las piedras lunares —tradujo Pata de Mosca para Ben—. Nos alegramos mucho de tenerlos entre nosotros. En nuestra creencia, la llegada de un dragón anuncia un acontecimiento feliz y de gran importancia. Sin embargo, no es menor la alegría que nos provoca el hecho de saludar de nuevo bajo nuestro techo a un jinete del dragón.

Ben miró sorprendido al monje y luego al profesor.

Barnabas Wiesengrund asintió con la cabeza.

—Sí, oíste bien. El jinete del dragón, el mismo que yace en el sepulcro que te mostró Subaida, estuvo aquí. Varias veces incluso, si entendí correctamente a mi amigo. Tienen hasta un cuadro en su recuerdo, cuelga en aquella pared.

Ben volteó y caminó hacia la pared que el profesor le indicaba. Entre dos estanterías colgaba un dibujo que representaba a un dragón en pleno vuelo con un joven montado sobre su lomo. Detrás del chico se distinguía una figura de menor tamaño.

—¡Piel de Azufre! —exclamó Ben y le hizo gestos a la duende para que se acercara—. Mira, se parece mucho a ti, ¿no crees?

También Lung se acercó. Lleno de curiosidad, metió la cabeza sobre el hombro de Ben.

—Es cierto, Piel de Azufre —dijo estupefacto—. Esa figura es muy similar a ti.

—Bueno —Piel de Azufre se encogió de hombros, pero no fue capaz de ocultar una sonrisa de orgullo—. Los dragones siempre tuvieron preferencia por los duendes, todo el mundo lo sabe.

—Yo veo una diferencia —susurró Pata de Mosca, que seguía sentado en el hombro de Ben—. Esa figura tiene cuatro brazos.

—¿Cuatro brazos? —Piel de Azufre se acercó un poco más al dibujo—. Es verdad —murmuró—. Pero creo que eso no significa gran cosa. Miren a su alrededor, casi todos los que aparecen en estas pinturas tienen un montón de brazos.

—Es cierto —dijo Ben echando un vistazo por la habitación. Muchas de las imágenes que colgaban de las paredes mostraban figuras de varios brazos—. ¿Qué significa eso?

—¡Vengan y miren esto! —los llamó el profesor en aquel momento—. ¡El jinete del dragón dejó algo cuando estuvo aquí!

El lama los condujo hasta un pequeño cofre de madera que se encontraba en un nicho junto al altar del templo.

—Ahí dentro —volvió a traducir Pata de Mosca— están las sagradas piedras lunares que el jinete del dragón donó al monasterio. Traen suerte y salud, y mantienen a los espíritus malignos alejados de este valle.

Las piedras eran blancas como la leche y apenas alcanzaban el tamaño del puño de Ben. Tenían un brillo especial, como si la propia luz de la luna estuviera atrapada en su interior.

—¡Rompe en pedazos la luz de la luna! —susurró Ben, y miró a Lung—. ¿Recuerdas? ¿Tú crees que el genio se refería a una de esas piedras?

El dragón dobló el cuello pensativo. Barnabas Wiesengrund le tradujo al lama las palabras de Ben. El monje sonrió y miró al chico.

—Dice —murmuró Pata de Mosca al oído de Ben— que después del desayuno le devolverá al jinete del dragón lo que es suyo, para que pueda llevar a cabo aquello por lo que vino.

—¿Significa eso que me dará una de esas piedras sagradas? —Ben miró primero a Lung y luego al lama.

El monje asintió con la cabeza.

—Sí, creo que lo entendiste bien —dijo Barnabas Wiesengrund.

Ben inclinó humildemente la cabeza ante el lama.

—Gracias. Es muy amable de su parte. ¿Pero no cree que la suerte desaparecerá si yo rompo la piedra en pedazos?

El profesor tradujo la pregunta de Ben.

El monje se echó a reír a sonoras carcajadas. Tomó a Ben de la mano y tiró de él.

—Jinete del dragón —tradujo Pata de Mosca—. Ninguna piedra encierra tanta suerte como la que trae la visita de un dragón, pero tú tendrás que golpear con fuerza para que la piedra lunar se rompa de verdad, ya que aquellos a los que quieres convocar gustan de dormir, y duermen largo tiempo. Después del desayuno te mostraré la cabeza del dragón.

Ben miró atónito al monje.

—¿Le contó todo eso? —le preguntó al profesor en voz baja—. Todo lo que me dijo el genio, quiero decir.

—No hizo falta —le respondió Barnabas Wiesengrund en un susurro—. Ya lo sabía todo. Parece que tu aparición cumple una profecía tras otra. Estás metido en medio de una historia antiquísima, querido muchacho.

—Increíble —murmuró Ben y volteó a mirar de nuevo el cofre con las piedras lunares. Luego siguió junto a los demás al lama, que salió del templo. El sol se elevaba rojo brillante sobre las cumbres cubiertas de nieve. Entre los edificios del monasterio pululaban ahora numerosos monjes. Ben descubrió sorprendido que algunos de ellos eran más jóvenes que él.

—Aquí hay incluso niños —le murmuró a Barnabas Wiesengrund.

El profesor hizo un gesto de asentimiento.

—Sí, por supuesto. Estas personas creen que todos nosotros pasamos varias vidas en este planeta. De ese modo, cada uno de esos niños podría tener más edad que el más anciano de los monjes adultos. Una percepción interesante, ¿verdad?

Ben asintió confundido.

De pronto el pacífico bullicio de personas que reinaba en la plaza del monasterio se rompió: Lung acababa de sacar su largo cuello por la puerta del Dukhang. La mayoría de los monjes se detuvieron como paralizados. El lama levantó las manos y dirigió algunas palabras al gentío.

—Dice —susurró Pata de Mosca— que la suerte se desprenderá de las escamas de Lung y rodará como la nieve de la luna, y que tú y Piel de Azufre son jinetes del dragón que necesitan su ayuda.

Ben asintió y miró los rostros que contemplaban al dragón, asombrados pero sin rastro de temor.

—Ben —le susurró Barnabas Wiesengrund—, para desayunar habrá *tsampa*, que es harina de cebada tostada, y té con mantequilla. Es muy sano y beneficioso en estas alturas, pero su sabor puede ser desagradable para quien lo prueba por primera vez. ¿Quieres que me disculpe en tu nombre por tu ausencia? Puedes hacerle compañía a Guinever mientras nosotros comemos. Seguro que ella te podrá dar algo más rico para desayunar.

Ben miró al lama. Éste respondió a su mirada y sonrió. Luego le murmuró algo a Pata de Mosca al oído.

—El lama dice —tradujo el homúnculo— que entiende algunas palabras de nuestra lengua, y que no se ofendería en absoluto si el jinete del dragón decidiera prescindir de saborear el delicioso *tsampa* y el té con mantequilla para buscar en su lugar la compañía de la inteligente hija del profesor.

—Gracias —balbuceó Ben, y le devolvió la sonrisa al lama—. Pata de Mosca, dile que me encanta este lugar y que... —dirigió la mirada a los montes que se elevaban al otro lado del valle— y que, por alguna razón, me siento como en casa, aunque todo sea tan distinto al lugar del que yo procedo. Totalmente distinto. Dile eso, ¿de acuerdo? Sólo que con palabras más bonitas.

Pata de Mosca asintió y volvió a dirigirse al lama, que escuchó al homúnculo con atención para responder al fin con su suave sonrisa.

—El lama dice —siguió traduciendo Pata de Mosca— que en su opinión es del todo probable que tú ya estuvieras aquí una vez. En otra vida.

—Vamos, jinete del dragón —dijo Barnabas Wiesengrund—. Te llevaré ahora al lugar donde se encuentra Guinever, antes de que te estalle la cabeza con tanta sabiduría. Y cuando acabemos de desayunar, iré a recogerte.

—Barnabas, ¿qué crees que deberíamos hacer Piel de Azufre y yo? —preguntó Lung asomando el hocico sobre el hombro del profesor.

—No tienes de qué preocuparte, esta gente hará todo por

cumplir tus deseos —respondió Barnabas Wiesengrund—. ¿Qué tal si te acuestas en el Dukhang para dormir un poco? Nadie te molestará, todo lo contrario: te colmarán de tantas oraciones que no tendrás más remedio que encontrar la Linde del Cielo.

—¿Y yo? —preguntó Piel de Azufre—. ¿Qué hago yo mientras Lung duerme y ustedes beben té con mantequilla? A mí no me gustan ni el té ni la mantequilla, así que tampoco me gustará ese té con mantequilla.

—A ti también te llevaré con Guinever —respondió el profesor—. En nuestra habitación hay una cama blanda maravillosa y las galletas que Guinever tiene para desayunar te gustarán de seguro a ti también.

Entonces bajaron juntos las escaleras y los condujo a través del gentío de reverentes monjes hasta una pequeña casa que parecía apoyarse contra los altos muros del Dukhang.

Lung, por el contrario, siguió al lama al interior del gran salón de oraciones, se enroscó entre las columnas y quedó profundamente dormido. Mientras tanto, sentados a su alrededor, los monjes rezaban en un suave murmullo, rogando que toda la suerte de la tierra y del cielo descendiera sobre las escamas del dragón.

La rata informa

 A Piel de Azufre le gustó tanto el desayuno que les ofreció Guinever que casi se comió la mitad ella sola. A Ben no le importó, pues apenas tenía hambre. Las emociones de los días pasados y todo lo que le esperaba aún hacían que se le quitara el apetito. Siempre le ocurría igual cuando estaba nervioso.

Después de inflarse de galletas, Piel de Azufre se acurrucó sobre la cama de Guinever y empezó a roncar. Ben y la niña salieron de la casa, se sentaron sobre uno de los muros bajos del monasterio y contemplaron el río que discurría a lo lejos. La niebla del amanecer aún colgaba entre los montes, pero el sol asomaba sobre las puntas nevadas y empezaba a calentar el aire frío de las montañas.

—Qué bonito, ¿verdad? —dijo Guinever.

Ben asintió. Pata de Mosca dormía una siesta sobre su regazo. En el valle que se extendía a sus pies, varios humanos trabajaban en los verdes prados. Desde allí arriba no parecían mayores que escarabajos.

—¿Dónde está tu mamá? —preguntó Ben.

—En el templo de los dioses coléricos —respondió Guinever. Se giró y señaló un edificio pintado de rojo que se encontraba a la izquierda del Dukhang—. Todos los monasterios de esta región tienen uno. El templo de al lado está dedicado a los dioses amables, pero los coléricos se consideran muy prácticos porque su aspecto inspira terror y así mantienen alejados a los espíritus malignos. Y parece que hay muchos de ésos en estas montañas.

—Vaya —Ben miró con admiración a la joven—. Cuántas cosas sabes.

—Bah —Guinever se encogió de hombros—. No es de extrañar, con unos papás como los míos, ¿no? Mi mamá copia los dibujos que decoran las paredes de los templos. Cuando volvemos a casa, se los muestra a gente rica y los convence para que hagan donaciones para poder restaurarlos. Los monjes no tienen dinero para eso, y las pinturas son realmente antiguas, ¿sabes?

—Ya —repitió Ben. Cubrió a Pata de Mosca con el borde de su chamarra—. Tienes mucha suerte con tus papás.

Guinever lo miró de reojo con curiosidad.

—Mi papá me dijo que tú no tienes padres.

Ben tomó una pequeña piedra del muro y la hizo rodar entre los dedos de un lado a otro.

—No, nunca tuve.

Guinever lo miró pensativa.

—Pero ahora tienes a Lung —dijo—. Lung y Piel de Azufre

y... —sonrió y señaló al pequeño homúnculo— y a Pata de Mosca.

—Sí, tienes razón —contestó Ben—. Pero es distinto —de repente entrecerró los ojos y miró hacia el oeste, donde el río desaparecía tras las montañas—. ¡Creo que ya regresa Lola! Allí, ¿la ves? —arrojó la piedra por encima del muro y se inclinó hacia adelante.

—¿Lola? —preguntó Guinever—. ¿Es la rata de la que me hablaste?

Ben afirmó con la cabeza. Ya se oía un débil zumbido que se fue volviendo más y más fuerte hasta que la pequeña avioneta aterrizó sobre el muro junto a ellos con un último impulso. Lola Colagrís abrió la cabina del piloto y salió del aparato.

—¡Nada! —informó, se colocó de un salto sobre una de las alas y se descolgó de ella para alcanzar el muro—. Nada de nada. Que termine el toque de alarma, diría yo.

Pata de Mosca despertó, se frotó los ojos y miró confundido a la rata.

—Ah, eres tú, Lola —murmuró medio dormido.

—Exacto, Monóculo —respondió la rata, y volteó a ver a Guinever—. ¿Y quién es ella, si me permiten preguntar?

—Es Guinever —la presentó Ben—. La hija del profesor que estuvo a punto de pisar tu avioneta. Ella es quien cree haber visto a Sarpullido.

—Estoy segura de que lo vi —replicó Guinever—. Cien por ciento segura.

—Tal vez —Lola Colagrís abrió una portezuela bajo el ala de su avioneta y sacó un recipiente—. Pero ahora ese bicho está desaparecido. Recorrí el río de principio a fin, volando tan bajo que los peces me tomaron por un mosquito y el agua salpicó la cabina. Y en ningún lado vi a un dragón dorado acompañado de un enano. Nada. Ni una escama.

—¡Ah, qué bien! —Ben suspiró aliviado—. Pensaba que lo tendríamos de nuevo pisándonos los talones. ¡Gracias, Lola!

—No hay de qué —respondió la rata—. Siempre a su servicio —se metió un par de migas de pan entre los dientes y se tumbó sobre el muro—. ¡Ah! —suspiró y levantó al sol la puntiaguda nariz—. No hacer nada es lo mejor que hay. Menos mal que mi tío no me ve, se enfadaría tanto que empezaría a hacerse nudos en la cola.

Guinever seguía en silencio. Con el ceño fruncido contemplaba el río bajo sus pies.

—Pues yo apuesto lo que quieran a que el monstruo continúa allí abajo escondido al acecho en algún lugar —afirmó.

—Para nada, seguramente sigue enterrado en la arena —dijo Ben—. Seguro. ¡Hubieras escuchado al enano! No podía estar mintiendo. ¡Vamos! —le dio un codazo—. Sigue contándome cosas sobre ese templo.

—¿Cuál? —murmuró Guinever sin mirarlo a la cara.

—Ése que está visitando tu mamá —respondió Ben—. El de los dioses iracundos.

—El Gonkhang —dijo Guinever en voz baja—. Así se llama. Bueno, si insistes…

Cuando Barnabas Wiesengrund bajó la escalinata del gran templo de oraciones en compañía de Lung y del lama, Ben y su hija seguían sentados sobre el muro. Entre ellos, Lola Colagrís roncaba y Pata de Mosca empezaba a estirar las piernas. Los niños estaban tan absortos en su conversación que no oyeron llegar a los demás.

—Lamento mucho tener que molestarlos —dijo Barnabas Wiesengrund al detenerse al lado de los dos jóvenes—. Pero ya está todo dispuesto para que Ben rompa en pedazos la luz de la luna. El lama le trae una de las piedras sagradas.

El monje abrió las manos y mostró la piedra blanca, que centelleaba también a plena luz del día. Ben se bajó del muro y la tomó con cuidado entre sus manos.

—¿Dónde está Piel de Azufre? —preguntó Lung al tiempo que miraba a su alrededor.

—En mi cama —respondió Guinever—. Con el estómago lleno y roncando.

—Vaya, vaya —su padre sonrió divertido—. ¿Y qué les contó nuestra amiga la rata?

—Ni rastro de Sarpullido —contestó Ben. Después clavó los ojos en la piedra lunar. Le había parecido más oscura bajo la luz del sol.

—Bueno, eso es tranquilizador —Barnabas Wiesengrund miró a su hija—. ¿No estás de acuerdo, Guinever?

Guinever frunció el ceño.

—No lo sé.

—Bueno, vamos —dijo Barnabas Wiesengrund tomando por el brazo a su hija y a Ben—. Vayamos a recoger a Piel de Azufre y a Vita. Luego el jinete del dragón descifrará el enigma que el genio le presentó. Les diré una cosa: hacía mucho tiempo que no me sentía tan nervioso. ¿Quién aparecerá cuando Ben rompa la piedra en pedazos?

Barba de Grava investiga

Lola Colagrís estaba equivocada. Sarpullido se encontraba muy cerca. Acechaba enterrado en el lodo, oculto en el fondo del Indo, justo allí donde la sombra del monasterio caía sobre el agua. El río era tan profundo en aquella zona que ni siquiera el brillo de las escamas doradas de Sarpullido alcanzaban la superficie. Esperaba con paciencia el regreso de su limpiacorazas.

Antes de que Sarpullido se sumergiera en el río aprovechando la protección de la noche, Barba de Grava había saltado hasta la orilla para esconderse entre algunos haces de hierba. Pasado un largo día y media noche, Lung apareció volando sobre las montañas y aterrizó entre los muros blancos del monasterio. Entonces, el enano emprendió su camino. Atravesó los campos y dejó atrás las chozas de los humanos hasta que al fin se encontró frente al monte en cuya ladera se levantaba el monasterio.

Barba de Grava empezó a trepar.

El monte era alto, muy alto, pero por algo él se llamaba enano de las piedras. Trepar le gustaba casi tanto como el oro. La roca del monte susurraba y murmuraba bajo los dedos de Barba de Grava como si hubiera estado esperándolo sólo a él. Le habló de cuevas gigantescas con columnas de piedras preciosas, de vetas de oro y criaturas extrañas que habitaban en su interior. Barba de Grava rio de felicidad mientras subía por la rocosa pendiente. Podría haber seguido trepando eternamente, pero cuando la luz del amanecer comenzó a deslizarse sobre las cumbres, alcanzó el muro plano que rodeaba al monasterio. Se asomó con cuidado para echar un vistazo al patio que se abría frente al edificio principal.

Llegó justo a tiempo para ver desaparecer a Lung y a sus amigos en el Dukhang. Los siguió incluso hasta lo alto de la escalinata, pero la pesada puerta del templo ya se había cerrado cuando Barba de Grava alcanzó la entrada. Por mucho que intentó abrir una rendija con sus cortos y fuertes dedos, la puerta no se movió.

—Bien —murmuró el enano, y miró a su alrededor—. Mala suerte, pero en algún momento tendrán que salir —buscó con la mirada un escondite desde el cual pudiera vigilar el patio y la escalinata. No fue difícil encontrar un hueco adecuado en los viejos muros—. Excelente —susurró al tiempo que se hacía sitio entre las piedras—. Hecho a mi medida —y luego esperó.

Eligió un buen lugar. Cuando Lung salió junto con los demás del templo de oraciones, Barba de Grava no alcanzó a ver

más que los pies de innumerables monjes envueltos en gasta-
das sandalias, sin embargo, mientras todos rezaban dentro del
Dukhang, Ben y Guinever se sentaron sobre el muro muy cerca
de su escondite. Así, Barba de Grava descubrió que una rata
aviadora había sobrevolado las inmediaciones en busca de su
amo sin encontrarlo, y que el chico creía realmente que Sarpullido había perecido bajo la arena del desierto. El enano vio la
piedra sobre la mano del lama y los oyó hablar sobre el enigma
del genio. Vio cómo Ben recibía la piedra, y cuando Lung y su
jinete siguieron al monje para resolver el enigma, Barba de Grava se deslizó tras ellos.

Burr Burr Chan

 El lama condujo a sus invitados al otro lado del recinto del monasterio, hasta el lugar donde se alzaban el Gonkhang y el Lhakhang, el templo de los dioses iracundos y el de los dioses pacíficos. Correteando de un muro a otro los seguía Barba de Grava, el espía de Sarpullido.

Cuando pasaron junto al templo rojo, el lama se detuvo.

—Éste —tradujo Vita Wiesengrund— es el templo de los dioses iracundos, que mantienen alejado del monasterio y del pueblo todo lo maligno.

—¿Por ejemplo? —preguntó Piel de Azufre mirando incómoda a su alrededor.

—Espíritus malignos —respondió el lama—, tormentas de nieve, aludes, desprendimientos de tierra, enfermedades peligrosas…

—Hambre —añadió Piel de Azufre.

El lama sonrió.

—También —luego continuó su camino.

Barba de Grava sintió un extraño escalofrío. Con las piernas temblorosas pasó junto a los muros de color rojo oscuro. Se le aceleró la respiración y le pareció que de las paredes del templo crecían manos que se extendían hacia él, lo atrapaban y lo sumergían en la oscuridad.

Soltó un chillido y dio tal respingo que estuvo a punto de chocar contra los talones de Barnabas Wiesengrund.

—¿Qué fue eso? —preguntó el profesor al tiempo que se giraba—. ¿Lo oíste tú también, Vita?

Su mujer asintió con la cabeza.

—Sonó como si le hubieras pisado la cola a un gato, Barnabas.

El profesor meneó la cabeza y volvió a mirar a su alrededor, pero Barba de Grava se ocultaba ya en una ratonera.

—Tal vez eran espíritus malignos —dijo Guinever.

—Puede ser —musitó su padre—. Vamos, creo que el lama llegó a nuestro objetivo.

El anciano monje los esperaba allí donde la ladera del monte aprisionaba los muros del monasterio. En aquel lugar la roca parecía un queso agujereado. Ben y Piel de Azufre echaron la cabeza hacia atrás para contemplarlo. Por todas partes se abrían agujeros, tan grandes que ambos entrarían en ellos con facilidad.

—¿Qué es eso? —preguntó Ben y miró al lama con ojos interrogantes.

Pata de Mosca tomó de nuevo su papel de traductor.

—Son viviendas —respondió el lama—. Las viviendas de aquéllos cuya ayuda necesitas. No se dejan ver con mucha frecuencia. Muy pocos de nosotros tuvimos esa suerte, sin embargo, son criaturas amables. Y ya estaban aquí antes de que se construyera el monasterio, mucho tiempo antes.

El lama se acercó a la pared de roca y tiró de Ben para que lo acompañara. Éste no las había distinguido en la oscuridad, pero de la pared sobresalían las cabezas de dos dragones de piedra.

—Se parecen a Lung —susurró Ben—. Son iguales a él —sintió el aliento cálido del dragón contra su espalda.

—Son el dragón del principio y el dragón del fin —le explicó el lama—. Para lo que te propones, debes elegir el principio.

Ben asintió.

—Vamos, jinete del dragón, golpea —animó Piel de Azufre.

Entonces Ben levanto la piedra lunar y la golpeó con todas sus fuerzas contra los cuernos del dragón de piedra.

La piedra se rompió en mil pedazos. Y todos creyeron oír un rumor que fue extinguiéndose lentamente en el interior del monte. Luego se hizo el silencio. Un silencio sepulcral. Esperaron.

Los montes arrojaban su sombra sobre el monasterio mientras el sol se hundía despacio tras ellos. Un viento frío descendió de las cumbres nevadas. De repente una figura apareció por uno de los agujeros abiertos en la roca, por encima de las cabezas de los que esperaban.

Era un duende. Se parecía mucho a Piel de Azufre, pero su pelaje era más espeso y de un color más claro. Y tenía cuatro brazos; cuatro brazos que apoyaba en aquel momento sobre la roca.

—Veinte dedos, Pata de Mosca —susurró Ben—. Tiene veinte dedos. Como dijo el genio.

El homúnculo se limitó a asentir con la cabeza.

El desconocido duende los miró con desconfianza. Contempló un instante a los humanos y luego clavó la mirada en el dragón. Sólo en el dragón.

—¡Vaya, miren qué tenemos aquí! —exclamó en la lengua de las criaturas fantásticas, que comprende al momento cualquier otro ser, ya sea humano o animal—. ¿De modo que al final se decidieron? ¿Después de tantos años? ¡Yo pensaba que estarían enmohecidos en su escondite! —el duende escupió lleno de desprecio contra las rocas—. ¿Qué ocurrió? ¡Te enviaron de pronto para pedirnos ayuda? ¿Y qué tipo de extraño duende es ése que tienes a tu lado? ¿Dónde dejó sus otros brazos?

—Sólo tengo dos —bufó Piel de Azufre hacia arriba—. ¡Como le corresponde a cualquier duende, hongo chupasangre! Y no nos envió nadie. Estamos aquí porque lo decidimos nosotros.

Los demás no se atrevieron, ¡pero ninguno de ellos está enmohecido!

—¡Vaaaya! —dijo el desconocido sonriendo de oreja a oreja—. ¡Hongo chupasangre! Al menos entiendes algo de hongos. Me llamo Burr Burr Chan. ¿Y tú quién eres?

—Se llama Piel de Azufre —respondió Lung dando un paso al frente—. Y tienes razón en una cosa: estamos aquí porque necesitamos ayuda. Vinimos de muy lejos para encontrar la Linde del Cielo, y un genio nos dijo que tú puedes indicarnos el camino.

—¿De muy lejos? —Burr Burr Chan frunció el ceño peludo—. ¿Qué significa eso exactamente?

—Significa —respondió Piel de Azufre— que hemos sobrevolado medio planeta para llegar hasta aquí y tener que escuchar tus impertinencias.

—Tranquilízate, Piel de Azufre —dijo Lung, y la empujó

suavemente a un lado con el hocico. Luego alzó de nuevo los ojos hacia Burr Burr Chan.

—Venimos de un valle, lejos en dirección noroeste, al que los míos llegaron hace cientos de años, cuando el mundo comenzó a pertenecer a los humanos. Ahora éstos intentan apoderarse también de ese lugar, y nosotros necesitamos un nuevo hogar. Por eso emprendí el viaje en busca de la Linde del Cielo, el lugar del que proceden los dragones. Estoy aquí para preguntarte si tú la conoces.

—¡Por supuesto que la conozco! —respondió Burr Burr Chan—. La conozco tan bien como el pelo que me cubre la piel, aunque hace mucho tiempo que no voy por allí.

Ben contuvo la respiración.

—¿Existe? —exclamó Piel de Azufre—. ¿Existe de verdad ese lugar?

—¿Y qué pensabas? —Burr Burr Chan arrugó la nariz. Miró a Lung con desconfianza—. ¿De verdad no vienes de allá? ¿Hay más dragones por el mundo?

Lung respondió con un asentimiento de cabeza.

—¿Nos llevarás hasta allí? —le preguntó—. ¿Nos mostrarás dónde está la Linde del Cielo?

Durante un largo instante el duende no respondió. Dando un suspiro se sentó en el agujero de la roca por el que había aparecido y dejó bailar las patas.

—¿Por qué no? —dijo al fin—. Pero una cosa te puedo decir: No te alegrarás de ver a tus parientes.

—¿Y a qué viene eso? —preguntó Piel de Azufre.

Burr Burr Chan se encogió de hombros y cruzó sus cuatro brazos.

—Eso viene a que se volvieron unos llorones, gallinas, blandengues que esconden el rabo entre las patas. Hace más de cincuenta inviernos que no voy por allí, pero la última vez que los vi, así era —inclinó el cuerpo hacia Piel de Azufre—. Imagínate: ¡ya no salen de su cueva! ¡Ni siquiera por la noche! Cuando los visité estaban débiles como hojas marchitas porque les faltaba la luz de la luna. Sus ojos se veían turbios por culpa de la oscuridad, el polvo cubría sus alas porque ya no las usaban, y habían engordado porque comían liquen en lugar de beber la luz de la luna. Sí, haces bien en horrorizarte —Burr Burr Chan asintió con la cabeza—. Es muy triste cómo han acabado los dragones —se inclinó hacia adelante y bajó la voz—. ¿Y saben de quién se esconden? No se trata de los humanos. No. Se esconden del dragón dorado. Desde aquella noche en la que éste emergió del mar para cazarlos.

—Eso ya lo sabemos —dijo Ben, que dio un paso y se colocó junto a Lung—. ¿Pero dónde se esconden? ¿En una cueva?

Burr Burr Chan volteó sorprendido a mirarlo.

—¿Y tú quién diablos eres? ¿Blanco como un champiñón y en compañía de un dragón? ¿No me digas que llegaste montado en su lomo?

—Es él —respondió Lung, y empujó a Ben con el hocico.

Burr Burr Chan silbó entre dientes.

—El jinete del dragón. ¿Fuiste tú quien rompió la piedra que me convocó ante ustedes?

Ben asintió con la cabeza.

El lama dijo algo en voz baja.

—Sí, sí, ya lo sé —Burr Burr Chan se rascó la cabeza—. La vieja historia: la plata se volverá más valiosa que el oro cuando regrese el jinete del dragón —el duende entrecerró los ojos y examinó a Ben de pies a cabeza—. Sí, los dragones se esconden en una cueva —continuó hablando despacio—. En una cueva maravillosa que se abre en las profundidades de la cordillera conocida con el nombre de la Linde del Cielo. Nosotros les construimos la cueva, los dubidai, los duendes de estos montes, pero no lo hicimos para que se enterraran vivos en ella. Cuando empezaron a usarla para eso desde la noche en que el dragón dorado los atacó, nosotros les retiramos nuestra amistad y regresamos a este lugar. Cuando nos despedimos les dijimos que no habría más que un camino para la reconciliación: sólo regresaríamos el día en que nos convocaran con una piedra lunar para vencer al dragón dorado —miró a Lung—. Te conduciré hasta ellos, pero yo no me quedaré, puesto que siguen sin pedirnos ayuda.

—El dragón dorado está muerto —contestó Lung—. Está enterrado bajo la arena en un desierto lejano. Ya no tienen que esconderse.

—¡No está muerto! —exclamó Guinever.

Todos se volvieron a mirarla. Burr Burr Chan alzó las peludas orejas.

—¡No tienes ninguna prueba, Guinever! —dijo Barnabas Wiesengrund.

—¡Yo-lo-vi! —Guinever levantó obstinada la barbilla—. Con mis propios ojos. No me imaginé una escama dorada. Y tampoco soñé al enano que iba montado sobre su cabeza, me da igual lo que digan todos ustedes. ¡El Dorado no se hundió en la arena! Nos ha seguido por el río. Y apuesto mi colección de zapatillas de hada a que está muy cerca y vigila cuál será nuestro próximo movimiento.

—¡Interesante! —opinó Burr Burr Chan. De un salto, se bajó de su agujero y aterrizó sobre la cabeza del dragón de piedra—. Escuchen —dijo levantando sus cuatro brazos—: los llevaré a la Linde del Cielo. Están más cerca de lo que ustedes creen. Sólo tenemos que sobrevolar este monte —golpeó la roca con los nudillos—, y la verán, justo allí donde sale el sol: una cordillera de montañas, hermosa como una hilera de chipirones de monte blancos. Los dragones se ocultan en el valle tras esos montes. Nunca encontrarían solos la entrada a la cueva, ni aunque se la toparan de frente. Sólo los dragones y los dubidai la conocen y yo les mostraré a ustedes dónde está. De repente me entró una especie de cosquilleo en la piel, y sólo siento ese cosquilleo cuando algo muy grande va a pasar, una aventura, algo emocionante —Burr Burr Chan se pasó la lengua por los labios y miró al cielo—. Partiremos en cuanto se ponga el sol.

Luego se metió de un salto en el agujero más cercano y desapareció.

Despedida y partida

 —¡Dubidai, bah! —gritó Piel de Azufre en cuanto desapareció Burr Burr Chan—. ¿Y se supone que eso es un duende? No lo sé, tal vez nos lleve justo hasta las garras de Sarpullido.

—¡Ay, tonterías! —Ben le pellizcó las puntiagudas orejas—. ¡Alégrate de una vez, quejosa! ¡Lo conseguimos! ¡Nos conducirá a la Linde del Cielo! ¡Y si Sarpullido deja ver su hocico espantoso por allí, lo perseguiremos hasta que regrese al mar!

—¡No me digas! —Piel de Azufre arrugó la nariz—. ¿Sabes una cosa? Estás loco, pequeño humano.

El lama le murmuró algo a Wiesengrund.

—¿Qué dice? —le preguntó Ben a Pata de Mosca.

—El pequeño vencerá al grande —tradujo el homúnculo—, y la bondad a la crueldad.

—Bueno, esperemos que sea así —gruñó Piel de Azufre. De pronto volteó la cabeza y olisqueó el aire—. Uff, aquí huele a enanos de las piedras. Te los encuentras por cualquier monte, con sus ridículos sombreros.

—¿Qué dijiste? —preguntó Guinever asustada.

—Que huele a enanos —repitió Piel de Azufre—. ¿Por qué?

—¿Dónde? —dijo Ben y la agarró del brazo con fuerza—. ¿Dónde exactamente?

En aquel momento una pequeña figura salió disparada de un agujero en la roca y se alejó de allí rápida como el rayo.

—¡Barba de Grava! —gritó Pata de Mosca y estuvo a punto de caer de cabeza del hombro de Ben—. ¡Es Barba de Grava! ¡El nuevo limpiacorazas de Sarpullido! ¡Rápido, atrápenlo! ¡Se lo contará todo!

Todos echaron a correr, tropezaron y chocaron unos contra otros. Cuando llegaron a la plaza frente al salón de oraciones, el enano había desaparecido.

Sin dejar de maldecir, Piel de Azufre olisqueó cada uno de los rincones oscuros que los rodeaban. Algunos monjes que regresaban de recoger madera la observaron sorprendidos. Cuando el lama les preguntó si habían visto correr por allí a una pequeña figura, señalaron el muro sobre el que Lola Colagrís aún roncaba tumbada junto a su avioneta.

Ben y Guinever corrieron hasta el lugar que les indicaban, se asomaron al muro y observaron la ladera, pero no descubrieron nada sospechoso sobre la pronunciada pendiente del monte.

—¡Maldita sea! —vociferó Ben—. ¡Se nos escapó!

—¿Quién? —preguntó Lola Colagrís, que en aquel momento se enderezaba medio dormida.

—Un espía —respondió Ben. Volteó a mirar a Lung—. ¿Y ahora qué hacemos? Le contará todo a Sarpullido.

El dragón meneó la cabeza.

—¿Un espía? —preguntó la rata sorprendida—. ¿Qué espía?

—El que tú no descubriste mientras explorabas —gritó Piel de Azufre. Levantó la nariz para olisquear el viento—. ¡No lo huelo, maldito lactario mucoso! ¡Hay algo que me tapa la nariz!—miró a su alrededor. Entonces señaló un montón de amasijos marrones que se apilaban frente al muro—. ¿Qué es eso?

—Estiércol —respondió Barnabas Wiesengrund—. Se llama exactamente *yakmist* seco, si te interesa saberlo.

El lama asintió con la cabeza y dijo unas palabras.

—Dice —tradujo Pata de Mosca— que usan el estiércol para calentar, porque aquí escasea la madera.

Piel de Azufre soltó un gemido.

—¿Cómo voy yo a oler algo? —se lamentó—. ¿Cómo pretenden que huela a ese maldito enano si todo apesta a ese *yakmist*, o como se llame?

—¿Quiere que baje por las rocas, joven señor? —preguntó Pata de Mosca.

Ben negó con la cabeza.

—Es demasiado peligroso —suspiró—. Se nos escapó, no podemos hacer nada.

—¿Cómo puede correr tan rápido con esas piernas tan cortas? —se asombró Vita Wiesengrund—. Es increíble. En fin, los enanos de las piedras son seres veloces, sobre todo en los montes.

—Siempre y cuando nadie les quite el sombrero —Pata de Mosca se arrastró sobre el muro y se asomó al vacío. Por un instante creyó oír un suave jadeo, pero el precipicio le provocó vértigo y volvió a meter la cabeza.

—¿Qué ocurre cuando se les quita el sombrero? —preguntó Ben.

—Se marean —respondió Pata de Mosca, y volvió a trepar por el brazo de Ben.

—¡Esto pasa por no creer lo que dicen tus hijos! —murmuró Barnabas Wiesengrund con tristeza. Pasó un brazo por los hombros de Guinever—. Debo disculparme. Tenías razón y yo estoy más ciego que un pez de madera.

—Ya, no pasa nada —respondió Guinever—. Lo malo es que tenía razón.

Lung estiró el cuello por encima del muro y dirigió los ojos al río. El sol se reflejaba en sus aguas marrones.

—Esto significa que debemos ser más rápidos que Sarpullido —dijo—. De seguro el enano oyó todo lo que dijo Burr Burr Chan y se pondrán en camino de inmediato.

—¡Ajá, así que descubrieron dónde está la Linde del Cielo, y ese espía lo sabe todo! —Lola Colagrís se levantó de un salto—. Bueno, ¿y qué? Ese dragón dorado no sabe volar, ¿verdad? Adelantarse a él será un juego de niños para Lung.

Sin embargo, Pata de Mosca sacudió deprimido la cabeza.

—No es tan fácil. Sarpullido conoce muchos caminos —se golpeó enfadado la rodilla—. ¡Oh no, por qué describió Burr

Burr Chan con tanto detalle dónde se encuentran los dragones?

—No podrá encontrar la entrada de la cueva—repuso Guinever—. Burr Burr Chan dijo que nadie es capaz de verla.

—No, siempre y cuando nosotros no llevemos a Sarpullido hasta ella —gruñó malhumorada Piel de Azufre.

Todos guardaron silencio.

—Era demasiado bonito para ser verdad, eso de que estaba enterrado en la arena —murmuró Ben con tristeza.

Entonces el lama le puso una mano sobre el hombro y dijo algo.

Ben miró a Pata de Mosca con ojos interrogantes.

—Eso sería demasiado fácil, jinete del dragón —tradujo el homúnculo.

Ben meneó la cabeza.

—Puede ser —contestó—. Pero no me importaría que algo fuera fácil de vez en cuando para variar.

Ben y los demás ya se habían acostumbrado al aire frío y al oxígeno que se respiraba en el techo del mundo. Aun así, los monjes insistieron en facilitarles provisiones y algo de abrigo para sobrevolar los altos montes. Incluso Piel de Azufre tuvo que reconocer que necesitaba prendas de humanos para protegerse contra el frío que haría sobre las nubes. Un joven de la edad de Ben condujo al profesor y al chico hasta una casa al borde del recinto del monasterio. Allí guardaban los monjes provisiones y prendas de ropa. Camino hacia allí, Ben comprendió qué tan grande era el monasterio y cuántas personas vivían en él.

—Nos encantaría acompañarlos —dijo Barnabas Wiesengrund mientras seguían al pequeño monje—. Me refiero a Vita, a Guinever y a mí, pero me temo que los humanos no deberían meter las narices en toda esta aventura —le dio unos golpecitos en el hombro—. Excepto el jinete del dragón, por supuesto.

Ben sonrió. El jinete del dragón. Todos los monjes que se cruzaban con él le hacían una reverencia, y Ben no sabía ni hacia dónde mirar.

—¿Ya sabes qué vas a hacer después? —preguntó el profesor sin mirarlo a la cara—. Quiero decir, cuando encuentren la Linde del Cielo y todo salga bien y... —carraspeó y se pasó la mano por los cabellos grises— Lung regrese en busca de sus parientes. ¿Quieres quedarte para siempre con los dragones?

Miró al chico de reojo con timidez.

Ben se encogió de hombros.

—No lo sé. Todavía no he pensado en eso. Ahora mismo no existe un antes y un después, ¿sabe usted?

El profesor asintió.

—Sí, conozco esa sensación. Aparece normalmente cuando vivimos algo muy especial, pero... —carraspeó de nuevo—. Si tú quisieras, claro —se limpió la nariz con un pañuelo de gran tamaño—, si quisieras volver a estar en compañía de humanos después de toda esta aventura... —levantó la mirada al cielo—. Vita te aprecia mucho y Guinever ha lamentado varias veces el hecho de ser hija única. Tal vez... —miró a Ben y enrojeció de vergüenza—. Tal vez te gustaría considerarnos tu familia por un tiempo. ¿Qué piensas?

Ben miró atónito a Barnabas Wiesengrund.

—No es más que una propuesta —se apresuró a añadir el profesor—. Una de mis ideas absurdas...

—Claro que me gustaría —lo interrumpió Ben—. Me encantaría.

—¿Ah, sí? —Barnabas Wiesengrund suspiró aliviado—. Qué alegría me das. Esto nos hará aún más difícil la espera. Nosotros —sonrió al joven— queremos partir en busca del pegaso. ¿Lo recuerdas?

Ben asintió.

—Me encantaría acompañarlos en la búsqueda —dijo. Y tomó la mano de Barnabas Wiesengrund.

Todo estaba listo para la partida en el momento en que empezaba a oscurecerse entre las montañas. Ben y Piel de Azufre estaban embutidos en prendas de abrigo, con gorros puntiagudos sobre la cabeza, guantes y cálidos chalecos. Envuelto en un pedazo de piel de cordero, Pata de Mosca esperaba sentado sobre el regazo de Ben, llevaba la cabeza cubierta con la punta cortada del dedo pulgar de un guante. La mochila de Piel de Azufre contenía albaricoques secos y un termo de té con mantequilla —por si acaso, como les dijo el lama sonriendo cuando Piel de Azufre lo olisqueó con desconfianza.

Lung no le temía a las bajas temperaturas y tampoco los monjes parecían sentirlas. En sus finos mantos acompañaron al dragón a través del cortante frío de la noche hasta las cuevas de los dubidai. A la luz de las antorchas, Lung brillaba de tal forma que parecía que la luna se había caído del cielo. Por delante de él zumbaba Lola Colagrís en su avioneta. La rata había decidido unirse al viaje y saludaba a los monjes como si toda aquella agitación se debiera a ella.

Burr Burr Chan ya esperaba a Lung. Se encontraba en el mismo agujero del que emergió horas antes, pero ahora no estaba solo: más dubidais los observaban desde los otros agujeros. Todos querían ver al dragón desconocido. Cuando Lung se detuvo bajo las cuevas abiertas en la roca y alzó la mirada, se levantó un agitado murmullo. Numerosas cabezas peludas, grandes y pequeñas, se asomaban sobre la roca para observar al dragón de plata.

Burr Burr Chan se colgó una mochila al hombro, bajó ágilmente por las rocas y se subió al lomo de Lung como si no hubiera hecho otra cosa durante toda su vida.

—¿Queda sitio para mi equipaje? —preguntó al tiempo que se sentaba delante de Piel de Azufre.

—Dámelo —gruñó Piel de Azufre, y puso la mochila junto a la suya—. ¿Qué llevas aquí dentro? ¿Piedras?

—¡Hongos! —le susurró al oído Burr Burr Chan—. Los más exquisitos del mundo. Apuesto a que nunca comiste mejores.

—Me cuesta creerlo —masculló Piel de Azufre mientras se ceñía la correa—. Si proceden de estos montes, seguro que crujen como la arena entre los dientes.

Burr Burr Chan se limitó a sonreír burlón.

—Toma —dijo ofreciéndole algunos hongos minúsculos—. Éstos no tienen muy buen sabor, pero ayudan a evitar el mal de las alturas. Dale también al humano y a los dos chaparritos. El dragón no los necesitará, pero ustedes sí deberían comerlos, ¿entendido?

Piel de Azufre asintió con la cabeza y se metió un hongo en la boca.

—No saben muy bien, ciertamente —murmuró, y se los pasó a los demás.

Burr Burr Chan se acostó sobre sus cuatro patas contra las cálidas escamas de Lung.

—Ay, había olvidado lo maravilloso que es cabalgar sobre un dragón —susurró.

Lung volteó a mirarlo.

—¿Preparado? —preguntó.

Burr Burr Chan hizo una señal de asentimiento.

—Pusimos una correa también para ti —le gritó Ben desde atrás—. Abróchate.

Burr Burr Chan pasó la correa por su peluda barriga.

—Ah, por cierto —Piel de Azufre le dio un golpecito en el hombro—. Puede que no nos hayamos librado de ese dragón dorado después de todo. Su enano de las piedras nos oyó hablar esta tarde mientras tú describías el camino a la Linde del Cielo de esa forma detallada tan fantástica. ¿Entiendes lo que eso significa?

Burr Burr Chan se rascó pensativo la barriga.

—Sí, sería mejor que llegáramos antes que él, ¿no es cierto? —se inclinó sobre el cuello de Lung—. ¿Qué quieres hacer tú? —le preguntó—. ¿Qué quieres hacer si aparece el Dorado junto a la Linde del Cielo? ¿Quieres esconderte con los demás?

Lung se volvió a mirarlo.

—Yo no volveré a esconderme jamás —respondió.

—¿Pero qué dices? —se horrorizó Piel de Azufre—. ¡Claro que te esconderás! Hasta que él desaparezca. ¿Qué otra cosa vas a hacer?

Lung no contestó.

—¿Listo? —preguntó hacia atrás.

—¡Listo! —exclamó Burr Burr Chan deslizándose un poco más hacia adelante—. ¡Despertemos a los dragones de su sueño!

Los monjes retrocedieron con sus antorchas y Lung extendió las alas. La sonrisa de la luna se volvía cada vez más estrecha, por eso había tomado un poco de rocío de luna como medida de precaución. Sus alas parecían ligeras como las plumas de un pájaro.

—¡Mucha suerte! —les deseó Barnabas Wiesengrund.

—¡Regresen pronto! —exclamó Vita, y Guinever le arrojó a Ben una barra de chocolate.

Éste la alcanzó al vuelo justo antes de que cayera sobre el regazo de Piel de Azufre. Lola Colagrís puso en marcha su avioneta y Lung se elevó al cielo por encima del monasterio. Sobrevoló el monte en cuya ladera se alzaba aquel lugar sagrado y salió disparado hacia las montañas cubiertas de nieve que tocaban el cielo.

Los perseguidores

 Barba de Grava se había escondido entre las rocas. A apenas un metro bajo el muro, en una grieta tan estrecha que tuvo que encoger la cabeza para meterse dentro. Allí había esperado sin dejar de temblar mientras los otros lo buscaban con la mirada, aguantando la respiración y con la espalda apoyada en la fría roca. Sintió en la nariz el cálido aliento del dragón y rechinó los dientes de rabia cuando el traidor del homúnculo propuso bajar él mismo a buscarlo por las rocas. "Que baje ese pata de araña", había pensado furioso. Lo arrojaría de un empujón al vacío, allí donde Sarpullido esperaba metido en el lodo, sin embargo, Pata de Mosca no descendió. "No se atreve, ese cobarde flacucho", pensó el enano.

Cuando Barba de Grava dejó de oír sus voces ya había oscurecido. El monte le susurraba sus historias al oído, pero el enano se despegó de la roca, salió del escondite que lo había salvado y comenzó a descender hacia el valle. Por la noche era más difícil avanzar que durante el día, pero Barba de Grava no tuvo problemas para encontrar el camino.

Cuando llegó abajo pasó corriendo frente a las chozas. ¿Y si se colaba en las casas en busca de anillos, collares de oro, monedas, piedras preciosas? Sin embargo, aquellas cabañas no olían a riquezas, así que el enano las dejó atrás, pasó junto a establos llenos de cabras y ovejas, y atravesó prados hasta llegar al río en cuyas aguas marrones esperaba Sarpullido.

Al llegar a la orilla, Barba de Grava volvió a mirar a su alrededor. Todo estaba en silencio: los humanos dormían, cansados del duro trabajo en los campos, sus animales se protegían del frío en los establos; y los animales salvajes que merodeaban por allí sólo tenían su botín en mente. El enano arrancó una rama del arbusto más cercano y con ella dio unos golpes en el agua del río.

—¡Su dorada majestad! —lo llamó en un susurro—. Su dorada majestad, ya estoy aquí.

Sarpullido emergió del agua entre resoplidos.

—¿Qué descubriste? —gruñó y se sacudió el lodo de las escamas.

—¡Todo! —contestó Barba de Grava lleno de orgullo—. ¡Los dragones se esconden, su dorada majestad! ¡Por eso no los encontró usted en todos estos años! Se ocultaron en la cueva de un monte. Debería haber llevado consigo a un enano de las piedras cuando los buscó hace años, señor. ¡Nosotros encontramos cualquier cueva!

—¿Y dónde está esa cueva? —preguntó Sarpullido con impaciencia.

—Tiene que pasar aquel monte de allí —respondió Barba de Grava haciéndose el importante—. Sobre el que se levanta el monasterio. Luego se dirige hacia el este y entonces —sonrió de oreja a oreja— se topará con la cordillera que llaman la Linde del Cielo. La entrada a la cueva se encuentra en el valle detrás de las montañas.

Sarpullido se enderezó sin poder creer lo que oía. El agua goteaba por su gigantesco cuerpo.

—¿Y se supone que están allí? —rugió—. Conozco ese valle. Lo exploré hasta que se me gastaron las garras. ¡Ja! —se pasó la lengua por los dientes y soltó una carcajada—. No podían haber buscado un sitio mejor, esos idiotas.

—¿Qué quiere decir, su dorada majestad? —preguntó Barba de Grava con curiosidad.

—¡Pronto lo verás! —Sarpullido resopló satisfecho—. ¿Y el dragón de plata ya se puso en camino?

Barba de Grava de encogió de hombros y observó con el ceño fruncido las sucias escamas de Sarpullido.

—Probablemente. Quería partir en cuanto oscureciera, pero usted lo encontrará. Primero le limpiaré las escamas, su dorada majestad. Ya no se ve ese oro tan hermoso…

—¡Olvídate del oro! —le increpó Sarpullido—. Ven aquí y métete entre mis dientes —acercó sus espantosas fauces a la orilla y las abrió.

—¡No, no! —Barba de Grava retrocedió con expresión horrorizada—. ¡Quiere usted tragarme otra vez!

—¿Y qué otra cosa quieres que haga? —gruñó Sarpullido—. Tengo que sumergirme bajo el agua, hasta el fondo y por un buen rato. Así que entra de una vez.

—¡Pero no me gusta estar ahí adentro! —protestó Barba de Grava mientras se acercaba con rodillas temblorosas a los enormes dientes de Sarpullido.

—¿Y por qué no? Creí que a los enanos de las piedras les gustaban las cuevas. ¿Y qué otra cosa es mi estómago? —se burló Sarpullido—. Vamos, ¡salta!

—¡No me gusta! —repitió Barba de Grava.

Luego se sujetó el sombrero y saltó. Entre los horribles dientes. Sobre la inmensa lengua. Y Sarpullido se lo tragó.

La Linde del Cielo

 Lung volaba hacia las nueve cumbres blancas que formaban la Linde del Cielo. Los picos brillaban a lo lejos como si el resplandor de las estrellas quedara adherido sobre ellos. Detrás del dragón volaba la avioneta de la rata.

Lung se sentía tan fuerte que parecía que la luz de la luna fluía por sus venas. Se sentía tan ligero como si estuviera hecho del mismo material que la noche. Por fin estaba cerca de su objetivo. Su corazón latía con fuerza por la expectación y lo hacía atravesar el cielo más rápido de lo que nunca había volado, tanto que pronto la rata no pudo seguir su velocidad y aterrizó sobre la cola del dragón.

—¡Yujuuu! —gritó Burr Burr Chan—. ¡Yujuuu, ya había olvidado lo maravilloso que es cabalgar sobre un dragón!

Se agarró con dos patas a la correa mientras que con las otras dos rebuscó en la mochila y sacó una seta. Ésta olía tan bien que Piel de Azufre olvidó todas las preocupaciones sobre lo que los esperaba y se asomó por encima del hombro de Burr Burr Chan al tiempo que olfateaba el aire.

—¡Setas multicolores y hongos de luna! —se maravilló lamiéndose los labios—. ¿Qué tipo de seta es ésa? Huele a puerro, a...

—Es un *shiitake* —respondió Burr Burr Chan sin dejar de masticar—. Es un auténtico *shiitake*. ¿Quieres probarlo? —metió la mano en su mochila, sacó otra seta y la lanzó al regazo de Piel de Azufre por encima del hombro.

—Qué práctico eso de tener cuatro brazos —murmuró ésta, olisqueó el exótico hongo y le hincó un cauteloso mordisco.

—Muy práctico —respondió Burr Burr Chan. Miró hacia adelante. La Linde del Cielo se elevaba hacia el firmamento de la noche cada vez más cerca—. ¡Bravo! Ya casi llegamos. Tu dragón es un volador de primera categoría, no puedo negarlo.

—Practicó mucho en las últimas semanas —dijo Piel de Azufre mientras comía. Puso los ojos en blanco extasiada—. ¿Estos hongos crecen sobre piedras?

—¡Pero qué dices! —Burr Burr Chan se echó a reír a carcajadas tan ruidosas que Lung se volteó a mirarlo sorprendido—. Esta duende tuya es muy extraña —dijo Burr Burr Chan—. De verdad.

—¡La duende extraña te va a arrancar de un momento a otro dos de tus veinte dedos! —gruñó Piel de Azufre.

Burr Burr Chan volteó hacia ella sonriendo de oreja a oreja.

—Ningún hongo crece sobre piedras —le dijo—. Éste crece

sobre madera, así los cultivamos nosotros. En nuestras cuevas. ¿Ustedes no lo hacen así?

—No —replicó Piel de Azufre—. ¿Y qué, pasa algo?

Enfadada, le dio un golpe en la espalda.

—¡Piel de Azufre, deja ya de pelear! —la regañó Lung—. Tengo que pensar.

Piel de Azufre se agachó ofendida y siguió mordisqueando el hongo.

—Tienes que pensar —gruñó—. Sobre qué, si no es demasiado preguntar. ¿Qué harás si ese monstruo nos sigue? ¿Y qué hay que pensar? ¿Acaso pretendes luchar contra él? ¡Bah! —intranquila, escupió al vacío.

—¿Por qué dices "luchar"? —Ben asomó la cabeza por encima del hombro de Piel de Azufre.

—Bah, olvídalo —le contestó ésta—. Sólo estaba pensando en voz alta —luego clavó una mirada sombría en los montes a los que se acercaban.

Ben le enfundó a Pata de Mosca su gorro hasta que le cubrió las orejas y lo envolvió aún más en la piel de cordero. La temperatura bajaba cada vez más a medida que Lung aumentaba la altura y Ben agradeció las prendas de abrigo que les habían dado los monjes. Quería sentir alegría por estar tan cerca de su objetivo, sin embargo, el recuerdo de Sarpullido lo asaltaba una y otra vez.

De pronto sintió algo en el hombro. Volteó a mirar asustado y alcanzó a atrapar a Lola Colagrís de su larga cola.

—Oye, ¿qué haces aquí, Lola? —preguntó.

—Demonios, ¿querías tirarme al vacío? —respondió la rata. Le castañeaban los dientes—. Hace demasiado frío en mi avioneta. La calefacción sólo funciona con el aparato en marcha. ¿No tendrás otro rinconcito libre para mí en tu mochila?

—Claro —Ben colocó a la temblorosa rata entre sus cosas—. Pero, ¿y tu avioneta?

—Está bien atada a la cola de Lung —respondió Lola y con un suspiro de alivio metió la cabeza entre los hombros hasta que sólo se asomaban sus orejas y la punta de su nariz.

—¿Tengo que aumentar más la altura, Burr Burr Chan? —preguntó Lung elevando la voz mientras el viento soplaba cada vez más fuerte sobre sus cabezas.

—¡Sí! —gritó Burr Burr Chan por respuesta—. El paso que debemos cruzar se encuentra un poco más arriba. ¡No hay ningún otro camino para llegar al valle!

Ben notó que los latidos de su corazón empezaron a resonar en sus oídos cuando Lung se elevó aún más alto. La noche presionaba sus puños negros contra las sienes del joven. Empezó a hacerse difícil respirar. Piel de Azufre se encogió como un gatito. Sólo Burr Burr Chan seguía sentado erguido y contento. Estaba acostumbrado a las grandes alturas, porque había nacido en los montes que los humanos llaman: el techo del mundo.

Las cumbres blancas se encontraban ya tan cerca que Ben tenía la impresión de que podía tocar la nieve de sus laderas con tan sólo alargar la mano. Lung voló hacia el paso que se abría entre las dos cimas más puntiagudas. Rocas negras se confundían con la oscuridad de la noche. Torres de piedras se alzaban impredecibles en el aire y obstaculizaban el avance del dragón. Cuando éste se encontró justo entre los dos montes, el viento se abalanzó sobre él como un lobo hambriento. Se coló aullando bajo sus alas y lo hizo dar vueltas sobre las rocas como si fuera una hoja seca.

—¡Cuidado! —gritó Burr Burr Chan, pero Lung ya había recuperado el control. Se enfrentó al viento con todas sus fuerzas y se liberó de sus invisibles garras. Copos de nieve daban vueltas sobre ellos, cubrían al dragón y las cabezas y hombros de sus jinetes. A Ben le castañeaban los dientes.

—¡Lo conseguiremos! —gritó Burr Burr Chan—. ¿Ven? ¡Allí delante está el punto más alto!

Lung se dirigió hacia allí, dejó por fin el viento tras de sí y entró volando al Valle de los Dragones.

Entre los montes se extendía un lago redondo como la luna.

En sus orillas crecían las flores azules de Subaida Ghalib, brillaban en la oscuridad de tal modo que parecían estrellas caídas del cielo.

—¡Por los hongos de San Jorge! —acertó a decir Piel de Azufre.

—¡Lo llamamos el Ojo de la Luna! —les explicó Burr Burr Chan mientras Lung se deslizaba hacia la superficie centelleante de agua—. Pasa volando sobre él hasta llegar al lugar donde…

—¡No! ¡No vueles sobre él! —gritó Pata de Mosca con voz

estridente. Se liberó de la piel de cordero—. ¡Idiota de cabeza peluda! —le gritó a Burr Burr Chan—. ¡No nos dijiste nada sobre ese lago! ¡Ni una palabra!

—¿Idiota de cabeza peluda? —Burr Burr Chan se volteó enojado, sin embargo, el homúnculo no le hizo caso.

—¡Vuela más alto, Lung! —le gritó al tiempo que tiraba de las riendas—. ¡Este lago es una puerta! ¡Una puerta abierta!

Lung lo comprendió enseguida. Sacudiendo las alas con fuerza se impulsó hacia las alturas y en dirección a la orilla que se extendía al otro lado del lago. Miró preocupado hacía abajo, pero no vio nada. Tan sólo algunos copos de nieve se disolvían entre las olas negras. Con un último y poderoso movimiento de las alas, el dragón aterrizó sobre una roca saliente, a varios cientos de metros por encima de las brillantes flores.

—¡Yo no veo nada, Lung! —susurró Piel de Azufre mirando con fijeza en la noche—. Nada en absoluto —se volteó enojada a ver a Pata de Mosca, que temblaba acurrucado en el regazo de Ben—. Este chaparrito nos volverá locos. ¿Cómo iba a llegar su antiguo amo hasta aquí en tan poco tiempo?

—Déjalo en paz —le replicó Ben con brusquedad—. ¿No ves que está congelado?

Con los dedos entumecidos por el frío, que ni los guantes de los monjes podían evitar, Ben sacó el termo de té y le dio con cuidado un trago a Pata de Mosca. Luego él también bebió un poco. El extraño sabor le provocó náuseas, pero en su interior se expandió una agradable sensación de calidez.

Lung seguía sin retirar la mirada de la superficie del lago.

—¡Seguro que le llevamos ventaja! —dijo Piel de Azufre—. Ese monstruo no sabe volar.

—¡Sólo le llevaríamos ventaja si aquí no hubiera agua, orejuda idiota! —la increpó Pata de Mosca. Después del trago de té los temblores habían disminuido—. ¿Acaso eso de ahí abajo no es agua? Les diré una cosa: probablemente ya está aquí y nos vigila en estos momentos.

Todos callaron horrorizados.

—Entonces tenemos un problema —gruñó Burr Burr Chan—. No debería mostrarles la entrada a la cueva de los dragones mientras el Dorado nos observe, ¿no es así?

—¡No! —Lung sacudió la cabeza—. Ya descubrió demasiadas cosas gracias a nosotros. Sólo podemos entrar a la cueva si tenemos la seguridad de que Sarpullido no ha llegado aún —observó el lago con preocupación—. ¿En serio lo condujimos hasta aquí?

El valle era todavía más hermoso de lo que él había imaginado. Lung contempló la Linde del Cielo, paseó la mirada por el mar de flores azules, cubiertas de rocío lunar, y aspiró su aroma, que llegaba hasta donde él se encontraba. Luego cerró los ojos y sintió la cercanía de los otros dragones. Con tanta intensidad como sentía el perfume de las flores, con tanta intensidad como sentía el aire frío de la noche.

Abrió los ojos de nuevo. Estaban oscuros de furia. Un rugido surgió de su garganta. Sus amigos lo miraron asustados.

—Yo bajaré —dijo el dragón—. Yo solo. Si Sarpullido está aquí, saldrá.

—¡De ninguna manera! —gritó Piel de Azufre espantada—. ¿Qué tonterías decies? Y si sale, ¿quieres enfrentarte a él tú solo? Te devorará de un bocado y nosotros nos quedaremos sentados entre estas rocas sin hongos hasta el fin de nuestros días. ¿Para eso recorrimos medio mundo? No. ¡Si baja uno de nosotros, que sea alguien a quien el monstruo no vea!

—Tiene razón, Lung —dijo Ben—. Es necesario que uno de nosotros compruebe si Sarpullido acecha allí abajo. Y si resulta ser cierto, tendremos que distraerlo para que tú puedas entrar en la cueva con Burr Burr Chan sin que él los vea a ustedes.

—¡Exacto! —Lola Colagrís salió de un salto de la mochila de Ben, brincó sobre la rodilla del chico y abrió sus cortas patas delanteras—. ¡Yo me ofrezco como voluntaria! ¡Lo juro! ¡No hay ningún problema! Es la misión perfecta para mí.

—¡Uf! —Piel de Azufre le dio un golpecito de desprecio en el pecho—. ¿Para que luego nos digas que no está, como la última vez?

La rata le lanzó una mirada de enojo.

—Todo el mundo comete errores de vez en cuando, cabeza peluda —le bufó—. Pero esta vez me llevaré conmigo al Monoloco. Seguro que él se sabe todos los trucos de su viejo amo, ¿o no?

Pata de Mosca tragó saliva.

—¿Yo? —balbuceó—. ¿Yo? ¿En ese aparato? Pero…

—¡Buena idea, Pata de Mosca! —exclamó Ben—. Ustedes dos son tan pequeños que Sarpullido no los notará.

Pata de Mosca se estremeció.

—¿Y si lo vemos? —preguntó con voz temblorosa—. ¿Y si en verdad está abajo? ¿Quién lo distraerá?

—¡No hay problema, Monóculo! —dijo Lola. Le brillaban los ojos—. Si lo descubrimos, haré un *looping* con mi avioneta para dar la señal a los demás. Luego distraeremos al monstruo mientras Lung vuela a la cueva tan rápido como pueda y desaparece en su interior.

—¿Distraerlo? —repitió Pata de Mosca casi sin voz—. ¿Pero cómo?

—¡Ya lo verás! —Lola le dio una palmada tan fuerte en el hombro que el homúnculo estuvo a punto de caer rodando por el lomo de Lung—. Tú sólo limítate a observar. Yo me encargo de volar.

—Me parece bien —murmuró Pata de Mosca—. Sólo una pregunta más: ¿qué es un *looping*?

—Una vuelta en el aire —le explicó Lola—. Te provoca un agradable cosquilleo en el ombligo. Es algo indescriptible.

—¡No me digas! —Pata de Mosca se rascó nervioso la nariz.

—No está mal ese plan —comentó Burr Burr Chan—. Podría funcionar.

—No sé —dijo Piel de Azufre—. No me gusta dejarlo todo en manos de estos dos chaparritos.

—¿Ah, no? ¿Quieres bajar tú misma, cara de pelo? —replicó

Lola—. ¡Vamos, Molúsculus! —agarró a Pata de Mosca de la mano—. Llegó la hora de que nosotros ayudemos un poco —volteó hacia Lung una vez más—. Es práctico tener a alguien pequeño en el equipo, ¿o no?

Lung asintió.

—Muy práctico —respondió—. ¿Sabes una cosas, rata? Creo que algún día el mundo pertenecerá a los más pequeños.

—Nada que objetar —contestó Lola.

Luego se subió al regazo de Ben sin soltar a Pata de Mosca, recorrió el lomo de Lung intentando no perder el equilibrio y tiró del homúnculo hasta el lugar donde había amarrado su avioneta. Soltaron las finas cadenas, Lola abrió el techo de la cabina y los dos se montaron en el aparato.

Pata de Mosca volteó a mirar a Ben por última vez y le sonrió vacilante. Ben hizo un gesto de despedida con la mano. Lola Colagrís arrancó. El ruido del motor llenó la noche como si fuera el canto de los grillos… y la pequeña avioneta despegó junto con los dos exploradores en dirección al Ojo de la Luna.

El ojo de la luna

 —¡Este lago es muy grande! —exclamó Lola en medio del ruido del motor.

—Sí —susurró Pata de Mosca—. Grande como un mar.

Miró por la ventana y oyó sus propios dientes castañeando. El motor rugía en sus oídos y le temblaban las rodillas. ¡A bordo de una nave de hojalata! ¡Qué espanto! Sólo un poco de metal y un ruidoso aparato los separaban de la nada. Ansiaba regresar al fuerte lomo de Lung, al cálido regazo de Ben, a la mochila, a cualquier lugar que no fuera aquella máquina del infierno.

—Si, llamando al copiloto: ¿ves algo sospechoso, Homúsculus? —preguntó la rata.

Pata de Mosca tragó saliva. Por desgracia, nadie puede tragarse el miedo.

—No —respondió con voz temblorosa—. Nada, nada excepto las estrellas —se reflejaban sobre el agua como luciérnagas minúsculas—. Acércate a la orilla—le dijo a la rata—. Es donde más le gusta esconderse, se oculta en el lodo.

De inmediato la avioneta torció el rumbo y dibujando un amplio arco regresó hacia la orilla. Pata de Mosca sintió un vuelco en el estómago.

El lago se extendía bajo ellos como un espejo de cristal negro. Sin dejar de zumbar, la avioneta se deslizó sobre el agua. Todo estaba oscuro, sólo las flores brillaban en la orilla, envueltas en su misterioso halo azul.

Pata de Mosca miró por encima del hombro hacia el lugar donde habían dejado a Lung, pero, del dragón no quedaba ni rastro. Probablemente aguardaba su señal escondido detrás de una roca. Volvió a dirigir la mirada a la superficie del agua. De pronto, como surgido de la nada, sintió un extraño temblor en el pecho.

—¡Está aquí! —gritó asustado.

—¿Dónde? —Lola se aferró a los mandos y clavó los ojos en la oscuridad, sin embargo, no descubrió nada sospechoso.

—¡No sé dónde! —gritó Pata de Mosca—. Pero lo siento con claridad.

—Puede que tengas razón —Lola presionó su puntiaguda nariz contra la ventana de la cabina—. ¡Allí adelante el agua ondea de manera sospechosa! Como si una piedra grande se hundiera en ese lugar —disminuyó la potencia del motor—. Apagaré los faros. Vamos a ver eso más de cerca —dijo.

Las rodillas de Pata de Mosca temblaron de nuevo. La mera idea de reencontrarse con su antiguo señor hacía que se le congelara la sangre. Lola voló en línea recta hacia el lugar sospechoso. No necesitaba las luces, porque al igual que Pata de Mosca, tenía ojos de animal nocturno y le bastaba la luz de las estrellas.

Allí donde el agua ondeaba y las olas rompían nerviosas contra la orilla, las flores se doblaban como si alguien se hubiera abierto camino a través de la espesura de sus tallos. Debía de ser alguien muy pequeño, pequeño como un enano.

—¡Allí! —Pata de Mosca dio un brinco en su asiento y se golpeó la cabeza contra el techo de la avioneta—. Por allí corre Barba de Grava.

Lola dirigió la nave hacia la orilla. Asustado, el enano levantó la cabeza de entre las brillantes flores y clavó la mirada en la cosa que volaba directo hacia él sin dejar de zumbar. No reflexionó por mucho tiempo. Veloz como un rayo se echó a correr de regreso al agua.

Lola Colagrís hizo girar la avioneta con brusquedad.

Lo alcanzaron a la orilla del lago. Barba de Grava corría tan rápido como le permitían sus cortas piernitas.

—¡Agárralo, hocuspocus! —gritó Lola.

Abrió la cabina y redujo tanto la altura que el tren de aterrizaje de la nave acarició las flores. Pata de Mosca reunió todo el valor que pudo, se asomó por la ventana y extendió el brazo para atrapar a Barba de Grava. Sin embargo, en el último segundo el agua del lago se alzó junto a la orilla. Unas poderosas fauces emergieron de las olas y se abalanzaron sobre el enano.

Barba de Grava desapareció.

Lola hizo voltear la avioneta con una nueva maniobra y Pata de Mosca se dejó caer en su asiento.

—¡Se lo comió! —gritó la rata asombrada—. ¡Se lo comió sin más!

—¡Vámonos de aquí! —gritó Pata de Mosca—. ¡Ahora mismo! ¡Rápido!

—No es tan sencillo —le contestó Lola mientras luchaba desesperada con el volante.

La pequeña avioneta se tambaleaba en el aire, incapaz de alejarse de los relucientes dientes de Sarpullido, que se abrían y cerraban una y otra vez. El monstruo se alejaba cada vez más del agua, empujado por su furia contra aquella cosa minúscula y ruidosa.

Pata de Mosca miró angustiado por la ventana trasera. ¿Qué hacía Lung? ¿En serio estaba despegando?

—¡Pero si no hicimos ningún *looping*! —se lamentó—. ¡Era la señal!

—¡Es imposible no ver a ese monstruo! —le gritó Lola—. ¡Tienen que haberlo notado incluso sin nuestra maldita señal!

Su avioneta escupió. El motor empezaba a fallar.

Pata de Mosca temblaba de pies a cabeza. Volvió a mirar por la ventana trasera, entonces vio surgir algo plateado junto a la pendiente del oscuro monte.

—¡Vuela! —dijo Pata de Mosca, como si el dragón pudiera oírlo—. ¡Vuela antes de que te vea!

Y Lung voló. Extendió sus alas y salió disparado en dirección al lago.

—¡No! —gritó Pata de Mosca horrorizado—. ¡Lola, Lola! Lung viene hacia aquí.

—¡Maldita sea! —gritó la rata al tiempo que sorteaba la zarpa de Sarpullido—. ¡Piensa que debe ayudarnos! ¡Agárrate, Pata de Mosca!

Lola levantó la punta de la avioneta y dibujó un *looping*. Justo sobre las fauces abiertas de Sarpullido, luego aumentó la altura e hizo un círculo en el aire, y luego otro, y otro hasta que el homúnculo sintió que el estómago se le deslizaba hasta la garganta. Miró hacia abajo y vio que su antiguo amo regresaba enfurecido al lago. Después dirigió la vista a otra dirección y vio a Lung flotando inmóvil en el aire.

—¡Vuela, por favor, vuela hasta la cueva de los dragones! —susurró Pata de Mosca, a pesar de que el corazón le latía despavorido y los rugidos de Sarpullido le desgarraban los oídos.

—¿Qué ocurre? ¿Da la vuelta? —gritó Lola antes de dibujar una temeraria espiral en torno al cuello del monstruo.

Lung torció el rumbo.

Se alejó de allí como una flecha mientras el dragón dorado seguía con la mirada clavada en la pequeña avioneta, esa cosa minúscula y estúpida que tenía la osadía de burlarse de él.

—¡Se va! —informó Pata de Mosca. Su voz sonó casi como un graznido de la alegría que sintió—. ¡Regresa a los montes!

—Estupendo —respondió Lola, aceleró y pasó silbando entre las zarpas de Sarpullido. Éste intentó golpear el aparato con las dos zarpas, pero su coraza era pesada y volvió a caer al agua entre resuellos.

Pata de Mosca no dejó de seguir a Lung con la mirada hasta que éste aterrizó en una ladera cubierta de nieve… y desapareció de repente, como si se hubiera esfumado en el aire.

—¡Rata! —exclamó el homúnculo—. Lo conseguimos. Lung ha desaparecido. Está en la cueva —se dejó caer de nuevo sobre su asiento dando un suspiro—. ¡Ya puedes regresar!

—¿Regresar? —repitió Lola—. ¿Ahora que nos estamos divirtiendo? No, ahora de verdad empieza lo bueno —dibujó un amplio arco con su avioneta y se dirigió hacia los cuernos de Sarpullido.

—¿Qué haces? —gritó Pata de Mosca horrorizado.

Sarpullido levantó sorprendido la cabeza, entrecerró los ojos y los clavó en aquella cosa ruidosa que volvía de nuevo contra él como un molesto avispón.

—¡Sólo una vuelta más! —prometió Rata—. ¡Contra él!

Pasó volando tan cerca de la frente acorazada de Sarpullido que Pata de Mosca se encogió entre los asientos y se tapó la cara con las manos.

—¡Yujuuu! —gritó la rata, y esquivó los cuernos de Sarpullido—. ¡Por fin algo diferente a lo que siempre me pide mi tío! ¡Yujuuu!

El dragón dorado volteó sin dejar de resoplar. Se daba la vuelta, hincaba los dientes en el aire una y otra vez… pero no atrapaba más que el aire de la noche.

—¡Jojooo! —rio Lola mientras volaba de un lado a otro alrededor de Sarpullido, hasta que éste empezó a dar vueltas en el agua como un oso de circo—. ¡Jojooo! Tu antiguo amo está un poco entrado en años, ¿eh, Humpucoco? Desde luego, no es el más rápido —se despidió por la ventana moviendo la mano—. ¡Hasta la vista! ¡Regresa al lodo, idiota, y oxídate!

Luego salió como una flecha hacia lo alto del cielo, hasta que Pata de Mosca ya no supo dónde estaban sus pies y dónde estaba su nariz.

—¡Tararíii, tararáaa! —la rata dio unos golpecitos de orgullo contra el tablero de mandos—. Bien hecho, mi pequeña de hojalata. Extraordinario, diría yo.

A sus espaldas, Sarpullido soltó un rugido tan estruendoso que Pata de Mosca se tapó los oídos, pero la avioneta estaba ya fuera de su alcance.

—Bueno, ¿qué opinas, Homolocus? —dijo Lola, y tamborileó alegremente los dedos contra el volante—. ¿No nos merecemos un buen desayuno?

—Sí, desde luego —murmuró Pata de Mosca. Volteó la mirada hacia su antiguo señor, que los seguía con sus ojos rojos como si pudiera arrancarlos del cielo con la mirada. ¿Lo habrá reconocido cuando estiró el brazo para intentar atrapar a Barba de Grava? Encogió el cuerpo—. ¡No quiero volver a verlo jamás! —susurró y apretó los puños—. Nunca, nunca más.

Nunca dejaría de temerle, ni aunque pasara volando cien veces por delante de las narices de Sarpullido, aunque escapara doscientas veces de sus fauces o escupiera otras trescientas sobre su cabeza acorazada. Jamás.

—Voy a aterrizar en el mismo lugar donde nos detuvimos antes —le informó Lola—. ¿De acuerdo?

—De acuerdo —murmuró Pata de Mosca, y soltó un suspiro—. Pero ¿qué haremos después? ¿Cómo encontraremos a los demás?

—Bah —Lola dibujó un par de espirales y sonrió—. Ya nos encontrarán ellos. Ahora nos concederemos un desayuno. Opino —se pasó satisfecha una pata sobre las orejas— que ya hemos trabajado suficiente esta semana, ¿no te parece, Homolocusco?

Pata de Mosca asintió con la cabeza.

Sin embargo, bajo ellos Sarpullido se dejaba caer de nuevo en el agua del lago. Se sumergió y desapareció, como si no hubiera sido más que un mal sueño.

La cueva
de los dragones

 Parado sobre la nieve, Lung contemplaba el lago bajo sus pies. Se encontraba muy lejos, pero sus ojos de dragón vieron claramente cómo Sarpullido daba vueltas con torpeza en medio del agua, intentando alcanzar con sus zarpas la cosa minúscula que zumbaba a su alrededor burlándose de él.

—Vamos —le dijo Burr Burr Chan, y bajó de su lomo—. Ya viste la señal, sabrán arreglárselas solos. Nosotros no tenemos tiempo que perder o de lo contrario, ese monstruo volverá a mirar en nuestra dirección.

El dubidai empezó a caminar a paso apresurado a través de la nieve, Ben y Piel de Azufre lo siguieron hasta una pared rocosa que se alzaba cubierta de nieve y frente a la cual Burr Burr Chan se detuvo.

Lung se acercó a su lado y lo miró con ojos interrogantes.

—¿Y ahora?

Burr Burr Chan se rio entre dientes.

—Les dije que estaría frente a sus narices y que no la verían —puso un dedo cubierto de pelo sobre un punto de la roca que quedaba por encima de él, a duras penas lo alcanzaba con la pata—. Ahí, ¿ves la grieta? Introduce el hombro y haz fuerza contra la roca.

Así lo hizo Lung. Apenas presionó la piedra helada cuando de pronto el muro se hizo a un lado y ante ellos se abrió un oscuro túnel. El dragón estiró con cuidado el cuello hacia el interior.

—¡Vamos, adentro! —Burr Burr Chan empujó a Ben y a Piel de Azufre contra la oscuridad.

Lung volteó a mirar el lago una vez más: Lola Colagrís seguía molestando a Sarpullido. Luego dio media vuelta y desapareció en el túnel.

Un aroma familiar lo recibió. Flotaba muy débil en el aire frío, que se volvió cada vez más cálido con cada paso que daban hacia el interior de la montaña. Era su propio olor, acre y fresco como el aire por encima de las nubes: el olor de los dragones. De pronto sintió como si hubiera regresado a casa.

El túnel los conducía hacia las profundidades del monte. A veces doblaba a la izquierda para volver a doblar luego a la derecha. En ocasiones el camino se ramificaba en corredores más estrechos, de techos tan bajos que sólo un duende podría recorrerlos. De algunos de estos túneles llegaba un tentador aroma a hongos. A Piel de Azufre le gruñeron las tripas, pero siguió caminando con valentía.

—Aquí dentro no está oscuro—comentó Ben después de avanzar un buen trecho hacia el corazón de la roca—. ¿Cómo es eso posible?

—Piedra lunar —respondió Burr Burr Chan—. Trajimos piedra lunar para los muros. Absorbe la luz como una esponja, sólo hay que dejar entrar la luz de la luna de vez en cuando, o soplar fuego de dragón por los túneles, y con eso dura años, pero ha oscurecido desde la última vez que estuve aquí —paseó la mirada por las brillantes paredes y se encogió de hombros—. Probablemente ya ni siquiera dejan entrar la luz de la luna, por miedo al dragón dorado. En verdad tengo ganas de ver qué dirán cuando sepan que él en persona chapotea ahora mismo en el lago.

—Se enfurecerán —murmuró Piel de Azufre, y se jaló nerviosa las orejas—. Mucho. Lo más seguro es que no quieran ni oír el porqué de que estemos aquí.

—No podemos luchar contra los humanos —dijo Lung—. Si expulsamos a cien, llegan mil, pero sí podemos enfrentarnos a Sarpullido.

—¿Qué? —Piel de Azufre se interpuso nerviosa en su camino—. ¿Ya empiezas otra vez? ¡Hablas de pelear, cuando nos pusimos en camino precisamente para encontrar un lugar tranquilo donde vivir! ¿Luchar contra este monstruo? ¡Bah!

—Es bastante torpe —comentó Burr Burr Chan a sus espaldas—. Se queda muy rápido sin aliento por culpa de su coraza. Y tampoco parece que sea demasiado inteligente. Mira con qué facilidad lo ha distraído la rata…

—¡Tonterías! —Piel de Azufre volteó enfadada hacia él—. ¡Tonterías, tonterías, tonterías! Es veinte veces más grande que Lung.

—¡Más grande! —Burr Burr Chan se encogió de hombros—. ¿Y qué?

—No te enojes, Piel de Azufre —dijo Lung, y empujó a la duende con suavidad hacia un lado—. Sigamos nuestro camino.

—¡Está bien, está bien! —gruñó Piel de Azufre—. Pero deja de hablar de enfrentarte a quien sea, ¿de acuerdo?

Siguieron avanzando en silencio. Durante un buen rato el túnel continuó adentrándose en las profundidades de la montaña, hasta que de pronto dibujó una curva cerrada y ante ellos se abrió una impresionante gruta. Miles de piedras lunares brillaban por todo el techo. De la oscuridad pendían estalactitas como espuma congelada en el tiempo. Otras crecían del suelo y se estiraban hacia el techo.

Sin salir de su asombro, Ben se adelantó unos pasos, jamás

había visto un lugar como ése. Allí, en el corazón del monte, las piedras parecían cobrar vida. Se sentía rodeado de extrañas plantas, árboles y colinas de piedra centelleante.

—¿Y? —dijo Piel de Azufre a sus espaldas—. ¿Dónde están todos, los otros dragones?

—Se escondieron —respondió Burr Burr Chan—. Apuesto lo que quieran.

Lung avanzó con cuidado hacia el interior de la cueva. Piel de Azufre se echó a correr detrás de él. Burr Burr Chan y Ben los siguieron con pasos lentos. En medio de la gruta, entre escarpadas colinas de piedra, Lung se detuvo.

—¿Dónde están? —gritó.

No recibió más respuesta que el eco de su propia voz.

—¡Eh, hola! —lo secundó Piel de Azufre—. Volamos por medio mundo, al menos podrían asomar las narices para saludarnos —pero ella tampoco obtuvo respuesta.

Tan sólo les llegó un débil rumor desde uno de los arbustos de estalactitas que crecían en el rincón más alejado de la cueva.

Piel de Azufre aguzó las orejas.

—¿Oíste eso? —le susurró a Lung.

Lung asintió.

—Está muy oscuro —dijo—. Arrojaré un poco más de luz.

Estiró el largo cuello y escupió fuego. Las llamas crepitaron entre las piedras, lamieron las oscuras paredes y ardieron azules hasta el techo. La cueva de los dragones comenzó a brillar con tanta claridad que Ben tuvo que entrecerrar los ojos por un instante. Las piedras lunares irradiaban luz desde el techo. Los muros centelleaban y de las puntas de las estalactitas chisporroteaba el fuego del dragón.

—¡Sí! —exclamó Burr Burr Chan extendiendo los brazos—. Así debería ser siempre este lugar.

Lung cerró las fauces y miró a su alrededor.

—Lung —susurró Ben al tiempo que apoyaba una mano sobre sus escamas—. Allí detrás hay alguien. ¿No ves los ojos?

—Lo sé —respondió el dragón en voz baja—. Hace tiempo que están ahí. Esperemos.

Durante unos segundos todo permaneció en silencio. El fuego de Lung crepitaba entre las piedras. De pronto, un dragón surgió de entre la maleza de estalactitas al final de la cueva, era un poco más pequeño que Lung, más delicado, pero sus escamas tenían el mismo brillo plateado.

—Es una dragona —susurró Piel de Azufre a Ben—. Se distingue por los cuernos. Son rectos, en lugar de ser torcidos como los de Lung.

Ben hizo un gesto de asentimiento con la cabeza.

La dragona olfateó el aire y se acercó a Lung con timidez. Se observaron en silencio por unos instantes.

—No eres dorado —dijo al fin la dragona con voz ronca.

Lung sacudió la cabeza.

—No —respondió—. Soy como tú.

—Yo... no estaba segura —dijo la dragona con cautela—. Nunca he visto al Dorado, pero me han contado historias terribles sobre él. Dicen que es muy astuto... y que a veces lo acompañan pequeñas criaturas —observó con curiosidad primero a Piel de Azufre y luego a Burr Burr Chan.

—Son duendes —explicó Lung—. Seguro que también has oído hablar de ellos.

La dragona frunció el ceño.

—Se cuenta que nos traicionaron. Cuando nosotros más los necesitábamos.

—¿Qué? —se enfureció Burr Burr Chan—. Nosotros...

Lung lo miró y negó con la cabeza.

—No te enfades —le pidió—. Ya tendrás tiempo para eso más tarde.

—¿Dónde están los otros? —preguntó Ben al tiempo que emergía de la sombra de Lung.

La dragona retrocedió sobresaltada.

—El jinete del dragón —susurró—. ¡El jinete del dragón ha regresado!

Ben bajó la cabeza azorado.

—¿Que dónde están los otros? —la dragona se inclinó sobre él hasta que la punta de su hocico casi tocó la nariz del joven—. Están aquí, mira a tu alrededor.

Ben paseó confundido la mirada por el entorno.

—¿Dónde?

—Ahí —contestó la dragona al mismo tiempo que señalaba con la cabeza el lugar que se encontraba a espaldas de Ben.

Piel de Azufre soltó un silbido.

—Sí —susurró—. Tiene razón. Ahí están.

Se subió a una de las escarpadas colinas que se alzaban a su alrededor y acarició estupefacta la piel cubierta de escamas. Lung y los demás la observaron asombrados.

Ben estiró la mano y la pasó por las colas de dragón convertidas en piedra, cuellos doblados y piel grisácea. La dragona avanzó un paso y se detuvo a su lado.

—Éramos veintitrés —dijo—. Pero yo soy la única que queda. Maya la Loca, así me llamaron siempre: Maya la Lunática —meneó la cabeza sumida en sus pensamientos.

Lung volteó a mirarla.

—¿Qué ocurrió?

—Dejaron de salir al exterior —explicó Maya sin levantar la voz—. Ya no volaban a la luz de la luna. Se fueron transformando poco a poco. Yo les advertí, les dije: "Para ustedes olvidarse de la luna es más peligroso que el dragón dorado". Pero no me hacían caso. Se volvieron pesados, holgazanes, gruñones. Se reían de mí cuando salía de la cueva durante la noche o volaba hasta el lago cuando había luna llena. No dejaban de contar esa vieja historia del dragón dorado que nos destruiría a todos si no nos escondíamos de él. "Ten cuidado, está ahí afuera", me decían cada vez que abandonaba la cueva. "Nos está esperando", pero él nunca estaba. Yo les contestaba: "Existe otra historia, recuerden: la del jinete del dragón que regresará el día en que la plata sea más valiosa que el oro. Junto con nosotros vencerá al dragón dorado". Ellos sólo sacudían la cabeza y me decían que el jinete del dragón estaba muerto y que no regresaría jamás —clavó la mirada en Ben—. Pero yo tenía razón: el jinete del dragón ha regresado.

—Tal vez —dijo Lung, y contempló a los dragones de piedra—. Pero no es el único, también está aquí Sarpullido, el dragón dorado.

—Nos siguió —añadió Piel de Azufre—. Está abajo, en el lago.

Maya los miró horrorizada.

—¿El dragón dorado? —preguntó perpleja—. ¿Eso significa que de verdad existe? ¿Y está aquí?

—Estuvo aquí varias veces —explicó Burr Burr Chan—. Pero nunca encontró la entrada de la cueva. Y esta vez tampoco lo hará.

Lung asintió.

—Aun así, fuimos nosotros quienes lo condujimos hasta aquí. Lo siento —bajó la cabeza—. Yo tenía tanto deseos de encontrar este lugar que le mostré a Sarpullido el camino. Pero dejaré de esconderme. Voy a...

—¿Qué harás? —preguntó Maya. Un estremecimiento recorrió sus escamas.

—Voy a enfrentarme a él —respondió Lung—. Lo expulsaré de aquí. Para siempre. Ya estoy harto de tener que esconderme.

Ben y los duendes lo miraron asustados.

—¿Quieres luchar contra él? —Maya miró a Lung a los ojos—. Yo he deseado enfrentarme a él cientos de veces. Cuando los otros me contaban cómo los había perseguido para cazarlos. El devoradragones, protegido por su coraza de oro, armado con mil dientes hambrientos. ¿Es tan temible cómo me contaron los demás?

—No exageraban nada —gruñó Piel de Azufre.

Lung asintió.

—Es temible. Pero yo me enfrentaré a él.

—Sí —murmuró Maya. Calló de nuevo y paseó la mirada por la cueva, que volvía a brillar con la claridad de los viejos tiempos—. Yo te ayudaré —dijo—. Juntos tal vez lo conseguiremos. Eso es lo que yo les decía siempre a los demás: "Juntos somos más fuertes que él". Pero tenían demasiado miedo —meneó la cabeza con tristeza—. Miren cómo se acaba cuando se tiene miedo —señaló a los dragones de piedra con un gesto de la cabeza—. Cómo se agachan, inmóviles, sin vida. Yo no quiero acabar así. ¿Sabes qué pienso? —se acercó a Lung—. Tienen que atraerlo hasta aquí. Así debe ser. Y lo venceremos juntos. Como cuentan las historias antiguas: "Cuando regrese el jinete del dragón, la plata se volverá más valiosa que el oro".

—¡Ustedes dos, no me digan! —Piel de Azufre arrugó ofendida la nariz—. ¿No creen que necesitan un poco de ayuda en esa batalla?

—A mí tampoco me están tomando en cuenta —dijo Ben.

—Necesitamos toda la ayuda posible —respondió Lung, y le dio a Piel de Azufre un débil empujón en su barriga cubierta de pelo.

—Bien, entonces ya somos cinco. No… —Piel de Azufre se sentó sobre una cola de dragón convertida en piedra—. ¡Siete! También está Pata de Mosca y la rata.

—¡Pata de Mosca y Lola! —repitió Lung horrorizado—. ¡Siguen en algún lugar ahí afuera!

—¡Cortinarios viscosos! —Burr Burr Chan dio un respingo—. Seguro que nos están esperando en el lugar donde aterrizamos al llegar. Hay un túnel de hongos que llega hasta allí. Vamos, Piel de Azufre, nosotros iremos por ellos.

—¡Un momento, primero tengo que quitarme todas estas prendas de humanos!

Piel de Azufre se desprendió con rapidez de la ropa que los monjes le habían dado para el viaje. Después, los dos duendes desaparecieron.

Ben se quedó solo con los dos dragones.

—¿Una rata y una pata de mosca? —preguntó Maya con curiosidad.

Lung hizo un gesto de asentimiento.

—No son más grandes que una de tus orejas, pero son muy valientes.

Durante algunos instantes permanecieron inmóviles y en silencio observando a los dragones de piedra.

—¿Qué piensan? ¿Será posible devolverles la vida? —preguntó Ben.

Maya negó con la cabeza.

—¿Cómo pretendes traer la luna hasta aquí?

—¡Tal vez el rocío lunar ayude! —Ben miró a Lung con ojos interrogantes.

—¿El rocío lunar? —repitió Maya.

—Sí, tú lo conoces —contestó Lung—. Cada noche que brilla la luna, ese rocío se acumula sobre las flores azules que crecen junto al lago. Si lames sus hojas, puedes volar también durante el día. ¿No lo sabías?

Maya sacudió la cabeza.

—Olvídenlo —dijo Ben—. ¿Cómo vamos a reunir el rocío con Sarpullido oculto en el fondo del lago?

—Todavía me quedan un par de gotas —recordó Lung—. Pero no serán suficientes. Y quién sabe si aún las necesitaremos.

—¡Es cierto! —murmuró Ben, y acarició decepcionado las escamas de los dragones de piedra.

Ni hablar

 —Ni hablar, no quiero salir —dijo Barba de Grava.

Seguía en el interior de su señor, sentado sobre la caja dorada que contenía el corazón de Sarpullido. Contemplaba desconfiado el caldo que se extendía a sus pies y que se encargaba de la digestión del dragón dorado. Apestosos vapores se elevaban de las aguas y le pellizcaban la nariz.

—¡Sal de ahí, limpiacorazas! —rugió una voz desde las alturas.

—¡No! —repitió Barba de Grava hacia lo alto de la poderosa garganta—. ¡Primero prométame que no volverá a tragarme nunca más! Ya estoy harto. ¿Y si caigo por el camino equivocado? ¿Y si la próxima vez termino en ese caldo de ahí abajo? —se estremeció y miró el líquido que borboteaba y echaba chispas.

—¡No digas tonterías! —respondió furioso Sarpullido—. Me tragué a ese traidor de Pata de Mosca mil veces, y nunca cayó por el conducto equivocado.

—Sí, sí —murmuró Barba de Grava, y se enderezó el sombrero—. Puede contarme lo que quiera. ¡Por cierto que también sufrí una agitada travesía por el río! —añadió—. ¿Atrapó al fin a ese avispón de hojalata? No lo veo flotando en el caldo.

—¡Se me escapó! —gruñó Sarpullido. Barba de Grava sintió cómo el estómago de su señor temblaba de furia—. Aterrizó en lo alto de los montes. Allí donde estaba antes el dragón plateado.

—Ajá —Barba de Grava se pasó malhumorado los dedos por la barba—. ¿Y ahora dónde está? ¿Ya le mostró a usted dónde se encuentra el escondite de los dragones?

—¡No! —bufó Sarpullido—. Ha desaparecido. ¡Sal de una vez! Tienes que escalar hasta el lugar donde aterrizó el avispón de hojalata. ¡Tú mismo viste quién iba sentado dentro! ¡Ese traidor con patas de araña! ¡Grrr! Voy a partirlo en pedazos como a una cucaracha, pero antes nos conducirá hasta su nuevo amo.

—¿Y? —Barba de Grava seguía enojado—. ¿Qué ganaré yo a cambio cuando lo encuentre? ¿A él y al avispón de hojalata? —metió la mano bajo su camisa y acarició el anillo de matrimonio de Barnabas Wiesengrund.

—¿Cómo te atreves a preguntarme eso? —bramó Sarpullido—. ¡Sal de ahí o empezaré a agitarme hasta que caigas en el caldo!

—Está bien, está bien, ya salgo —Barba de Grava se levantó murmurando maldiciones y subió por el gaznate de su maestro hasta el exterior.

—Entiendo por qué se largó ese Pata de Mosca —masculló entre dientes—. Lo entiendo perfectamente.

Descubierto

 —¡Se han olvidado de nosotros! —se lamentaba Pata de Mosca caminando intranquilo de un lado a otro—. Qué desagradecidos.

—¡No digas eso! —le replicó la rata mientras removía en la olla que descansaba sobre su minúsculo hornito.

El sol se alzaba lentamente en el cielo nublado y entre las montañas flotaba una espesa niebla. Los jirones de vapor blanco lo ocultaban todo: las flores, el lago… y a Sarpullido. Si es que seguía allí abajo. Lola probó la sopa que borboteaba en la olla, se lamió el hocico y siguió moviéndola.

—¡Siéntate de una vez, hocuspocus! Te lo repito por milésima vez: regresarán. Por muy tarde, cuando oscurezca. No sé por qué lloriqueas tanto. Tenemos todo lo que necesitamos: algo para comer, algo caliente para beber, tenemos hasta sacos de dormir, dos, incluso.

—Pero estoy preocupado —respondió afligido Pata de Mosca—. ¿Quién sabe cómo son estos dragones? Tal vez sean como en los viejos cuentos. ¡Tal vez su plato favorito sean los niños humanos!

La rata se rio entre dientes.

—Tonterías. Créeme, ese chico sabe cuidar bien de sí mismo. Y si no lo hace él, ahí está Lung. Sin mencionar a ese duende de cabeza peluda.

Pata de Mosca soltó un suspiró y clavó la mirada en la niebla que se extendía a sus pies.

—¿Son todos los monóculos como tú? —preguntó Lola.

—¿Así cómo? —murmuró Pata de Mosca sin voltear.

—Pues así de pesimistas —Lola llenó la cuchara de sopa y sorbió con cuidado—. Ay, no —murmuró—. Otra vez me pasé de sal.

De pronto levantó el puntiagudo hocico y olisqueó el aire. Sus orejas temblaron.

Pata de Mosca la miró asustado.

—¿Tú también quieres comer? —preguntó Lola en voz alta y extraña, mientras señalaba a sus espaldas con la pata. Allí estaba su avioneta, asegurada con algunas piedras de gran tamaño. Algo se movía detrás de las ruedas.

Pata de Mosca contuvo el aliento.

—¿Comer? —balbuceó—. Eh, sí, claro —dijo mientras daba un paso disimulado en dirección a la avioneta.

—Bien, voy a buscar dos cuencos —anunció la rata, y se levantó.

Y entonces se colocó de un salto entre las ruedas y atrapó una pierna regordeta. Pata de Mosca corrió a ayudarla y entre los dos sacaron de debajo del avión a un enano que no dejaba de moverse.

—¡Barba de Grava! —exclamó Pata de Mosca asustado—. ¡Es ese enano de las piedras otra vez!

Barba de Grava no se dio por aludido. Mordía y pataleaba, intentaba golpear con los puños y casi consiguió empujar a Lola al vacío. Los enanos de las piedras son fuertes, mucho más fuertes que una rata o que un homúnculo de nariz pálida, pero justo cuando Barba de Grava se liberaba de un tirón de las uñas de Lola, Pata de Mosca le quitó el sombrero de un golpe.

El enano se tranquilizó de inmediato. Entrecerró los ojos, regresó del borde del precipicio dando tumbos y se sentó sin dejar de resoplar. Pata de Mosca atrapó el sombrero un segundo antes de que éste rodara monte abajo, y se lo puso sobre la cabeza. Le resbalaba casi hasta la nariz, pero no se sentía tan mal. No, todo lo contrario. Se acercó al borde del precipicio hasta que las puntas de sus zapatos se asomaron al vacío. No sentía el más mínimo miedo.

—Increíble —murmuró, volteó y empujó el sombrero hacia atrás lo suficiente para poder ver por debajo del ala. Los montes tenían de pronto un aspecto totalmente distinto: brillaban y centelleaban en mil colores diferentes. Pata de Mosca miró a su alrededor sin salir de su asombro.

—Eh, Molúscolo, ayúdame, ¿quieres? —Lola sacó un largo

cordel de su overol de aviador—. Tenemos que atar al enano, o ¿prefieres que vuelva corriendo adonde se esconde su señor? Muy buena tu idea de quitarle el sombrero. A mí ya se me había olvidado.

—Hola, Barba de Grava —dijo Pata de Mosca al tiempo que se sentaba sobre la barriga del enano. Lola empezó a atar al prisionero—. Eres un espía realmente servicial, mucho más de lo que yo lo fui durante trescientos años.

—¡Traidor! —gruñó el enano, y le escupió al homúnculo en el pecho—. Devuélveme el sombrero.

Pata de Mosca se encogió de hombros.

—No, ¿por qué habría de hacerlo? —se inclinó sobre el enano—. Sé perfectamente por qué sirves a mi antiguo amo con tanta celeridad. Porque te ciega el oro de sus escamas. Sólo que... ¿cómo pretendes conseguirlas sin que él te devore antes? ¿Quieres arrancárselas mientras duerme? No te lo recomiendo. Ya sabes cuánto valora cada una de esas escamas. ¿O ya olvidaste que quería devorar al profesor por una sola de ellas? ¿Qué opinas? —se acercó aún más a la cara del enano—. ¿Tiene miedo de que alguien descubra de qué está hecha su coraza? ¿O acaso teme todavía más que alguien sepa lo que esconde esa caja que él llama corazón?

Barba de Grava apretó furioso los labios y clavó la mirada en el fuego.

—¿Qué hacemos con él? —preguntó Lola—. ¿Alguna idea interesante, Humocoloso?

—Lo llevaremos con nosotros, por supuesto —dijo una voz a sus espaldas.

Lola y Pata de Mosca voltearon sobresaltados, pero sólo era Piel de Azufre quien apareció de repente entre las rocas. Detrás de ella Burr Burr Chan sonreía de oreja a oreja.

—¿Por dónde llegaron? —preguntó Pata de Mosca desconcertado—. ¿Encontraron la cueva de los dragones?

—La encontramos —respondió Piel de Azufre—. Y ustedes atraparon al pequeño espía, por lo que veo. No está mal. Imagínense —hincó los dientes en un hongo arrugado que sostenía en una pata—: en el camino encontramos algunas especies ancestrales de hongos, de los tiempos en los que los dubidai aún habitaban este lugar. El monte está lleno de túneles abiertos por ellos —se lamió los labios y dirigió una mirada de burla a Pata de Mosca—. ¿Tienes un nuevo sombrero, chaparrito?

El homúnculo se dio un golpecito en el ala.

—Es un sombrero verdaderamente increíble —dijo.

—Fue increíble cómo le tomaron el pelo a Sarpullido —comentó Burr Burr Chan—. Amanitas purpúreas, no estuvo nada mal. ¡Y ahora también atraparon a su espía!

Lola se acarició halagada las orejas.

—Una nimiedad —dijo.

—Bueno, yo cargaré con esa nimiedad. Ustedes tomen el resto de las cosas —dijo Burr Burr Chan, y paseó la mirada por el valle. La niebla se iba despejando poco a poco. Pájaros negros volaban en círculo entre los jirones blancos, incontables pájaros negros, nubes enteras de ellos aparecían y desaparecían en la niebla—. Qué extraño —murmuró el duende—. Es la primera vez que veo esta especie de pájaros. ¿De dónde salieron? —Piel de Azufre y Pata de Mosca corrieron hasta donde él se encontraba.

—¡Los cuervos! —gruñó Piel de Azufre—. Me temía que volvieran a aparecer.

—¡Él los llamó hasta aquí! —se lamentó Pata de Mosca, y se ocultó detrás de la pata de Piel de Azufre—. ¡No! Estamos perdidos. ¡Nos verán! ¡Nos arrancarán de entre las rocas!

—¿Pero de qué estás hablando? —la rata se acercó a ellos, y dejó escapar un silbido tan estridente, que Pata de Mosca se estremeció—. ¡Es cierto, qué cantidad de cuervos! Mi tío me contó algo sobre unos ejemplares de lo más desagradables. ¿Serán los mismos ésos de ahí abajo?

Pata de Mosca hizo una señal de asentimiento con la cabeza.

—Son cuervos hechizados. Y esta vez son tantos que Piel de Azufre no podrá ahuyentarlos con dos o tres piedritas.

—Vayámonos de aquí —dijo Piel de Azufre, y jaló a Burr Burr Chan para alejarlo del precipicio—. Antes de que nos descubran.

—¡Sarpullido el Dorado los devorará a todos ustedes! —chilló Barba de Grava, e intentó morder el pie peludo de Burr Burr Chan. Sin embargo, todo lo que consiguió fue que el duende se riera entre dientes.

—Para eso tendrá que arrastrar su coraza hasta aquí —le contestó antes de arrojárselo al hombro como si fuera un costal.

—Y ese amo tuyo tan listo todavía no sabe aún dónde se esconde la entrada de la cueva —replicó Piel de Azufre.

—¡Lo descubrirá! —bramó el enano de las piedras sin dejar de patalear—. Los aplastará como si fueran cucarachas. Los...

Burr Burr Chan le metió la barba en la boca. Luego desapareció con el prisionero en el túnel por el que habían llegado.

—¡Vamos, chaparrito! —dijo Piel de Azufre, y tomó a Pata del Mosca del brazo—. Antes de que te atrapen los cuervos.

Lola apagó el fuego con una pata, le dio la minúscula olla llena de sopa a Piel de Azufre y metió el resto de sus cosas en la avioneta.

—¡También puedes volar conmigo, Monóculo! —le ofreció, subió hasta la cabina y puso el motor en marcha.

—No, gracias —contestó Pata de Mosca agarrándose con fuerza a Piel de Azufre—. Una vuelta en tu avioneta me bastó para toda la vida, creo.

—¡Como quieras! —la rata cerró la cabina y entró en el túnel zumbando por encima de sus cabezas. Piel de Azufre lanzó una última mirada de preocupación a los cuervos. Luego también ella entró en el túnel, empujó desde dentro la piedra que ocultaba la entrada y no quedó nada que indicara el rastro del túnel de los dubidai.

El plan

Burr Burr Chan llevó a Barba de Grava, todavía maniatado, hasta una pequeña cueva alejada de la gruta principal de los dragones. Desde allí ni siquiera el oído de un enano conseguiría espiarlos mientras ellos preparaban su plan contra Sarpullido. Barba de Grava se sacó la barba de la boca mediante escupidas y empezó a maldecir a gritos mientras el duende se alejaba de allí. Burr Burr Chan se rio entre dientes.

Cuando regresó a la cueva de los dragones, encontró a los demás sentados en círculo, callados y con expresión de desconcierto en sus caras. Burr Burr Chan se agachó al lado de Piel de Azufre.

—¿Y? —le susurró—. Parece que no se les ocurre nada todavía, ¿verdad?

Piel de Azufre meneó la cabeza.

—No pueden atacarlo en el valle —dijo Lola Colagrís—. Puede desaparecer en el lago en cuanto él quiera.

—¿Tal vez sobre alguna ladera? —sugirió Pata de Mosca—. Ahí lo importunaría su coraza.

Sin embargo, Lung negó con la cabeza.

—Es demasiado difícil aterrizar sobre una pendiente —dijo—. Podríamos caer entre las rocas.

Piel de Azufre suspiró.

—¡Entonces lo atraeremos hasta otro lugar! —propuso Burr Burr Chan entusiasmado—. ¡Un valle donde no haya agua!

—No sé —murmuró Ben.

Hablaron y hablaron.

¿Cómo podrían atacarlo? El fuego de dragón no servía para nada contra la coraza de Sarpullido, eso lo sabían muy bien. Piel de Azufre sugirió atraerlo primero hasta los montes y luego empujarlo al vacío, pero Lung se limitó a sacudir la cabeza. Ni siquiera Maya y él juntos lo conseguirían. Lola hizo la temeraria propuesta de volar al interior de su garganta y destruirlo por dentro, pero los otros rechazaron su idea, y Pata de Mosca le explicó que Sarpullido guardaba su corazón en una caja acorazada. Así se fueron sucediendo y rechazando las ideas, hasta que reinó el silencio.

Ben se llevó pensativo la mano a la bolsita que llevaba colgada al cuello y sacó la escama dorada de Sarpullido. La sostuvo sobre la palma de la mano. Estaba fría y brillaba.

—¿Qué tienes ahí? —preguntó Burr Burr Chan con curiosidad.

—Es una escama de Sarpullido —contestó Ben, y pasó los

dedos por el frío metal—. El profesor la encontró, él también tiene otra —sacudió la cabeza—. La he raspado con mi navaja, golpeado con piedras... hasta la arrojé al fuego, pero no pasó nada. Ni siquiera logré arañarla —suspiró y colocó de nuevo la escama sobre la palma de su mano—. Sarpullido está protegido de pies a cabeza. ¿Cómo vamos a vencerlo? Se reirá de nosotros.

Lola Colagrís salió de su avioneta de un salto y trepó a la rodilla de Ben. Pata de Mosca estaba sentado sobre la otra.

—¿Lo han intentado con fuego de dragón? —preguntó.

Ben asintió con la cabeza.

—Lung y Maya escupieron fuego sobre la escama mientras ustedes no estaban. Nada. No pasó nada. Ni siquiera se calienta.

—Claro que no —dijo Pata de Mosca al tiempo que se frotaba la punta de la nariz—. Sarpullido está hecho para matar dragones. ¿Acaso piensan que le darían una coraza sensible al fuego de dragón? No, háganme caso —meneó la cabeza—. Pulí esas escamas durante trescientos años. No hay nada que pueda con ellas.

—Pero tiene que haber algún modo —dijo Lung. Empezó a caminar intranquilo de un lado a otro entre los dragones de piedra.

Ben aún tenía la escama en la mano. Empezó a darle vueltas de un lado a otro.

—Guarda ya esa cosa horrible —gruñó Piel de Azufre, y escupió sobre ella—. Apuesto a que trae mala suerte.

—¡Qué asco! Piel de Azufre, no hagas eso —Ben pasó su

manga sobre la escama, pero la saliva de duende no se limpiaba tan fácilmente. Seguía pegada al metal como una fina película.

—¡Esperen! —Lung se acercó a Ben de un salto. Clavó los ojos en la escama.

—Se puso oscura —dijo Pata de Mosca—. Esto no le gustaría nada a Sarpullido. Deberían ver cómo se mira en la superficie del agua cuando sus escamas están recién pulidas. Sobre todo si después sale de cacería. ¡Ay, cuántas horas tenía que limpiarlo antes de esas ocasiones! ¡Hasta que me sangraban los dedos!

—Saliva de duende y fuego de dragón —murmuró Lung. Levantó la cabeza—. Piel de Azufre, ¿te acuerdas de los cuervos?

Piel de Azufre asintió desconcertada con la cabeza.

—Saliva de duende y fuego de dragón. Eso fue lo que les quitó el hechizo, ¿no es cierto?

—Sí, pero…

Lung se abrió paso entre Ben y el duende.

—Pon la escama en el suelo —dijo—. Los demás retírense. En especial tú, Pata de Mosca.

El homúnculo se apresuró a bajar de la rodilla de Ben y se escondió detrás de la cola de Maya.

—¿Qué te propones? —preguntó ésta sorprendida.

Lung no respondió. Miraba la escama de Sarpullido como hipnotizado, luego abrió las fauces y arrojó con cuidado su fuego sobre ella. La llama azul lamió el metal.

Éste empezó a fundirse.

La escama de Sarpullido se fundía como mantequilla a la luz del sol, se deshizo y se convirtió en un charco de oro que se extendió sobre el suelo de roca gris de la cueva.

Lung alzó la cabeza y miró triunfante a su alrededor.

Los demás se acercaron estupefactos. Pata de Mosca se arrodilló junto al charco y metió un dedo con cautela. Lola se detuvo junto a él y pasó la cola por el oro líquido.

—Miren esto —dijo, y soltó una risita—. A partir de hoy me llamaré Cola Dorada.

Ben apoyó una mano sobre Lung.

—¡Eso es! —balbuceó—. Lo descubriste, Lung. Así podremos derrotarlo.

—¿Ah, sí? —se burló Piel de Azufre—. ¿Y cómo conseguiremos juntar saliva de duende y fuego de dragón sobre la coraza de Sarpullido?

Los otros callaron.

De pronto Pata de Mosca se levantó.

—Nada más fácil que eso —anunció, y se limpió el dedo dorado en la tela de su saco. Todos voltearon a mirarlo—. Piel de Azufre —dijo—. Tráeme, por favor, el equipaje de nuestro prisionero.

—¿Desearía alguna otra cosa el señor? —gruñó Piel de Azufre.

Aun así, fue a buscar la mochila de Barba de Grava y la arrojó a los pies de Pata de Mosca.

—Mi más sincero agradecimiento —dijo el homúnculo,

abrió la mochila y rebuscó en el interior. Sacó un martillo para trabajar las piedras, cerillos, velas, un peine para barbas, un cepillo para sombreros, dos trapos y una botella de cristal verde—. Perfecto —dijo Pata de Mosca y levantó la botella—. Aún queda más de la mitad.

—¿Qué es eso? —preguntó Ben.

—El producto para pulir la coraza de mi antiguo señor —explicó Pata de Mosca—. Lo fabrica un viejo enano de las piedras exclusivamente para él. Unas pocas gotas de este líquido en un cubo lleno de agua y sus escamas brillan tanto que Sarpullido se puede reflejar en ellas.

Pata de Mosca abrió la botella y vertió su contenido en el suelo de roca de la cueva.

—Bueno —dijo al tiempo que le sostenía la botella vacía a Piel de Azufre—. Escupe. Puedes turnarte con Burr Burr Chan, tienen que llenarla hasta un poco más de la mitad.

Burr Burr Chan tomó la botella de la mano del homúnculo.

—Con lo pequeñita que es, la llenaremos con dos escupitajos, ¿verdad, Piel de Azufre?

Riendo entre dientes, se sentaron sobre el lomo de un dragón de piedra y se pusieron a trabajar.

—¿Y no lo notará el enano? —le preguntó Lung preocupado al homúnculo.

—Por supuesto —Pata de Mosca volvió a meter con cuidado todas las cosas en la mochila—. Lo notará en cuanto intente limpiar la primera escama. Así que echará más y más saliva de duende en el agua, pensando que hace falta más producto. Mejor para nosotros, ¿no?

Lung asintió pensativo con la cabeza.

—Esperemos que funcione mezclado con tanta agua —comentó Maya.

Ben se encogió de hombros.

—Tenemos que intentarlo.

—Sí —dijo Lung—. Tan pronto como los duendes acaben, liberaremos al enano para que regrese cuanto antes con su señor.

—No, no, no podemos liberarlo —Pata de Mosca sacudió la cabeza con decisión—. Sospecharía algo de inmediato. No, lo dejaremos escapar.

—¿Qué? —preguntó Piel de Azufre horrorizada.

Burr Burr Chan y ella habían terminado ya su tarea.

—¡Una ración de saliva de duendes para los señores! —dijo el dubidai, y le entregó a Pata de Mosca la botella.

El homúnculo la devolvió con cuidado a su lugar.

—Sí, lo dejaremos escapar —repitió al tiempo que cerraba la mochila—. Y también le mostraremos la entrada a esta cueva.

—¡El chaparrito se volvió loco! —se lamentó Piel de Azufre—. Yo ya lo veía venir. Sólo era una cuestión de tiempo.

—Déjalo hablar, Piel de Azufre —le dijo Lung.

—¡Tenemos que atraer a Sarpullido hasta aquí! —afirmó Pata de Mosca con determinación—. ¿O prefieres que desaparezca en el agua cuando note que su coraza empieza a fundirse? No podrá llamar a los cuervos hasta aquí, porque estarían demasiado cerca del fuego de dragón. Una vez que esté en la cueva, sólo podrá escapar por el túnel. Y nosotros lo cerraremos.

—¡Está bien, está bien, tienes razón! —gruñó Piel de Azufre.

—Pero no funcionaría —replicó Maya—. Se olvidan de la luna. En la cueva no podemos volar.

—¡Afuera tampoco pueden volar! —respondió Pata de Mosca—. Ya les hablamos sobre esos cuervos. Oscurecen la luna, como aquella vez junto a la costa, ¡y ustedes caerían indefensos en las fauces de Sarpullido!

—Pata de Mosca tiene razón —le dijo Lung a Maya—. Tenemos que atraerlo hasta aquí. Y volaremos. Todavía me queda un poco de rocío lunar, bastará para los dos.

La dragona lo miró indecisa. Al final, asintió con la cabeza.

—Bien, lo atraeremos hasta aquí, pero lo destruirá todo, ¿no es cierto? —paseó la mirada a su alrededor.

—¡Tonterías! ¡Ustedes no le darán tanto tiempo! —intervino Lola—. Y ahora dejen hablar al humospoco. Quiero enterarme de una vez de lo que planea hacer con el enano.

Pata de Mosca miró a todos con expresión de importancia.

—Tan pronto como salga la luna, nuestro prisionero huirá —explicó—. Con toda la información que ansía Sarpullido, y con la botella de saliva de duende. Barba de Grava le contará a su señor dónde se encuentra la entrada de la cueva, y cómo se llega hasta aquí. Pulirá la coraza de Sarpullido con la saliva de duende y luego… —sonrió— luego lo conducirá hasta su perdición.

—¿Cómo conseguirás que no sospeche nada? —preguntó Ben.

—Deje que yo me ocupe de eso, joven señor —contestó Pata de Mosca, y se contempló el dedo, que aún brillaba por el metal fundido de la escama dorada—. Será mi venganza por trescientos años de tristeza y once hermanos devorados.

El espía engañado

Barba de Grava ya lo había intentado todo para liberarse de sus ataduras. Se deslizó por el suelo de la cueva como un pez en tierra, raspó contra rocas afiladas las cuerdas que le sujetaban las manos e intentó alcanzar el cuchillo que tenía en el bolsillo. Todo en vano. La rata había hecho unos nudos magníficos. Así que se pasó horas tirado sobre el duro piso de piedra como un costal de papas, rechinando los dientes mientras miles de piedras maravillosas destellaban en la oscuridad, y soñando con arrancarle las piernas de araña al traidor del homúnculo.

Cuando por fin oyó pasos que se acercaban, el enano pensó que sería esa rata gorda o uno de los duendes peludos, pero para su enorme sorpresa, fue Pata de Mosca quien emergió del oscuro túnel por el que lo habían llevado hasta allí. Pata de Mosca el traidor, con el sombrero de Barba de Grava sobre la cabeza.

—¿Tú qué haces aquí? —bufó Barba de Grava, y se retorció en sus ataduras como un gusano—. ¿Pretendes interrogarme?

¡Lárgate! Regresa con tus amigos. ¡Pero devuélveme mi sombrero, traidor asqueroso, pata de araña!

—¡Cállate! —le increpó Pata de Mosca. Se arrodilló junto al enano y, para espanto de Barba de Grava, sacó un cuchillo del bolsillo.

—¡Auxilio! —chilló el enano—. ¡Socorro, su dorada majestad, me quieren asesinar!

—¡No digas tonterías! —Pata de Mosca comenzó a cortar las cuerdas que aprisionaban a Barba de Grava—. Si sigues moviéndote así te cortaré un dedo sin querer. Y si gritas otra vez, Piel de Azufre te comerá en el desayuno.

Barba de Grava cerró la boca.

—¡Los duendes no comen enanos! —gruñó.

—A veces sí —dijo Pata de Mosca, y cortó las últimas ataduras—. Una vez incluso oí decir a uno de ellos que los enanos son de lo más apetitosos.

—¿Apetitosos? —Barba de Grava se levantó nervioso. Aguzó el oído, pero no distinguió ningún ruido. Nada excepto los susurros de las piedras.

Pata de Mosca le entregó su mochila.

—Aquí tienes tus cosas, y ahora vayámonos de aquí.

—¿Que nos vayamos? —el enano miró al homúnculo con desconfianza—. ¿Qué significa eso? ¿Acaso me preparas una trampa?

—¡Tonterías! —masculló Pata de Mosca, y empezó a avanzar tirando de él—. Has estado a punto de estropear mi estupendo plan, pero a pesar de eso no quiero que los duendes te atrapen. Además, te necesito como mensajero.

—¿De qué estás hablando? —el enano de las piedras lo seguía a regañadientes a través de los oscuros corredores—. ¿Qué plan? ¡Tú nos traicionaste! Enviaste a Sarpullido al desierto. ¿Sabes que me pasé días desenterrándolo de la arena? Y todo gracias a ti.

—¡Pero qué tonterías dices! —gruñó Pata de Mosca—. Nada más que tonterías. Yo no soy ningún traidor. Soy el leal limpiacorazas de Sarpullido desde hace más de trescientos años, más tiempo del que llevas tú picando piedra, idiota. ¿Tú crees que voy a convertirme en un traidor así sin más? No, ¡los cuervos tienen la culpa! Difundieron mentiras sobre mí. No me soportan, pero yo me ocuparé de que Sarpullido pueda poner fin a su cacería de una vez por todas. Yo, Pata de Mosca, no esos miserables cuervos torcidos. Y tú me ayudarás.

—¿Yo? —Barba de Grava lo seguía desconcertado y dando tropiezos—. ¿Por qué? ¿Qué...?

—¡Shhh! —Pata de Mosca le tapó la boca con la mano—. No digas ni una palabra, ¿de acuerdo?

Barba de Grava asintió, y abrió la boca y los ojos de par en par. Acababan de llegar a la cueva principal.

Jamás en su vida de enano había visto Barba de Grava una maravilla como aquella. Las piedras lo cegaron. En sus oídos zumbaban las voces de las rocas, innumerables; voces maravillosas jamás oídas. Cuando el homúnculo tiró de él con brusquedad, Barba de Grava se sobresaltó como si acabara de despertar de un profundo sueño.

—¿Qué ocurre? ¿Quieres quedarte aquí petrificado? —dijo Pata de Mosca, y siguió tirando del enano a través del centelleante estómago de la tierra. Dejaron a un lado a los dos duendes dormidos, a la rata, que roncaba al lado de su avioneta, y al joven humano, que dormía hecho un ovillo como un gato. Barba de Grava no prestó atención a ninguno de ellos. No quitaba la vista de las piedras que relampagueaban por encima de su cabeza, seguía los brillantes dibujos que se extendían por las paredes de la cueva… y de repente tropezó con la cola de un dragón dormido. Se detuvo espantado.

Dos dragones de plata yacían frente a él, tan juntos que apenas era posible diferenciar uno del otro.

—¿Dos? —le susurró al homúnculo—. ¿Por qué sólo hay dos? ¿Dónde están los demás?

—En otra cueva —masculló Pata de Mosca—. ¡Y ahora apresúrate! ¿O prefieres quedarte ahí parado hasta que despierten?

Nervioso, Barba de Grava echó a andar de nuevo dando traspiés.

—¿Cuántos hay? —susurró—. Vamos, dímelo, Pata de Mosca. Su dorada majestad seguro me preguntará.

—Veinte —susurró Pata de Mosca por encima del hombro—. Tal vez más. Vamos.

—Veinte… —murmuró Barba de Grava, y volteó a mirar a los dragones dormidos una vez más—. Son muchos.

—Cuantos más, mejor —gruñó Pata de Mosca—. Apuesto a que eso es lo que dirá Sarpullido.

—Sí, tienes razón. Seguro que dirá eso —Barba de Grava asintió con la cabeza e intentó dejar de mirar las piedras. Sin embargo, las maravillas que lo rodeaban hacían que olvidara una y otra vez que estaba huyendo. Sólo cuando dejaron la cueva tras de sí se rompió el hechizo. El homúnculo lo condujo a lo largo de un túnel interminable que avanzaba hacia arriba. Al final se encontraron frente a una roca plana de gran tamaño. Barba de Grava miró confundido a su alrededor, pero Pata de Mosca tiró de él sin decir una palabra y lo llevó por un estrecho túnel secundario hasta la salida.

La luna colgaba ya sobre el cielo. Detrás de las cumbres blancas palidecía un último jirón de luz crepuscular. El lago en el que esperaba Sarpullido se extendía oscuro entre los montes. Los cuervos volaban en círculos sobre el agua.

—Aquí tienes tu sombrero —Pata de Mosca le puso el sombrero sobre los erizados cabellos—. ¿Crees que podrás encontrar este lugar más tarde tú solo?

Barba de Grava miró a su alrededor y asintió.

—Por supuesto —contestó—. Qué piedras tan maravillosas. Únicas.

—Si tú lo dices… —Pata de Mosca se encogió de hombros y le indicó una roca que se encontraba a su izquierda—. Ésta es la roca que acabas de ver frente a la entrada. Una puerta de piedra se abre cuando un dragón se apoya sobre ella. Así que no debería ser ningún problema para nuestro señor introducirse en el monte, y el túnel es lo suficientemente grande para él. Qué tontos son estos duendes, ¿verdad? —se rio burlón.

—Querrá que le pula las escamas antes de la gran cacería —Barba de Grava se colgó la mochila a la espalda—. Está cubierto de lodo, así que no esperes que ataquemos muy pronto.

El homúnculo asintió y dirigió al enano una extraña mirada.

—Límpialo mejor que nunca —le dijo—. Será la cacería más importante de su vida. ¡La que espera desde hace más de cien años!

—¡Sí, sí! —Barba de Grava se encogió de hombros y emprendió la bajada—. Ojalá hubiera terminado ya la cacería, así no tendría que esperar más mi recompensa. Me ha prometido dos de sus escamas por mis servicios.

—Dos escamas, no me digas… —murmuró Pata de Mosca mientras el enano bajaba por el monte—. Qué pago tan generoso…

El homúnculo permaneció inmóvil algunos segundos y siguió con la mirada al nuevo limpiacorazas de Sarpullido. Luego, la fría noche lo empujó de regreso al interior del monte.

Limpio para la caza

—¿Ya terminaste, limpiacorazas? —gru-
ñó Sarpullido.

Se encontraba sumergido en el agua
hasta las rodillas, contemplando su brillante reflejo. Encorvado sobre la cabeza
del monstruo, Barba de Grava pulía la
frente acorazada. A pesar del terrible frío
de la noche, el sudor le caía hasta la barba,.

—¡Níquel y yeso! —maldijo rechinando los dientes—. ¿Pero
qué demonios ocurre? Por más que las limpio permanecen sucias como el cristal esmerilado.

—¿Qué murmuras ahí arriba? —protestó Sarpullido, y sacudió impaciente la cola contra el agua—. Ya debe de ser la cuar-
ta vez que pules esas escamas. ¿Todavía no están brillantes?

Hundió la cabeza con desconfianza y se miró en el agua, sin
embargo, en la oscuridad de la noche su reflejo no era más que
una sombra dorada desfigurada por las olas.

—¡Señor! —graznó un cuervo antes de aterrizar sobre una
de las púas del lomo de Sarpullido.

El dragón dorado volvió enojado la cabeza.

—¿Qué pasa? —gruñó.

—¿No sería mejor que lo acompañáramos algunos de nosotros al interior de la cueva? —graznó el cuervo.

—¡Tonterías! —Sarpullido negó con la cabeza—. Si el fuego de dragón los alcanzara, caerían como moscas. No, luego los necesitaré otra vez. Así que quédense aquí, ¿entendido?

—¡Entendido, señor! —graznó el cuervo, bajó el pico con reverencia y regresó hasta donde estaban los demás, que seguían sobrevolando el lago como una nube negra.

—Espero que estos dragones estén en forma —murmuró Sarpullido cuando su sirviente desapareció—. De otro modo cazarlos será un aburrimiento. ¿Qué aspecto tenían, limpiacorazas?

—Sólo vi a dos de ellos —respondió Barba de Grava malhumorado, y avanzó algunas escamas—. Son más pequeños que usted, mucho más pequeños.

Derramó las últimas gotas del producto y sumergió una vez más el trapo en el agua.

—¿Dos? —Sarpullido levantó la mirada hacia el enano. Sus ojos bizquearon en el intento—. ¿Cómo que sólo dos?

—Los demás estaban en otra cueva —contestó Barba de Grava, y siguió frotando con tanta fuerza que empezó a sentir dolor en los huesos. A pesar de todo, aquella capa deslucida continuaba cubriendo las escamas de Sarpullido. Dando un suspiro, el enano dejó caer el trapo y lo arrojó a la orilla junto con la cubeta.

—¡Se acabó, su dorada majestad! —anunció, se limpió el sudor de la frente con ayuda de la barba y se enderezó el sombrero.

—¡Por fin! —gruñó Sarpullido.

Lanzó una última mirada a su reflejo, se estiró, se lamió los horribles dientes y salió del agua entre resoplidos. Las flores azules se tronchaban bajo sus zarpas. Sarpullido se limpió el lodo de las garras, se pasó una última vez la lengua por los dientes, y echó a andar pesadamente hacia los montes.

—Bueno, ¿dónde está? —refunfuñó—. Vamos, dímelo de una vez, limpiacorazas. ¿En aquel monte?

—Sí, su dorada majestad —Barba de Grava asintió con la cabeza y se encogió.

El frío le pellizcó al enano las redondas mejillas con sus tenazas de hielo. Seguro de su victoria, Sarpullido se abrió camino a través de las aromáticas flores. Barba de Grava lo oyó rechinar los dientes, lamerse los labios y reírse solo. Aquello debía de ser lo que llamaban instinto sanguinario. El enano bostezó y pensó en la enorme cueva. Qué piedras tan maravillosas escondía, qué tesoros nunca vistos. ¡Pero la pelea! Esos veinte dragones no se dejarían devorar tan fácilmente. Barba de Grava frunció el ceño y, entumecido, sorbió la nariz. Una batalla de aquellas características era peligrosa para gente pequeña como él. Podría caer entre las zarpas de alguien con facilidad.

—¡Su dorada majestad! —lo llamó—. Creo que será mejor que yo me quede aquí, ¿no cree? Yo sólo lo molestaría en su gran batalla.

Sin embargo, Sarpullido no le hacía el menor caso. Temblaba por la emoción del enfrentamiento cercano. Comenzó a subir por la pendiente del monte sin dejar de resollar.

"Podría saltar", pensó Barba de Grava. "Él no lo notaría. Y me reuniría de nuevo con él cuando todo haya terminado."

Miró hacia abajo. La tierra quedaba muy lejos. El enano se balanceó intranquilo de un lado a otro. Pequeños copos de nieve caían del cielo y le cubrían el sombrero. El viento se deslizaba sobre las rocas y llenaba la noche de aullidos y suspiros. Aquello le agradaba a Sarpullido, le encantaba el frío. Lo hacía aún más fuerte. Siguió subiendo cada vez más alto, resollaba y soplaba bajo el peso de su coraza. Sus zarpas se hundían en la nieve recién caída.

—Ese homúnculo... —gruñó mientras se acercaba poco a poco a las blancas cumbres—. Sabía que no se atrevería a traicionarme. Es un tipo listo, no un cabeza hueca ambicioso como tú, enano.

Barba de Grava frunció el ceño y le dirigió a Sarpullido una mueca que éste no podía ver.

—Aun así... —siguió diciendo el monstruo al tiempo que levantaba su peso sobre las rocas—, creo que lo devoraré. Es demasiado descarado para ser un buen limpiacorazas. Me quedaré contigo.

—¿Qué? —Barba de Grava se enderezó asustado—. ¿Qué acaba de decir?

Sarpullido soltó una espantosa carcajada.

—Que seguirás siendo mi limpiacorazas, eso acabo de decir. Y ahora cállate. Tengo que concentrarme para la cacería. ¡Mmm! —se lamió las fauces y asentó sus pesadas zarpas sobre el monte—. Están tan cerca. Por fin. Los atraparé como a palomitas escondidas en el techo de una cueva.

Con el cuerpo tembloroso, Barba de Grava se aferró a uno de los cuernos.

—¡Pero yo no quiero seguir siendo su limpiacorazas! —se quejó en el oído de Sarpullido—. Quiero mi recompensa y luego continuar buscando piedras.

—¡Bah, tonterías! —Sarpullido soltó un gruñido amenazador—. Cierra la boca o te devoraré incluso antes que al homúnculo. Se detuvo sobre una roca saliente del monte e intentó recuperar el aliento—. ¿Dónde está? Ya no falta mucho, ¿verdad? —preguntó, y echó la cabeza hacia atrás.

Barba de Grava sorbió la nariz. Furioso, cerró los puños llenos de callos.

—¡Me lo prometió! —gritó en medio del viento helado.

—¿DÓNDE ESTÁ? —bramó Sarpullido—. Muéstramelo, ¿o quieres que te devore ahora mismo?

—¡Allí! —Barba de Grava levantó un dedo tembloroso y señaló hacia arriba—. Está allí, donde la nieve cubre aquella hondonada.

—Bien —gruñó Sarpullido, y continuó avanzando entre resoplidos para completar el trecho que restaba hasta su objetivo.

Sentado entre los cuernos de su señor, Barba de Grava se masticaba la barba de rabia. Si no recibía su recompensa, se terminaba lo de ser limpiacorazas.

Sin hacer ruido, comenzó a bajar por el cuello de Sarpullido. Sigiloso y despacio, y con la agilidad que había adquirido escalando montes. Cuando Sarpullido alcanzó la roca plana bajo la que se ocultaba su botín, el enano dio un salto y aterrizó sobre la nieve. Y cuando la roca se deslizó a un lado y Sarpullido entró al túnel meneando la cola de un lado a otro, Barba de Grava lo siguió en silencio al interior de la montaña. Sobre su propio pie y a una distancia prudencial. No lo hizo para ser testigo de la gran batalla. No. Sólo quería regresar al fin a aquella cueva maravillosa.

El fin de Sarpullido

 Piel de Azufre se echó a correr.

Corrió atravesando los túneles interminables.

—¡Ya viene! —gritó—. ¡Ya viene!

Entró en la cueva como una flecha, llegó hasta Lung y trepó por su cola. Ben ya estaba sentado sobre el lomo del dragón, con Pata de Mosca sobre su regazo, como habían viajado durante tantas noches. Burr Burr Chan esperaba acurrucado entre las púas de Maya.

—¡Está escalando el monte como una máquina fabricada por los humanos! —dijo Piel de Azufre sin apenas respirar, al tiempo que se sujetaba al lomo de Lung con las correas—. Resopla y jadea y es más grande que... que... que...

—Más grande que todos nosotros —la interrumpió la rata, y puso en marcha el motor de su avioneta—. En marcha entonces. Como acordamos.

Cerró la cabina. Al despegar, la avioneta se elevó al techo de la cueva y, dibujando un amplio arco, se dirigió a una roca que sobresalía justo en el lugar donde el túnel desembocaba en la cueva. Allí aterrizó y esperó la llegada de Sarpullido.

—Mucha suerte —le deseó Lung a Maya antes de sacudir las alas—. ¿Qué opinas, traerá un dragón suerte sólo a los humanos?

—¡Quién sabe! —respondió Maya—. En cualquier caso, la necesitamos en grandes cantidades.

—Pata de Mosca —dijo Ben, y comprobó las correas una última vez—. Agárrate fuerte, ¿de acuerdo?

El homúnculo asintió con la cabeza. Observaba fijamente la boca del túnel. El corazón le latía como a un ratón al que acaban de atrapar. ¿Y si el idiota del enano había añadido al agua tan poca saliva de duende que ésta no surtía efecto?

—¿No prefieres meterte en la mochila? —le susurró Ben.

Sin embargo, Pata de Mosca sacudió con energía la cabeza. No quería perderse ni un instante de lo que ocurriera allí. Quería ver cómo Sarpullido caía derrotado. Quería ver cómo se derretía la coraza que tantos años había limpiado, y cómo el fuego de dragón convertía a su antiguo señor en aquello de lo que realmente estaba hecho.

De repente Piel de Azufre se enderezó como una vela.

—¿Lo oyen? —gruñó.

Todos lo habían oído, incluso Ben con su oído humano. Golpes sordos se abrían paso por el túnel. Se acercaban a un ritmo lento y amenazador. Sarpullido había encontrado el escondite de su presa. Empezaba la cacería.

Ben y Piel de Azufre se aferraron a las correas. Pata de Mosca presionó con fuerza la espalda contra la barriga del joven humano. Los dos dragones extendieron las alas y se elevaron en el aire. Uno al lado del otro, volaron hasta el techo de la cueva y allí lo esperaron dibujando círculos en la oscuridad.

Los pasos resonaban cada vez más cerca. La cueva entera parecía temblar. Y entonces Sarpullido introdujo su dorada cabeza por la boca del túnel.

Permaneció un instante con la cabeza agachada. Sólo así entraba su enorme cuerpo en el túnel de los dubidai. Miró lentamente a su alrededor con ojos inyectados de sangre. Olisqueó el aire, aspirando con avaricia el olor de los dragones.

Ben lo oyó respirar con dificultad después de la esforzada subida. La maldad y el horror se extendieron por la cueva como una oscura nube. Poco a poco, Sarpullido salió del estrecho túnel hasta que todo su cuerpo se encontró al fin en el interior de la cueva.

Sus patas se doblaban bajo el peso de su coraza, que cubría cada centímetro de su espantoso ser. La cola, que arrastraba tras de sí con pesadez, estaba cubierta con afiladas púas. Entre resuellos y enseñando los dientes, el monstruo buscó alrededor con la mirada. De su garganta brotó un gruñido de impaciencia.

En ese momento arrancó la avioneta de Lola Colagrís. Bajó zumbando hasta el cráneo acorazado de Sarpullido, dio varias vueltas en torno a sus cuernos y pasó silbando frente a sus ojos.

Sarpullido levantó sorprendido la cabeza. Intentó atrapar la avioneta con los dientes como si fuera una molesta mosca.

—¡No tan cerca! —susurró Ben—. ¡No te acerques tanto, Lola!

Pero la rata era una experta aviadora. Imprevisible y rápida como el rayo, daba vueltas alrededor de la cabeza del monstruo, caía en picada bajo su barbilla y le pasaba entre las patas. Aterrizaba sobre su lomo y despegaba de nuevo justo cuando Sarpullido intentaba atraparla. Así lo fue llevando poco a poco hasta el centro de la cueva.

El juego de la rata enfurecía al Dorado. Daba zarpazos en el aire, bramaba y resoplaba; deseaba destrozar, despedazar y destruir a aquella cosa que lo importunaba y que le impedía concentrarse en su verdadera presa. En el momento en que Sarpullido se encontró ya frente a los dragones petrificados en el centro de la cueva, Lung descendió del techo con las alas extendidas y el cuello estirado. Voló hacia el monstruo de frente, mientras Maya hacía lo mismo desde un lado.

Sarpullido alzó sorprendido la cabeza. Bufó y enseñó los horrendos dientes. Su aliento apestaba de tal modo que los dragones estuvieron a punto de caer al vacío. Lola dibujó un arco en el aire y aterrizó sobre la cabeza de un dragón de piedra. Por el momento, su tarea había terminado. Ahora llegaba el turno de Lung y de Maya.

Éstos volaron en círculo sobre la cabeza de su enemigo.

—¡Aaagh! —rugió Sarpullido, se lamió las fauces y los siguió con sus brillantes ojos rojos—. Ahí hay dos —su voz hizo temblar las columnas de piedra. Sonó tan profunda y hueca como si procediera de un túnel de hierro—. También tienen a sus duendes con ustedes. ¡Estupendo! Son siempre un postre delicioso.

—¿Postre? —Piel de Azufre se inclinó desde el lomo de Lung, tanto que el cálido aliento de Sarpullido le llegó hasta la nariz—. Eres tú quien está hoy en el menú, trasto de oro.

Sarpullido ni siquiera la miró. Echó un rápido vistazo a Lung y a Maya, se pasó la lengua por los labios y se enderezó amenazador.

—¿Dónde están los demás? —bufó, y miró impaciente a su alrededor. Le temblaba el cuerpo de codicia. Sus garras arañaban el suelo de roca—. ¡Salgan! —bramó embistiendo el aire con los cuernos—. ¡Salgan! Los cazaré a todos. Los haré volar en todas direcciones cuando atrape al primero entre mis dientes.

Levantó una pata al tiempo que soltaba un alarido y destrozó una estalactita como si estuviera hecha de cristal. Los pedazos de piedra salieron disparados por la cueva, pero los dos dragones continuaron volando sobre su cabeza sin inmutarse.

—¡Aquí no hay más dragones que nosotros! —gritó Lung, y voló tan bajo que sus alas casi rozaron el hocico de Sarpullido.

Ben y Piel de Azufre contuvieron la respiración cuando se vieron tan cerca del monstruo. Se aferraron a las correas y se agacharon detrás de las púas de Lung.

—¡Sólo estamos nosotros! —añadió Maya antes de dibujar un arco tras la espalda de Sarpullido—. Pero te venceremos. Ya lo verás. Nosotros dos solos con ayuda de nuestros jinetes.

Sarpullido se dio la vuelta enfurecido.

—¡Sus jinetes, bah! —torció la boca con burla—. ¿Ahora me salen con esas viejas historias? ¿DÓNDE ESTÁN LOS OTROS?

Ben no notó que Pata de Mosca se soltaba de sus correas. Inadvertido como un pequeño ratón, trepó por la gruesa chamarra del joven y se colocó sobre su hombro.

—¡Pata de Mosca! —se asustó Ben.

El homúnculo ni lo miró.

Se puso las manos a ambos lados de la boca y gritó con su voz estridente:

—¡Hey! ¡Mire quién está aquí, señor!

Sarpullido levantó la cabeza sorprendido.

—¡Estoy aquí, señor! —gritó Pata de Mosca—. En el hombro del jinete del dragón. ¿Comprende? No hay más dragones. ¡Engañé al enano! ¡Lo engañé a usted! ¡Se fundirá y yo lo observaré todo desde aquí!

—¡Pata de Mosca! —exclamó Ben—. Baja de ahí.

Intentó agarrar al homúnculo, pero éste se aferró a los cabellos del chico y sacudió el minúsculo puño.

—¡Ésta es mi venganza! —chilló—. ¡Es mi venganza, señor!

Sarpullido torció la boca con burla.

—Vaya, vaya, miren a quién tenemos ahí —gruñó—. Pata de araña sentado sobre el jinete del dragón. Mi antiguo limpiacorazas. Fíjate bien en ese idiota, Barba de Grava, y que te sirva de lección ver lo que haré con él ahora mismo.

—¿Barba de Grava? —gritó Pata de Mosca, y estuvo a punto de caer al vacío—. ¿Pero aún no se ha dado cuenta? Barba de Grava ya no está. Lo abandonó, igual que yo. Ya no tiene ningún limpiacorazas. Y pronto dejará de necesitarlo.

—¡Silencio, Pata de Mosca! —gritó Lung volviendo la cabeza.

Entonces Sarpullido se alzó de repente sobre las patas traseras en medio de grandes resuellos. Con inmensa fuerza dirigió un zarpazo contra el dragón. Lung lo esquivó en el último segundo. Sin embargo, Pata de Mosca soltó un grito, intentó en vano aferrarse de nuevo... y cayó de cabeza al vacío.

—¡Pata de Mosca! —gritó Ben inclinando el cuerpo, pero no atrapó entre los dedos más que aire.

El homúnculo cayó justo sobre la frente acorazada de Sarpullido. De allí se deslizó por el grueso cuello del monstruo hasta quedar colgado entre dos púas con las piernas bailando.

Sarpullido se dejó caer con un gruñido de nuevo sobre las patas delanteras.

—¡Ya te tengo, pata de araña! —rugió, y dio un mordisco en el aire, allí donde su traidor sirviente pataleaba indefenso.

—¡Lung! —gritó Ben—. ¡Lung, tenemos que ayudarlo!

Los dos dragones ya volaban disparados hacia Sarpullido. Justo en el momento en que abrían las fauces para escupir su fuego sobre él, Pata de Mosca soltó un chillido.

—¡No! —aulló—. ¡No, fuego de dragón no! ¡Me transformará! ¡No! ¡No, por favor!

Los dragones detuvieron el vuelo.

—¿Estás loco, Pata de Mosca? —gritó Piel de Azufre—. ¡Te devorará!

Sarpullido volteó de nuevo e intentó una vez más atrapar al homúnculo con los dientes. Lung y Maya distrajeron al monstruo por segunda ocasión, golpearon las patas contra su coraza, pero Sarpullido se libró de ellos como si fueran moscas fastidiosas. Ben estaba tan desesperado que sintió que se le detenía el corazón. Por un instante no pudo más que cerrar los ojos. Y entonces oyó un zumbido.

Llegó la rata.

Su avioneta alcanzó como una flecha el lomo acorazado de Sarpullido. El techo de la cabina se abrió y Lola se asomó al exterior.

—¡Vamos, Monóculo, salta! —ordenó.

Con una arriesgada maniobra acercó la avioneta al homúnculo.

—¡Salta, Pata de Mosca! —gritó Lung—. ¡Salta!

Hundió las garras en el cuello acorazado de Sarpullido para que éste olvidara a Pata de Mosca por unos valiosos segundos. Cuando el dragón dorado volteó hacia Lung entre bufidos, el homúnculo se soltó de la púa a la que se aferraba... y cayó en el asiento trasero de la avioneta de Lola. Ésta aceleró de inmediato y, con la cabina abierta y cargado con el tembloroso Pata de Mosca, el aparato subió disparado hacia el techo de la cueva.

Sarpullido soltó tal bramido que los duendes se taparon los sensibles oídos con las patas. El Dorado se enderezó de nuevo sin dejar de resoplar y atacó a los dos dragones. Sus garras pasaron rozando las alas de Maya, sin embargo, en lugar de huir, la dragona se volvió hacia él como una gata furiosa. Abrió la boca… y escupió fuego azul.

Lung se le unió por el otro lado. Una poderosa llama salió disparada de sus fauces y cayó sobre la cabeza de Sarpullido. El fuego de Maya cubrió el dorado lomo, se extendió por la cola de Sarpullido y lamió sus patas.

El dragón dorado enseñó los dientes y se echó a reír a carcajadas. Se rio tan alto que llovieron piedras del techo de la cueva.

Fuego de dragón.

¡Cuántas veces lo había alcanzado! Se evaporaría en cuanto alcanzara su coraza. El frío de sus escamas devoraría las llamas azules, y cuando los dos dragones estuvieran exhaustos y desalentados, él, Sarpullido el Dorado, los atraparía como a murciélagos indefensos. Gruñó de satisfacción y se pasó la lengua por los labios. Entonces sintió que algo le caía por la frente. Algo le goteaba sobre los ojos. En un gesto involuntario levantó una zarpa para retirarlo… y se quedó petrificado.

Sus garras se deformaban. Sus escamas parecían hojas secas. Sarpullido pestañeó. Lo que goteaba de su frente bloqueándole la vista era oro líquido.

De nuevo cayeron los dragones sobre él. Y de nuevo lo cubrieron las llamas azules, ardiendo sobre su cuerpo. Sarpullido volteó para mirarse. Su coraza se transformaba en una pasta dorada. Soltó un alarido encolerizado y empezó a golpear las llamas. Sus zarpas salpicaron oro. El monstruo bufó y resopló. Los dragones volaron en su dirección una vez más. Sarpullido se revolvió hacia ellos a mordiscos y se resbaló en un charco de oro líquido.

Y entonces, por primera vez en su larga y malvada vida, sintió miedo; un miedo negro y caliente. Miró angustiado a su alrededor. ¿Adónde podría huir? ¿Adónde podría escapar del fuego que le devoraba la coraza? Cada vez sentía más y más calor. Sus fuerzas se derretían junto con las escamas. Debía alcanzar el agua, tenía que regresar al agua.

Sarpullido se dirigió al túnel por el que había llegado, hacía una eternidad, cuando aún era Sarpullido el Dorado, Sarpullido el Invencible, pero frente al túnel los dragones plateados le cerraron el paso y el fuego azul salió una vez más de sus fauces para derretir su valiosa coraza. Sarpullido agachó la cabeza. Entre gruñidos intentó levantar sus patas, pero éstas parecían pegadas a los charcos de oro que se hacían cada vez más grandes. Sarpullido sintió que se le rompía el corazón.

Un vapor blanco empezó a salirle por la boca, helado y húmedo. Su cuerpo expulsaba un frío intermitente, hasta que se derrumbó como un globo agujerado. El vapor de hielo se extendió por la cueva y colgó en forma de nubes sobre los dragones de piedra.

Lung y Maya se detuvieron en el aire y quedaron flotando en medio del vapor blanco. La temperatura se volvió glacial. Ben y Piel de Azufre se abrazaron temblando de frío. Miraron hacia abajo con los ojos entrecerrados, pero el vapor ocultaba a Sarpullido y apenas alcanzaban a ver una sombra agazapada.

Lung y Maya se sumergieron vacilantes en la fría nube. Copos de nieve se posaron sobre el pelaje de Piel de Azufre y a Ben le quemaron la cara. No se oía nada, tan sólo la avioneta de Lola zumbaba en algún lugar más allá del vapor.

—¡Allí! —gritó Burr Burr Chan cuando Maya y Lung aterrizaron sobre el suelo cubierto de oro—. Allí está.

La petición del enano

La coraza de Sarpullido yacía como una piel desechada en medio de un impresionante charco de oro. Los copos de nieve se fundían con un destello al rozar la superficie. Entre los dientes de las fauces medio abiertas brotaba un vapor verduzco. Los ojos se habían vuelto negros como farolillos apagados.

Con paso vacilante, los dos dragones se adentraron en el oro líquido, acercándose a lo que quedaba de su enemigo. Lola pasó junto a ellos zumbando y aterrizó sobre la coraza derretida. Cuando la rata abrió la cabina de su avioneta, Pata de Mosca asomó la cabeza desde el asiento trasero y contempló incrédulo lo que un día fuera su señor.

—¡Vaya, vaya, miren esto! —exclamó Lola, y se plantó de un salto sobre una de las alas de su nave—. El tipo era pura chatarra. Como una máquina fabricada por los humanos, ¿no? —golpeó el oro con los nudillos. Aún estaba caliente—. Suena hueco.

Pata de Mosca seguía mirando con los ojos como platos.

—¡Ahora lo descubriremos! —susurró.

—¿Qué descubriremos? —Lola se sentó en el borde del ala y balanceó las piernas.

El homúnculo no le respondió. Tenía la mirada clavada en las fauces abiertas de Sarpullido, que seguían expulsando un humo verde.

—¿Qué esperas que ocurra, Pata de Mosca? —preguntó Lung acercándose a ellos—. Sarpullido está muerto.

El homúnculo miró al dragón.

—¿Acaso murieron los cuervos? —preguntó—. No. Se convirtieron en lo que eran antes. ¿A partir de qué criatura creó el alquimista a Sarpullido? No podía darle la vida, porque no sabía cómo hacerlo. Sólo podía tomarla prestada de otra criatura.

—¿De otra criatura? —Piel de Azufre se revolvió nerviosa sobre el lomo de Lung—. ¿Quieres decir que de un momento a otro algo saldrá de ahí dentro? —se aferró a las correas—. Vamos, Lung, mejor esperamos a ver eso desde una distancia prudencial, ¿no?

Sin embargo, el dragón no se movió.

—¿Qué tipo de criatura, Pata de Mosca? —preguntó.

—Bueno, no hay muchos animales de los que uno pueda tomar prestada la vida como si fuera una prenda de ropa —dijo el homúnculo sin retirar la mirada de las fauces de Sarpullido.

Los otros se miraron sin comprender.

—Vamos, Hompolocus, ¡dilo de una vez! —exclamó Lola al tiempo que se levantaba—. ¿Se acabó la batalla o no?

—¡Ahí! —susurró Pata de Mosca sin mirarla. Se inclinó hacia adelante y señaló con el dedo—: ¡Miren! Ahí viene la vida de Sarpullido.

De las fauces medio abiertas saltó un sapo.

Aterrizó en el charco de oro con un chapoteo, dio un nuevo brinco y alcanzó una piedra cubierta de nieve que sobresalía en medio del oro.

—¿Un sapo? —Piel de Azufre se inclinó desde el lomo de Lung sin creer lo que veía. El animal la miró con sus ojos dorados y empezó a barbotar intranquilo.

—Tonterías, Monóculo —dijo la rata—. Nos estás tomando el pelo. El monstruo se esfumó, eso es todo.

Pata de Mosca meneó la cabeza.

—No me crean si no quieren. Al alquimista se le daba muy bien hacer monstruosidades a partir de algo pequeño.

—¿Lo atrapamos, Pata de Mosca? —preguntó Lung.

—¡Ay, no! —el homúnculo sacudió la cabeza horrorizado—. El sapo es inofensivo. La maldad de Sarpullido era la maldad de nuestro creador, no la suya propia.

Piel de Azufre frunció el ceño.

—¡Un sapo! —de repente sonrió de oreja a oreja a Pata de Mosca—. Así que por eso no querías que el fuego de dragón te alcanzara. Tú también te convertirías en un bicho como ése, ¿no?

Pata de Mosca la miró enojado.

—No —le respondió ofendido—. Yo me convertiría en algo

mucho más pequeño, si tanto te interesa saberlo. Para criaturas de mi tamaño, el alquimista prefería tomar prestada la vida de cucarachas o de arañas —dicho esto, le dio la espalda.

Lung y Maya llevaron a sus jinetes a un lugar donde el oro líquido no cubría el suelo de la cueva. El sapo los siguió con la mirada. Tampoco se movió de su roca cuando Ben y los duendes se bajaron del lomo de sus respectivos dragones y se acercaron al borde del charco dorado para contemplar una vez más la coraza derretida de Sarpullido. No fue hasta que Lola puso en marcha el motor de su avioneta que el sapo se alejó de allí dando saltos.

Piel de Azufre ya se disponía a seguirlo, pero Lung la retuvo con el hocico.

—Déjalo ir —le dijo… y volteó sobresaltado.

Algo pequeño corría hacia él a través de la nieve, algo pequeño con un gran sombrero y barba erizada. Se arrojó boca abajo frente a Lung y a Maya y gritó con voz lastimosa:

—Tengan piedad, dragones plateados, tengan piedad de mí. Concédanme un deseo. El sueño de mi vida. Concédanmelo o mi corazón llorará por el resto de mi miserable vida.

—¿No es éste el pequeño espía de Sarpullido? —preguntó Maya sin salir de su asombro.

—¡Sí, sí, lo admito! —Barba de Grava se incorporó sobre las rodillas y levantó la mirada hacia ella—. Pero no lo era voluntariamente. Él me obligó, eso es.

—¡Bah, mentiroso! —lo acusó Pata de Mosca antes de salir

495

de la avioneta de Lola—. Fue por tu propia voluntad que corriste a su cueva aquel día. Por pura avaricia. ¡Sin ti, Sarpullido jamás habría sabido de la existencia de Lung!

—Bueno... —murmuró Barba de Grava arrancándose la barba—. Tal vez. Pero...

—¡Mira a tu alrededor! —lo interrumpió Pata de Mosca—. Ahora puedes bañarte en su oro. ¿Qué te parecería eso?

—¿Es eso lo que deseabas? —Lung estiró el cuello y miró al enano con el ceño fruncido—. Habla de una vez. Estamos todos muy cansados.

Sin embargo, Barba de Grava sacudió la cabeza. Con tanta fuerza que casi se le cayó el sombrero.

—No, no, ¡el oro ya no me interesa! —exclamó—. En absoluto. Me da totalmente igual. Lo que quiero —abrió los cortos brazos—, lo que quiero es quedarme en esta cueva. Eso es lo que quiero —miró a los dragones lleno de expectación.

—¿Para qué? —preguntó Burr Burr Chan con desconfianza.

—Me gustaría hacerla aún más hermosa —susurró Barba de Grava. Paseó la mirada por la cueva con devoción—. Quiero poner al descubierto las piedras que se ocultan en ella. Lo haría con mucho cuidado, con cariño. Yo puedo verlas, ¿saben? Las oigo susurrar. En las paredes, en las columnas. Unos golpecitos aquí, un suave raspado allá... y brillarían y relucirían en todos los colores del arcoíris —suspiró y cerró los ojos—. Sería maravilloso.

—Ajá —gruñó Burr Burr Chan—. Bueno, no suena mal, pero son los dragones quienes tienen que decidir.

Lung bostezó y miró a Maya. La dragona apenas se mantenía en pie del cansancio. Había escupido tanto fuego que sentía frío por primera vez en su vida.

—No sé —dijo mirando a los dragones petrificados—. Yo ya no necesito esta cueva, ahora que no he de esconderme más del Dorado. ¿Pero qué pasará con ellos? ¿No los molestará el ruido del enano?

Barba de Grava miró a su alrededor.

—¿De quién estás hablando? —preguntó intranquilo.

—Ven —dijo Lung, y le ofreció su cola. El enano se sentó vacilante entre las púas y el dragón lo llevó hasta los dragones de piedra después de dar un rodeo en torno al charco de oro. Maya y los demás lo siguieron con la mirada.

—Esto que ves —explicó Lung cuando Barba de Grava se bajó de su cola de un salto y aterrizó sobre la pata de uno de los dragones— son los otros veinte dragones que buscaba Sarpullido. Pata de Mosca te mintió para que no disminuyera la codicia de Sarpullido y así atraerlo hasta la cueva.

El enano observó a los dragones petrificados con interés.

—Dejaron de alimentarse de la luz de la luna —añadió Maya.

La dragona se dejó caer al suelo. La nieve se fundía en el calor de la cueva y sobre el piso brillaba el agua. Ya era demasiado tarde para que Sarpullido la aprovechara para escapar.

—Sí, sí... eso pasa enseguida —murmuró Barba de Grava, y dio unos golpecitos de experto con el dedo sobre una zarpa petrificada—. La piedra crece rápido. No se le puede infravalorar.

Nadie lo escuchaba en realidad. Lung se dejó caer somnoliento junto a Maya. Burr Burr Chan y Piel de Azufre se preparaban un picnic de hongos. Lola limpiaba las salpicaduras de oro que manchaban su avioneta. Todos estaban cansados de la batalla que acababan de protagonizar. Sólo Ben aguzó el oído ante las palabras de Barba de Grava.

—¿Qué quieres decir? —preguntó, y se agachó junto al enano. Pata de Mosca trepó hasta su rodilla—. ¿Ya viste alguna vez algo así? ¿Que una criatura viva se convierta en piedra?

—Por supuesto —Barba de Grava puso una mano sobre las escamas de piedra de un dragón—. Es algo que les ocurre con facilidad a las criaturas fantásticas. Esos castillos de ustedes están llenos de ellas: dragones, leones alados, unicornios, demonios… todos petrificados. Los humanos los encuentran y los colocan como decoración, pensando que son figuras de piedra, así nada más. Y desde luego que no lo son. La mayoría de ellos aún conservan un soplo de vida en su interior, pero los humanos no entienden nada de eso. ¡Los plantan donde quieren como si los hubieran fabricado ellos mismos! ¡Bah! —el enano arrugó la nariz con desprecio—. Qué pueblo más arrogante. Éstos de aquí —Barba de Grava empujó su sombrero hacia atrás, levantó la mirada y siguió estudiando a los dragones— aún no tienen la piel muy gruesa. ¡No debería ser difícil despertarlos con algunos toques de nudillos aquí y allá!

—¿Despertarlos? —Ben miró lleno de asombro al enano.

—Exacto —Barba de Grava se enderezó el sombrero—. Pero no lo voy a hacer. A mí me gustan más de piedra.

—¡Lung! —exclamó Ben, y se levantó de un salto de un modo tan repentino que Pata de Mosca se cayó al suelo—. Lung, escucha esto.

El dragón alzó adormecido la cabeza. También Maya se sobresaltó.

Asustado, Barba de Grava agarró a Pata de Mosca por el brazo.

—¿Qué quiere el humano? —gruñó—. Yo no hice nada. Ni siquiera saqué mi martillo. Tú eres testigo.

—¡El enano dice que puede despertarlos! —gritó Ben entusiasmado.

—¿Despertar a quién? —murmuró Lung dando un bostezo.

—¡A los dragones! —contestó Ben—. Los dragones petrificados. Dice que la piedra sólo es una capa fina, como una cáscara, ¿entienden?

Piel de Azufre y Burr Burr Chan despegaron los ojos de su picnic y lo miraron con expresión incrédula.

—Para mí que el enano sólo quiere que le permitamos martillar por aquí —dijo Piel de Azufre antes de arrancar de un mordisco el pie de un hongo—. Despertarlos con los nudillos, qué tontería.

—¡No es ninguna tontería! —Barba de Grava se plantó ofendido ante las patas de los dragones de piedra—. Se los demostraré —sacó su martillo de la mochila y trepó por una cola de púas

hasta alcanzar el lomo petrificado—. ¡Tardará unos instantes!
—advirtió—. ¡Pero ya verán!

Los dragones lo observaron con escepticismo.

—¿Podemos ayudarte en algo? —preguntó Maya.

El enano de las piedras sacudió la cabeza con desprecio.

—¿Ustedes? ¿Con sus enormes patas? No, no. Ni siquiera el humano tiene suficiente tacto en los dedos —poniendo cara de importancia, Barba de Grava se enderezó el sombrero—. Sólo nosotros, los enanos de las piedras, somos capaces de algo así, nadie más.

—Bueno, hasta mañana —gruñó Piel de Azufre, y se concentró de nuevo en sus hongos—. Cuando a mí se me caigan los dientes saldrá el primer dragón de su cáscara.

—¡Denme un día! —gritó Barba de Grava y sacudió enojado el martillo en la dirección de la duende—. Un día, tal vez menos. Ya lo verás.

Pata de Mosca suspiró y se acomodó en el regazo de Ben.

—Los enanos de las piedras son terriblemente arrogantes —le susurró al joven—. Ellos lo saben todo mejor que nadie, todo, pero puede que lo consiga, cuando se trata de piedras, son expertos.

—¿Un día? —Lung bostezó y miró dubitativo al enano—. ¿No prometes demasiado? Bueno, nos despiertas si descubres algo de vida, ¿de acuerdo?

—Sí, sí —contestó Barba de Grava. Se arrodilló, estudió las escamas petrificadas pasando una mano sobre ellas y empezó a golpearlas con el martillo, con cuidado infinito, pequeños toques que sonaban como el tic tac de un reloj.

Al principio Ben observó al enano mientras trabajaba, pero pasado un rato los párpados empezaron a pesarle. En algún momento, cuando ya hacía tiempo que los dragones y los duendes dormían y hasta le llegaban suaves ronquidos desde la avioneta de Lola, también él se durmió. Y Pata de Mosca lo imitó.

En la cueva reinaba el silencio. Sólo Barba de Grava continuaba con su martilleo. De vez en cuando echaba un vistazo a los restos que quedaban de la coraza de Sarpullido, rodeados de un charco de oro que se iba solidificando poco a poco. Luego soltaba una risita maliciosa y seguía con su trabajo.

Un dragón despierta

El primer dragón despertó cuando todos dormían aún.

Barba de Grava había dibujado una grieta larga y tan fina como un hilo sobre la cáscara de piedra. En el momento en que levantó el martillo para golpear de nuevo, la piedra se movió bajo sus pies, un leve temblor apenas perceptible. Barba de Grava apoyó la oreja sobre la grieta y aguzó el oído. De la piedra surgió un rumor, como el roce de escamas contra una roca. Minúsculas grietas comenzaron a abrirse entre crujidos bajo los pies del enano. Éste dio un salto en busca de resguardo. Aterrizó sobre el estómago de Ben.

—¡Ay! —el joven se despertó asustado—. ¿Qué ocurre?

Pata de Mosca se frotó los ojos medio cerrados.

—¡Conseguido! —exclamó Barba de Grava, y bailoteó con sus gruesas botas sobre la barriga de Ben.

Pata de Mosca volteó a mirar a los dragones petrificados.

—¡Escuche, joven señor! —susurró.

Ben no necesitaba la indicación del homúnculo, ya lo oía. De la piedra surgían suspiros y resoplidos.

—¡Lung! —el chico agarró a Pata de Mosca y a Barba de Grava y dio dos o tres saltos hacia atrás—. ¡Lung, despierta! Se mueve.

Todos se incorporaron sobresaltados.

—¿Qué pasa? —gritó Lola y salió de su avioneta dando un brinco.

—¡Está saliendo de la cáscara! —exclamó Ben.

Con un par de saltos la rata se sentó sobre su hombro.

La piedra gris en la que Barba de Grava había abierto una grieta crujió y chasqueó, se descascaró… y estalló en mil pedazos.

Polvoriento y en medio de un ataque de tos, un dragón se arrastró a duras penas de entre los escombros. Aún tenía los ojos medio cerrados. Dio un par de tumbos, se sacudió algunas piedras de las escamas y abrió los ojos. Miró confundido a su alrededor, como alguien que despierta de un sueño.

Maya dio un paso hacia él.

—Cola Irisada —le dijo—. ¿Me reconoces?

El dragón se limitó a observarla durante unos instantes. Luego estiró su largo cuello y la olisqueó.

—Maya —dijo—. ¿Qué ocurrió?

Volteó la cabeza hacia Lung, que se encontraba detrás de Maya.

—¿Quién eres tú? Y... —contempló a los duendes y a Ben, en cuyos hombros estaban sentados Barba de Grava, Pata de Mosca y Lola—. ¿Y quiénes son ellos?

—¡Uno es un dubidai! —respondió Burr Burr Chan, y cruzó sus cuatro brazos—. ¿Te acuerdas de nosotros, Cola Irisada?

El dragón asintió desconcertado. Luego se fijó de pronto en la coraza desmoronada de Sarpullido y retrocedió horrorizado.

—¡Está aquí! —susurró—. ¡El Dorado también está aquí!

—No, estuvo aquí —dijo Piel de Azufre al tiempo que se rascaba la barriga—. Pero lo fundimos.

—Bueno, nosotros precisamente, no —agregó Burr Burr Chan—. Fueron Lung y Maya.

Cola Irisada dio un paso más hacia Maya con cuidado.

—¿Que ustedes vencieron al Dorado? ¿Ustedes dos solos?

—sacudió la cabeza incrédulo y cerró los ojos—. Esto es un sueño —murmuró—. Un sueño muy hermoso. Estoy seguro.

—No, no lo es —dijo Maya, y empezó a golpearlo con suavidad hasta que éste abrió los ojos de nuevo—. El dragón dorado está muerto.

—O más o menos muerto, en realidad —añadió Ben.

Cola Irisada volteó sorprendido hacia él.

—¡El jinete del dragón! —susurró.

Maya hizo un gesto de asentimiento con la cabeza y con un soplo le retiró a Cola Irisada el polvo de piedra que aún le cubría la frente.

—El jinete del dragón ha regresado y vencimos al Dorado.

—Como en las viejas historias —murmuró Cola Irisada, y volvió la vista hacia la coraza derretida de Sarpullido—. Como en las historias que tú nos contabas, Maya.

—Pero no fueron las historias quienes lo vencieron —le recordó Ben, y bajó a Lola y al enano al suelo de la cueva.

—¡Cierto, fuimos nosotros! —exclamó Piel de Azufre abriendo los brazos—. Todos nosotros. Duendes, dragones, el pequeño humano, homúnculo, enano y rata. ¡Una mezcla para derretirse! —se rio entre dientes—. Te lo perdiste todo, por desgracia. Igual que ésos.

Señaló hacia los dragones que seguían atrapados bajo sus cáscaras de piedra. Cola Irisada se giró y caminó hacia ellos. Lleno de asombro, se detuvo entre los restos de su propia piel de piedra.

—¿Qué pasó aquí? —preguntó en voz baja—. Explícamelo todo, Maya. Si no es un sueño, ¿qué significa todo esto?

La dragona se acercó a él y le golpeó suavemente el cuerpo cubierto de polvo con el hocico.

—¿Sentiste el golpe como en un sueño? No. Despertaste. El enano de las piedras lo consiguió.

Barba de Grava se estiró orgulloso.

—¿Despertará también a los demás? —preguntó Cola Irisada.

El enano de las piedras se cruzó de brazos y sonrió de oreja a oreja.

—Desde luego. Siempre que lleguemos a un trato.

—¡Cómo iba a ser de otra manera! —exclamó Pata de Mosca desde el hombro de Ben—. Sabía que dirías eso, cabeza de escayola. Un enano de las piedras no hace nada sin recibir algo a cambio. ¿Y qué quieres? ¿Oro? ¿Piedras preciosas?

—¡No! —respondió Barba de Grava enfadado—. Nada de eso, homúnculo con patas de araña. Ya les dije lo que quiero. Quiero quedarme en esta cueva. Trabajar un poco aquí dentro. Cuidar y pulir su belleza. Y tal vez extraer alguna piedrecita minúscula de vez en cuando. Nada más.

Maya lo miró con burla.

—Quieres extraer más de una, enano —dijo—. Eres codicioso. Aun así, dejaremos que te quedes aquí. A cambio de que despiertes a los demás.

Barba de Grava le hizo una reverencia. Tan profunda que tuvo que sujetarse el sombrero para que no se cayera.

—¡Los despertaré! —anunció—. A todos, su plateada majestad, a todos. Me pondré a trabajar ahora mismo.

Con el martillo en la mano, trepó por la cola del dragón que tenía más cerca y empezó su tarea con la misma celeridad como si su antiguo señor estuviera respirándole en la nuca.

Lung y Maya se colocaron a ambos lados de Cola Irisada y lo acompañaron a través del largo túnel que conducía al exterior de la cueva, de la que llevaba sin salir más de mil noches. Los cuervos negros habían desaparecido. Los tres dragones sobrevolaron el valle a la luz de la luna en forma de hoz, y Cola Irisada se lavó en el lago el polvo de las escamas. El sapo que había prestado su vida a Sarpullido los observaba desde la orilla. Con cada rayo de luna que caía sobre las escamas de los dragones se borraban poco a poco los negros recuerdos del animal.

¿Y ahora qué?

 Al mediodía del día siguiente, Lung observaba el valle desde una roca saliente del monte. No podía dormir. El martilleo de Barba de Grava lo había expulsado de la cueva, pero ni siquiera el sol, que siempre lo adormecía con su luz y su calor, ayudaba esta vez. Una y otra vez levantaba la cabeza de las patas, contemplaba las cumbres que lo rodeaban y suspiraba.

Pasado un rato, Ben se acercó hasta él. Trepó por las rocas y se sentó junto al dragón. Lo miró preocupado.

—¿Qué te pasa? —preguntó—. ¿Por qué no duermes?

—No puedo —respondió Lung—. ¿Qué hacen los demás?

—¡Mmm! —Ben se encogió de hombros—. Nada especial. Ninguno duerme. Burr Burr Chan está explicándole a Piel de Azufre cómo buscar hongos. Maya le cuenta a Cola Irisada qué ocurrió mientras él dormía. Barba de Grava sigue trabajando con el martillo y Pata de Mosca está dando una vuelta con Lola en su avioneta.

—¿En serio? —Lung asintió. Y volvió a suspirar.

—¿Qué quieres hacer ahora? —Ben miró al dragón con curiosidad—. ¿Quieres regresar a casa, ahora que ya encontraste este valle?

—Ojalá lo supiera —contestó Lung, y alzó la mirada hacia los picos blancos de los montes—. He pensado mucho en eso durante todas las noches de mi viaje hasta aquí. ¿Y si vuelvo a casa y los otros no quieren seguirme de regreso a este lugar?

Ben lo miró sorprendido.

—¿Por qué no iban a querer? Yo creí que tenían que irse. Me contaste que los humanos pretenden inundar el valle donde ustedes vivían.

Lung asintió.

—Sí, claro, pero cuando yo partí, los demás no creían en serio que eso ocurriría. Querían enfrentarse a los humanos. Como hacen las hadas, ¿sabes? Ellas saben cómo evitar que los humanos construyan caminos sobre las colinas en las que habitan.

—¿En serio? —Ben lo miró asombrado—. ¿Y cómo lo consiguen?

—Esparcen un polvo mágico sobre los motores de las máquinas —explicó el dragón—. Los pellizcan aquí y allá, les soplan polvos picantes bajo el casco y en la nariz y atraen tanta lluvia que los humanos se hunden en el lodo junto con sus máquinas. Las hadas son pequeñas. Por unos segundos incluso pueden volverse invisibles. Los humanos no pueden atraparlas. Con nosotros, los dragones, es otra historia.

—Desde luego —murmuró Ben, y paseó con admiración la vista por las escamas plateadas de Lung. No se cansaba de mirarlo. No había nada más hermoso en el mundo entero.

—¿Tú qué me aconsejas? —preguntó Lung, y lo miró a los ojos—. ¿Me quedo aquí sin más? ¿O emprendo el largo camino de vuelta para avisar a los otros dragones, que en realidad no desean venir hasta aquí y que me toman por loco? —Lung sacudió desconcertado la cabeza—. Tal vez ni siquiera me crean cuando les diga que encontré la Linde del Cielo.

Ben se apoyó sobre las cálidas escamas de Lung y bajó la mirada hacia el lago.

—Yo creo que deberías regresar —dijo pasados unos instantes—. Creo que de otro modo te pasarías toda la vida preguntándote qué les ocurrió. Si los humanos los mataron. Si te hubieran seguido hasta aquí. Estaría todo el tiempo dándote vueltas en la cabeza y te volverías loco.

Lung calló durante largo rato. Luego asintió despacio con la cabeza.

—Tienes razón, jinete del dragón —dijo, y le dio un golpe cariñoso con el hocico—. Sí, tienes razón. Voy a regresar, por mucho que me guste este lugar. Lo mejor será que parta esta misma noche —se levantó, se sacudió y volteó a mirar a su alrededor—. Avisaré a Piel de Azufre y a los demás. ¿Vendrás con nosotros o te llevo al monasterio? ¿Con la familia Wiesengrund?

Ahora era Ben quien no tenía respuesta.

—No lo sé —respondió—. ¿Tú qué harías?

Lung lo miró a los ojos.

—Te llevaré con los Wiesengrund —decidió—. Necesitas humanos. Igual que yo necesito a los otros dragones, igual que Piel de Azufre no es feliz sin otros duendes, aunque le encante pelearse con ellos. Sin humanos te sentirás muy solo en algún momento.

—Pero sin ustedes también —murmuró Ben sin mirar al dragón.

—¡No, no! —Lung acarició suavemente la cabeza del joven con la suya—. Créeme, volveremos a vernos. Iré a verte. Con tanta frecuencia como lo permita tu corta vida de humano.

—Ay, sí, por favor —respondió Ben—. Visítame a menudo.

Luego rodeó el cuello del dragón con los brazos y lo abrazó con tanta fuerza que parecía no querer soltarse nunca.

De regreso a casa

 La luna colgaba sobre el valle cuando Lung salió del túnel de los dubidai con Ben y Piel de Azufre montados sobre su lomo. Sobre los cuernos del dragón zumbaba la avioneta de Lola. Pata de Mosca viajaba en el asiento trasero. Desde que la rata lo salvó de las fauces de Sarpullido, los dos se habían vuelto inseparables.

Maya llevaba a Burr Burr Chan sobre el lomo. Quería acompañar a Lung hasta el monasterio. Otros dos dragones habían despertado bajo el martillo de Barba de Grava. Salieron de la cueva junto con Cola Irisada para despedir a Lung y a Maya, y para volver a ver la luna. Sólo el enano de las piedras se quedó dentro de la cueva. Estaba tan ensimismado en su trabajo que se limitó a asentir con la cabeza cuando los dragones se despidieron de él.

—Regresa pronto —le dijo Cola Irisada a Lung frente a la entrada del túnel—. Y trae a los demás. El valle es grande, demasiado grande para nosotros, incluso si el enano consigue despertar a todos.

Lung asintió.

—Lo intentaré —contestó—. Y si no quieren, volveré yo solo.

Paseó una última vez la mirada a su alrededor, contempló los montes blancos y el lago negro, y alzó los ojos al cielo tachonado de estrellas. Luego extendió las alas y se elevó del suelo rocoso que sobresalía del monte. Maya lo imitó y voló a su lado hasta que alcanzaron el desfiladero por el que Lung llegó hasta allí hacía tan poco, y a la vez tanto tiempo.

Lung disfrutaba volar a través de los montes junto a otro dragón. A veces, cuando no estaba seguro sobre el camino que debían tomar, Maya se adelantaba con Burr Burr Chan para que el dubidai los guiara. Sin embargo, la mayor parte del tiempo permanecieron uno al lado del otro. Lung volaba más despacio de lo habitual para que Maya se acostumbrara a los nuevos vientos.

Cuando sobrevolaron el monte en el que se alzaba el monasterio, las aguas del río Indo brillaron bajo ellos. La rata fue la primera en aterrizar en medio de la plaza frente al templo de oración.

Esta vez nadie los esperaba. Antes de partir a la Linde del Cielo, Ben había hecho un trato con Barnabas Wiesengrund y el lama. Apenas recogió Lung las alas, el joven se bajó de su lomo, corrió hasta una larga hilera de campanas que se balanceaban junto a la escalinata del Dukhang e hizo sonar la más grande de todas. Ésta repicó a través de la noche con un sonido ronco y profundo. Al poco rato se abrieron por todas partes puertas y ventanas y los monjes salieron a raudales de sus pequeñas viviendas.

Rodearon a los dos dragones entre risas y gritos. A duras penas, Ben consiguió regresar hasta Lung en medio de aquel bullicio. Cuando por fin se abrió camino a través de la multitud, se apresuró a subirse al lomo del dragón para buscar a los Wiesengrund con la mirada.

Maya se acurrucaba junto a Lung tanto como podía. Le temblaban las orejas y observaba al gentío con timidez. Burr Burr Chan le acariciaba las escamas para tranquilizarla.

Al fin Ben distinguió al profesor y a su familia. Acompañados por el lama, se abrían camino hacia los dragones. Guinever lo saludó con la mano. Iba sentada sobre los hombros de su madre. Ben le devolvió el saludo con timidez.

—¡Bienvenidos! —exclamó Barnabas Wiesengrund—. ¡Pero qué alegría verlos!

Estaba tan emocionado que tropezó con algunos monjes de baja estatura que contemplaban radiantes a Lung parados frente a él. Cuando el lama les susurró algo al oído, éstos enseguida asintieron con la cabeza y se apresuraron a abrirle al dragón un camino hasta la escalinata del Dukhang. Barnabas Wiesengrund se arrojó por fin al cuello de Lung, sacudió la pata cubierta de pelo de Piel de Azufre y después sonrió a Ben de oreja a oreja.

—¿Qué me dices, jinete del dragón? —le preguntó elevando la voz en medio de la confusión de voces—. ¿Quieres que intente adivinar? Lo consiguieron, ¿verdad? ¡Vencieron a Sarpullido el Dorado!

Ben respondió con una afirmación de cabeza. No fue capaz de decir una palabra en medio de tantas emociones. Los monjes, entre los que había alguno que quizá fuera tan joven como Ben, habían abierto ya un camino entre el gentío y el mismo lama los condujo por la escalinata hasta el templo de oración. Maya desapareció con gran alivio en el interior del edificio. Antes de entrar, el lama dirigió algunas palabras a los monjes, que se sumieron de repente en un silencio sepulcral bajo la luz de la luna. Luego cerró la pesada puerta tras de sí y se volvió hacia los dragones con una sonrisa.

—Dos dragones de una vez —tradujo el profesor—. ¡Cuánta suerte traerán a nuestro monasterio y a nuestro valle! ¿Ocurrió todo como se profetizaba? ¿El regreso del jinete del dragón nos devolvió a los dragones?

Ben se bajó del lomo de Lung y se detuvo con timidez al lado del profesor.

—Sí, creo que los dragones volverán —dijo—. Sarpullido desapareció para siempre.

Barnabas Wiesengrund le tomó la mano y se la apretó con fuerza. Guinever le sonrió. Ben no recordaba haber sentido jamás tanta felicidad... o tanta vergüenza.

—Pero... pero... lo conseguimos todos juntos —balbuceó.

—¡Con saliva de duende y fuego de dragón! —Piel de Azufre se deslizó del lomo de Lung—. Con la astucia de un homúnculo, el sentido común de un humano y la ayuda de un enano. Aunque eso fue más bien involuntario.

—Parece que tienen muchas cosas que contarnos —comentó Vita Wiesengrund.

—Muchísimas —confirmó Ben.

—Bien, entonces… —Barnabas Wiesengrund se frotó las manos e intercambió algunas palabras con el lama. Luego volvió a dirigirse a los dragones—. A las personas que viven aquí —explicó— les encanta escuchar buenas historias. ¿Qué piensan: tienen tiempo de contarles todo antes de que Lung emprenda el camino de regreso a su casa? Ellos se alegrarían mucho.

Los dragones se miraron… y asintieron.

—¿Prefieren descansar un poco antes? —preguntó Barnabas Wiesengrund preocupado—. ¿Alguien quiere comer o beber algo?

—Eso no estaría nada mal —respondieron a un tiempo Piel de Azufre y Burr Burr Chan.

Así que los dos duendes recibieron algo de comer. También Ben engulló una montaña de arroz y dos barras de chocolate que Guinever le regaló. Ahora que la aventura había terminado regresaba el apetito.

Los dragones se acostaron sobre el suelo de madera en el rincón más alejado de la sala. Lung apoyó la cabeza sobre el lomo de Maya. A la luz de los mil farolillos que iluminaban la habitación parecía que acababan de salir de uno de los dibujos de las paredes. Cuando el lama abrió la puerta de nuevo y los monjes inundaron la sala, la visión de los dragones los hizo detenerse de golpe entre las columnas.

Fue hasta que Lung levantó la cabeza y el profesor los invitó a acercarse que continuaron avanzando, despacio y con pasos vacilantes. Se sentaron alrededor del dragón a una respetuosa distancia. Los más ancianos empujaron a los más jóvenes a las primeras filas, donde podían arrodillarse muy cerca de las patas de plata de Lung.

Los Wiesengrund tomaron asiento entre los monjes. Ben y los duendes, Pata de Mosca y Lola se sentaron sobre las colas de Lung y Maya.

Cuando el silencio en la sala fue completo y sólo se oía el roce de los hábitos, Lung carraspeó y comenzó el relato de su búsqueda desde el principio. Sus palabras llenaron el templo de imágenes. Habló de inteligentes ratas blancas, de cuervos mágicos y enanos de las piedras, de elfos del polvo y de dubidais. El basilisco se convirtió en polvo. El genio azul abrió sus mil ojos. La serpiente marina nadó por las aguas del mar y el pájaro ruc volvió a atrapar a Ben. Por fin, cuando el sol ya se ponía fuera del templo, Sarpullido empezó a escalar el monte de los dragones. Su coraza se derritió en medio de un fuego azul y un sapo salió de sus fauces dando un brinco.

Entonces Lung calló, se estiró y miró a su alrededor.

—Aquí termina la historia —anunció—. La historia de Piel de Azufre y Ben, el jinete del dragón, de Lung y de Sarpullido el Dorado, que encontró la perdición en manos de sus sirvientes. La próxima noche da comienzo una nueva historia, de la que aún no conozco el final, pero no les contaré nada hasta que no sepa cómo termina.

En ese momento se levantó el lama, le hizo una reverencia a Lung y dijo:

—Te estamos muy agradecidos. Escribiremos todo lo que acabamos de oír. Y te deseamos suerte para el camino que aún tienes ante ti. Ahora los dejaremos solos para que recuperen las fuerzas que necesitan para regresar a casa.

Como una señal, los monjes se levantaron y abandonaron la sala en silencio. Junto a la puerta todos voltearon una vez más para mirar a los dragones. No estaban seguros de tener la suerte de ver a un dragón una vez más en la vida.

—Ben —dijo el profesor Wiesengrund una vez que el templo se vació de nuevo y sólo el lama seguía con ellos—. Nosotros también tenemos que partir mañana. Las clases de Guinever reanudarán pronto. Este... —se pasó la mano avergonzado entre los cabellos grises—. ¿Ya decidió el jinete del dragón lo que quiere hacer?

Ben miró a Lung, a Piel de Azufre y a Pata de Mosca, que seguía sentado en el suelo junto a Lola.

—Me gustaría acompañarlos —respondió—. A ustedes, quiero decir.

—¡Fantástico! —exclamó Barnabas Wiesengrund y sacudió la mano de Ben con tanta fuerza que casi le aplastó los dedos—. ¿Lo oíste, Vita? ¿Lo oíste, Guinever?

Vita Wiesengrund y su hija sonrieron.

—Sí, Barnabas —contestó Vita—, pero será mejor que no le aplastes los dedos de la alegría a mi futuro hijo.

Guinever se inclinó sobre Ben y le dijo al oído:

—Siempre quise tener un hermano, ¿sabes? A veces es un poco duro ser la única hija de la familia.

—Me lo imagino —susurró Ben como respuesta. Aunque en realidad en esos momentos sólo podía imaginarse las cosas más maravillosas pensando en su nueva familia.

—¿Ves cómo cuchichean? —le dijo Barnabas a su mujer—. Ya nos esconden secretos. Esto va a ser divertido —en ese momento oyó un sollozo.

Sentado en el suelo, Pata de Mosca se cubría la cara con las manos. Lágrimas minúsculas corrían entre sus dedos y goteaban por la puntiaguda nariz.

—¡Pata de Mosca! —Ben se arrodilló preocupado junto al homúnculo—. Pero si ya sabías que quería quedarme con los Wiesengrund.

—Sí, sí, pero... —el homúnculo sollozó de nuevo—, ¿qué hago yo ahora? ¿Adónde iré, joven señor?

Ben se apresuró a levantarlo y lo sentó sobre su brazo.

—¡Pues te quedarás conmigo, es obvio! —miró con ojos interrogantes a su nueva madre—. Puede quedarse, ¿verdad?

—Por supuesto —respondió Vita Wiesengrund—. Nos vendrá bien tu ayuda como traductor, Pata de Mosca.

—¡Exacto! —añadió Barnabas—. ¿Cuántas lenguas hablas?

—Noventa y tres —murmuró el homúnculo, y dejó de llorar.

—¿Sabes una cosa? —Guinever le dio un toquecito en la rodilla—. Puedes vivir en mi casa de muñecas.

—¿En una casa de muñecas? —Pata de Mosca se retiró las manos de la cara y miró a la niña ofendido—. Yo no soy ninguna muñeca. No, un rincón acogedor en el sótano, rodeado de algunos libros... Yo preferiría algo así.

—Eso no será ningún problema —aseguró Barnabas Wiesengrund con una sonrisa—. Vivimos en una casa grande y antigua con un amplio sótano, pero viajamos mucho, como ya sabes. Espero que no te moleste.

—Ah, no; en absoluto —Pata de Mosca sacó un pañuelo de su manga y se limpió la nariz—. Me gusta esto de conocer el mundo.

—Bien, entonces ya está todo arreglado —concluyó el profesor satisfecho—. Vayamos a hacer las maletas —volteó a mirar a Lung—. ¿Hay algo que podamos hacer por ti? ¿Cuándo quieres emprender tu viaje?

El dragón torció la cabeza.

—Tan pronto como salga la luna. Es cierto que apenas dormí en los últimos días, pero ya lo solucionaremos. Ahora sólo quiero partir cuanto antes. ¿Tú qué dices, Piel de Azufre?

—No hay problema —gruñó ésta al tiempo que se rascaba la barriga—. Quiero decir, sí que hay una cosita sin importancia.

Lung la miró sorprendido.

—¿Y de qué se trata?

Burr Burr Chan carraspeó.

—Me gustaría ir con ustedes —explicó—. Para enseñarle a mi pariente de dos brazos el arte de buscar hongos.

Lung asintió con la cabeza.

—Entonces volvemos a tener dos jinetes de dragón —dijo—. Mucho mejor —se giró hacia Maya. Junto a él, la dragona se lamía las escamas—. ¿Y tú? —le preguntó—. ¿Encontrarás el camino de vuelta tú sola?

—Desde luego —Maya alzó la cabeza y lo miró—. Pero no voy a volver, Cola Irisada está allí para ocuparse de los demás. Me voy contigo.

El corazón de Lung empezó a latir más rápido de la alegría. De pronto ya casi no le importaba lo que lo esperara a su regreso.

—¿Y si no te creen cuando llegues a casa? —continuó hablando Maya como si le leyera a Lung los pensamientos—. Si estoy contigo, verán que realmente encontraste a los demás dragones y la Linde del Cielo. Juntos seguro que los convenceremos para que nos acompañen de vuelta.

—¡Dos dragones! —Barnabas Wiesengrund frunció el ceño en un gesto de preocupación—. Es bastante peligroso, mi querido Lung. Dos dragones no encuentran con tanta facilidad un escondite para pasar el día.

—¡No hay problema! —Lola Colagrís se colocó de un salto entre todos los pies y patas—. Aquí tienen a la mejor guía de dragones que pueden conseguir. Y casualmente tiene que partir en la misma dirección. Eso sí, los dragones tendrán que acomodarse de vez en cuando a mi velocidad.

—¿Ya quieres regresar? —preguntó sorprendido Pata de Mosca desde el brazo de Ben—. ¿Terminaste de medir la región?

—Medir la región... ¡bah! —la rata hizo un gesto de desprecio con una pata—. ¿Sabes qué pienso hacer? Lo voy a inventar. Falsificaré el mapa de esta zona con tanta maestría que nadie encontrará la Linde del Cielo jamás —se acarició las orejas satisfecha—. ¿Qué me dicen?

Lung dobló el cuello hasta la rata y le dio un suave empujón con la cabeza a sus amplias partes traseras.

—Gracias, eso te decimos. Y les estaríamos aún más agradecidos a ti y a tu tío si ese mapa se extendiera por el mundo.

—Ah, eso está hecho —respondió Lola—. Seguro. El tío Gilberto tiene un escogido círculo de clientes y muchos, muchos parientes.

—¡Fantástico! —Lung se enderezó dando un suspiro—. Entonces ahora invitaré a los monjes más jóvenes del monasterio a dar un vuelo de despedida sobre mi lomo. ¿Te apuntas, Maya?

—Claro que sí —contestó la dragona—. Si quieren, puedo llevar también a algunos mayores.

Y así sucedió que los agricultores que al anochecer aún se encontraban en sus campos junto al río vieron a dos dragones volando entre los montes. Sobre sus lomos cubiertos de púas los monjes del monasterio reían como niños. Incluso los más mayores.

Buenas noticias

 Dos meses más tarde la familia Wiesen-
grund desayunaba en torno a la mesa de
la cocina. Ben tomaba en ese momento
un segundo panecillo cuando de pronto Barnabas exclamó desde detrás de su
periódico:

—¡Rayos y truenos!

—Oh, no —suspiró Pata de Mosca, sentado como siempre
sobre la mesa junto al plato de Ben—. ¿Es que no hay más que
tormentas en esta parte del mundo?

—¡No, no! —aclaró el profesor al tiempo que bajaba el periódico—. No me refiero al tiempo, mi querido Pata de Mosca.
Aquí hay una noticia que seguro les interesará a todos.

—¿Sobre el pegaso tal vez? —preguntó su esposa antes de
poner un poco de leche en su café.

Barnabas Wiesengrund sacudió la cabeza.

—¿Unas hadas volvieron a hundir una excavadora en el lodo?
—propuso Guinever mientras se lamía restos de mermelada
de los dedos.

—Tampoco —respondió su padre.

—Ay, vamos, suéltalo de una vez, Barnabas —le pidió Vita—. ¿Qué ocurre?

Ben miró al profesor lleno de curiosidad.

—¿Es algo sobre los dragones?

—¡Exacto! —exclamó Barnabas Wiesengrund—. El joven volvió a dar en el clavo. ¡Escuchen! —les leyó en voz alta:

Una extraña aparición atravesó anteayer el cielo nocturno sobre un valle de Escocia. Una gran bandada de enormes pájaros se elevó en el aire y se alejó en dirección sur bajo la luz de la luna llena. Algunos testigos hablan incluso de murciélagos gigantes. Desafortunadamente, su rastro se perdió sobre el mar abierto. Los científicos aún especulan sobre la especie de pájaro de la que podría tratarse.

Guinever y Ben se miraron.

—Eran ellos —murmuró—. Lung consiguió convencer a los demás.

Miró por la ventana. No se veía nada más que un trozo de cielo vacío y gris.

—Los extrañas un poco, ¿verdad? —Vita se inclinó sobre la mesa y le agarró la mano.

Ben asintió con la cabeza.

—Bueno —Barnabas Wiesengrund se sirvió otra taza de café—. Dentro de ocho semanas comienzan sus vacaciones y volveremos a emprender la búsqueda del pegaso. He descubierto un rastro interesante, no muy lejos de la antigua Persépolis. El pueblo donde vive Subaida no queda muy lejos de allí. Supongo que, si todo va bien, Lung y los demás dragones llegarán al Himalaya dentro de un mes. ¿Qué les parece si le pido a nuestra buena amiga Lola Colagrís que lleve a la Linde del Cielo el mensaje de que nos encontremos dentro de dos meses en casa de Subaida? —el profesor volteó hacia Ben—. Tú conoces bien la velocidad a la que Lung es capaz de viajar. ¿Crees que lo conseguirá?

—¡Puede ser! —Ben casi volcó su chocolate de la emoción—. ¡Sí, seguramente! ¿Oíste eso, Pata de Mosca? Tal vez veamos a Lung dentro de dos meses.

—Gratas noticias —respondió el homúnculo, y sorbió un poco de té del dedal que le servía de vaso—. Sólo me temo que veamos también a Piel de Azufre y que me haga rabiar otra vez de ese modo insoportable.

—Bah, se lo prohibiremos —lo tranquilizó Guinever al tiempo que le daba un trocito de galleta—. En cuanto te moleste un poco le quitaremos todos los hongos que hemos reunido para ella.

Ben fue hasta la ventana y levantó la mirada al cielo.

Dos meses. Quizá volaría de nuevo sobre el lomo de Lung pasados dos meses.

Dejó escapar un suspiro.

Dos meses podían hacerse muy largos. Infinitos.

—Vamos —le dijo Guinever apoyándose en la repisa de la ventana—. Salgamos a buscar huellas de hadas, ¿te gustaría?

Ben apartó los ojos del cielo vacío y asintió con la cabeza.

—Ayer encontré algunas junto al estanque —dijo.

—Perfecto —Guinever tiró de él al tiempo que se dirigía a la puerta del jardín—. Entonces empecemos por allí.

—¡Pónganse ropa abrigadora! —les ordenó Vita Wiesengrund a sus espaldas—. Esta mañana el aire ya huele a otoño.

—¡Esperen, voy con ustedes! —gritó Pata de Mosca y se apresuró a bajar por la pata de la mesa.

—Pero esta vez traducirás todo lo que nos digan —dijo Guinever mientras se ponía su abrigo de punto—. ¿Prometido?

—¿Aunque esas hadas no digan más que tonterías otra vez? —protestó Pata de Mosca malhumorado.

—Sí, también —contestó Guinever—. Quiero entender hasta sus tonterías.

Ben sonrió. Luego puso a Pata de Mosca sobre su brazo y siguió a su hermana al jardín.

Sí, dos meses podían ser largos, pero no con Guinever.

El jinete del dragón, de Cornelia Funke, se terminó de
imprimir y encuadernar en octubre de 2017 en Impresora
y Encuadernadora Progreso, S. A. de C. V. (IEPSA), calzada
San Lorenzo, 244; 09830 Ciudad de México.

El tiraje fue de 7400 ejemplares.